H6

allitera verlag
Krimi

Ein grausames Ereignis erschüttert Starnberg und die umliegenden Orte: Eine junge Frau, Rose Brunner, überlebt einen Selbstmordversuch nur knapp und wird beschuldigt, ihre drei Kinder zuvor auf brutale Weise getötet zu haben. Für die Polizei ist der Fall eindeutig: eine überforderte Mutter, der Scheidung, finanzielle Sorgen und die Diagnose Brustkrebs so zusetzten, dass sie zur Kindsmörderin wurde. Rose wird in eine psychiatrische Klinik eingewiesen, wo ihr seelischer Zustand von Gutachter Dr. Blankenburg und der Psychologin Corinna Tarow beurteilt werden soll. Doch die Suche nach einem Motiv für die Taten gestaltet sich schwierig. Schließlich eskaliert die Situation: Menschen aus dem privaten Umfeld der Familie Brunner verschwinden oder kommen auf verdächtige Weise ums Leben, im Nachbarhaus der Brunners macht der ermittelnde Kommissar Frank Fels eine schockierende Entdeckung. Ehe er und Blankenburg die Wahrheit erkennen, ist es fast zu spät. Und Rose Brunner will nur eines: Rache. Auf dem schwarzen, sturmgepeitschten Starnberger See kommt es zu einem dramatischen Finale …

Michael Soyka, 1959 in Berlin geboren, verbrachte seine Kindheit in Fürth und Kiel. Er studierte Medizin in Kiel, Würzburg, London und München und arbeitete zwanzig Jahre an der Psychiatrischen Klinik der Universität München. Er ist Professor für Psychiatrie, hat zahlreiche wissenschaftliche Artikel und Bücher speziell zu den Themen Sucht und forensische Psychiatrie veröffentlicht und mehrere Wissenschaftspreise erhalten. Daneben hat er mehrere Jahre als Kolumnist für die Münchner »Abendzeitung« gearbeitet. Seit 2006 ist er Ärztlicher Direktor der psychiatrischen Privatklinik Meiringen / Schweiz und lebt in Ringgenberg / Bezirk Interlaken und München.

Michael Soyka

Schwarze Ufer

Ein Starnberger-See-Krimi

allitera verlag
Krimi

Weitere Informationen über den Verlag und sein Programm unter:
www.allitera.de

Bibliografische Information der Deutschen Nationalbibliothek:
Die Deutsche Nationalbibliothek verzeichnet diese Publikation
in der Deutschen Nationalbibliografie;
detaillierte bibliografische Daten sind im Internet
über < http://dnb.d-nb.de > abrufbar.

3. Auflage August 2009
Allitera Verlag
Ein Verlag der Buch&media GmbH, München

Umschlaggestaltung: Alexander Strathern, München
Herstellung: Kessler Druck + Medien GmbH & Co. KG, Bobingen
Printed in Germany
ISBN 978-3-86906-073-6

1. Kapitel

Erzähl doch mal von deinem Segeltörn über die Nordsee. Ich kann es immer noch nicht fassen. Alle fliegen um diese Jahreszeit in den Süden, um etwas Sonne zu tanken, Mittelmeer oder Karibik, nur du frierst dir im Herbst den Hintern vor Dänemark ab. Habt ihr wenigstens genug Alkohol an Bord gehabt?«

Die kehlige Stimme gehörte einem braun gebrannten Mann um die sechzig, der mit drei anderen recht sportlich wirkenden Seglern an der Bar des Starnberger Jachtclubs lehnte und gut gelaunt der dunkelhaarigen Kellnerin zuwinkte. Sie nickte, kam zu ihnen und füllte die Biergläser nach. Der Angesprochene war der Jüngste in der Runde, aber auch schon Ende vierzig, ein drahtiger Mann in Jeans und schwarzem Pullover, der herzlich lachte.

»Klar, zollfrei gebunkert. Der Sprit ist uns nicht ausgegangen. Sicher war es kühl, bestenfalls acht Grad. Wir waren fast die Einzigen draußen auf dem Wasser, es waren nur noch wenige Jachten unterwegs. Ein Hafenmeister hat uns für verrückt erklärt, das war noch auf deutscher Seite, bei Niebüll. Aber die Jacht war wirklich allererste Sahne und der Skipper war Enno Spiel, der bei den Olympischen Spielen 1972 in Kiel die Silbermedaille gewonnen hat. Wenn du die Möglichkeit hast, bei so einer Crew mitzusegeln, dann machst du das. Schönwettersegeln im Bermudadreieck kann ich nächstes Jahr auch noch.«

»Dir wird wohl der Starnberger See zu eng.«

»Ein Hochseeterrain ist das nicht.«

Der dritte Mann in der Runde, eine Hüne von 1,95 Metern, mischte sich ein. An seinem linken Handgelenk blitzte eine goldene Rolex.

»Vom Starnberger See sind schon mehr Olympiasieger im Segeln gekommen als aus dem hohen Norden.« Er nickte in Richtung einiger Fotografien, die über der Bar hingen. Sie zeigten junge Männer mit Medaillen um den Hals, meist an Bord eines Bootes. »Das wissen wir doch alle, wie schwer das Segelrevier ist. Plötzliche Wetterumschläge und Fallwinde, wer hier segeln lernt, hat was drauf.«

»Schon gut, schon gut. Aber so richtig über den Ozean segeln, nach Kompass, das Ufer nicht im Blick, das ist schon was anderes. Und die Nordsee ist tückisch, zahlreiche Untiefen, und diese starken Gezeiten, wenn man nicht aufpasst, sitzt man bei Ebbe auf dem Watt oder noch schlimmer. Das wäre uns gleich zu Anfang in einem Priel fast passiert.«

»Trotz Enno Spiel? Oder wart ihr alle beim Schnaps in der Kombüse statt an der Ruderpinne?«

Die nicht mehr ganz nüchterne Runde lachte über den Scherz. Die Saison war vorbei, viele Segler hatten ihre Boote schon ins Winterlager gebracht oder zumindest keine große Lust mehr, auf den See zu fahren. Es war sicherer und angenehmer, die Jachten an Land zu wissen und sich lieber an der Bar mit Freunden zu treffen oder sich um seine Geschäfte zu kümmern, was manchmal das Gleiche war. Die vier Männer ließen das Segeljahr noch einmal Revue passieren und zogen Bilanz. Dann sprachen sie wieder über den Segeltörn in Dänemark

»Wie war denn das Wetter?«

»Gar nicht so schlecht. Die erste Woche war sogar sonnig, aber sehr frisch, dann wurde es zunehmend ungemütlich. Vier Tage lang hatten wir richtigen Sturm, Windstärke acht und stärker, heftigen Wellengang. Zwei Tage waren wir nur im Hafen. Es war zu gefährlich, meinte selbst Spiel. Wir hatten einen Chirurgen aus Dortmund dabei, der hing den ganzen Tag nur über der Reling und hat sich übergeben. Er war zuvor noch nie gesegelt, und dann macht er ausgerechnet bei so einem Törn den Anfang. Der fährt die nächsten dreißig Jahre in die Berge, das kann ich euch versprechen.«

»Dann kann er ja hier vorbeikommen, wenn er nach Garmisch will. Vielleicht erzählt er aber eine ganz andere Geschichte?«, stichelte der vierte Mann, ein graumelierter Mittfünfziger mit einigen geplatzten roten Äderchen im Gesicht. Bluthochdruck oder Alkohol oder beides, dachte sich die Kellnerin, sagte aber nichts.

»Sicher nicht. Mir ging es gut, bis auf eine kurze Magenverstimmung nach einem fetten Aal, den wir in Dänemark gegessen hatten. Lecker, aber nichts für meine Bauchspeicheldrüse.«

»Aber der Schnaps hat nichts gemacht?« Der Rotgesichtige ließ nicht locker.

»Naja, das ist ja nicht *mein* Problem«, gab der Weltenbummler zurück.

Der groß gewachsene Segler merkte, dass die Stimmung dabei war, etwas ins Gereizte zu kippen und versuchte, das Gespräch wieder aufs Segeln und damit in sicheres Fahrwasser zu lenken.

»Schlimmer als im Moment kann es auf der Nordsee auch nicht gewesen sein. Schon wieder Sturmwarnung.«

Damit nickte er in Richtung See, der sich vor dem Panoramafenster des Jachtclubs weit in Richtung Berge erstreckte, von denen allerdings nichts zu sehen war. Es war erst früher Nachmittag und trotzdem fast finster, schwere Regenwolken, von einem immer böigeren Wind getrieben, hingen tief vor ihnen. Der sonst glatte See war stürmisch aufgewühlt, die Ufer wurden von dunklen Wellen überspült, die sich an der Mole brachen und hoch aufspritzten. In diesem Moment, das gegenüberliegende Ufer war nicht mehr zu erkennen, wirkte der See wie ein schwarzer Ozean, seiner Grenzen beraubt und ungehalten.

»Tatsächlich. Na, bei dem Wetter würden nur Verrückte rausfahren«, meinte der Mann mit dem roten Gesicht und beugte sich wieder über sein Glas.

Für einen Moment fielen die Männer in Schweigen, der Gesprächsfaden war gerissen. Sie wandten dem See wieder ihren Rücken zu.

»Da ist aber ein Verrückter draußen.«

Es war das erste Mal seit Längerem, dass die junge Frau hinter der Bar etwas sagte. Ihr Blick war über die Männer auf den See gerichtet. Sie drehten sich um.

»Das ist wohl ein Witz«, meinte der Rotgesichtige. »Ich sehe nichts.«

»Sie hat recht«, sagte der Nordseesegler. »Das gibt es doch gar nicht. Da hinten, Richtung Ostufer, schwer auszumachen. Das ist ja Wahnsinn!«

»Selbstmord«, meinte der braun gebrannte Mann, gleichermaßen schockiert wie fasziniert. »Das ist purer Selbstmord. Wir müssen die Wasserwacht alarmieren.«

Ihre Blicke lagen auf dem kaum mehr auszumachenden Boot, das willenlos auf den Wellen zu tanzen schien, fast schon eins mit dem dunklen See, weit entfernt von allen Ufern, kaum mehr als ein grauer Fleck, dann war auf einmal gar nichts mehr zu sehen.

Ein Geisterschiff, das noch einen Moment als flüchtiges Bild in ihrem Gedächtnis schaukelte und dann endgültig verschwunden war, mit unbekannter Ladung und verlorener Mannschaft, weit draußen in schwarzen Wassern.

2. Kapitel

Über den nahen See schob sich dichter Nebel – eine undurchdringliche Wand, die Geräusche und Farben in sich aufsog und alles in dumpfes Weiß verwandelte. Die Spätsommersonne hatte nicht mehr die Kraft, ihn zu vertreiben. Erst am Vormittag würde der Nebel sich auflösen und den Blick auf die nahen Berge freigeben, die am Alpenrand noch ohne Schnee waren. Das würde sich in wenigen Wochen ändern, wenigstens in den höheren Lagen. Aber noch lagen tagsüber einige Stunden Sommer in der Luft, der See war warm und gab sein Wasser an die kalte Luft ab. Vögel flogen über die grün schillernde Oberfläche, kreischend und auf der Suche nach Beute.

Maria Brunners Rücken tat oft weh, morgens besonders. Sie war erst neunundfünfzig. Die Schmerzen trieben sie immer früher aus dem Bett – verschlissene Wirbel und Gelenke, ein hartes Leben mit Sorgen und Plackerei steckte ihr in den Knochen, hatte sich dort eingenistet als Zeuge tausender Tage Arbeit. Der Orthopäde hatte sie geröntgt und ihr auf dem schwarzen Bild ihre Wirbelsäule gezeigt mit den zusammengebrochenen Wirbelkörpern und den verknöcherten und verschlissenen Gelenken. Er hatte von Osteoporose und arthrotischen Veränderungen gesprochen. Der Arzt hatte ihr nicht viel Hoffnung gemacht. Damit müsse sie leben. Mehr Gymnastik und Hormone, um den Mangel nach der Menopause auszugleichen. Eine Hüfte könne man austauschen, auch ein Knie, aber eine ganze Wirbelsäule … Seither ging sie zwei Mal die Woche mit anderen Frauen ihres Alters, die an Rheuma, Osteoporose oder entzündeten Gelenken litten, zur Gymnastik und redete sich wie die anderen ein, dass es ihr Spaß mache. Gleichzeitig nahm sie ein Hormonpräparat, das ihr eine Frauenärztin verschrieben hatte, nicht ohne vor erhöhtem Blutdruck und Brustkrebsrisiko zu warnen. Den Teufel mit dem Beelzebub austreiben, hatte ihr Mann gesagt, wie immer ohne Verständnis für sie und ihre Sorgen. Mittlerweile taten ihr auch die Knie weh. Was sollte noch alles kommen?

Die Morgenstunden waren die schlimmsten, die ersten Minuten nach dem Aufstehen am fürchterlichsten, bis alle Gelenke einmal bewegt worden waren und die Schmerzen abflauten. Deswegen hasste sie den Morgen. Es half nichts. Sie konnte nicht länger liegen bleiben. Mit zusammengebissenen Zähnen stieg sie aus dem Bett. Erst setzte sie vorsichtig die Füße auf den Boden, dann richtete sie sich langsam, die eine Hand am Nachttisch, auf. Ihr Mann schlief weiter, alle paar Sekunden laut schnarchend. Ein Reptil, das nach

Luft schnappte. Sie sah aus dem Fenster. Nebel. Die kalte Jahreszeit würde kommen. Dann würde es ihr noch schlechter gehen.

In der Küche nahm sie Filtertüten und Kaffee aus dem Regal und setzte die Kaffeemaschine in Gang. Sie mochte Kaffee, seine belebende Wirkung und das heiße Brennen hinter dem Brustbein, wenn sie die erste Tasse trank. Eine der Freuden, die geblieben waren.

Im Haus war es völlig still. Sie wohnte mit ihrem Mann im Erdgeschoss des Zweifamilienhauses, das sie vor über zwanzig Jahren mit großer Mühe und nach langem Sparen gebaut hatten, in guter Lage, wie man sagte, nur wenige Kilometer vom See entfernt. Viele der Steine und Bretter hatten sie und ihr Mann selbst geschleppt, monatelang, um die Kosten für die Handwerker zu sparen. Jahrelang hatten sie gebaut, bis das Haus fertig und ihre Ehe eingemauert war.

Ihre Wirbelsäule dankte ihr heute noch für diese Last und erinnerte sie jeden Morgen an jeden einzelnen Stein und jeden einzelnen Ziegel, den sie ihrem Mann angereicht hatte. Wenige Jahre, nachdem sie eingezogen waren, hatten sie aufgehört, sich zu berühren. Dieses Haus würde ihr Glück sein, hatten sie sich eingeredet. Es war ein Grab, wusste sie jetzt.

Die Stille war ungewöhnlich. Wenn sie nicht durch die Schmerzen geweckt wurde, dann durch ihre drei Enkel im ersten Stock, durch die achtjährigen Zwillinge Sandra und Sabine und den zehnjährigen Oliver, ihren Liebling, der sich oft zu ihr in die Küche schlich und Schokolade und andere Süßigkeiten stahl. Ihm konnte sie ebenso wenig böse sein wie den Mädchen. Sie lebten seit zwei Jahren in der Wohnung über ihnen, mit ihrer Schwiegertochter, die nicht mit Geld umgehen konnte und deren Ehe mit ihrem einzigen Sohn, einem eitlen Nichtsnutz und Angeber, wie sie leider wusste, zusammengebrochen war, unter der Last von Schulden, Gehässigkeiten und gegenseitigen Vorwürfen, die fast alle berechtigt gewesen waren. Ihr Sohn leistete kaum Unterhalt und sie hatten nicht gezögert, die Familie aufzunehmen, nachdem der Gerichtsvollzieher ein- und ausgegangen war und ihre Schwiegertochter die Miete ihrer Wohnung nicht mehr zahlen konnte. Sollten die Leute reden, sie konnten nicht zulassen, dass die Kinder vor die Hunde gingen. Seither wohnte ihre Schwiegertochter Rosemarie, »Rose«, mit den Kindern hier. Ihr Sohn lebte im Nachbarort und ließ sich nie blicken. Sie hatten ihre Entscheidung, die Familie aufzunehmen, nie bereut. Hatten sie es am Anfang als ihre Christenpflicht, wie ihr Mann gesagt hatte, angesehen, waren ihnen mittlerweile die Enkel, die sie zuvor kaum gesehen hatten, so ans Herz gewachsen, dass sie sich ein Leben ohne sie kaum mehr vorstellen konnten. Oft übernachteten die drei bei ihnen, in den letzten Wochen war das sogar regelmäßig geschehen. Rose war überlastet gewesen, musste oft früh aufstehen, um zur Arbeit zu gehen. Gestern hatte sie die Kinder aber wieder zu sich genommen. Schuldgefühle einer überforderten Mutter, hatte Maria Brunner gedacht, aber nichts gesagt. Sie hatte sich schon darauf gefreut, die Enkel am nächsten Tag wiederzusehen.

Es war still. Kein Getrampel unruhiger Kinderfüße, kein Lachen im ersten Stock. Es war Samstag, schulfrei, vielleicht schliefen die Kinder ausnahmsweise etwas länger. Es war erst sieben.

Gegen acht saß sie mit ihrem Mann, einem großen und schweren Mittsechziger, am Frühstückstisch. Helmut Brunner hatte früher einen kleinen Handwerksbetrieb geleitet, den er von seinem Vater übernommen hatte und für den sein eigener Sohn Johann, der sich vor einigen Jahren in »John« umgetauft hatte, nicht zu begeistern gewesen war. Johann hatte lieber und trotz aller Warnungen, ohne Sachkenntnis und Ausbildung, ein Sportgeschäft namens »John's Sportwelt« eröffnet, das den zweiten Winter nicht überlebte, weil die Kunden merkten, dass er zwar trendige Sachen teuer verkaufte, aber keinen Service bieten konnte. Seine Frau Rose hatte ihm im Geschäft geholfen und die Familie nebenbei mit Aushilfsarbeiten über Wasser gehalten, aber es hatte nichts genützt. Die Gläubiger hatten die nicht verkauften Skier und Snowboards abgeholt, und Johann hatte einen Offenbarungseid geleistet. Davon hatte er sich nicht erholt. Das Geschäft war auf seine Frau angemeldet gewesen, die er so mit in den Untergang gerissen hatte. Seitdem hatte das Telefon nicht stillgestanden und alle möglichen Leute, von denen sie sich Geld geliehen hatten, bedrängten sie, enttäuscht und verärgert über nicht gehaltene Versprechen. Ihr Sohn hatte mit ihnen gebrochen, nachdem sie sich geweigert hatten, ihr Erspartes in das marode Geschäft zu stecken. Seither redete sich John ein, die eigenen Eltern seien schuld an seinem Scheitern. Schuld hatten bei ihm schon immer die anderen gehabt. Jetzt arbeitete er als Hausmeister und »Mädchen für alles«, von der Geschäftsführung als »Manager« bezeichnet, im Starnberger Jachtclub und fuhr, so oft er konnte, mit seinem Motorrad, einer aufgedonnerten Harley, die aus unerklärlichen Gründen nicht gepfändet worden war, in Lokale am Starnberger See, am liebsten in solche, wo man junge Frauen kennenlernen konnte.

Um halb neun wurde Maria unruhig. Die Schmerzen hatten nachgelassen. Sie arbeitete in der Küche. Ihr Mann hatte sich in das Wohnzimmer gesetzt und blätterte lustlos in der Tageszeitung. Er interessierte sich nicht für das Finanzdebakel, das verantwortungslose Manager mit Luftbuchungen an den internationalen Märkten angerichtet hatten, oder die Ergebnisse der Fußballbundesliga. Eigentlich interessierte er sich für gar nichts. Daran war schon seine Ehe zerbrochen, aber man blieb zusammen, schon wegen des Hauses und mangels Alternativen.

»Ich denke, wir sollten mal nach dem Rechten sehen«, sagte Maria. »Das ist ja unheimlich still da oben. Ob Rose mit den Kindern weggegangen ist?«

Ihr Mann blickte auf. Er wusste, worauf sie anspielte. Auf dem Höhepunkt ihrer Ehekrise, als die Gläubiger Rose Tag und Nacht angerufen und ihr vor der Wohnung aufgelauert hatten, war sie schon einmal mit ihren Kindern weggefahren, über Nacht geflohen. Drei Tage später war sie wieder gekommen. Sie hatte sich in einem Gasthof in den Bergen versteckt und war mit den Kindern wandern gegangen. Danach war der Sturm etwas abgeflaut, und schließlich war sie bei ihnen eingezogen. Seither hatte das fröhliche Getrampel der unbeschwerten Kinder beide begleitet.

Mürrisch legte er die Zeitung weg. »Sie ist sicher einfach nur mit ihnen unterwegs.«

»So früh? Ist doch komisch. Bitte sieh nach.«

Helmut Brunner wälzte sich umständlich aus dem Ledersessel, in den er sich seit seiner Pensionierung jeden Morgen mit der Zeitung zurückzog und aus dem er sich erst nach der allerletzten Seite, den Todesanzeigen, die immer ein kleines Triumphgefühl hinterließen, noch da zu sein, wieder herausschälte, und ging zur Wohnungstür. Langsam schleppte er sich die Stufen nach oben in den ersten Stock. Es war still, nur die Dielenbretter, die er einst mit John verlegt hatte, knarrten. Für eine Sekunde lauschte er an der Wohnungstür seiner Schwiegertochter. Nichts. Er klingelte. Schweigen. Niemand rührte sich. Er klingelte noch einmal. Nichts. Er war beunruhigt, ein ungewisses Gefühl packte ihn. Mit seinen starken Händen klopfte er laut gegen die Tür. Als sich immer noch nichts rührte, ging er nach unten, um den Zweitschlüssel zu holen, den sie für alle Fälle in einer Küchenschublade aufbewahrten.

Mit ernstem Gesicht reichte seine Frau ihm den Schlüssel. »Ich verstehe das nicht«, sagte sie. »Ich wollte mit ihr heute Morgen einkaufen gehen, wir waren verabredet. Sie hat doch im Moment gar kein Auto.«

Helmut Brunner zuckte mit den Achseln und ging wieder nach oben. Verzweifelt versuchte er, den Schlüssel ins Schloss zu schieben. Es ging nicht. Erst jetzt bemerkte er, dass seine Frau hinter ihm stand.

»Es geht nicht. Der Schlüssel steckt von innen.«

»Ich hole Karl«, entschied sie in derselben Sekunde.

Karl Fischer war seit Jahrzehnten ihr Nachbar, nur wenige Jahre jünger als Helmut Brunner, aber beruflich noch aktiv. Maria Brunner hatte Glück, der Dachdeckermeister war zu Hause. Sie hatten ihn wenige Tage zuvor ohnehin beauftragt, ein paar Schönheitsreparaturen am Balkon und Dachfirst vorzunehmen, und er hatte für die Arbeit schon Einiges an Material und eine lange Leiter bereitgestellt. Wenige Minuten, nachdem Maria Brunner ihn geholt hatte, lehnte er diese am Balkon im ersten Stock an, kletterte hinauf und stieg über das Geländer. Eine der Türen, die auf den Balkon gingen, stand halb offen. Der Türriegel war hochgestellt. Mit wenigen Handgriffen hatte er ihn gelöst und stieg in die Wohnung.

Es war dunkel, die Vorhänge waren zugezogen. Nirgendwo brannte Licht. Karl Fischer rief laut, um nicht als Einbrecher dazustehen. Niemand antwortete. Er machte Licht. Vom Wohnzimmer gelangte er in den Flur. Links und rechts gingen mehrere Türen ab. Karl Fischer kannte die Wohnung nicht. Er entschied sich für das erste Zimmer links und machte auch dort Licht. In derselben Sekunde packte ihn kaltes Grauen. Ein kleiner Junge lag vor ihm, die Beine noch auf dem Bett, der Oberkörper bewegungslos und in grotesker Überstreckung aus dem Bett hängend, die Arme baumelten schlaff herab. Der Kopf berührte den Boden. Das Gesicht und die Brust waren blutüberströmt. Neben ihm lag ein Kissen. Karl Fischer machte einen Schritt auf ihn zu, nur um sich gleich wieder abzuwenden. Die weit aufgerissenen Augen des Jungen blickten ihn starr und tot an. Er stürzte auf den Gang hinaus. Sein Herz raste.

Oh mein Gott, ich darf nicht die Nerven verlieren, dachte er.

Er ging in das gegenüberliegende Zimmer. Die beiden Mädchen lagen in ihren Betten. Karl Fischer wusste sofort, dass dieses Bild, das sich wie Säure in sein Gehirn einfraß, ihn für immer begleiten würde, nachts und in vielen schlimmen Stunden, in denen er alles dafür geben würde, nicht hier gewesen zu sein.

Sabines Kehle war durchschnitten, ein riesiger blutiger Spalt klaffte. Ihr Kopf war halb vom Hals abgetrennt und hing etwas zu Seite. Eine riesige Menge Blut hatte sich über das Bett ausgebreitet, war auf den grünen Teppichboden gelaufen und hatte dort Klumpen gebildet. Auf ihrem Nachthemd war ein großer Teddybär gestickt, dessen linke Hälfte unter dem Blut nicht mehr zu sehen war. Mit der rechten Hand hielt der Teddy einen Ball in die Höhe. Aus seinem lachenden Mund schienen rote Blasen aufzusteigen.

Sandra lag ihm abgewandt mit dem Kopf zur Wand. Er konnte nur ihren Rücken sehen. Obwohl er keine Sekunde zweifelte, dass auch sie tot war, ging er zu ihr.

Ich muss mich überzeugen, hämmerte es in seinem Kopf.

Er kämpfte mit einem drängenden Würgereiz, beugte sich über das Mädchen und drehte ihren kalten Körper zu sich. Auch sie war voller Blut, das ihre ganze Brust bedeckte. Der Hals schien nur oberflächlich verletzt. Stattdessen klafften mehrere große Wunden in ihrer Brust. Das Blut war ihr bis an die Knie, die unter dem Nachthemd hervorlugten, gelaufen.

Er stürzte hinaus.

Sein Kopf brannte. Er konnte den Wahnsinn der Bilder, die er gesehen hatte, nicht ertragen. Die vollkommene Stille in der Wohnung wurde ihm bewusst. Ein Schlachtfeld, noch mit frischem Blut, das ganz geräuschlos war, wie eine Gräuelszene auf einem Bild im Museum. Tod und Verwesung, mit bunten Farben festgehalten. Nur dass dies kein alter Ölschinken war, dem man sich mit ruhigem Herzen näherte, sondern drei Kinder, getötet und abgeschlachtet in ihren Betten. Welche Bestie …

In diesem Augenblick startete irgendwo auf der Straße ein Auto, und das Geräusch des aufbrausenden Motors brachte ihn augenblicklich in die Wohnung zurück. Die Mutter …

Er stürzte in das dritte Zimmer, das vom Flur abging. Das Bett war leer. In der Küche war auch niemand. Hastig ging er weiter. Sein letzter Blick fiel ins Bad. In der vollen Badewanne lag Rose Brunner, blutüberströmt; ihr Kopf war nach hinten an den Rand gerutscht. Ihr linker Arm hing aus der Wanne. Ein großer Schwall Blut hatte sich aus ihrem Handgelenk auf den Boden ergossen, eine rote Lache vor der Badewanne, die fast bis an die Tür gelaufen war. Das Wasser war rot und bewegungslos. Neben der Wanne lag ein Föhn, das Kabel steckte noch in einer Steckdose. Auch hier völlige Stille. Oh mein Gott, dachte er. Eine Mutter, die sich und ihre drei Kinder getötet hat. Er musste hinaus.

Er hastete zur Wohnungstür, drehte den Schlüssel um und öffnete sie. Die Großeltern standen vor der Tür. Als Maria Brunner Fischers aschfahles Gesicht sah, wusste sie sofort, dass etwas Schreckliches geschehen war. Sie stürzte in die Wohnung, vorbei an Fischers ausgestrecktem Arm, der sie zurückhalten wollte. Aber ihm fehlte die Kraft dazu.

»Sie sind alle tot«, flüsterte er nur.

Helmut Brunner nickte, ein alter, gebrochener Mann. Ein fürchterlicher Schrei kam aus der Wohnung. Karl Fischer drehte sich um, ging zu Maria Brunner und zog sie hinaus. Sie schrie und schrie. Die beiden Männer brachten sie nach unten.

Helmut Brunner ging zum Telefon. Wie in Trance wählte er den Notruf.

»Brunner, Fichtenstraße 4. Etwas Fürchterliches ist passiert. Vier Tote … bitte schicken Sie eine Streife.«

Als wenige Minuten später Polizei und Notarzt eintrafen, weinte Maria Brunner immer noch, jetzt jedoch leise und verzweifelt. Ihr Mann hielt sie. Der Notarzt folgte seinem Hinweis und ging in den ersten Stock. Er war ein erfahrener Mann, hatte viele Unfallopfer und Selbstmörder untersucht, war auch oft zu Gewaltopfern gerufen worden. Aber so etwas hatte er noch nicht gesehen. Drei Kinder, grausam im Schlaf ermordet … Ein Blick genügte. Die Polizisten hinter ihm hielten sich die Hand vor den Mund. Er ging ins Badezimmer. Sein erster Gedanke war: ein klassischer Selbstmord, in der Badewanne die Pulsadern geöffnet. Das Wasser bewegte sich ganz leicht. Er ging auf Rose zu. Erst als er ganz nahe war, konnte er erkennen, warum das Wasser etwas unruhig war. Ihr Brustkorb bewegte sich fast unmerklich.

Rose Brunner lebte noch.

Es ist grässlich. Unaussprechlich grauenhaft. Gott kann das nicht gewollt haben. Wenn sie mich finden, machen sie dasselbe mit mir. Sie schlachten mich und verkaufen meine Organe. Ich höre sie schon feilschen, um jedes Pfund Fleisch.

3. Kapitel

Zwei Stunden später stand ein halbes Dutzend Polizisten vor dem Haus der Brunners. Die Straße, ohnehin eine Sackgasse, war gesperrt worden, um neugierige Gaffer abzuhalten. Vor wenigen Minuten waren die Leichen der drei Kinder abtransportiert worden. Selbst hartgesottene Polizisten hatten schlucken müssen, als die drei Kindersärge in den schwarzen Kombis der Bestatter verschwanden. Sie wurden in das Institut für Rechtsmedizin nach München gebracht, wo sie obduziert werden sollten. Ein Arzt von dort war extra zum Tatort geholt worden, um die Leichen zu untersuchen. Dass die Mädchen gewaltsam durch mehrere Messerstiche getötet worden waren, daran bestand kein Zweifel. Alles Weitere müssten Obduzenten und Kriminalisten klären. Im ersten Stock war die Spurensicherung am Werk. Auch wenn alles dafür sprach, dass die Mutter ihre drei Kinder getötet hatte, hatte Hauptkommissar Frank Fels als Leiter der zuständigen Mordkommission alles Notwendige veranlasst, um den Tatort zu sichern. Leider war nach den Großeltern auch die örtliche Polizeistaffel ziemlich unvorsichtig durch die Räume gegangen. Die Polizisten hatten sich die Leichen der Kinder und ihre Verletzungen angesehen und sie dabei sogar berührt, anstatt den Tatort zu sperren und Spuren zu sichern. Bei dem Bemühen, Rose Brunner zu retten, die aus der Badewanne geborgen und auf dem Boden im Flur notdürftig medizinisch versorgt worden war, waren Blutspuren weiträumig verteilt worden. Schließlich war noch der Notarzt gekommen und hatte die bewusstlose Rose abtransportiert. Die Mitarbeiter der Spurensicherung hatten die Hände über dem Kopf zusammengeschlagen, als sie das Chaos sahen. Hauptkommissar Fels, der wegen seiner harten Gesichtszüge und seiner sehr direkten, manchmal schroffen, Freund und Feind vor den Kopf stoßenden Art den halb liebevollen, halb Respekt einflößenden Spitznamen »The Rock« trug, hatte am Tatort erst einmal ein Donnerwetter loslassen müssen. Er war, obwohl es von der Münchner Innenstadt bis ins Starnberger Alpenvorland fast fünfzig Kilometer waren, in weniger als dreißig Minuten nach der Benachrichtigung am Tatort gewesen, der da schon ausgesehen hatte, als sei eine Zirkustruppe durch die Wohnung getobt, wie er wütend den Polizisten vor Ort entgegengeschleudert hatte.

Ein junger rothaariger Polizist namens Benedikt Daisenhammer, erkennbar ein Anfänger, etwas pummelig und wahrscheinlich erst wenige Wochen im Dienst, der von »The Rock« noch nicht gehört hatte, fühlte sich persönlich angesprochen und meinte Fels sagen zu müssen, dass doch sowieso klar sei, was hier passiert war.

»Es kann doch gar kein Zweifel daran bestehen, dass die Frau erst ihre Kinder umgebracht hat und dann sich selber töten wollte. Für Fremdeinwirken gibt es keine Anhaltspunkte. Auf dem Tisch im Wohnzimmer fand sich sogar eine Art Abschiedsbrief. Oder sehe ich das falsch?«

Fels schnaubte wütend. »Ich weiß nicht, wie viele Tatorte Sie in Ihrem Berufsleben schon gesehen haben, ich vermute keinen oder wenn, dann höchstens welche, wo es um verschwundene Katzen oder nächtliche Schmierereien betrunkener oder bekiffter Jugendlicher ging. Hier sind drei kleine Kinder umgebracht worden, auf fürchterliche, brutale Art. Eine schlimme Tragödie. Niemand kann sie wieder lebendig machen. Wir sind den dreien zumindest schuldig, herauszufinden, wie und warum es passiert ist, und wenn es die Mutter war, wofür alles spricht, was sie dazu getrieben hat. Es passiert nämlich nicht gerade häufig, dass eine Mutter ihre drei Kinder tötet. Ich bin seit fünfundzwanzig Jahren bei der Truppe und habe so was noch nicht gesehen.«

Was nicht ganz stimmte. Fels konnte sich an eine Reihe von Frauen erinnern, die ihre Kinder kurz nach der Geburt getötet hatten, meist unreife Personen, die mit der Schwangerschaft und der Geburt überfordert gewesen waren und den Kopf in den Sand gesteckt hatten, bis es nicht mehr anders ging und sie keinen Ausweg mehr sahen. Er erinnerte sich auch an mehrere Frauen, die, wie er im Nachhinein erfahren hatte, psychisch krank gewesen waren und sich und ihre Kinder getötet hatten. Eine dieser Frauen, die wohl an einer schweren Depression gelitten hatte, hatte ihre beiden Kinder mit einem Schlafmittel betäubt und sich dann mit ihnen auf dem Rücksitz ihres Wagens mit laufendem Motor in der Garage eingeschlossen. Sie waren alle an einer Kohlenmonoxidvergiftung gestorben. Trotzdem fiel es Fels schwer, sich an einen vergleichbaren Fall zu erinnern, der so blutig, so gewalttätig gewesen war. Tatsächlich hatte ihn der Tatort erschüttert. Hinter seiner harten Maske hatte er sich ein feines Gespür für menschliche Tragik bewahrt und eben jener Instinkt, zusammen mit einem wachen Verstand, machte ihn zu einem glänzenden Ermittler. Er hasste Mittelmaß und Nachlässigkeit, was ihn manchmal eitel erscheinen ließ, aber an seiner Qualifikation bestand kein Zweifel.

Fels ließ Daisenhammer, dessen Gesicht dieselbe feuerrote Farbe angenommen hatte wie seine Haare, einfach stehen und ging zu Sebastian Krebs, einem erfahrenen Kommissar, mit dem er seit Jahren zusammenarbeitete. Sie waren nicht wirklich befreundet, respektierten sich aber gegenseitig und hatten über die Jahre ein Vertrauensverhältnis entwickelt, was für ihre Arbeit wichtiger war als gemeinsame Interessen oder derselbe Sinn für Humor. Dieser war bei Fels, nach Ansicht einiger Kollegen, ohnehin unterentwickelt, während Krebs, ein Bayer wie aus dem Bilderbuch, mit breiten Schultern, jovialem Lachen und rollendem »R«, über jeden auch noch so trüben Stammtischwitz laut und dröhnend lachen konnte. In seiner Freizeit saß er gerne mit Freunden oder, falls unumgänglich, seiner Frau im Biergarten und blickte mit Wohlgefallen auf die Welt um sich herum, während »The Rock« eher mit einem seiner wenigen Freunde in die Berge ging, je steiler der Aufstieg, desto besser. Oben am Gipfel war er vielleicht nicht näher am Himmel, aber viel weiter weg von seinen Fällen, von Blut und Gewalt, die ihn im Gegensatz zu Krebs oft weiter verfolgten.

»Was meinst du, was hier passiert ist?«

Krebs zuckte mit den Schultern. Sie hatten beide den Tatort in Augenschein genommen. Auf dem Tisch im Wohnzimmer hatte ein Brief gelegen, unfertig, erkennbar hastig geschrieben.

Ihr Lieben, ich nehme alle Schuld auf mich. Ich habe alles versucht, aber vergeblich. Ich bin der letzte Dreck. Verzeiht mir …

»Du hätt'st mit Daisenhammer nicht so hart reden müssen. Er ist erst seit vier Wochen bei der Polizeiinspektion Starnberg. Ich weiß, das ist keine Entschuldigung, aber trotzdem. Wir waren alle mal Anfänger. Sonst ist die Sache ziemlich eindeutig. Der Junge ist vermutlich niedergeschlagen und dann erstickt worden, neben der Leiche ist ein Kissen mit Speichelanhaftungen und etwas Blut gelegen, soweit feststellbar. Er weist aber auch eine Stichverletzung auf. Ich glaube, er hat sich gewehrt. Die Zwillinge sind erstochen worden. Dem einen Mädchen ist die Kehle durchgeschnitten worden, das andere ist wohl durch einen Stich ins Herz gestorben. Beide weisen mehrere andere Stichverletzungen auf. Ich hab so etwas noch nicht gesehen. Welche Mutter tut ihren Kindern so etwas an?«

»Das müssen wir feststellen. Was ist mit ihr?«

»Alle haben sie zunächst für tot gehalten. Sie hat sich die Pulsadern aufgeschnitten und war fast verblutet. Außerdem hat sie sich selbst mehrere Stiche in die Brust zugefügt. Offensichtlich hat sie zuvor versucht, sich mit dem Föhn in der Badewanne umzubringen. Jedenfalls lag einer daneben. Es sieht aber so aus, als hätte es statt eines tödlichen Stromstoßes einen Kurzschluss gegeben, steht jedenfalls zu vermuten. Sie lag in der Badewanne. Der Notarzt hat schließlich noch leichte Atembewegungen festgestellt und sie wiederbelebt. Die Chancen, dass sie es schafft, sind eher schlecht.«

Keiner sprach es aus, aber beide dachten in dem Moment dasselbe: Es wäre vielleicht besser gewesen, der Notarzt wäre fünf Minuten später gekommen. Wie konnte man mit einer solchen Schuld und der Erinnerung an die Tat weiterleben?

»Irgendeine Erklärung, ein Motiv?«, fragte Fels. »War sie krank?«

Krebs schüttelte den Kopf. »Nein.«
»Du hast den Brief gelesen?«
»Könnte man als Abschiedsbrief lesen.«
»Könnte man. Muss man wohl auch. Ziemlich kurz.«
»Das sagt nicht viel. Wenn man die Opfer anschaut, die muss gewütet haben. Gegen die eigenen Kinder! Die Frau war sicher nicht mehr so ruhig, sich hinzusetzen und einen wohlformulierten Abschiedsbrief zu schreiben.«
»Was sagen die Großeltern der Kinder?«
»Ich habe erst ganz kurz mit ihnen sprechen können, sie stehen beide unter Schock. Die Mutter, Rosemarie Brunner, war ihre Schwiegertochter, seit zwei Jahren geschieden. War wohl früher Kellnerin und hat in verschiedenen Lokalen rund um den Starnberger See gearbeitet, bevor sie geheiratet hat. Scheint früher etwas leichtlebig gewesen zu sein, aber wohl eine gute Mutter. Der Mann ist angeblich ein Nichtsnutz – sagen seine eigenen Eltern! – und hat sich um die Familie nicht mehr gekümmert. Schulden, wohin man blickt. Von einer psychischen Störung oder so wissen die nichts.«
Fels nickte. »Könnte eine Verzweiflungstat gewesen sein. Wer hat die Leichen gefunden?«
»Ein Nachbar, Dachdeckermeister, war von den besorgten Großeltern alarmiert worden. Karl Fischer heißt er.«
»Ich möchte mit ihm sprechen.«
»Da drüben steht er. Ist auch ziemlich fertig, das steht fest.«
»Das ist ja auch verständlich.«
Fels ging in den Garten des Hauses. Mittlerweile schien die Sonne, es war warm geworden. Vögel zwitscherten. Die friedliche Idylle mit den hochgewachsenen Obstbäumen, zwischen denen ein Kinderfahrrad lehnte, stand in krassem Widerspruch zu dem, was sich vor wenigen Stunden im ersten Stock abgespielt haben musste.
Unter einem der Bäume standen einige Gartenstühle und ein Tisch. An ihm saß Karl Fischer, ein hagerer, fast drahtig wirkender Mann, wie Fels dachte. Die junge Polizistin neben ihm erhob sich, als Fels näher kam. Fischer sah kaum auf.
»Grüß Gott, Herr Fischer. Mein Name ist Fels, Hauptkommissar Fels. Ich leite die Ermittlungen in diesem Fall. Ich weiß, wie schwer das für Sie sein muss, dennoch habe ich ein paar Fragen an Sie. Darf ich mich setzen?«
Fischer sah ihn an und nickte stumm. Fels nahm Platz. Seine Stimme war unerwartet sanft.
»Sie sind mit der Familie Brunner befreundet?«
»Nicht unbedingt befreundet. Die Brunners und ich sind seit über zwanzig Jahren Nachbarn. Wir sind immer gut miteinander ausgekommen, da gibt es nichts.«

»Sie kannten auch ihre Schwiegertochter und die Kinder?«

»Weniger – mehr vom Sehen. Sie dürften etwa zwei Jahre hier wohnen, seit ihrer Scheidung. Über die Frau hat man zuvor nicht viel Gutes gehört, aber ich kann nur wenig dazu sagen. Aus meiner Sicht waren die unauffällig. Sie hatte irgendwo einen Halbtagsjob, da müssen Sie aber die Brunners fragen. Rose Brunner stand finanziell das Wasser bis zum Hals. Ihr Mann, der Sohn von Brunners, hat mit einem Sportgeschäft eine Mordspleite hingelegt und seine Frau da mit reingezogen. Ich glaube, das Geschäft lief sogar auf sie. Jedenfalls hat er für sie und die Kinder kaum oder gar nichts gezahlt. Sie hatte sich von allen möglichen Leuten Geld geliehen und konnte jetzt nichts zurückzahlen. Das war hier Tagesgespräch. Der alte Brunner hat mir erzählt, dass ständig irgendwelche Gläubiger angerufen haben oder sogar vorbeigekommen sind. Muss sehr schwer für sie gewesen sein.«

»Haben Sie ihr auch Geld geliehen?«

Fischer lachte bitter. »Das nicht. Aber ich habe gesehen, wie schlecht es ihr ging. War an sich eine hübsche Frau, aber die letzte Zeit hatte sie deutlich mitgenommen gewirkt. Das wandelnde Elend. Man sah, dass sie Sorgen hatte. Aber das hier hätte ich nicht für möglich gehalten.«

»Bitte erzählen Sie, wie Sie die Leichen gefunden haben.«

Fischer stöhnte. »Heute Morgen kam Maria Brunner zu mir und …«

»Wann genau?«, unterbrach ihn Fels.

»Es dürfte etwa halb neun gewesen sein. Maria Brunner kam rüber und bat mich, ihr zu helfen. Ihr sei aufgefallen, dass es in der Wohnung über ihnen sehr ruhig sei und sie mache sich Sorgen. Die Tür zur Wohnung sei von innen versperrt und würde sich nicht öffnen lassen. Ich war gerade auf dem Weg in meinen Betrieb. Wir haben mehrere Baustellen im Moment.«

»Warum kam sie damit zu Ihnen und hat nicht die Polizei oder einen Schlüsseldienst gerufen?«

»Da müssen Sie sie schon selber fragen. Ich bin Dachdecker, bin aber auch ganz geschickt mit Schlosserarbeiten, was man am Bau eben so braucht. Ich habe den Brunners früher schon gelegentlich geholfen. Im letzten Sommer hatte sich die junge Frau einmal ausgesperrt und ich bin mit der Leiter in den ersten Stock und über den Balkon in die Wohnung. So habe ich es ja diesmal auch gemacht. Die Leiter lag ohnehin im Garten. Brunners haben mehrere Obstbäume, für die Ernte hatten sie sie aus der Garage geholt und ich brauchte sie für ein paar Reparaturen in den nächsten Tagen. Wer konnte denn ahnen …«

»Bitte zeigen Sie mir die Leiter.«

Fischer ging mit Fels um das Haus herum. An der Rückseite stand die Leiter noch angelehnt. Fischer wollte hochsteigen, um dem Kommissar zu zeigen, wie er in den ersten Stock gestiegen war, aber Fels hielt ihn zurück.

»Schon gut. Da oben ist noch die Spurensicherung beschäftigt. Das dürfte für Sie kein Problem gewesen sein, da hochzusteigen. Stand die Balkontür offen?«

»So halb. Der Riegel war hochgestellt, sodass die Tür nicht frei schwingen konnte. Es war aber kein Problem, ihn von außen runterzudrücken. Die Tür ging dann ganz leicht auf.«

»Brannte Licht?«

Fischer überlegte einen Moment. »Nein. Die Vorhänge waren zugezogen, es war ziemlich düster. Ich habe gerufen, aber niemand hat geantwortet. Im Wohnzimmer hab ich Licht gemacht und bin dann in das eine Kinderzimmer und da lag der Junge … schrecklich.«

»Wie lag er?«

»Irgendwie ganz unnatürlich verkrümmt. Die Beine waren noch im Bett, der Oberkörper so komisch aus dem Bett herausgerutscht. Der Kopf lag auf dem Boden.«

»Haben Sie ihn angefasst?«

»Ganz kurz. Ich musste ja sicher sein, dass er tot war, obwohl das ganz eindeutig war. So kann kein Mensch liegen.«

»Ist Ihnen noch irgendwas aufgefallen?«

Fischer zögerte kurz. »Neben dem Kopf lag ein Kissen, noch so halb über der einen Wange. Deswegen musste ich ja etwas näher ran. Aber der war tot, ganz klar.«

»War die Leiche kalt?«

Fischer merkte, wie ihm schlecht wurde. Er drehte sich um und hielt sich an einem der Apfelbäume fest. Er übergab sich heftig.

»Es tut mir leid«, entschuldigte er sich bei Fels.

»Das muss Ihnen nicht leid tun. Sie haben Fürchterliches gesehen und für diese Umstände haben Sie sehr besonnen gehandelt. Es muss schwer für Sie sein und ich bedauere, dass ich Sie mit lauter Nachfragen behelligen muss, aber es gehört zu den Ermittlungen.«

Fels wusste, dass der erste Eindruck immer der wichtigste war. Die Erinnerungen waren noch frisch, unverfälscht durch viele Wiederholungen und Nachfragen. Deswegen musste er auf der Befragung Fischers bestehen, der bislang sein wichtigster Zeuge war. Er hatte sich wieder gefangen.

»Schon gut, was war Ihre Frage?«

»Ob die Leiche des Jungen kalt war.«

»Ich habe ihn nur ganz kurz berührt … nein, ich glaube nicht. Ist mir jedenfalls nicht aufgefallen.«

»Und dann?«

»Ich war fast in Panik. Ich bin ins nächste Zimmer gelaufen, da lagen die Mädchen. Sie waren blutüberströmt. Ganz grauenhaft.«

»Haben Sie eines der Mädchen angefasst?«

»Ich bin mir nicht sicher. Auf jeden Fall das Mädchen im hinteren Bett, sie lag mit dem Gesicht zur Wand. Ich musste mich ja überzeugen, dass sie tot ist. War sie. Mehrere Wunden in der Brust. Ich nehme an, von einem Messer. Dem anderen Mädchen hatte sie die Kehle durchgeschnitten.«

»Sie?«

»Na hören Sie mal, ich bin doch nicht blöd. Natürlich sie. Wer soll es denn sonst gewesen sein, wenn nicht die Mutter? Ich dachte, sie sei auch tot. Lag völlig bewegungslos in der Badewanne, alles voller Blut, auch vor der Wanne. Der Kopf war zur Seite gedreht. Ich war später ganz überrascht zu hören, dass sie noch lebte.«

»War die Badewanne voller Wasser?«

»Ja, bis oben.«

»Lief das Wasser noch?«

»Nein, ganz sicher nicht. War alles ganz … still.«

»Und dann?«

»Bin ich zur Tür gerannt und habe von innen aufgemacht. Der Schlüssel steckte. Die Gesichter der Brunners … als ob sie gewusst hätten, was da passiert war. Ich wollte Frau Brunner noch zurückhalten, aber sie ist an mir vorbeigelaufen und hat dann nur noch fürchterlich geschrien. Er ist hinterher, hat sie aus der Wohnung gezerrt. Von unten hat er dann die Polizei angerufen.«

»Sind Sie noch einmal in der Wohnung gewesen?«

»Natürlich nicht. So ein Wahnsinn. Warum hätte ich da noch mal reingehen sollen? Keine zehn Pferde hätten mich da reingebracht.«

Fels nickte. Mehr konnte er im Moment nicht von ihm erfahren. Er dankte Fischer und bat ihn, für ein Protokoll in den nächsten Tagen in die örtliche Polizeiinspektion zu kommen.

»Kann ich noch etwas für Sie tun?«

»Nein. Ich habe meinen Sohn angerufen, er wird nachher kommen. Ich bekomme die Kinder nicht aus meinem Kopf.«

Fels sah ihm nach, wie er langsam davonschlurfte, und ging dann in das Haus zurück. Er wollte noch einmal einen Blick auf den Tatort werfen. Für einen kurzen Moment wartete er an der offenen Wohnungstür im ersten Stock. Er wollte sich alles ganz genau einprägen, die Tür, den Flur, die Lage der Zimmer, die Beleuchtung, den Geruch. Wann immer er später im Büro die Akten aufschlagen und sich den Fall vergegenwärtigen würde, wollte er den Tatort so plastisch wie möglich vor Augen haben.

Plötzlich stürmte ein deutlich übergewichtiger Mann wütend an ihm vorbei in die Wohnung. Für den Bruchteil einer Sekunde war Fels fassungslos. »Halt!«, rief er.

Der Mann drehte sich um. Er war Ende vierzig, kurzatmig von der einen

Treppe, die er hochgestürmt war. »Wo ist Rose Brunner?«, keuchte er. »Ich warte seit einer Stunde auf sie. Dafür bezahle ich sie nicht. Genug ist genug.« Er sah sich um. »Was ist denn hier los?«

Fels schob den Mann aus dem Flur. »Hauptkommissar Fels. Wer sind Sie?«, fragte er wütend.

»Günther Pabst. Frau Brunner arbeitet bei mir. Was …«

»Sie haben kein Recht, hier zu sein. Sie behindern polizeiliche Ermittlungen. Was wollen Sie hier?«

Fels hatte nicht vor, Pabst über das Geschehene aufzuklären. Er war entsetzt, dass Daisenhammer und seine Kollegen den Tatort nicht ausreichend gesichert hatten und ein wildfremder Mann einfach hineinspazieren konnte.

»Ich suche Frau Brunner.«

»Die ist auf dem Weg ins Krankenhaus. Sie sind ihr Arbeitgeber?«

»Ja, ich habe ein Zeitschriftengeschäft in Starnberg, sie ist halbtags bei mir. An sich hat sie heute frei, aber ich habe sie gestern angerufen und gebeten, mich heute zu vertreten. Ich habe einen dringenden Termin in München.«

»Wann haben Sie mit ihr gesprochen?«

»Gestern Abend gegen sechs.«

»Frau Brunner hatte zugesagt?«

»Aber ja.«

»Wie war sie? Ist Ihnen etwas aufgefallen?«

»Mir? Nein. Wieso? Kurz angebunden war sie, wie immer, wollte aber pünktlich kommen. Stattdessen stehe ich da und warte. Wieso ist hier eigentlich Polizei? Wieso ist sie im Krankenhaus?«

Fels brachte Pabst nach unten und übergab ihn einem Kollegen, damit dieser seine Personalien aufnehmen konnte. Daisenhammer würde er sich später vornehmen.

Er ging zu Krebs, der sich im Wohnzimmer der alten Brunners mit dem Rechtsmediziner unterhielt. Fels kannte ihn nicht.

»Das ist Dr. Traublinger, erst seit ein paar Wochen im Institut. War vorher in Tübingen, ist sozusagen abgeworben worden.«

Traublinger, ein korpulenter Mittvierziger mit einem schon angegrauten Kinnbart, der ihn älter machte, als er war, hob die Hände zur Abwehr.

»Zu viel der Ehre. Mein Vertrag lief aus, ich musste mich verändern. München war eine gute Gelegenheit. Außerdem bin ich hier aufgewachsen. Zehn Jahre Exil im Schwäbischen sind für einen Bayern mit lupenreinem Stammbaum genug.«

Fels nickte. Das Institut hatte einen guten Ruf, war aber auch ein Nistplatz für Sonderlinge, was ihn nicht überraschte. Wer wählte schon seinen Lebensmittelpunkt zwischen Leichen und Laborgeräten? Oft genug hatte Fels Obduktionen beigewohnt oder die Leichen zumindest angeschaut –

manchmal Tage und Wochen, nachdem sie gestorben oder getötet worden waren. Der Anblick, vor allem aber der Gestank, war atemberaubend. Im wahrsten Sinne des Wortes. Wenn er konnte, vermied er den Gang in den Sektionssaal. Immer gelang ihm das aber nicht. Manche Dinge musste er in Augenschein nehmen. Das Urteil der Rechtsmediziner war häufig genug entscheidend für die Aufklärung eines Falles.

»Herr Dr. Traublinger, was können Sie uns zu Todesart und vor allen Dingen Todeszeitpunkt sagen?«

»Ich kann nur eine ganz vorläufige Einschätzung abgeben. Der Junge ist offensichtlich erstickt worden. Er hat außerdem Kopfverletzungen, vielleicht von einem Sturz oder Schlag, vor allem auch Stichverletzungen. Bei der Lage der Leiche kann man davon ausgehen, dass er sich gewehrt hat. Es finden sich auch ein paar kleine Prellmarken am Oberkörper, die dafür sprechen könnten. Bei den Mädchen sieht das anders aus. Dem näher zur Tür liegenden Mädchen ist die Kehle durchschnitten worden, und zwar mit großer Wucht, eine grässliche Wunde. Außerdem finden sich mehrere Stichverletzungen im Brustraum. Schwer zu sagen, ob die tödlich gewesen wären. Das kann man nur bei der Sektion klären. Bei dem zweiten Mädchen ging ein Stich direkt ins Herz. Ich habe aber mindestens vier weitere Stiche gezählt.«

»Todeszeitpunkt?«

»Grob geschätzt zwischen zwei und vier Uhr morgens. Eher bei vier denn bei zwei.«

»Und die Mutter?«

»Die habe ich nicht mehr selber untersuchen können, sie ist in äußerst kritischem Zustand auf die Intensivabteilung der Universität verlegt worden. Aber nach dem, was mir mein Kollege erzählt hat …«, er nickte in Richtung des Notarztes, »… sind die Chancen, dass sie durchkommt, sehr schlecht.«

»Danke, Herr Traublinger. Eine Frage noch: Gibt es Hinweise auf frühere Misshandlungen der Kinder?«

»Zumindest nicht erkennbar. Keine Narben, keine Spuren von früheren Verletzungen. Vom äußeren Aspekt her würde ich sagen, drei ganz normale, altersentsprechend entwickelte Kinder. Auch dazu kann ich erst nach der Sektion etwas sagen. Wirklich ein Drama.«

Fels dankte ihm und wandte sich dem Hausarzt zu, der gewartet hatte. Auch er wirkte blass und müde. Fels führte ihn hinaus zu der Sitzgruppe im Garten, wo vorhin der Zeuge Fischer auf ihn gewartet hatte.

»Danke, dass Sie geblieben sind. Sie sind Dr. Fischer? Sind Sie mit dem Zeugen Fischer, der die Leichen entdeckt hat, verwandt?«

»Nicht mal entfernt. Fischer ist ja kein seltener Name, gerade in dieser Gegend. Wenn ich ehrlich sein soll, kenne ich ihn kaum.«

»Aber Sie kannten die Familie Brunner?«

»Die alten Brunners sind seit vielen Jahren Patienten von mir. Man kennt sich auch so aus dem Ort. Sehr gesellig waren sie ja nicht, eher zurückgezogen.«

»Sind irgendwelche wichtigen Erkrankungen bekannt, die für die Ermittlungen wichtig wären?«

Der Arzt hob abwehrend die Hände. »Sie wissen doch, das unterliegt der Schweigepflicht. Aber vertraulich würde ich Ihnen sagen: Vergessen Sie's.«

»Und die Schwiegertochter?«

»Kannte ich weniger. War nur zwei oder drei Mal bei mir …« Er zögerte etwas.

»Und?«, fragte Fels ungeduldig.

»Hm, ich denke, dass ich nicht zu weit gehe, wenn ich Ihnen sage, dass die Frau vor vier oder fünf Tagen bei mir war. Sie hatte einen Knoten in der Brust getastet. Ich habe sie zu einem Spezialisten geschickt.«

Fels pfiff durch die Zähne. Das konnte wichtig sein. Schon mehrfach hatte er erlebt, wie Frauen unter dem Eindruck einer gefährlichen Erkrankung sich und ihren Kindern etwas angetan hatten. Ein mögliches Motiv.

»Bösartig?«, fragte er nur.

»Ich habe keine Ahnung. Muss nicht unbedingt sein. Sie schien mir aber sehr besorgt.«

»Wo haben Sie sie hinverwiesen?«

»Das örtliche Krankenhaus hat eine ganz gute Gynäkologie. Die machen auch Mammografien. Sie wollte dort einen Termin vereinbaren.«

Fels unterhielt sich noch etwas mit dem Arzt, aber mehr Informationen waren nicht zu gewinnen. Er bestätigte, was Fels zuvor vom Rechtsmediziner erfahren hatte. Dr. Fischer wirkte angespannt. Trotzdem meinte er, sich um Brunners kümmern zu müssen, vor allem um die Frau, die in ihrer Küche saß und von Weinkrämpfen geschüttelt wurde. Der Arzt hatte ihr schon eine Beruhigungsspritze gegeben, die aber nicht viel genutzt hatte. Ihr Schmerz und ihre Verzweiflung waren zu groß. Ihr Mann stand stumm und verbittert neben ihr. An eine Vernehmung war nicht zu denken. Fels dankte Dr. Fischer noch einmal und suchte Krebs. Er fand ihn mit einer Tasse Kaffee in der Wohnung im Erdgeschoss.

»Ist die Spurensicherung oben fertig?«, wollte Fels wissen.

»Sieht nicht so aus. Das ist ein Schlachtfeld, die toben sich richtig aus. Kann noch länger dauern.«

Fels nickte. Das war ein großer Tatort. Eine Frage beschäftigte ihn brennend. »Die Mädchen sind mit einem Messer getötet worden und die Frau hat sich die Pulsadern aufgeschnitten. Wo ist das Tatwerkzeug? Oder gibt es mehrere?«

»Gute Frage«, stöhnte Krebs.

Sie gingen beide nach oben. Auf der Treppe kam ihnen Jonas Bergmann von der Spurensicherung entgegen, ein junger Mann mit blassem Teint und feinen, etwas spöttisch wirkenden Zügen. Fels nutzte die Gelegenheit.

»Habt ihr ein Messer gefunden? Wir fragen uns, wo das Tatwerkzeug geblieben ist. Vielleicht gibt es auch mehrere.«

Triumphierend hielt Bergmann einen Plastiksack in die Luft. »Keine Sorge. Das Messer haben wir. Es lag allerdings in der vollen Wanne, vermutlich mehrere Stunden. Es dürfte nicht leicht werden, da noch Spuren zu sichern.« Er zog eine durchsichtige Tüte aus dem Plastiksack. »Hier ist das Schmuckstück. Klingenlänge mindestens zwölf Zentimeter. Sieht wie ein typisches Küchenmesser aus. Blutanhaftungen sind unübersehbar. Alles Weitere hört ihr vom Labor.« Bergmann grinste und machte sich auf den Weg.

»Habe ich dir schon mal gesagt, dass mich dieser Typ total ankotzt«, sagte Fels. »Der würde auch noch grinsen, wenn er seine eigene Großmutter erschlagen finden würde. Aufgeblasenes, unreifes Früchtchen.«

»Den wirst du nicht mehr ändern. Fachlich gibt es nichts, aber sonst ist er einfach ein Arsch«, sagte Krebs.

Fels seufzte. Solche Fachidioten fanden sich bei der Polizei immer mehr. Männer und Frauen mit gutem Schulabschluss und guter Ausbildung, hochqualifiziert, denen aber jedes Gefühl für die Situation und andere Menschen fehlte. Dass hier ein grauenhafter Mord an drei Kindern begangen worden war, dass hier Angehörige anwesend waren, die mit ihrer Not nicht aus noch ein wussten – geschenkt. Das war für solche Typen uninteressant. Für die zählte nur die »Action«, die Aufregung und die Tatsache, dass sie selbst mittendrin waren. Emotional aber waren sie nicht beteiligt. Und das war zumindest in diesem Fall reichlich schwer.

»Wir müssen noch mit dem Vater der Kinder reden«, sagte Krebs.

Fels nickte. »Das dürfte nicht leicht werden. Hast du die Adresse?«

Es zeigte sich aber, dass sie die gar nicht brauchten. John Brunner war von seinem Vater alarmiert worden.

4. Kapitel

Schon von Weitem war der Auspuff der Harley zu hören. John Brunner fuhr mit hoher Geschwindigkeit in die Fichtenstraße und hielt mit quietschenden Reifen vor dem Haus seiner Eltern. Fels schätzte ihn auf Ende dreißig. Er war mittelgroß, ein sportlicher Typ mit längeren, schon leicht grau melierten braunen Haaren und Dreitagebart. Ein Mann, der seinen Erfolg bei Frauen suchte.

»Wo ist das Miststück? Ich schlage sie tot.«

Wütend stapfte er in Richtung des Hauses, den Motorradhelm unter die Obstbäume schleudernd. Fels und Krebs traten ihm in den Weg.

»Herr Brunner? Ich bin Hauptkommissar Fels und das ist mein Kollege Krebs. Wir wollten gerade zu Ihnen. Es tut uns sehr leid, ein furchtbares Unglück. Wir dürfen Ihnen unser Beileid und …«

»Sparen Sie sich Ihre Worte. Wo ist sie? Ich schlage sie tot.«

Er versuchte sich an den Polizisten vorbeizuschieben, aber Krebs fasste ihn unter der Schulter und hielt ihn mit beträchtlichem Kraftaufwand zurück.

»Sie ist nicht mehr hier. Ihre Exfrau ist im Krankenhaus, sie hat einen Selbstmordversuch unternommen. Es ist ernst«, gab ihm Fels zu verstehen.

»Um sie ist es nicht schade, eine Schlampe, ein Dreckstück, war sie immer schon. Hat mich mit Schulden überhäuft und dann sitzen lassen.«

»War es nicht eher so, dass Sie eine Geschäftspleite erlitten hatten?«

»Unsinn. Wenn sie nur richtig mit angepackt hätte … was geht Sie das überhaupt an? Wo sind meine Kinder? Ich will sie sehen!«

»Davon rate ich ab. Sie sind auch nicht mehr hier. Es tut uns leid.«

Brunner schlug die Hände vors Gesicht und schluchzte. Fels schien, als würde er erst jetzt die Tragweite des Geschehens begreifen.

»Das darf doch alles nicht wahr sein! Ich kann es nicht glauben. Das ist doch ein Albtraum.«

Fels versuchte ihn zu beruhigen, aber es war schwer, die richtigen Worte zu finden.

»So wie es aussieht, hat Ihre Frau erst die Kinder umgebracht und dann versucht, sich selbst zu töten.«

»Wie denn? Wie kann eine Mutter so etwas tun? Was hat sie getan?«

Krebs räusperte sich. Es war sicher nicht geschickt, dem verzweifelten Mann die grausame Wahrheit jetzt zu sagen. John Brunner würde früh genug erfahren, wie seine Kinder getötet worden waren. Er zog es vor, so vage wie möglich zu bleiben.

»Wir wissen es noch nicht genau. Ihr Sohn wurde wahrscheinlich erstickt, die Mädchen weisen Spuren von Gewaltanwendung auf.«

Brunner wurde leichenblass. »Haben sie gelitten?«

Fels wusste es nicht, aber in diesem Moment war es in jedem Fall besser, zu einer Notlüge zu greifen. »Ich glaube nicht. Wir wissen es noch nicht genau. Die Ermittlungen laufen noch. Wann haben Sie die Kinder zuletzt gesehen?«

Brunner stutzte für einen Moment. »Keine Ahnung. Vor vier Wochen vielleicht.«

»Vor vier Wochen? Aber Sie wohnen doch hier in der Nähe.«

»Na und? Um meine Kinder habe ich mich gekümmert. Aber sie hat immer Zoff gemacht, wegen Geld und so, die dumme Schlampe. Ich habe mich einige Zeit zurückgezogen, das war alles.«

Fels war von der derben Sprache des Mannes unangenehm berührt, wollte zu diesem Zeitpunkt der Ermittlungen aber nichts sagen. Sein Eindruck von Brunner war kein günstiger. Er wirkte, trotz der verständlichen Verzweiflung und des nachfühlbaren Zorns, unbeherrscht und erschien als jemand, der stets die Schuld bei anderen suchte. Ein Eindruck, der sich weiter verdichten sollte.

»Wo waren Sie heute Nacht und heute Vormittag?«

»Was soll das? Verdächtigen Sie mich? Meinen Sie, ich hätte mich nachts ins Haus geschlichen und meine Ex aufgefordert, meine Kinder umzubringen? Sind Sie nicht ganz bei Trost?«

»So war das nicht gemeint. Aber in einem so frühen Stadium der Ermittlungen ist alles wichtig. Wir versuchen, uns ein möglichst genaues Bild des persönlichen Umfelds und der Umgebung ihrer Exfrau zu machen. Dazu gehören natürlich in erster Linie Sie.«

»Ist ja lachhaft. Also meinetwegen. Ich war zu Hause. Bis mein Vater mich anrief.«

»Allein?«

»Allein? Nein.«

»Darf ich fragen, wer bei Ihnen war?«

»Eine Bekannte.«

»Wie heißt sie?«

»Sie ist verheiratet.«

»Wir untersuchen den Mord an Ihren drei Kindern.«

»Also gut. Yvonne Bruckmeier, ihr Mann hat ein Makler- und Immobilienbüro in Starnberg und noch zwei in München und am Ammersee. Sie arbeitet da auch. Er muss das mit uns nicht wissen.«

»Warum?«

Brunner räusperte sich. »Er ist auch Präsident des Jachtclubs. Ich arbeite da, zumindest aushilfsweise. Bis ich etwas anderes gefunden habe.«

Fels und Krebs sahen sich an. Fels nahm sich vor, Brunners Alibi zu überprüfen. Vielleicht hatte er seine Frau doch noch einmal gesehen und es war zu einem letzten Streit gekommen.

»Ach so. Wir werden sehen, was sich machen lässt. Zurück zu Ihrer Exfrau. Ist Ihnen in letzter Zeit irgendeine Veränderung an ihr aufgefallen. Hatte sie psychische Probleme? War sie niedergeschlagen?«

»Ich sage doch, wir hatten wenig Kontakt.«

»Gar keinen?«

»Na ja, ab und zu telefoniert. Sie hat mich mit ihren Forderungen gejagt. Sie wollte immer nur Geld. Gesehen habe ich sie eigentlich nur, wenn ich die Kinder abgeholt habe.«

»Zuletzt vor vier Wochen?«

»Zuletzt vor vier Wochen. Eher fünf. Ich bin mit den Kindern zum Sommerfest des Segelclubs gegangen. Das Datum lässt sich leicht feststellen.«

»Sind Sie Segler?«

»Das nicht. Aber Yvonne hat uns mitgenommen. Sie ist Mitglied.«

»Yvonne? Ihre Geliebte? Und die Kinder wussten von nichts?«

»Natürlich nicht. Ich habe sie als Bekannte aus dem Club vorgestellt. Die Kinder haben nichts gemerkt. Später gab es einen ziemlichen Streit, der Junge wollte unbedingt nach Hause, ihm war langweilig. Die Mädchen haben auch gemault. Ich habe sie dann vorzeitig nach Hause gefahren. Vielleicht hatte sie meine Frau auch wieder aufgehetzt. Schade, war ein schönes Fest.«

Fels und Krebs sahen sich wieder an. Brunner hatte unzweifelhaft eine hohe Begabung, alles Unangenehme zu verdrängen. Es war ziemlich klar, warum die Kinder gemeutert hatten, nur Brunner wollte davon nichts wissen. Er war sich keiner Schuld bewusst.

»Zurück zu meiner Frage. Ist Ihnen an Ihrer Frau irgendeine Veränderung aufgefallen?«

»Nein. Sie war verlogen und hysterisch wie eh und je.«

»Wie meinen Sie das?«

»So, wie ich das sage. Hat gelogen, wenn sie den Mund aufgemacht hat.«

»Ein Beispiel?«

»Ein Beispiel?« Brunner lachte bitter. »Können Sie haben. Immer wieder hat sie sich Geld ausgeliehen, von wem auch immer. Und wenn ich sie darauf angesprochen habe, hat sie alles abgestritten.«

»Warum musste sich Ihre Frau von anderen Geld leihen? War sie verschwenderisch?«

Brunner zögerte. »Das nicht gerade. Sie hat aber nicht gut mit Geld umgehen können. Es blieb einfach nichts übrig. Mit den drei Kindern … die haben einem ja die Haare vom Kopf gefressen. Immer war irgendwas zu kaufen, Kleidung, Schulsachen, sonst was. Da kam man doch gar nicht hinterher.«

Fels begann zu zweifeln, ob John Brunner wirklich ein so liebevoller Vater war, wie er vorgab, behielt seine Gedanken aber für sich. In diesem Moment war es wichtiger, alles über die mutmaßliche, um nicht zu sagen höchstwahrscheinliche Täterin in Erfahrung zu bringen, und sei es durch das hasserfüllte Zerrbild, das John Brunner gerade von ihr entwarf.

»Soweit ich weiß, hat sie in Ihrem Geschäft mitgearbeitet.«

»Arbeit würde ich das nicht nennen. Sie hat an der Kasse gestanden und den Kunden schöne Augen gemacht, jedenfalls, wenn sie dicke Autos gefahren haben. Sonst habe ich alles gemacht, Einkauf, Verkauf, Service …«

»Was war das für ein Geschäft?«, warf Krebs ein.

»Sportartikel. ›John's Sportwelt‹. Ich trainiere seit Jahren die Jugendfußballmannschaft am Ort, irgendwann habe ich das Hobby zum Beruf gemacht. War wohl ein Fehler … Hören Sie, ich denke, das geht Sie alles nichts an. Ich bin völlig fertig, kaputt. Diese Schlampe, ich bringe sie um.«

Fels versuchte Brunner mit ein paar tröstenden Worten zu beruhigen, aber er fand nicht die richtigen. Alle drei Kinder! Der Hass auf seine geschiedene Frau war mehr als verständlich. Viele in der gleichen Situation würden genauso reagieren. Trotzdem wirkte John Brunner anders, als Fels es bei ähnlichen Tragödien erlebt hatte: Weniger stumme Depression und Verzweiflung als vielmehr eine große Kränkung waren bei ihm spürbar. Aber Fels war vorsichtig. Wer wollte wissen, wer beurteilen, was die richtige, angemessene Reaktion angesichts einer solchen Katastrophe war?

Die Polizisten verabschiedeten sich von ihm. Brunner ging ins Haus zu seinen Eltern. Auch ihr Verhältnis war zerrüttet, nach allem, was sie bisher erfahren hatten. Fels begann zu erahnen, welche Abgründe sich in dieser Familie aufgetan, welche Spannungen sich aufgebaut und schließlich in dieser Tat entladen hatten. Wie eine Feder, die ständig überdehnt wurde, schließlich zurücksprang und alles an Kränkungen, Enttäuschungen und Wut zurückgab, was sich in bitteren Jahren angesammelt hatte.

Fels befragte noch die Polizisten vor Ort, was nichts Neues ergab. Daisenhammer gegenüber machte er klar, was er von seiner Arbeit am Tatort hielt und ließ ihn dann mit hochrotem Kopf stehen. Mehr hatte Fels im Moment nicht zu tun.

Weitere Zeugen waren zunächst nicht zu ermitteln. Die Spurensicherung würde noch etwa eine Stunde brauchen. Fels dachte an Rose Brunner. Sie kämpfte um ihr zerstörtes Leben. Es war höchst ungewiss, ob sie sich je für ihre Taten würde verantworten müssen.

Zur gleichen Zeit lag Rose Brunner bewusstlos auf der Intensivstation des Klinikums München-Süd, einem riesigen, aluminiumverkleideten, silbernmetallisch in der Spätsommersonne glänzenden Hochhaus, das in den siebziger Jahren auf grüner Wiese konzipiert worden war und immer noch ebenso futuristisch wie abweisend wirkte, schon äußerlich eher einer Fabrik als einer Klinik ähnelnd. Und das war es auch: eine Medizinfabrik mit Hunderten von Ärzten und Tausenden von Mitarbeitern, in unzähligen, völlig gleich wirkenden Fluren in fünfzehn Geschossen über und unter der Erde. Hier waren lange Straßen zur Ver- und Entsorgung der Stationen angelegt worden, auf denen sich Angestellte auf Fahrrädern oder kleinen Elektrowagen bewegten. Auch einige Stationen, auf denen mit radioaktivem Material gearbeitet wurde, hatten sich im Keller eingegraben, bunkerähnliche Einheiten, in denen totkranke Krebspatienten bestrahlt wurden. Von all dem wusste Rose Brunner nichts. Sie war bewusstlos. Fast völlig ausgeblutet lag sie im zweiten Stock des Hochhauses, umgeben von Geräten und Maschinen, die Puls, Blutdruck, Herzfunktion und Atmung überwachten. Aus Schläuchen liefen Flüssigkeiten in ihren zerschundenen Körper hinein, vor allem Blut, das literweise aus dem Keller hochgeschafft werden musste. »B negativ«, stöhnte einer der Assistenten. Eine ganz seltene Blutgruppe. Eine teure Therapie für eine Selbstmörderin, dachte er, während er Rose Brunners Lunge mit einem Stethoskop auskultierte.

Noch auf der Fahrt ins Klinikum hatte sie wiederbelebt werden müssen. Das Herz hatte ausgesetzt, sie hatte zu viel Blut verloren. Das Ärzteteam hatte sie schon fast aufgegeben, als auf dem Monitor, der die Herzfunktion abbildete, die Nulllinie wieder Zacken zeigte und in ein regelmäßiges Schlagen überging. Sie retteten sie in die Notaufnahme, wo sich sofort ein Team von Spezialisten um sie versammelt hatte. Mobile Röntgengeräte wurden über sie geschoben, Bilder geschossen, Chirurgen versorgten ihre Wunden, während Anästhesisten versuchten, ihren Kreislauf aufrechtzuerhalten. Stundenlang kämpften die Ärzte um ihr Leben. Rose merkte davon nichts. In traumloser Bewusstlosigkeit wartete sie auf ihren Tod.

Sie wartete vergebens. Am Abend gaben die Ärzte vorläufige Entwarnung. Aus unerklärlichen Gründen hatte ihr Herz auch in Zeiten der Blutleere überlebt. Die Herzfrequenz näherte sich langsam wieder dem beruhigenden Sinusrhythmus. Der Oberarzt der Intensivstation hatte zur Abendvisite seine Assistenten um sich gesammelt, die müden Angehörigen der Tagschicht, die mit blassen Gesichtern auf die Erlösung warteten, und die ebenso blassen Angehörigen der Nachtschicht, deren Piepser sie jederzeit, zu jeder Sekunde in die Nothilfe, die Intensivstation oder den Operationssaal holen konnte. Das helle Alarmsignal des Funks bestimmte ihre Körperfunktionen. Jeder Hunger war sofort gestillt, jeder Harndrang erloschen, wenn das Signal ertönte und Adrenalin und Stresshormone durch die Arterien der jungen Ärzte schossen und von drohenden Katastrophen kündeten: von Blutungen in Gehirn und Bauch, epileptischen Anfällen oder bewusstlosen Patienten, von denen man nichts wusste, außer dass sie in Lebensgefahr waren. Ihr pulsierender Schläfenkopfschmerz sagte ihnen: »Nur kein Fehler, nur kein Fehler«, und ließ sie zum Krankenbett rasen – als kleine Rädchen im großen Netzwerk der Medizinfabrik. Die Lebenserwartung von Ärzten ist trotz ihres Wissens nicht höher als die anderer Menschen und dafür gibt es Gründe. Einer davon heißt Stress, und eines seiner Werkzeuge ist der Piepser.

Natürlich hätte keiner der Ärzte, die sich um Rose Brunner versammelt hatten, zugegeben, unter Stress zu leiden. Das widersprach dem Berufsethos, vor allem dem Selbstbild so sehr, dass jeder Gedanke daran sofort erstickt worden wäre. Der gefährliche Bazillus des Selbstzweifels wurde mit Ansehen, Erfolg und Charisma bekämpft. Bedenken und Ängste wurden verdrängt – so oft und immer wieder, bis der Zweifel schließlich resistent und gefährlicher denn je über sie hereinbrechen konnte. Aber dafür waren die jungen Ärzte der Nachtschicht noch nicht reif. Die Visite hatte begonnen.

Ein dreißigjähriger Assistent mit schon drei Jahren Berufserfahrung in der Fabrik und entsprechend fahlem Hautkolorit stellte die Patientin vor.

»Rosemarie Brunner, siebenunddreißig Jahre, Zustand nach Selbstmordversuch heute Nacht durch tiefen Pulsaderschnitt links, dazu mehrere eher oberflächliche Schnittverletzungen am Brustkorb, die lokal versorgt werden konnten, dazu eine tiefere Schnittverletzung unterhalb des linken Rippenbogens, Stichkanal in Richtung Herz, Herzbeutel aber nicht eröffnet. Die Wunde ist operativ versorgt worden, auch die Wunde am Handgelenk. Sonst altersentsprechende Patientin in gutem Allgemein- und Ernährungszustand. Keine anderen Verletzungen, nur eine kleine Prellmarke am Hinterkopf, vermutlich vom Aufschlagen an den Rand der Badewanne, in der sie gefunden worden ist. Ganz erheblicher Blutverlust, ist im Schockzustand präfinal gefunden worden, starke Unterkühlung. Auf dem Weg hierher reanimationspflichtig. Jetzt seit etwa zwei Stunden kreislaufstabiler. Ist aber immer noch in sehr kritischem Zustand.«

Der Oberarzt nickte. »Ein Selbstmordversuch? Irgendwelche Hinweise für Intoxikation, Einnahme von Schlaf- und Beruhigungsmitteln?«

»Die Drogenschnelltests waren negativ bis auf Benzodiazepine. Offensichtlich nahm sie Schlafmittel. Die Alkoholbestimmung liegt noch nicht vor.« Der Assistent räusperte sich. »Da wäre noch etwas. Laut Hausarzt besteht der Verdacht auf Brustkrebs. Man tastet tatsächlich einen Knoten in der linken Brust. Keine vergrößerten Lymphknoten. Ich habe ein Gynäkologiekonsil veranlasst. Der Frauenarzt meinte auch, das müsse man operieren, sobald sie sich erholt hat. Falls sie sich erholt.«

»Wie sieht die Hirnfunktion aus?«, fragte der Oberarzt. »Hinweise für eine Schädigung? Sie war ja sehr lange bewusstlos, bevor man sie gefunden hat, und musste wiederbelebt werden.«

Sein Blick traf den Neurologen in der Runde, einen großen, drahtigen Blondschopf mit feiner, randloser Brille, die den Analytiker verraten sollte.

»Tiefes Koma, sonst, soweit beurteilbar, unauffälliger Neurostatus, Pupillen reagieren prompt auf Licht. Das EEG ist stark verlangsamt, aber das war zu erwarten. Man weiß natürlich nie, aber im Moment spricht nichts für eine bleibende Hirnschädigung.«

»Na gut. Dann wollen wir uns alle Mühe geben, dass sie es schafft. Wenn sie die nächsten Tage übersteht, lassen wir erst einmal die Frauenärzte ran. Weiß man eigentlich, warum sie sich umbringen wollte? Etwa wegen des Krebsverdachts?«

Der blasse Arzt, der Rose morgens kurz nach seinem Dienstantritt aufgenommen hatte und dessen Schicht schon über eine Stunde vorbei war, ohne dass er die Klinik verlassen konnte, schüttelte den Kopf.

»Unklar. Könnte sein. Gab wohl auch familiäre Konflikte. Da wäre noch etwas: Sie hat nicht nur versucht sich umzubringen, sie hat auch ihre drei Kinder getötet.«

Der Oberarzt wurde fahl. »Oh mein Gott. Was für ein Drama. Wenn Sie aufwacht … vielleicht kann sie sich nicht einmal mehr daran erinnern. Dann müssen wir sie darüber aufklären. Na ja, wenn sie wirklich durchkommt … dann möglichst schnell ab in die Psychiatrie, bevor es hier noch ein Unglück gibt.«

Rose hörte von alledem nichts. Traumlos flog sie über schwarze Wasser. Sie lag im Koma, ihr Herz noch im Diesseits, das Gehirn schon halb über der Grenze im Jenseits. Aber ihr Herz hörte nicht auf zu schlagen.

Noch tagelang rang sie mit dem Tod, ehe sie sich schließlich doch entschloss, die Augen aufzuschlagen. Von der ersten Sekunde an wusste sie, dass etwas Schreckliches passiert war, konnte aber die Erinnerung an die letzten Stunden nicht fassen. Narkotika dämpften ihre Sinne, nicht aber ihren Schmerz. Die einzige Erinnerung, die sich irgendwann einstellte, war eine weiße Wand, die sich rot verfärbte. Rose wusste, es war das Blut ihrer Kinder.

Am späten Nachmittag kam Krebs mit rotem Kopf in das Zimmer von Hauptkommissar Fels. Fels war nicht klar, ob sein Blutdruck wieder verrückt spielte oder ob er zu lange in der Biergartensonne gesessen hatte. Vielleicht war es überhaupt der Alkohol, aber er hatte Krebs noch nie betrunken gesehen. In jedem Fall wirkte er ungesund und aufgeregt. Er wedelte mit einigen Papieren.

»Schau mal, was ich da gefunden habe.«
»Eine Akte«, meinte Fels trocken.
»Brillant beobachtet. Der Hauptkommissar hat einen untrüglichen Blick fürs Wesentliche.«
Eins zu eins, dachte der Hauptkommissar.
»Spuck es schon aus.«
»Der Zeuge Pabst, der Arbeitgeber von Rose Brunner, der sich am Tatort so ungestüm verhalten hat, ist vorbestraft. Der Eintrag ist vier Jahre alt, Amtsgericht Starnberg. Sexuelle Nötigung.«
»Ach was.«
»Es kommt noch dicker. Es ging um eine Zwölfjährige. Er soll sich abends im Strandbad dem Mädchen genähert und sie ziemlich fies angelangt haben. Laut Opfer und einer Zeugin, die zufällig dazukam, wollte er das Mädchen vergewaltigen und ist nur durch das plötzliche Auftauchen der Frau, die mit ihrem Hund beim Gassi gehen war, davon abgehalten worden. Er hat natürlich alles bestritten, deswegen ist es nur zu einer Verurteilung wegen versuchter Nötigung gekommen.«
»Schlimm genug.«
»Es kommt noch heftiger. Es gab noch drei weitere Anzeigen, immer ganz ähnliche Sachen, Pabst soll Frauen beim Umkleiden im Strandbad beobachtet haben. Einmal soll er sogar ein Loch in eine Umkleidekabine gebohrt haben. Das hat allerdings nicht zu einer Verurteilung gereicht.«
»Ein ziemlicher Schmutzfink also. Diese Typen liebe ich ja. Aber gibt es irgendwelche Hinweise für ein Sexualdelikt in unserem Fall?«
»Nein. Die Spurenlage war eindeutig.«
»Die rechtsmedizinischen Aussagen auch. Trotzdem sollten wir uns den feinen Herrn noch mal vornehmen.«
Fels wusste aus Erfahrung, dass Sexualtäter zu denen mit dem höchsten Rückfallrisiko gehörten. Ihre Störung, wenn es denn eine war, brach sich immer wieder Bahn und war kaum zu beeinflussen. Allerdings sah er zunächst keinen Zusammenhang mit der Tat. Aber in solchen Fällen musste man immer in alle Richtungen ermitteln. Letztlich lag die Motivlage noch reichlich im Dunkeln. Was war zwischen Günther Pabst und Rose Brunner gewesen? Kaum zu glauben, dass er bei einer so attraktiven Frau nicht eine Annäherung versucht hätte. Sein plötzliches Erscheinen am Tatort war für Fels rätselhaft gewesen. Welcher Arbeitgeber fährt schon gleich zu seiner Angestellten, wenn diese kurz fehlt oder zu spät kommt? Spielte etwa Geld eine Rolle?
Grund genug, sich noch einmal mit Pabst zu beschäftigen.

5. Kapitel

Das Voralpenland mit seinen grünen Hügeln und sanften Abhängen lag in strahlender Spätsommersonne. Der Wetterbericht hatte Gegenteiliges angekündigt. Der Himmel war aufgerissen, keine Spur mehr von Nebel. Der Föhn hatte ihn vertrieben. Fels hatte sich vorgenommen, mit Rose Brunners einziger Schwester zu sprechen, die zwei Jahre jünger war und dem Vernehmen nach Mutter von vier Kindern. Sie lebte immer noch in Roses Heimatort, einem kleinen Dorf etwa zehn Kilometer vom Starnberger See entfernt. Die Häuser, die die engen Straßen der kleinen Ortschaften säumten, durch den Fels den BMW steuerte, hatten rasch jeden mondänen Charakter verloren, den die Anwesen in Seenähe hatten. Sie waren kleiner, gedrungener, bäuerlicher. Hin und wieder tauchte ein großer Hof mit überbordendem Blumenschmuck am Balkon auf, wie er für diese Gegend typisch war. Ein reiches Bauernland mit satten Wiesen. Um die Dorfkerne herum hatten sich Neubaugebiete gebildet, bürgerliche Metastasen der hier schon fernen Großstadt. Viele Bauern, die Ackerland oder Weidegründe dafür geopfert hatten, waren dadurch reich geworden. Der Blumenschmuck an den Bauernhöfen war dadurch noch üppiger geworden und vor den Höfen standen nicht mehr nur Traktoren, sondern Geländewagen mit großen Motoren. Keine Milchkuh konnte so viel Geld abwerfen wie ein Quadratmeter Acker, der zu Bauland umgewidmet wurde.

Veronika Daschner wohnte mit ihrer Familie in einem dieser Neubaugebiete fernab der Autobahn und der urbanen Zivilisation, eine gesichtslose Reihenhaussiedlung, die überall in Deutschland stehen könnte, nur der Blick war unbezahlbar: sanfte, grüne Hügel, die weiter südlich in echte Berge übergingen. Die Alpen waren bei schönem Wetter zum Greifen nahe.

Weder Fels noch Andrea Hartmann, eine junge Polizistin, die der Hauptkommissar gerne zu schwierigen Gesprächen mit Angehörigen von Mordopfern mitnahm, weil er zu recht daran glaubte, dass eine Frau hier günstiger für die Gesprächsatmosphäre war als zum Beispiel der manchmal etwas direkt auftretende Krebs, hatten Augen für die Alpenkulisse. Sie erwarteten ein schwieriges Gespräch. Nach allem, was er von der Familie Brunner erfahren hatte, hatte Rose Brunners Schwester früh geheiratet. Ihr Mann hatte eine Stelle bei der örtlichen Raiffeisenbank, bei der viele Bauern aus der Umgebung ihre Konten hatten. Sie hatte trotz der geografischen Nähe zu ihrer Schwester wohl nur einen begrenzten Kontakt zu ihr gehabt, gerade in den letzten Jahren. Fels war das Gespräch mit ihr wichtig. Er suchte immer noch nach den Gründen für die Schreckenstat. Warum war Rose Brunner die Situation so verzweifelt erschienen, dass sie keinen Ausweg gesehen hatte? Warum hatte sie keinen Rückhalt bei ihrer Familie gesehen? War er ihr verweigert worden? Oder hatte sie ihn gar nicht gesucht? Offene Fragen, auf die er Antworten suchte.

Eine mittelgroße Frau, deren Ähnlichkeit mit ihrer Schwester nicht zu übersehen war, öffnete ihnen. Sie hatte ebenmäßige, aber scharfe Züge, das Gesicht einer Frau, die hart geworden war. Das brünette Haar war von ersten grauen Strähnen durchzogen. Fels stellte sich und Andrea Hartmann vor.

»Bitte kommen Sie herein«, sagte Veronika Daschner.

Sie führte die Beamten ins Wohnzimmer. Es war später Vormittag, von den vier Kindern war nichts zu sehen. Das Haus wirkte für eine sechsköpfige Familie recht klein, ansonsten machte es einen ordentlichen und aufgeräumten, wenn auch etwas langweiligen Eindruck, wie Fels fand. Veronika Daschner bat sie, Platz zu nehmen. Es sah aus wie überall, eine Sitzgarnitur, Schrankwand, Fernseher, ein paar gerahmte Fotos der Familie auf dem Fensterbrett, meist lachende Kinder beim Spiel, manchmal auch Veronika Daschner mit ihrem Mann. Urlaubsschnappschüsse und Kindergeburtstage. Sie folgte Fels' Blick, der über die Fotos glitt. Unvermittelt stand sie auf und holte aus einer Schublade der Schrankwand ein weiteres gerahmtes Bild. Es zeigte eine große Gruppe von Kindern in einem Garten. Eindeutig ein Fest. Andrea Hartmann erfasste als Erste die Situation und deutete auf drei Gesichter am linken Bildrand.

»Das sind die Kinder Ihrer Schwester.«

Veronika Daschner nickte. Tränen stiegen ihr in die Augen. »Ja. Das Bild ist letztes Jahr beim achten Geburtstag unseres Felix gemacht worden. Es stand bisher immer hier. Ich habe es weggestellt, ich konnte es nicht mehr ansehen. Es waren so nette Kinder. Sie sind öfter bei uns gewesen, seit wir vor etwa zwei Jahren hierher gezogen sind. Ich kann es immer noch nicht fassen. Es schnürt mir die Kehle zu, wenn ich daran denke.«

Fels nahm das Gespräch in die Hand. Es war ihm unangenehm. Er wollte es so schnell wie möglich hinter sich bringen.

»Frau Daschner, auch Ihnen gilt unser Beileid. Für Sie und Ihre Familie muss das fürchterlich sein. Ich habe Ihre Schwester bislang nicht vernehmen können. Wir müssen uns ein Bild von den Hintergründen der Tat machen, von der familiären Situation ihrer Schwester.«

»Ich verstehe. Früher stand mir Rose recht nahe, in den letzten Jahren nicht mehr so. Unser Vater war bei der Post, er ist sehr früh an einem Schlaganfall verstorben. Unsere Mutter hat uns alleine durchgebracht, keine einfache Zeit für sie. Rose und ich haben immer zusammengehalten, aber dann sind unsere Wege etwas auseinandergelaufen. Ich will ehrlich sein. Wir haben ihren Mann nicht sehr geschätzt, gleich von Anfang an nicht. Es hat ein paar Mal Streit gegeben, danach sind wir uns etwas aus dem Weg gegangen. Über die Kinder sind wir uns dann wieder nähergekommen.«

»Sie haben vier?«, fragt Andrea Hartmann.

Veronika Daschner lächelte schwach. »Ja. Wir waren fleißig. Die Kinder haben, wie gesagt, öfter mit denen von Rose gespielt. Sie kannten sich gut. Auch für die Kinder ist es furchtbar.«

»Wir versuchen natürlich, die Hintergründe dieser Tat zu verstehen«, sagte Fels. »Gab es Spannungen in der Familie? Wie ging es Ihrer Schwester in der letzten Zeit?«

»Das ist gar nicht so einfach zu sagen. Die Ehe ist, wie Sie sicher wissen, vor einigen Jahren gescheitert. Besonders glücklich war sie eigentlich nie. Rose war früher, verstehen Sie mich nicht falsch … sie war sehr attraktiv. Die Männer haben sich um sie gerissen. Wir waren alle nicht sehr glücklich, als sie ausgerechnet John Brunner geheiratet hat. Sie war damals schwanger. Die Kinder waren später ihr Ein und Alles. John hatte immer einen Stich, er wollte mehr sein, als er war, Geld haben wie die anderen in Starnberg. Wenn er den Betrieb seines Vaters übernommen hätte, sie hätten ein gutes Leben führen können. Aber nein, er musste ein Sportgeschäft aufmachen. John Brunner ist alles, aber kein Kaufmann. Der kann Geld nur ausgeben, nicht verdienen. Rose war da viel vernünftiger, aber sie ist gegen ihn nicht angekommen. Mein Mann hat John dringend abgeraten, das Geschäft mit so hohen Krediten zu eröffnen, aber er hat sich das nicht ausreden lassen. Das Ganze hat nur ein Jahr gedauert, dann war der Spuk vorbei.«

»Ihr Mann arbeitet bei einer Bank?«

»Ja. An den Krediten war er aber nicht beteiligt, das ist über eine andere Bank gelaufen. Jedenfalls ist die Familie nach der Pleite nicht mehr auf die Füße gekommen und John bald ausgezogen. Er hat meine Schwester mit den Kindern alleine gelassen. Nicht mal für die Kleinen hat er gezahlt. Zuletzt wollte meine Schwester klagen. Das Ganze hat sie sehr mitgenommen, auch wenn sie sich nicht viel hat anmerken lassen.«

»War sie depressiv?«, fragte Andrea Hartmann.

Veronika Daschner zuckte mit den Schultern. »Ich weiß nicht. Sicher war sie häufig niedergeschlagen. Das war ja ganz natürlich. Als krank habe ich sie nicht eingeschätzt, aber da habe ich mich wohl getäuscht.« Sie klang bitter.

»Hat sie zuletzt verzweifelt geklungen, Sie um Hilfe gebeten?«

Veronika Daschner schüttelte den Kopf. »Wir haben ihr früher etwas Geld gegeben, aber das liegt schon länger zurück. So dick haben wir es auch nicht. Seit einigen Monaten hat Rose wieder halbtags gearbeitet, ich dachte, die Lage hätte sich etwas entspannt.«

»Was hat sie gemacht?«

»Ein kleiner Zeitschriftenladen in Starnberg, sie hat ausgeholfen. Zeitschriften Pabst. In der Nähe des Bahnhofs. Ich war nie da.«

»Haben Sie von Ihrer Erkrankung gewusst?«

»Welche Erkrankung? Die Depression, von der Sie gesprochen haben?«

»Nein, das meine ich nicht. Sie hatte wohl einen Brusttumor.«

Veronika Daschner sah sie erstaunt an. »Das ist das erste Mal, dass ich davon höre. Davon wusste ich nichts.«

Fels räusperte sich. »Noch etwas ganz anderes. Ihre Schwester ist vorbestraft. Was wissen Sie von dieser Sache?«

Veronika Daschner wurde schmallippig. Ihre Gesichtszüge spannten sich an. »Wenig. Wir haben kaum darüber geredet. Rose hat mir gesagt, sie sei selber hereingelegt worden. Es ging um Immobiliengeschäfte.«

»Das war alles?«

»Ja. Das Ganze wäre nicht passiert, wenn sich ihr Mann um die Familie gekümmert hätte. Mehr kann ich dazu nicht sagen. Was spielt das jetzt noch für eine Rolle? Die Kinder sind tot und meine Schwester so gut wie. Was glauben Sie, wie wir uns fühlen?«

»Es tut uns sehr leid«, sagte Fels. »Wie ich eingangs sagte, es geht darum, uns ein Bild von Ihrer Schwester zu machen. Es ist sehr schwer zu verstehen, warum sie diese Tat begangen hat. Sie muss verzweifelt gewesen sein und keinen Ausweg mehr gesehen haben, auch für die Kinder.«

Veronika Daschner hatte Tränen in den Augen. Sie sprach sehr leise. »Herr Kommissar, meine Schwester und ich waren in vielen Dingen sehr verschieden, das können Sie mir glauben, und über vieles, was in den letzten Jahren passiert ist, waren wir nicht sehr glücklich. Aber Rose hat genau gewusst, dass wir uns in jeder Situation um sie und vor allem die Kinder gekümmert hätten. Das wären wir ihr und unserer Mutter schuldig gewesen und es wäre nicht nur unsere Christenpflicht gewesen, wir hätten es gerne getan. Ich glaube, mehr kann ich dazu nicht sagen. Ich würde Sie jetzt gerne bitten, zu gehen. Die Kinder kommen gleich aus der Schule, ich denke, sie brauchen nicht auch noch die Polizei hier zu sehen. Es ist für sie schwer genug.«

Fels und Andrea Hartmann dankten ihr. Es gab im Moment tatsächlich nichts mehr zu besprechen. Veronika Daschner hatte auf Fels absolut glaubwürdig gewirkt. Da waren keine falschen Zwischentöne gewesen, eine anständige Frau, die mit vielem, was ihre Schwester getan hatte, nicht einverstanden gewesen war, sicher auch ein ganz anderes Temperament hatte, die aber im Notfall für sie da gewesen wäre. Und Rose musste das gewusst haben. Es blieb unklar, warum sie nicht auf sie zurückgegriffen hatte.

Als Fels und Andrea Hartmann sich verabschiedeten, hielt vor dem Haus ein Opel Kombi. Veronika Daschner begrüßte ihren Mann Bernd, mittelgroß und mit schon weitgehend schütterem Haar, indem sie flüchtig nickte. Andrea Hartmann fand ihn nicht unattraktiv, er wirkte sportlich und hatte recht markante Gesichtszüge mit einer auffallend spitzen Nase. Auf den ersten Blick wirkte er trotz Anzug eher wie jemand, dem Bewegung wichtig war und nicht wie ein Bankangestellter. Er nickte den Polizisten kurz zu und verschwand im Haus.

»Meinen Sie, dass meine Schwester durchkommt?«

Veronika Daschners Frage versetzte Fels einen Stich.

»Wir sind keine Ärzte. Die Verletzungen waren außergewöhnlich schwer.«

»Ich weiß nicht, was ich ihr wünschen soll. Es ist so fürchterlich.«

Auf dem Weg zurück nach Starnberg schwieg Fels lange. Beide Kriminalbeamte waren sich einig, dass von der Familie nicht mehr viel zu erfahren sein würde, allenfalls von John Brunner. Ihn würde sich Fels noch einmal vornehmen.

»Ich denke, wir sehen uns noch kurz an ihrem Arbeitsplatz um, dem Zeitschriftenladen, wenn wir ohnehin schon hier sind. Das kann nicht schaden. Finden Sie den Weg?«

Andrea Hartmann nickte. Zwanzig Minuten später hielten sie vor einer wenig ansprechenden Ladenzeile, zwei Querstraßen entfernt vom Starnberger Bahnhof. Das Halteverbotsschild vor dem Laden ignorierten sie. Das war der weniger mondäne Teil von Starnberg. Keine Escada- oder Gucci-Boutiquen, sondern ein vietnamesischer Schnellimbiss, ein Secondhandladen für Babymoden und Zeitschriften Pabst. Fels öffnete die Tür. Das enge Geschäft war seltsam dunkel. An den Wänden standen zahllose Regale mit Heften, Zeitschriften und Taschenbüchern. Die Regale waren in Politik, Wirtschaft, Auto, Computer und Fernsehen unterteilt. Dazu kamen Boulevard- und vor allem Frauenzeitschriften. Der hintere Teil des Ladens war durch einen dichten Vorhang abgetrennt. Auch beim zweiten Kontakt wirkte Pabst auf Fels so abstoßend wie bei ihrer ersten Begegnung: ein dicker Mann mit unreiner Haut und auffallend fettigen Haaren, die ihm wie Spinnweben in die Stirn fielen. Andrea Hartmann fand ihn schmierig. Er sah auf, als sie den Laden betraten.

»Kann ich Ihnen helfen? Ach, der Herr Hauptkommissar!«

»In der Tat. Herr Pabst, das ist meine Kollegin Andrea Hartmann. Es geht noch einmal um Ihre Angestellte Rose Brunner. Wie lange war sie bei Ihnen beschäftigt?«

Pabst schenkte den Polizisten ein schiefes Grinsen. »War ja klar, dass Sie noch mal zu mir kommen würden. Frau Brunner war etwa sechs Monate bei mir beschäftigt, halbtags. Ich hatte anfangs keinen Grund zur Klage. War manchmal eine bisschen gestresst, die Gute, kein Wunder, sie hatte ja viel um die Ohren mit ihren drei Kindern und so.«

Ein junger Mann trat hinter Pabst durch den Vorhang. Er hatte ein rotes Gesicht, das sich noch weiter verdunkelte, als er Fels und Andrea Hartmann sah. Pabst nahm ihm ungerührt drei Hefte aus der Hand und ging mit ihm zur Kasse. Fels hörte, wie er zweiundfünfzig Euro verlangte und die Hefte in eine Plastiktüte steckte. Hastig verließ der junge Mann das Geschäft.

»Was verkaufen Sie im hinteren Teil des Ladens?«, wollte Fels wissen.

»Spezialliteratur.«

»Dürfen wir mal sehen?«

»Ich weiß nicht, was das mit Frau Brunner zu tun haben soll, aber bitte. Ich habe nichts zu verbergen.«

Der hintere Teil des Ladens war nicht mehr als zwölf Quadratmeter groß und voll von Pornografie, vorne die üblichen Sexzeitschriften mit üppigen Blondinen, hinten amerikanische SM-Magazine, Hefte mit sehr jungen und sehr alten Frauen, Fetischmagazine und einige ausgesuchte Widerlichkeiten, die Andrea Hartmann den Raum umgehend verlassen ließen. Auch Fels hatte genug gesehen.

»Frau Brunner hat hier bedient?«

Pabst nickte. Man sah ihm an, dass ihm nichts peinlich war. »Von *Gala* und *Bunte* kann ich nicht leben.«

»Es hat ihr nichts ausgemacht?«

Pabst zuckte mit den Schultern. »Natürlich kommen hier manchmal wilde Typen rein, Perverse und vor allem Verklemmte, Ehemänner, die Mutti nicht mehr ranlässt. Bevor die sonst wohin gehen, kaufen sich manche lieber ein Heft. Warum nicht?«

»Wie ist Frau Brunner mit dieser Klientel zurechtgekommen?«

»Geht so. Oft war sie allein im Laden, ich komme manchmal später. Ich glaube, den Kunden war es ganz recht, wenn sie von einer jungen Frau bedient wurden. Obwohl ich natürlich mehr vom Fach verstehe.« Er grinste sie breit an.

»Ist Ihnen an Frau Brunner in letzter Zeit irgendetwas Besonderes aufgefallen? Ist sie Ihnen verändert erschienen?«

»Richtig aufgefallen ist mir nichts, sie war ja immer recht verschlossen, jedenfalls mir gegenüber. Vielleicht war sie etwas stiller. Sie ist sonst immer pünktlich gekommen, bis zu diesem Tag. Hat Ihre Arbeit ordentlich gemacht. Ob was Besonderes passiert ist …« Pabst lachte dumpf. »Vor drei Monaten ist das Geschäft mal überfallen worden, zwei betrunkene Jugendliche hatten die Nacht durchgemacht und brauchten wohl schnell Geld, sind hier reingestürmt, der eine hat mit einem Messer wild rumgefuchtelt. Ich war selber da. Ich habe nur mal kurz unter den Ladentisch gefasst und ihnen diesen Schatz gezeigt.« Er hielt ihnen eine Pistole entgegen, die er unter der Kasse hervorgezogen hatte. »Da war ganz schnell Ruhe. Frau Brunner hat das wohl nicht so gut gefallen, aber passiert ist ihr nichts.«

Fels konnte die prahlerische Angabe des Fettwanstes nicht mehr ertragen. »Sie haben einen Waffenschein?«, fragte er bissig.

»Logisch.«

»Wir werden das überprüfen. Sie haben einige Vorstrafen.«

Pabsts Lächeln erstarb. »Das liegt lange zurück. Ohnehin alles Missverständnisse.«

»Die betroffenen Frauen sahen das anders.«

»Mädchen«, warf Andrea Hartmann ein. »Das waren Kinder.«

»Und wenn schon, die sind doch heute alle frühreif. Wie gesagt, Missverständnisse.«

Fels musste an Rose Brunner und ihre Töchter denken. »Gab es zwischen Ihnen und Frau Brunner, sagen wir, Kontakte, die über das Geschäftliche hinausgingen?«

Pabst schien verärgert. »Was denken Sie, diese eingebildete Schnepfe. Ganz sicher nicht«

Im Auto machte Andrea Hartmann ihrem Herzen Luft.

»Ein unglaubliches Arschloch. Verdient sich seine Brötchen mit diesem Pornozeug, mit dem letzten Schmuddelkram, und behandelt uns wie Gesindel. Mir tut Rose Brunner leid, das war sicher kein angenehmer Job bei diesem Schmierenheini.«

»Sie wird nicht viel Wahl gehabt haben«, meinte Fels. Auf der Autobahnauffahrt beschleunigte er den BMW. »Meinen Sie, er hatte was mit Rose Brunner?«, fragte er unvermittelt.

»Ich könnte mir vorstellen, dass er es versucht hat und sie ihn hat abblitzen lassen.«

»Gut möglich. Vielleicht aber auch nicht. Ich denke, sie wusste in dieser verfahrenen Lebenssituation einfach nicht mehr weiter.«

Keiner hat mich gesehen. Niemand sieht mich. Nur die Stimmen wissen, wer ich bin. Aber ich weiß nicht, wer die Stimmen sind. Sie sind in meinem Kopf und reden über mich. Manchmal verhöhnen sie mich. Ich tue so, als hörte ich sie nicht. Aber sie wissen, dass ich sie genau höre, und lachen mich aus. Manchmal sind sie auch freundlich, dann rede ich mit ihnen, aber heimlich. Keiner darf es wissen. Ich weiß nicht, wem die Stimmen gehören. Es ist sogar schwierig zu sagen, ob es Männer oder Frauen sind. Manchmal sagen sie Dinge, die ich selber denke, aber manchmal sind es ganz unmögliche Dinge, und dann verwirren sie mich. Ich möchte mich aber nicht verwirren lassen, sonst mache ich wieder Fehler. Das will ich nicht. Die Medikamente nehme ich schon lange nicht mehr, ganz schlecht ist es mir damit gegangen. Und die Stimmen sind trotzdem wiedergekommen. Ein bisschen habe ich mich an sie gewöhnt.

Ich habe alles gesehen, aber keiner sieht mich. Ich sehe immer auf das Haus. Ich habe sonst auch nichts zu tun. Ich sehe alles. Die Kinder waren nett. Jetzt sind die Kinder weg. Ich sehe alles. Die Stimmen reden über die Kinder, aber ich weiß, was ich gesehen habe. Die Stimmen beschimpfen mich, aber sie haben nicht recht. Ich habe nicht Schuld. Ich kann nichts dafür. Aber ich habe alles gesehen. Keiner weiß etwas davon.

Hört auf, über die Kinder zu reden. Ich bin nicht schuld.

6. Kapitel

Aus seinem Büro im frisch renovierten Altbautrakt der Sigmund-Freud-Stiftung für seelische Gesundheit sah Markus Blankenburg in den Patientengarten, in dem sich mehrere Hundert Jahre alte Bäume zum Himmel hin auffächerten und ihre Umgebung in herbstliches Zwielicht tauchten. Die ersten Blätter begannen sich bereits zu verfärben. Ein sanfter Wind ließ sie vibrieren, schaffte es aber nicht, sie zu Boden zu werfen.

Das große Zimmer war ebenerdig, vom Garten nur durch eine Doppelscheibe und ein altes Fenstergitter getrennt, das alle Räume in diesem Gebäudeteil hatten. Früher waren diese Räume als Patientenzimmer genutzt und die Gitter zum Schutz angebracht worden. Heute verirrten sich kaum Patienten in diesen Gebäudeteil, denn das neu gebaute Bettengebäude lag weiter hinten, jenseits des Patientengartens, und war mit dem Altbau durch einen lichten Flur mit einer engen, bis vor Kurzem meist verrauchten Cafeteria verbunden. Sogar das Erdgeschoss war vergittert, allerdings mit einem kunstvollen, nach außen bauchigen Eisengeflecht, das erkennbar Patina angesetzt hatte. Der Blick hinaus war wie der aus einer alten Villa mit hohen Räumen in den Park. Damit konnte man sich trösten.

Blankenburgs Schreibtisch quoll über. Akten, Manuskripte, unkorrigierte Entwürfe schoben sich unter- und übereinander. Er mochte den Geruch von Papier, der für ihn eine sinnliche Qualität hatte. Allerdings verabscheute er in Teilen die damit verbundene Arbeit. Es war ihm gelungen, auf dem breiten Schreibtisch eine winzige Fläche papierfrei zu halten, auf der er seinen Terminkalender ausgebreitet hatte. Von links und rechts wucherte der intellektuelle Sumpf, den eine Universitätsklinik ununterbrochen ausspuckte, bedrohlich näher. Die morgendliche Euphorie der Anstrengung, von der er jüngst im Vortrag eines jungen Habilitanden gehört hatte, was in Gegenwart des Dekans als immerwährende Selbstverpflichtung geklungen hatte, wollte sich noch nicht einstellen. Er musste wieder Arbeit mit nach Hause nehmen, ehe aus dem Sumpf ein Krokodil vorschnellte und ihn samt aller Arbeit verschlang. So weit sollte es nicht kommen.

Blankenburg war Anfang vierzig, aschblond mit zunehmendem Grau im noch vollen Haar. Er war seit über fünfzehn Jahren als Psychiater tätig, ein mittelgroßer Mann, dem es zunehmend schwer fiel, sein Gewicht zu halten, obwohl er oft mit zwei Kollegen Tennis spielte und vor Jahren die klinikinterne Fußballgruppe gegründet hatte, die sich einmal in der Woche in der kleinen Sporthalle der Klinik traf. Blankenburg war über die Jahre eine der konstanten Größen in der Mannschaft geblieben, was bedeutete, dass er mittlerweile mit deutlich jüngeren Kollegen spielte und das auf einem bescheidenen technischen Niveau. Gegen die wendigen, auf dem Feld völlig respektlosen Endzwanziger war Einsatz gefordert. Er liebte diese Montagabende, die ihm körperlich guttaten und für eine Stunde die Illusion einer Gemeinschaft hervorriefen, die es an der Klinik sonst nicht gab. Dazu war der Konkurrenzkampf zu groß. Der neue Direktor Holzbrunner, nach langem USA-Forschungsaufenthalt nach Deutschland zurückgekehrt, hatte das Cäsarenmotto »Divide et impera« auf seine Fahnen geschrieben und diese Entwicklung mit aller Kraft gefördert. Der Direktor scheute, bei Psychiatern keine Seltenheit, den persönlichen Kontakt und schloss sich oft stundenlang in seinem schwarz getäfelten Direktionstrakt ein, der eher an ein klösterliches Refektorium als an ein Arbeitszimmer erinnerte, mit hohen Bücherregalen an der Wand und unzähligen abzuarbeitenden Mappen und Aktenordnern auf dem Schreibtisch. Dort diktierte er Aktennotizen, Memos und Briefe. Jeder Widerspruch, jede Diskussion, waren so unmöglich. Selbst E-Mails waren ihm zu nahe, zu informell. Erst der diktierte, per Hauspost zugestellte, oft unsignierte Brief schaffte die notwendige Distanz, die er brauchte, um sich sicher zu fühlen. Oft erreichte die Aktennotiz ihren Empfänger erst nach Tagen, während der Direktor schon wieder auf Dienstreise war. Der unberechenbare und zähe Fluss an Mitteilungen gaukelte eine ständige Präsenz des Direktors vor. Derweil tobten in der zweiten Reihe die mehr oder weniger subtilen Rivalenkämpfe unter Oberärzten und Assistenten, oft ausgetragen über breit gestreute Briefchen oder E-Mails. Blankenburg hatte sich vor einiger Zeit angewöhnt, die Aktennotizen einiger Kollegen, die ihn mit Vorwürfen quälten, etwa hier und da bei einer wissenschaftlichen Arbeit nicht ausreichend als Co-Autor berücksichtigt worden zu sein, oder mit Vertretungswünschen nervten, nicht mehr zu beantworten. Soweit dies möglich war. Im Fall eines seit Jahren von jeder klinischen Tätigkeit beurlaubten Kollegen, der außerhalb der Klinik als Depressions- und Demenzexperte auftrat und innerhalb des Hauses jeden Patientenkontakt wie Aussatz vermied, hatte Blankenburg sogar einige Zeit lang die Briefe ungelesen weggeworfen. Auch dies hatte am Gang der Dinge auffallend wenig geändert. Dafür hatte er einen normalen Blutdruck, der nur am Montagabend, beim vergeblichen Spurt nach dem Ball, zu Spitzen neigte. Zuletzt hatte der vom Dienst am Patienten freigestellte Kollege wissen lassen, er habe noch ein betriebswirtschaftliches Studium im *Life-Science-Bereich* aufgenommen und Kurse für pharmazeutisches Marketing und Risikomanagement im Krankenhaus belegt. Seine klinische Tätigkeit sei davon unberührt. Das ließ ahnen, in welche Richtung die Medizin sich bewegte.

Blankenburg war ein recht belesener Psychiater mit vielen Interessen, was sein berufliches Fortkommen nicht begünstigt hatte. *Streamlined* sei gefragt, hatte der Direktor schon vor Monaten gefordert, so wie alle Klinikdirektoren sich ihre Mitarbeiter idealerweise vorstellten, angepasst und fleißig. Tatsächlich war die ärztliche Brutpflege in diesem Bereich erfolgreich gewesen und die Nachzucht wies zunehmend homogene, wenn auch für Blankenburg irritierende Verhaltensweisen auf. Selbst das äußere Erscheinungsbild hatte sich über die Jahre hin zum *businesslook* mit Schlips und Kostüm entwickelt. Zwei junge Kolleginnen waren auf der letzten Chefvisite entsprechend aufgetreten – eine normierte Evolution, die er vor wenigen Jahren nicht für möglich gehalten hatte. Blankenburg war ein etwas sperriger Typ, schon optisch mit seinen eher zu breiten Schultern und Hüften, ein im günstigsten Fall athletisch zu nennender Körperbau. Dazu kam seine gewisse Abneigung gegen aktuelle Modethemen, von denen auch die ärztliche Wissenschaft nicht frei war und die sich auf Kongressen ungleich besser verkaufen ließen als diagnostische Probleme bei der Begutachtung psychisch Kranker – ein wichtiges, aber für die pharmazeutische Industrie und damit auch die Klinikleitung völlig uninteressantes Thema. »Suchen Sie nicht nach Kolibris, wenn Sie Schwäne vor der Nase haben!«, hatte der Direktor Professor Holzbrunner formuliert.

Das Problem war, dass Blankenburg Kolibris schöner und interessanter fand als Schwäne, die manchmal doch eher hässliche Entlein waren. Und wenn alle Psychiater sich von Schwänen um den Erdball ziehen ließen, so musste doch einer im medizinischen Urwald um die Kolibris kämpfen. Und das war Blankenburg.

Dabei war er akademisch nicht erfolglos geblieben, einige seiner Arbeiten, »Das sogenannte pathologische Stehlen im Lichte neuerer diagnostischer Konzepte« und »Aggressionshemmung bei Depression«, waren *citation classics*, vielzitierte Arbeiten, aber eben nicht *mainstream* wie Studien zur Hirnfunktion, Computertomografie oder molekulare Mechanismen der Depression oder Schizophrenie. Besonders wohlgelitten waren bei vielen Kollegen Veröffentlichungen, die einen Bezug zur Wirkung dieses oder jenes neuen Medikaments herstellen konnten. Solche Arbeiten zogen oft gut dotierte Vortragseinladungen nach sich. Blankenburg hatte sich über die Jahre zunehmend diesem Gebiet entzogen und sich stattdessen als Gutachter der forensischen Psychiatrie zugewandt. In dieser Nische hatte er sich erfolgreich eingenistet, zumal sie sich als recht lukrativ erwiesen hatte, was den Rückzug, den er selbst eher als Interessen- und Schwerpunktverlagerung ansah, weiter begünstigt hatte. Tatsächlich traf diese von den Businesslook-Kollegen übersehene Lücke seine Neigungen, bot ihm Zeit und Raum, den Einzelfall genüsslich zu entwickeln, die Biografie des zu

Begutachtenden, im Spezialjargon Proband genannt, zu verstehen und Hypothesen bezüglich des Auftretens einer Störung im konkreten Fall zu entwickeln, einer Störung, die sich oft genug in gewalttätigem Verhalten und in Straftaten manifestiert und entladen hatte. Natürlich waren nicht alle Straftäter psychisch krank, tatsächlich war dies nur bei einem verschwindend kleinen Teil der Fall.

Aber es gab immer auch noch die andere Welt, die der Krankenkassenanfragen, Kostendeckungsablehnungsentscheide und Qualitätssicherungsprogrammbeauftragtenentwürfe, alles Dinge, von denen im Studium seinerzeit nicht die Rede gewesen war, die aber vermeintlich wichtig waren und zudem Kraft und Zeit kosteten.

Eher lustlos wischte Blankenburg das beim »Psychiater« eingereichte Manuskript »Einfluss von atypischen Antidepressiva auf die Schilddrüsenfunktion postmenopausaler Frauen mit majorer Depression« zur Seite, ein *mainstream*-Thema, um das ihn Holzbrunner, der diese Zeitschrift herausgab, gebeten hatte. Das Manuskript schob sich zwischen ein ebenfalls noch unbearbeitetes Manuskript zur »Selbstmordgefährdung eineiiger Zwillinge – molekulare Mechanismen« und einer von Blankenburg selbst geschriebenen, aber noch unvollendeten Arbeit über »Wahn-sinn und Ent-rückung Ludwigs II.«, der psychischen Krankheit des entmündigten Monarchen, einem ebenso beliebten wie unlösbaren Thema der Psychiatrie, an dem sich jetzt auch Blankenburg versuchen wollte. War der Märchenkönig, als er seine Zauberschlösser Neuschwanstein und Herrenchiemsee bauen ließ und den bayerischen Staat dabei finanziell ruinierte, wahnsinnig, wie ein eher nachlässig erstelltes Gutachten eines Psychiatrieprofessors nahelegte, oder nur ein von der Welt abgewandter, kunstsinniger, in seinen königlich-ästhetischen Empfindungen übersteigerter Exzentriker, ein empfindsamer Monolith zwischen unverständigen Zwergen? In jedem Falle war er mit dem Gutachter, der seine Amtsenthebung begründet hatte, beim ersten gemeinsamen Spaziergang, einen Tag nach seiner Absetzung und Internierung in Schloss Berg, im Starnberger See ertrunken. Vermutlich hatte der selbstmörderische König seinen Nervenarzt mit in den Tod gerissen – vermutlich, denn Augenzeugen gab es nicht und so konnten sich bis heute zahlreiche Verschwörungstheorien halten. Blankenburg faszinierte an dem Thema weniger die Frage »Wahnsinn oder nicht?« – wofür einiges sprach, der Bruder des unbeweibten und daher kinderlosen Königs, Thronfolger Otto, war noch jahrzehntelang mit wildesten Wahnvorstellungen im Schloss Fürstenried interniert, sodass ein Prinzregent stellvertretend die bayerische Monarchie repräsentierte. Vielmehr ging es ihm um die Rolle und Verantwortung des Nervenarztes als Gutachter – ein Gutachten, für das dieser einen hohen Preis bezahlt hatte. Blankenburg war es in einem ersten Entwurf nicht gelungen, etwas Originelles zu Papier zu bringen. Andere Kollegen waren weniger zögerlich, wenn es um die Nachempfindung fremder Gedanken und Veröffentlichungen als eigene Überlegungen ging, aber Blankenburg hatte hier Reste akademischer Fluchtreflexe, die ihn davor abhielten, so vorzugehen. Er war kein intellektueller Wiederkäuer. Seine publizistischen Misthaufen mochten nicht anders riechen als die seiner Kollegen. Aber es war sein eigener Mist.

Das Telefon klingelte.

»Hallo, hier Deininger. Wie geht es Ihnen?«

Peter Deininger war Staatsanwalt beim Landgericht München II und als solcher zuständig für Tötungsdelikte und Kapitalverbrechen im Landkreis München und Umgebung. Dazu gehörte auch das Fünfseenland südlich Münchens, einschließlich Starnberg. Deininger hatte einen warmen, etwas gutturalen bayerischen Akzent, von dem man sich leicht täuschen lassen konnte. Deininger war kein gemütlicher Biergartenbesucher, der Leben und Leben lassen vorlebte, sondern ein blitzgescheiter, hochehrgeiziger Jurist mit zwei Prädikatsexamen. Im Gerichtssaal war er stets gut vorbereitet und angriffslustig. Blankenburg kannte ihn seit ein paar Jahren, sie hatten eine Reihe gemeinsamer Fälle hinter sich. Aus der Zusammenarbeit hatte sich, trotz unterschiedlicher Auffassungen in einigen Fällen, eine gewisse Wertschätzung und Vertrautheit, wenn auch nicht Freundschaft ergeben.

»Danke, ganz gut. Leider liegt der Urlaub ja nun schon etwas zurück.«

»Meiner auch. Wo waren Sie?«

»Südliche Toskana, dann noch etwas an der Riviera.«

»Klingt gut.«

»Ja, war wunderbar.«

Was Blankenburg, der seit einigen Jahren von seiner Frau getrennt lebte, verschwieg, war, dass sich auf dem mutmaßlichen romantischen Höhepunkt der Reise, auf der Terrasse eines unbezahlbar verträumten Hotels in Portofino mit Blick über das Mittelmeer und die millionenschweren Jachten der Agnellis und Ferraris, seine Freundin von ihm getrennt hatte. Einfach so – nachdem sie erst vier Wochen zusammen gewesen waren. Kein anderer Mann, kein Streit. Und trotzdem hatte sie eine Auszeit, eine kreative Denkpause, gefordert. Blankenburg war wie vor den Kopf gestoßen gewesen und kaute immer noch an dieser bitteren und gänzlich unerwarteten Pille. An seinem Unglück wollte er Deininger aber nicht teilhaben lassen.

»Und selbst?«

Deininger stöhnte. »Viel zu viel Arbeit. Das Ministerium hat den Stellenplan noch einmal reduziert. Der Staatshaushalt muss saniert werden, basta. Die Herren Verwaltungsjuristen haben doch keine Ahnung, wie es an der Front zugeht … Warum ich anrufe: Wie schauen Ihre Kapazitäten aus?«

Blankenburg verstand. Ein Gutachtenauftrag winkte. »Gut. Haben Sie was Interessantes?«

»Allerdings. Die Frau aus Starnberg, die vor zwei Wochen ihre drei Kinder umgebracht und dann versucht hat, sich selbst zu töten. Rosemarie Brunner. Da ist eine psychiatrische Begutachtung notwendig, Frage nach Schuldfähigkeit und eventuell Unterbringung in einer psychiatrischen Klinik.«

»Ach Gott. Ich habe davon in der Zeitung gelesen. Schrecklich. Was weiß man über die Hintergründe?«

»Nicht viel. Sie liegt noch auf der Intensivabteilung im Klinikum Süd, ist nur knapp durchgekommen und erst seit Kurzem vernehmungsfähig. Wir lassen sie bislang rund um die Uhr von zwei Polizisten überwachen, sie ist noch nicht transport- oder verlegungsfähig. Das dürfte noch einige Tage dauern. Die Ärzte dort würden sie gerne zu Ihnen auf die geschlossene Station verlegen, das ist aber erst in ein paar Tagen möglich. Gab wohl einige Komplikationen. Neben den Verletzungen durch den Selbstmordversuch hat es auch noch eine Operation wegen eines Tumors in der Brust gegeben und danach eine Lungenentzündung.«

»Was der Mensch alles aushält …«

»Kann man sagen. Ich habe sie vorgestern das erste Mal länger vernommen. An die Tat hat sie keine Erinnerung. Ob das wirklich stimmt, muss man sehen. Sie schilderte eine zunehmende Anspannung und finanzielle Sorgen, war verzweifelt wegen Schulden, die ihr Mann ihr hinterlassen hatte. Dann kam noch die Angst wegen des Befundes in der Brust hinzu. Die war nicht unberechtigt, so wie es sich darstellt. An Selbstmord will sie zuvor nicht gedacht haben. Für sich und die Kinder hat sie aber keine Perspektive mehr gesehen. Ein Vater, der sich nicht kümmert, eine Mutter, die sich nicht mehr kümmern kann … So stellt sich das zunächst dar. Die Dame ist kein unbeschriebenes Blatt, es gibt eine Vorverurteilung wegen Betrugs. Mein erster Eindruck war: eine Verzweiflungstat.«

»Interessanter Fall. Für eine psychische Störung gibt es keine Anhaltspunkte in der Vorgeschichte?«

»Soweit beurteilbar, nein. Aber das ist Ihre Aufgabe. Wie gesagt, Verlegung ist noch nicht möglich. Selbstmordgefahr ist sicher noch anzunehmen. Wäre es Ihnen möglich, sie schon mal vorab im Klinikum Süd zu untersuchen?«

»Klar, ich fahre raus.«

»Ganz prima. Ich lasse Ihnen eine Kopie der Akten machen und schicke Ihnen zu, was ich habe. Schönen Tag noch.«

Deininger hatte aufgelegt. Blankenburg spürte eine gewisse Erregung. Das war natürlich ein interessanter Fall. Nicht immer waren die juristisch spannendsten Fälle dies auch für den Psychiater und umgekehrt: Die seelische Verfassung einer wohlhabenden Ladendiebin, ihre oft kaum bewussten und zunächst unverständlichen Verhaltens- und Reaktionsweisen zu ergründen, konnte um Vieles ergiebiger sein, als sich mit der psychischen Gesundheit von Mördern oder Bankräubern herumzuschlagen. Für den Juristen war Ersteres Alltagskram, Zweiteres Strafrecht vom Feinsten. Dieser Fall bot beides, aber Blankenburg sah auch die Abgründe, die Depression und Verzweiflung, in die er bei diesem Fall würde schauen müssen, nicht nur, um Ursachenforschung für die Tat zu betreiben, sondern auch, um Rose Brunner eine Chance zur Bewältigung zu geben, die Voraussetzung für ein Weiterleben war. Wenn sie das überhaupt wollte.

7. Kapitel

Fels blickte auf einen riesigen Berg Akten. Er war in den letzten Wochen mit noch zwei anderen Tötungsdelikten beschäftigt gewesen. In einem Fall hatte in einem Stehbierausschank, den üblicherweise nur harte Trinker betraten, ein Saufkumpan einen Mitzecher nach einem belanglosen Streit mit einem Maßkrug erschlagen. Täter wie Opfer hatten dabei über drei Promille Blutalkohol gehabt. Im anderen Fall hatte ein Bankräuber auf der Flucht einen ihm entgegenkommenden Passanten niedergeschossen, den er für einen Polizisten gehalten hatte, wobei der Täter nur zwanzig Minuten später samt Beute gefasst worden war, ein arbeitsloser Automechaniker, der Schulden hatte und jetzt einer Anklage wegen versuchten Mordes entgegensah.

Keiner der Fälle hatte ihn auch nur annähernd so beschäftigt wie die Tötung der drei Kinder. Krebs und allen anderen, die mit dem Fall beschäftigt waren, ging es ebenso. Dieser Fall warf immer noch viele Fragen auf.

Vor ihm lagen die drei Sektionsprotokolle der Kinder. Alle drei waren von Traublinger unterschrieben.

Autopsie Oliver Brunner, zehn Jahre
Größe 147 cm, Gewicht 35 kg

Vom äußeren Aspekt normal großer, altersentsprechend entwickelter Junge. Über Vorerkrankungen nichts bekannt. Kein Hinweis auf frühere Verletzungen, Knochenbrüche. Alte, reizlos verheilte Blinddarmnarbe. Leichnam weist kleinere kratzerartige Blutungen und Vertrocknungen um Mund und Nase und unter den Augenlidern auf. Mehrere oberflächliche Stich-Schnitt-Verletzungen im Brustbereich. Mittelgroße Wunde am Kopf, von einem Schlag oder Sturz herrührend. Lungen überbläht. Letztlich Tod durch Ersticken.

Als Tatwerkzeug hatten sie das neben der Leiche gefundene Kissen ermittelt – mit entsprechenden Spuren wie Speichel und etwas Blut. Nach Lage der Dinge war der Junge im Schlaf erstickt worden, hatte sich aber noch gewehrt, wofür die Spuren am Tatort und die Lage der Leiche sprachen. Die Stichverletzungen waren nicht tödlich gewesen. Als Tatzeit hatte Traublinger zwischen drei bis halb fünf Uhr morgens ermittelt, genauer ging es nicht. Nichts sprach für frühere Misshandlungen, keine Verletzungen, keine Brüche. Es gab auch sonst keine Hinweise für Vernachlässigungen. Alle drei

Kinder waren normal entwickelt. Fels hatte sich in der Wohnung gründlich umgesehen, nachdem die Spurensicherung sie freigegeben hatte, und außer ein paar Bluttropfen im Flur, die von der Mutter stammten, wenig Auffälliges gefunden. Eine saubere, aufgeräumte Vierzimmerwohnung im ersten Geschoss des Hauses der Großeltern. Der Junge und die Zwillingsmädchen hatten getrennte Schlafzimmer gehabt, klein, aber ausreichend. In beiden Kinderzimmern hatten sich die üblichen Schulsachen gefunden. Fels hatte sogar die alten Zeugnisse gelesen. Danach waren alle drei Kinder ziemlich gute Schüler gewesen. Die Lehrer hatten sich positiv über ihr Sozialverhalten geäußert. Kein ständiges Schuleschwänzen, keine Streitereien oder Auseinandersetzungen mit anderen Klassenkameraden, wie man sie bei anderen Kindern aus zerbrochenen Familien häufiger fand. Wenn die Kinder unter der gescheiterten Ehe der Eltern und dem finanziellen Druck, der auf der Familie lastete, gelitten hatten, so hatte sich davon in der Schule nichts mitgeteilt. Die Kinder waren unbelastet, problemlos erschienen.

Ansonsten hatte Fels die altersgemäßen Spielsachen gefunden. Alle Kinder hatten ein Fahrrad, das gebraucht gekauft worden war, wie die Großeltern erwähnten, und die üblichen Bastelsachen und Bücher – Pferdebücher bei den Mädchen, Abenteuergeschichten bei dem Jungen.

Die Wohnung war zum Teil mit Möbeln der Großeltern eingerichtet, auch hier nichts Luxuriöses. Woher die vielen Schulden der Brunners kamen, die einen Offenbarungseid abgelegt hatten, war noch Gegenstand weiterer Ermittlungen. Krebs würde sich darum kümmern. Für einen verschwenderischen Lebensstil sprach jedenfalls dem Augenschein nach nichts. Keine teuren Kleider, kein Schmuck, kein Firlefanz. Vielleicht hatte die Familie oder Rose einfach nicht mit Geld umgehen können.

Hinsichtlich des genauen Tathergangs hatte Fels eine vorläufige Theorie entwickelt. Er glaubte, dass Rose zuerst den Jungen getötet hatte, vielleicht, weil ihr das am schwersten vorgekommen war, vielleicht war er auch wach geworden. Er war der Einzige, der sich gewehrt zu haben schien. Offensichtlich hatte Rose mit dem Jungen gekämpft und ihn schließlich mit einem Kissen erstickt. Danach hatte sie das Tatwerkzeug gewechselt und das Küchenmesser genommen, welches sie sichergestellt hatten. Dem Jungen hatte sie damit stark blutende, aber nicht tödliche Verletzungen beigebracht. Wahrscheinlich hatte sie nicht mit so viel Widerstand gerechnet. Zwar konnten die Rechtsmediziner zunächst nicht klären, in welcher Reihenfolge die Kinder getötet worden waren – offensichtlich waren sie rasch hintereinander gestorben –, und auch die Spuren am Tatort hatten das nicht eindeutig geklärt, aber viel sprach, nach seiner Ansicht, für diese Theorie. Die Sektionsprotokolle der Mädchen zeigten jedenfalls ein deutlich brutaleres Vorgehen. Wahrscheinlich hatte sich Roses Verzweiflung nach der Tötung ihres Sohnes so gesteigert, dass sie zu so einer Handlung, auch gegen sich selbst, überhaupt fähig war.

Autopsie Sabine Brunner, acht Jahre
Größe 133 cm, Gewicht 26 kg

Altersentsprechend entwickeltes Mädchen, guter Allgemein- und Ernährungszustand. Zwillingsschwester von Sandra, offensichtlich zweieiiger Zwilling. Über frühere Erkrankungen nichts bekannt. Kein Hinweis auf frühere Operationen, Unfälle etc.
Die Leiche weist eine große klaffende Verletzung im Halsbereich auf, offensichtlich eine Schnittverletzung oberhalb des Kehlkopfes, der teilweise betroffen ist. Luft- und Speiseröhre sind dabei durchtrennt worden. Ausgedehnter Blutverlust in diesem Bereich.
Darüber hinaus weist die Leiche vier Stichverletzungen im Brustbereich, alle linksseitig, auf, offensichtlich Versuch, das Herz zu treffen. Zum Teil tiefe Verletzungen, aber keine für sich tödlich, beigebracht nach den Verletzungen am Hals. Fazit: Tod durch Ersticken bei Einatmen von Blut nach Durchtrennen der Luftröhre.

Das Protokoll war eindeutig. Rose hatte ihrer Tochter mit einem großen Messer die Kehle durchschnitten, so heftig und mit so viel Kraft, dass auch die tiefer gelegene Speiseröhre durchtrennt worden war. Fels hatte die Leiche gesehen.

Autopsie Sandra Brunner, acht Jahre
Größe 133 cm, Gewicht 24,8 kg

Ebenfalls altersentsprechend entwickeltes Mädchen, guter Allgemein- und Ernährungszustand. Zwillingsschwester von Sabine, offensichtlich zweieiiger Zwilling. Über frühere Erkrankungen nichts bekannt. Kein Hinweis auf frühere Operationen, Unfälle, Verletzungen.
Die Leiche weist insgesamt elf abgrenzbare Stichverletzungen im linken Brustbereich sowie zwei oberflächliche Verletzungen im Halsbereich auf. Drei Stiche haben den Herzbeutel direkt eröffnet, Einstich hat die Herzwand durchsetzt. Offensichtlich rascher Todeseintritt durch Herzversagen bei Herzbeuteltamponade. Die Stiche am Hals wurden ebenfalls mit erheblicher Wucht geführt, haben aber das Schlüsselbein tangiert, sind deswegen nicht sehr tief eingedrungen und nicht tödlich. Fazit: Tod durch Stich ins Herz.

Beim dritten Kind hatte Rose nicht das Tatwerkzeug gewechselt, sie war beim Messer geblieben, hatte aber Sandra die Stiche anders beigebracht als ihrer Schwester, vielleicht, weil sie zuerst mit den Stichen am Hals gescheitert war. Bei Sandra war auch klar, dass sie nach Sabine getötet worden war, nicht nur, weil diese im näher an der Tür stehenden Bett gelegen hatte. Das Labor hatte auch festgestellt, dass an Sandras Wunden etwas Blut von Sabine gefunden werden konnte, sicher durch Anhaftungen am Tatmesser. Wie lange hatten die Mädchen gelitten? Traublinger hatte gemeint, es sei schnell gegangen.

Fels legte die Sektionsprotokolle aus der Hand. Vor drei Tagen hatte er zum ersten Mal versucht, Rose Brunner zu vernehmen, und einen denkbar ungünstigen Eindruck von ihr bekommen. Er hatte mit einer zutiefst niedergeschlagenen, verzweifelten Frau gerechnet, gezeichnet von der Tötung ihrer Kinder und den Operationsfolgen. Tatsächlich hatte sie sehr mitgenommen gewirkt und eine vorschriftsmäßige Vernehmung war nicht möglich gewesen – bei ihrem kurzen Kontakt war sie Fels aber überraschend lebhaft und selbstbewusst erschienen. Es war nur ein Momenteindruck gewesen, aber ein sehr irritierender. Laut behandelnder Ärzte waren die Verletzungen, die sie durch den Selbstmordversuch erlitten hatte, gut verheilt, auch die Lungenentzündung war abgeklungen. Sie litt noch an Schmerzen wegen der Brustoperation. Das alles hatte sie weggesteckt. Es gab auch eine andere Seite: Sie hatte geweint, als er sie über den Tod der Kinder befragt hatte. An die kritischen Stunden meinte sie sich nicht erinnern zu können. Wollte sie nicht? Konnte sie nicht? Fels blätterte in den Unterlagen. Sollten doch die Psychiater herausfinden, was dieser Frau fehlte. Er wusste es nicht.

8. Kapitel

Die Morgenkonferenz in der psychiatrischen Klinik war ein Ritual und diente vor allem dazu, Macht und Hierarchie aller Beschäftigten zu demonstrieren, die sich schon durch die Sitzordnung ausdrückte. Selbst kleinste Abweichungen, etwa durch einen neuen Assistenten, der seinen Platz noch nicht kannte und sich unbekümmert auf einen freien Stuhl setzte, wurden mit Unmut quittiert. Blankenburg hatte im Laufe der Jahre bei seinen gelegentlichen Ausflügen in die bayerische Provinz immer wieder einmal kleine Dorfkirchen besucht, in denen verblichene Messingschildchen an den Kirchenbänken jedem Einwohner seinerzeit seinen festen Platz zugewiesen hatten. Ähnlich verhielt es sich in der Morgenkonferenz – und in allen anderen Konferenzen. Sie fanden in der Bibliothek statt, die, wie der gesamte Altbau, der die Klinik zur Straßenseite hin zierte, unter Denkmalschutz stand. Sie war vor einigen Jahren renoviert worden und sah seither wieder aus wie zu ihrer Eröffnung vor hundert Jahren, ein langer Raum mit großen Fenstern, die bei Konferenzbeginn geschlossen wurden, um den Straßenlärm abzumildern. Ab und zu fuhr ein Krankenwagen mit Blaulicht vorbei, der aber meist für die nahe gelegene Chirurgie oder Innere Medizin bestimmt war, nicht für die Psychiatrie. In der Mitte der Bibliothek war ein langer Tisch, der den großen Raum fast ganz ausfüllte. Er lag wie ein schlankes Schiff im Hafen. An der Stirnseite, dem Heck, saß einsam der Klinikdirektor. Wenn er auf einer seiner ausgedehnten Vortragsreisen war, blieb der Stuhl leer. Links und rechts schlossen sich die einander belauernden Oberärzte an, die als Offiziere dem Kapitän am nächsten kamen, dann bugwärts die älteren Assistenten, begierig darauf, irgendwann aufzurücken. Für die jüngeren Assistenten, unerfahrene Matrosen im Medizinbetrieb und gerade mal fürs Kartoffelschälen und Plankenscheuern, sprich Blutabnehmen und Aufnahmen durchzuführen, gut genug, war an dem langen Tisch kein Platz mehr. Sie saßen auf Stühlen am Rand der Bibliothek, vermeintlich staunend und voller Bewunderung, wie die erfahrene Mannschaft das Psychiatrieschiff durch die Untiefen steuerte – glaubten jedenfalls die, die es an den Tisch geschafft hatten, und die Gewissheit, sturmerprobt und unersetzlich zu sein, wuchs vom Bug zum Heck exponential. Für manche war das Schiff ein Katamaran, der sie auf der Karriereleiter rasch nach oben katapultierte, für viele andere eine Galeere. Viel hing vom Rückenwind, sprich von der Sympathie und Unterstützung des Direktors, ab.

Blankenburg hatte manchmal die Fantasie, die Bibliothek sei statt mit dunklen Schrankwänden, in denen das Wissen aus hundert Jahren hinter Glas archiviert war, mit Spiegeln verkleidet, in denen sich ihre Besucher verzückt betrachten konnten, aber tatsächlich hatten die Bücherregale eine ähnliche Wirkung, spiegelten sie doch das Wissen und den Erfolg aus über hundert Jahren Forschungsgeschichte, im Selbstbild der Klinik – das Versailles der deutschen Psychiatrie. Kein Industrieunternehmen konnte es sich leisten, so hierarchisch geordnet zu sein wie eine deutsche Universitätsklinik, dachte Blankenburg, selbst im oberen Mittelfeld sitzend, aber schon hart bedrängt von unten.

Wie alle Rituale begann auch die Konferenz mit großen Gesten. Der Direktor, wunderbarerweise zwischen zwei Kongressbesuchen eingeflogen, aber schon auf gepackten Koffern sitzend und mit First-Class-Ticket, von einer geneigten Pharmafirma bezahlt, im Jackett, betrat mit stählernem Blick und getöntem Haar den Raum. Während die meisten Ärzte traditionell im weißen Ärztemantel in der Konferenz saßen, tat er dies im Brioni-Anzug, *businesslike*, ein erfolgreicher Geschäftsmann. Und ein großer Arzt.

Er griff nach einem weißen Zettel, der vor ihm lag. »Huber Verena, Station H-3.«

Einer der Assistenten meldete sich aus dem Hintergrund.

»Eine vierundvierzigjährige Patientin mit einem depressiven Syndrom, eingewiesen von …«

Es schlossen sich zehn weitere Aufnahmen an. Hier und da machte der Direktor eine kritische Anmerkung, manchmal auch einer der Oberärzte, dies vor allem dann, wenn er einem seiner Kollegen sein überragendes Fachwissen demonstrieren und Schwachstellen in der Vorstellung der Patienten nachweisen konnte. Vor allem für die jüngeren Ärzte konnte die Vorstellungsrunde ein Spießrutenlaufen sein, was aber nach Ansicht des Direktors Auftreten und Charakter formen sollte. Entsprechend war die Atmosphäre der Morgenkonferenz.

Nach den Aufnahmen wurden die Anmeldungen zur stationären Aufnahme besprochen. Die meisten kamen über die Ambulanz. Blankenburg meldete sich, um Rose Brunners Aufnahme für die geschlossene Station zu besprechen.

»Kann man die nicht in der Krankenabteilung der Haftanstalt untersuchen? Sie wissen, wir sind sehr knapp mit Betten«, warf der Direktor ungeduldig ein.

»Schwierig. Einerseits ist sie körperlich noch ziemlich krank, andererseits ist es wichtig, die Untersuchung unter optimalen Bedingungen durchzuführen. Schließlich ist die weitere Selbstmordgefährdung als erheblich einzuschätzen. Nach Aktenlage dürfte auch die Motivsuche nicht einfach sein. Ich werde versuchen, die Begutachtung so schnell wie möglich abzuschließen.«

Blankenburg gegenüber saß Dr. Keller, einer der Favoriten des Direktors, ein kleiner, eher schmächtiger Mann mit unreiner Haut und einem nur noch spärlich behaarten Turmschädel. Er beschäftigte sich ausschließlich mit Grundlagenforschung, insbesondere mit Ratten, die er kastrieren ließ, um anschließend Hormone zu messen. Das Ganze sollte etwas über die Ursachen der Depression aussagen. Blankenburg hatte da so seine Zweifel, aber er behielt sie meist für sich, da dieser Forschungsansatz im Hause äußerst wohlgelitten war. Für die Patienten waren diese Untersuchungen völlig belanglos. Keller war ein nervöser Mann, der kaum still sitzen konnte und oft geräuschvoll in seinen Papieren wühlte. Mit anderen Worten: Er störte. Wie viele andere Ärzte im Hause, konkurrierte er mit allem und jedem, was ihm aber nur bei den Ratten erfolgreich gelang. Für den Direktor war er keine Gefahr und auch deswegen sein Protegé. Da Keller für eine erfolgreiche Bewerbung in einer anderen Klinik unbedingt klinisches Wissen nachweisen musste, hatte der Direktor ihm vor einiger Zeit die geschlossene Abteilung als verantwortlichem Oberarzt zugeteilt und gleichzeitig einige erfahrene Assistenten zur Seite gestellt, damit nichts passierte. Keller fühlte sich im Umgang mit Patienten erkennbar unwohl, und umgekehrt war es genauso. Wenn irgend möglich, vermied er den Gang auf die Station. In der Konferenz plusterte er sich gelegentlich auf, wenn es um klinische Fragen ging, um Kompetenz und Rückgrat zu demonstrieren. Rose Brunners Aufnahme war eine gute Gelegenheit.

»Ich stimme dem Direktor zu. Warum muss diese Frau denn hier untersucht werden? Warum kann man sie nicht in der Krankenabteilung der Justizvollzugsanstalt untersuchen? Das bringt doch große Probleme mit sich. Nachher versucht sie noch einmal, sich etwas anzutun, wir müssen sie ständig überwachen. Ich garantiere für nichts. Außerdem blockiert sie wochenlang ein Bett, das wir für Patienten, die an unseren Studien teilnehmen, dringend benötigen.«

Blankenburg wollte gerade zu einer grummelnden Replik ansetzen, aber der Direktor winkte ab.

»Na gut. Solche Gutachten sind für das Renommee der Klinik wichtig. Schließlich haben wir auch in diesem Bereich überragende Fachkompetenz. Aber sehen Sie zu, dass das Bett nicht zu lange besetzt ist.«

Damit war Rose Brunners Weg in die Klinik gebahnt.

Nach der Konferenz verteilten sich Ärzte und Psychologen in der Klinik, die meisten gingen auf ihre Station, Keller und Gleichgesinnte ins Labor. Auf den Direktor wartete bereits ein Taxi, das ihn zum Flughafen bringen sollte. Ein wichtiger Vortrag über die segensreiche Wirkung eines neuen Antidepressivums stand an. Dafür zahlte die Pharmaindustrie sehr ordentlich, solange die Vorteile des neuen Medikaments ebenso ordentlich herausgestellt wurden. Viele Professoren sahen darin kein Problem.

Blankenburg ging in die psychologische Abteilung. Er suchte nach Corinna Tarow, einer vierunddreißigjährigen Psychologin, die sich auf Begutachtungsfragen und psychologische Testungen spezialisiert und eine herausragende Doktorarbeit über »Motivationelle Aspekte und psychometrische Befunde bei Tötung des Intimpartners« vorgelegt hatte, die in Fachkreisen große Anerkennung gefunden hatte. Sie war eine schöne, noch jugendlich wirkende Frau, mit dem leuchtend blonden Haar des Nordens. Tatsächlich waren ihre Eltern aus Pommern, sie hatten ihre Heimat nach dem Zweiten Weltkrieg verlassen müssen. Blankenburg kannte Tarow seit zwei Jahren und seine erste Fantasie, die einer stolzen jungen Frau mit wehenden blonden Haaren, die auf einem Vollblut über einen sonnigen Ostseestrand ritt und der die Welt zu Füßen lag, eine Fantasie, die so kitschig war, dass Blankenburg sich dafür schämte und sie lieber für sich behielt, hatte ihn nie verlassen. Tatsächlich bewegte sich Corinna Tarow sehr aufrecht, entschlossen, mutig und doch mit, wie auch einige Kollegen fanden, umwerfender weiblicher Ausstrahlung durch die Klinik. So sah es jedenfalls Blankenburg und war sich gleichzeitig bewusst, welche Konflikte sich in ihrem beruflichen Umgang, der sich zu seinem Bedauern bislang nicht entscheidend in den persönlichen Bereich erweitert hatte, damit auftaten, ein offensichtlicher Konfliktherd in ihrer Zusammenarbeit.

Blankenburg hatte Corinna Tarow vor fast fünf Jahren kennengelernt oder zumindest das erste Mal wahrgenommen. Er war damals noch ein eher junger Oberarzt gewesen, erst seit einigen Jahren in der Forschung aktiv. Er hatte einen Psychiatriekongress besucht, die Jahrestagung der Deutschen Psychiatrischen Vereinigung in Berlin, die sich im November jeweils im monströsen Berliner Kongresszentrum traf, einem architektonischen Monumentalbau der frühen siebziger Jahre, direkt neben dem Berliner Funkturm. Blankenburg erinnerte das betonlastige Gebäude an ein riesiges, auf dem Rücken liegendes Raumschiff aus einem »Star Wars«-Film, das nach einer missglückten Notladung in der Hauptstadt gestrandet war und vor sich hin rottete. Der Bauch dieses galaktischen Findlings schluckte mühelos fünftausend Psychiater, die sich in verschiedenste Säle und Konferenzräume verteilten. Zwanzig, manchmal dreißig Vorträge wurden parallel gehalten. Blankenburg hatte damals sein Interesse recht ausgeglichen auf verschiedene Arbeitsgebiete verteilt, darunter die Therapie schizophrener Psychosen, aber auch begonnen, sich mit Aggressionsforschung zu beschäftigen. Am letzten Nachmittag, viele Ärzte waren schon abgereist oder zum Einkaufen in der Innenstadt, hatte er noch ein Seminar über die Behandlung psychisch kranker Rechtsbrecher besucht, das bezeichnenderweise auf diesen ungünstigen Termin angesetzt worden war. Kaum zwanzig Kollegen verloren sich in einem großen Saal, der leicht fünfhundert hätte aufnehmen können. Corinna Tarow hatte als dritte Referentin einen Zwanzigminutenvortrag gehalten, eine noch fast mädchenhaft wirkende junge Psychologin, die Ergebnisse ihrer Doktorarbeit an der Universität Kiel berichtete. Sie war aufgeregt gewesen, wahrscheinlich war es ihr erster Vortrag überhaupt, hatte sich aber gut gehalten und auch eine etwas hinterlistige Frage eines älteren Kollegen, der seinerseits seit vielen Jahren nichts Wesentliches mehr veröffentlicht hatte und als akademisches Strandgut, ausgebrannt und unkündbar, in einer norddeutschen Universitätsklinik hängen geblieben war, souverän pariert. Blankenburgs Interesse an dem Vortrag und der Referentin waren zwar eher oberflächlich gewesen, aber immerhin konnte er sich noch Jahre später an die Ergebnisse der Arbeit erinnern. Corinna Tarow hatte auf ihn spontan und überzeugend gewirkt, aber sein Interesse an der Psychologin war damals auf den Moment begrenzt gewesen, eine freundliche, aber flüchtige Wahrnehmung, die über seine Netzhaut gehuscht war, aber sein Gehirn erreicht hatte und zu einer Erinnerung geworden war, wie sich zwei Jahre später zeigen sollte.

Zwei Jahre, in denen sich viel verändert hatte. Blankenburgs Beziehung zu seiner Frau Vera war porös geworden, so unmerklich, wie feiner Sandstein Korn für Korn Festigkeit an die Witterung verliert, bis er brüchig und ohne Halt ist. Ehen scheitern nicht, sie vergehen … wo hatte er das gelesen? Bei ihm war es so gewesen. Das Fundament war schwankend geworden, das Schiff hatte mehr und mehr Schlagseite bekommen, ganz unbemerkt und erst im Fallen hatte er die Gefahr erkannt – zu spät. Der Aufschlag war umso härter gewesen – sein einziges Rettungsboot der Beruf, jedenfalls damals. Erst hatte sich ihre, dann seine Seite des Ehebettes abgekühlt, bis es im Permafrost erstarrt und die Bettritze zum Eismeer, das sie trennte, geworden war.

Sein zweiter Kontakt mit Corinna Tarow war wiederum auf einem Kongress gewesen, einer akademischen Ersatzwelt mit zahllosen vermeintlichen Aufgeregtheiten und Sensationen, in die sich mehr und mehr die sozialen Kontakte hineinverlagerten und hinter die für manche das normale Leben immer weiter zurücktrat. Manchen Kollegen, auch aus der eigenen Klinik, begegnete man nur hier.

Auch Corinna Tarow hatte sich verändert: Aus Kiel war Tübingen geworden, eine kleine Tagung, zu der er als Referent eingeladen worden war. Das Programm hatte ein abendliches Essen vorgesehen, der Zufall hatte ihm Corinna Tarow, mittlerweile dort als Psychologin tätig, als Tischdame zugespielt. Sie war freilich nicht allein gekommen, ein rotblonder Mann, der sie begleitete, stellte sich als Biologe und Lebensgefährte vor. Das hatte die Perspektive von vornherein eingeschränkt. Es war ein netter, aber unaufgeregter Abend gewesen. Es gab einige gemeinsame Interessen, sogar Bekannte, aber das war es gewesen. Nicht mehr als die Auffrischung einer flüchtigen Erinnerung. Ein weiteres Jahr später war dies anders. Blankenburgs Ehe war gescheitert. Der Sandstein war endgültig zum Sandhaufen geworden, schließlich zur Wüste, die in alle Himmelsrichtungen verweht war. Und Corinna Tarow war an der Universität Hamburg, als sie ihn anrief.

»Sie können sich an mich erinnern?«

»Aber sicher. Ein netter Abend in Tübingen, letztes Jahr.«

»Ja, das fand ich auch. Mittlerweile bin ich in Hamburg tätig.«

»Ach?«

»Ja, bessere Forschungsperspektiven, jedenfalls im Moment.«

»Das freut mich.«

»Ich würde Sie gerne zu einem Vortrag in unser Institut einladen. Außerdem besteht die Möglichkeit eines gemeinsamen Forschungsprojektes, über das ich mit Ihnen sprechen möchte.«

Sechs Wochen später war Blankenburg nach Hamburg geflogen. Nach seinem Vortrag war er mit ein paar Kollegen zum Essen gegangen, eingeladen in ein schickes Restaurant mit Blick auf die Binnenalster. Nach einer Stunde hatten sich alle bis auf Corinna Tarow verabschiedet. Sie besprachen einen Forschungsantrag, den sie bei der Deutschen Forschungsgemeinschaft einreichen wollten, eine Studie, die in mehreren Orten gleichzeitig laufen sollte. Noch eine Stunde später waren sie beim Privaten. Blankenburg war gelöst, nicht nur wegen einiger Margaritas, die sie schließlich an der Bar getrunken hatten. Es war ein für norddeutsche Verhältnisse warmer Abend gewesen und beide zögerten den Aufbruch hinaus. Schließlich fragte Corinna ihn, ob er Hamburg kenne.

»Nicht wirklich.«

»Wann geht Ihr Flug morgen?«

»6.45 Uhr.«

»Oh, da werden Sie bald schlafen gehen wollen.«

»Nicht wirklich. Gibt es noch etwas Unakademisches, was wir unternehmen können?«

»Cathouse.«

»Wie bitte?«

»Ein Club. Cathouse. Ein Geheimtipp, aber natürlich nichts für bierzeltgewohnte Bayern.«

»Von wegen. Außerdem habe ich preußische Gene.«

Das »Cathouse« entpuppte sich als in einer finsteren Nebenstraße St. Paulis gelegene Bar mit überfüllter Tanzfläche, voll von Yuppies und Szenegängern und, wie Blankenburg zugeben musste, ein paar wirklich scharfen Frauen an der Bar. Nach ein paar weiteren Drinks waren beide etwas angeheitert. In der drangvollen Enge tanzten sie zu Soul und alten Rocksongs dicht beieinander, es blieb ihnen auch gar nichts anderes übrig. Blankenburg schwitzte. Corinna Tarows blonde Mähne leuchtete im oszillierenden Licht der Scheinwerfer. Die Musik war langsamer geworden. Er legte seine Hand auf ihre Hüfte. Sie wehrte sich nicht. Einige Minuten später küsste er sie. Sie öffnete leicht den Mund. Ihre Lippen waren überraschend kühl. Dann löste sie sich lachend von ihm.

Etwas später standen sie vor dem Club. Eine erste Ahnung von Morgengrauen lag schon über den Dächern.

»Ich bin mir nicht ganz sicher, wie ich mich verhalten soll«, sagte er.

»Ich denke, du bist verheiratet«, sagte sie nach ein paar Sekunden.

Die Deutsche Forschungsgemeinschaft lehnte ihren Antrag ab. Ihr Kontakt riss ab. Als Corinna ein Jahr später das Angebot erhielt, nach München zu wechseln, nahm sie es an. Ihre Kreise begannen sich wieder zu berühren.

Blankenburg brauchte Corinna Tarow für Rose Brunners Begutachtung. Sie saß in der Cafeteria, die vor Kurzem im Rahmen des neuen Projekts »Rauchfreies Krankenhaus« zur nikotinfreien Zone erklärt worden war und sich rasch von Patienten und Kollegen entvölkert hatte. Sie trank einen Cappuccino und blätterte unaufgeregt und innerlich abgewandt von den wuseligen Karrieristen, die an ihr vorbeihuschten, in einer Zeitschrift. Sie lächelte Blankenburg an, als sie ihn sah.

»Setz dich doch.«

»Danke. Wie geht es dir?«

»Ganz gut. Nichts Besonderes. Meine Doktoranden lassen mich hängen, ich komme mit der Auswertung zum MMPI nicht weiter.«

Das Minnesota Multiple Personality Inventory, kurz MMPI, war ein besonders häufig eingesetzter Fragebogen, der bestimmte Persönlichkeitseigenschaften abbilden sollte. Der Betroffene musste etwa dreihundert Fragen beantworten. Corinna Tarow hatte ein Forschungsprojekt zur Persönlichkeit von Patienten mit posttraumatischer Belastungsstörung begonnen, das von der Deutschen Forschungsgemeinschaft unterstützt wurde. Blankenburg war peripher daran beteiligt und hatte einige Gutachtensfälle beigesteuert. Offensichtlich ging die Datengewinnung aber nicht so schnell voran, wie Corinna Tarow es sich wünschte. Sie nahm es aber offenkundig gelassen und rührte mit ihrem Löffel in der Cappuccinotasse.

»Dann mach ihnen Beine.«

»Und wie?«

»Konsequenter Liebesentzug.«

»Gute Idee. Ich fange gleich mit dir an. Du schuldest mir auch noch ein paar Fälle.«

»Stimmt. Du kannst mir aber nicht entziehen, was du mir vorher nicht gewährt hast.«

»Höre ich da enttäuschte Hoffnung heraus?«

»Die Hoffnung stirbt zuletzt. Ich wünsche mir einen einfachen Grabstein.«

»Geht in Ordnung. Aber vorher bitte ich um Übersendung der Fälle. Apropos, ich dachte, du wolltest deinen Körper der Anatomie zur Verfügung stellen?«

Blankenburg hatte in erheblich angetrunkenem Zustand auf dem letzten Oktoberfest tatsächlich einen etwas schalen Witz darüber gerissen, seinen vom Hallenfußball geschundenen Leib einstmals der Anatomie zu Studienzwecken zur Verfügung stellen zu wollen. Sein alkoholisch unterstütztes Werben um Annäherung war von Corinna Tarow seinerzeit nicht erwidert worden und hatte entsprechend ernüchternd auf ihn gewirkt. Immerhin war seine Anatomie-Ankündigung zwischen ihnen zu einer Art Running Gag geworden, der bei Bedarf aktiviert wurde. Corinna hatte seinerzeit argumentiert, dass seine Leiche zwischen den anderen Stadtstreichern im Sektionssaal nicht weiter auffallen würde und der Erkenntnisgewinn für die Medizinstudenten entsprechend gering wäre.

»Nur das Gehirn. Für die anderen Körperteile wünsche ich mir eine Feuerbestattung mit anschließender Verstreuung meiner Asche im Starnberger See. Versprichst du mir, die Urne zu leeren und ein paar letzte Worte zu sprechen?«

»Ich fühle mich geehrt, fürchte aber, das könnte dann auch bei mir zu einer posttraumatischen Störung führen. Ich werde darüber nachdenken.«

»Apropos Starnberg. In den nächsten Tagen kommt dieser Gutachtensfall zu uns, über den wir gesprochen hatten.«

»Die Mutter, die ihre drei Kinder umgebracht hat?«

»Ja. Ich werde sie vor der Verlegung in die Psychiatrie noch im Klinikum Süd besuchen, eine erste Kontaktaufnahme sozusagen, noch auf der Intensivstation. Sie ist wegen eines Tumors in der Brust operiert worden, kaum dass sie sich von ihrem Selbstmordversuch erholt hatte. Sie hatte sich die Pulsadern tief aufgeschnitten und versucht, sich ins Herz zu stechen.«

»Fürchterlich. Auch sehr ungewöhnlich, das findet man doch sonst meist nur bei Psychotikern. Was war dein Eindruck?«

Blankenburg zuckte mit den Schultern. »Schwer zu sagen. Nach Aktenlage wahrscheinlich eine Verzweiflungstat.«

»Da kann man sich täuschen.«

»Natürlich. Es war auch nur ein Eindruck. Sie hatte enorme finanzielle Sorgen, der Mann hatte sich abgeseilt und sie war ziemlich auf sich allein gestellt. Und dann kam noch der Krebs dazu.«

»Das kann Menschen aus der Bahn werfen.«

»Ganz bestimmt.«

»Was erwartest du von mir?«

»Ich werde die nächsten Vormittage nutzen, um mit ihr den Lebenslauf und die Vorgeschichte zu besprechen und den psychiatrischen Befund zu erheben. Die anderen Untersuchungen, EEG und Computertomografie des Kopfes laufen später. Wichtig ist natürlich auch, was sie mir *nicht* sagt. Vielleicht helfen deine Tests da weiter.«

Corinna Tarow war eine der wenigen Psychologinnen, die auch projektive Testverfahren, bei denen es keine richtigen oder falschen Antworten, sondern nur freie Assoziationen und Einfälle gab, die vielleicht auf unbewusste Motive und Gedanken schließen ließen, noch beherrschte und einsetzte. Dieses Wissen war in den letzten Jahren zunehmend durch moderne computergestützte Testverfahren, die angeblich objektiver waren, verdrängt worden. Tatsächlich gab es für projektive Testverfahren keine Normwerte wie für Intelligenzmessungen. Es gab allerdings für Mörderinnen überhaupt keine Normwerte. Psychologische Tests und Interviews boten aber die Möglichkeit, Persönlichkeitsfaktoren und Konfliktbereiche aufzuzeigen, die das Risiko für Gewalttaten oder Kurzschlusshandlungen vergrößerten. Darum ging es: Die Wahrscheinlichkeit bestimmter Risikokonstellationen abzuschätzen und die psychische Verfassung eines Täters auf seinen Krankheitswert hin zu untersuchen. Solche Spezialuntersuchungen konnten helfen, verborgene Motive zu verstehen. Das Wissen um solche Testverfahren drohte wie eine vergessene Stadt vom Dschungel neuer Lehrmeinungen überwuchert zu werden.

»In Ordnung. Ich mache die üblichen Intelligenztests, HAWIE[1] und andere, aber da wird sicher nichts Krankhaftes rauskommen. Dann schließe ich die Persönlichkeitsverfahren und die projektiven Tests an. Danach besprechen wir die Befunde. Ist zwar tragisch, aber auch ein interessanter Fall.«

»Danke. Sie kommt in den nächsten Tagen auf die geschlossene Abteilung, du kannst sie dann holen, wenn du sie brauchst.«

Corinna trank den Cappuccino aus. In diesem Moment betrat Keller die Cafeteria, wie fast immer, wenn sie dort saß. Er vermied jeden Blickkontakt, hielt den Kopf unnatürlich abgewendet und gesenkt und blätterte dabei in irgendwelchen Unterlagen, eine groteske Verlegenheitsgeste.

Corinna rollte mit den Augen und stöhnte leise. »Oh Gott, Keller! Er steigt mir schon wieder nach. Ich kann nicht über den Flur gehen, ohne dass er sich aus einer Ecke schält.«

»Wer? Der hochgeschätzte Fachkollege aus dem Rattenkeller?«

[1] Hamburg-Wechsler-Intelligenztest für Erwachsene, ein sehr häufig eingesetzter Test zur Bestimmung der Intelligenz und Diagnostik von Hirnfunktionsstörungen.

»Er starrt mir immer auf die Beine, blickt einem nie ins Gesicht. Rette mich.«
»Das hat seinen Preis.«
»Erpressung!«
»Soll ich euch bekannt machen?«
»O.K. Was verlangst du?«
»Ein Abendessen?«
»No way.«
»Dann doch die Seebestattung mit deiner Ansprache.«
»Ich bin erleichtert.«
Blankenburg stand auf, in seinem Schlepptau Corinna Tarow, die Keller beim Verlassen der Cafeteria einen vernichtenden Blick zuwarf, den Blankenburg bemerkte und genoss. Immerhin, dachte er, immerhin.

Fels hatte seit dem Frühstück nichts mehr gegessen. Er war am Nachmittag wegen einiger Fragen auf dem Polizeirevier in Starnberg gewesen, wo man von den Umtrieben des Herrn Pabst in den letzten Jahren nichts mehr gehört hatte, und beschloss, sich ein passables Restaurant zu suchen. Das leere Gefühl im Magen war mittlerweile richtigem Hunger gewichen.

Ohne recht zu wissen warum, steuerte er den Wagen zum See hinunter. Der Ort war still, die meisten Urlauber hatten ihn verlassen, ebenso die Ausflügler aus München. Fels fuhr an der Uferstraße entlang zum Jachtclub. Er stellte den Wagen auf einem Parkplatz zwischen zwei Porsche mit Münchner Kennzeichen ab. Irgendwem mussten die teuren Jachten ja gehören, sagte er sich. Vorbei an den hölzernen Bootshäusern, in denen im Winter die Schiffe lagen, ging er in den Club. Zur Seeseite lag das Restaurant. Es war nur halb voll. Er setzte sich an einen freien Platz an der Bar, der etwas abseits lag und freien Blick auf den Raum bot. Fels hatte sich den Platz nicht bewusst ausgesucht, aber ihm fiel auf, dass er sich in Lokalen oft so setzte, dass für ihn alles überschaubar blieb. Er war zu lange Polizist, um nicht bestimmte Reflexe übernommen zu haben, die er auch in seiner Freizeit beibehielt.

War er überhaupt in Freizeit? Die Wahl des Jachtclubs war nicht zufällig gewesen. Es hätte Dutzende andere und billigere Lokale auf dem Weg gegeben. Die Karte wies deftige Preise aus. Fels bestellte eine gegrillte Forelle zum doppelten Preis des Üblichen und ein Bier. Das gedämpfte Licht über der Bar brach sich im Gold des Glases, das eine junge schwarzhaarige Frau, die an der Bar bediente, ihm mit einem freundlichen Lächeln hinstellte. Sie stellte sich als Sylvie vor. Die ganze Atmosphäre des Jachtclubs war freundlich, ruhig, teuer. Fels trank das Bier mit gedämpfter Begeisterung.

Natürlich hatte er den Jachtclub wegen des Brunner-Falls aufgesucht. Hier arbeitete Rose Brunners Mann, gegen den aber keinerlei Verdachtsmomente bestanden. Es gab keinen Grund, gegen ihn zu ermitteln. Das tat Fels auch nicht. Er wollte sich nur ein bisschen umschauen, sehen, wo sich John Brunner herumgetrieben hatte, während seine Exfrau verzweifelt überlegt hatte, wie sie ihre Rechnungen bezahlen und die Gläubiger abschütteln konnte. Fels wollte die Atmosphäre des Jachtclubs in sich aufnehmen. Oft interessierten ihn, anders als viele seiner Kollegen, jenseits der aktuellen Motive die Hintergründe einer Tat mehr als der Tathergang selber. Dieser war oft rasch zu ermitteln, mit kriminalistischen und wissenschaftlichen Methoden bestimmbar, auch wenn es natürlich Ausnahmen gab, wie etwa bei der jungen Verkäuferin, die vor Kurzem tot aus der Isar gezogen worden war. Die Frau war nicht ertrunken, sondern erschlagen und erst dann in den Fluss geworfen worden. Für ein Sexualdelikt sprach nichts. Nachbarn hatten von Auseinandersetzungen zwischen ihr und ihrem Verlobten berichtet, der schon einmal wegen Körperverletzung vorbestraft war, aber ein Alibi hatte, das nicht leicht zu entkräften war: Angeblich war er mit seiner Motorradclique unterwegs gewesen. Ein ganz klares Motiv war auch nicht zu erkennen und viele Spuren hatten sie nicht, geschweige denn Zeugen. Dieser Fall, das Schicksal der jungen Frau, wartete noch auf Aufklärung.

Was trieb Menschen dazu, zu töten, vielleicht sogar enge Freunde oder Angehörige? An welcher Stelle ihres Lebens war der Zug entgleist und dann in Richtung Katastrophe gesteuert? Welche Weiche war falsch gestellt gewesen? Meist war es ja nicht eine einzige Weiche gewesen, sondern viele, und die Summe der falschen Abbiegungen führte zu dem Desaster, zur Tat. Wo hätte man den Zug noch stoppen oder in ungefährlichere Bahnen lenken können? Hatte der Täter noch das Steuer in der Hand gehabt oder war er getrieben worden, ohne Chance einer Kurskorrektur? Wie war es bei Rose Brunner gewesen? Wann hatte sie das letzte Rotsignal überfahren? Hatte sie es überhaupt gesehen? Offene Fragen, die ihn bewegten. Fels war entgegen vieler Meinungen ein emotionaler Mensch und dies war ein emotionaler Fall. Deswegen haftete er an ihm.

Sein Essen kam. Die Forelle duftete wunderbar nach Weißwein. Der Kellner, der sie brachte, erklärte, dass sie fangfrisch und am Morgen aus dem See gezogen worden sei. Fels trennte das Fleisch von den Gräten und schaufelte sich etwas Reis auf die Gabel. Im Halbdunkel der Bar bestand die Gefahr, eine Gräte zu übersehen und sich die Speiseröhre zu verletzen. Aber Fels war ein Genussmensch, wenn auch ein etwas verhaltener, sozusagen mit angezogener Handbremse, und daher nicht in Gefahr, ein Opfer zu gierigen Essens zu werden. Das Gericht war für das Gehalt eines Hauptkommissars erheblich zu teuer, aber Fels kümmerte das nicht, er hatte nur noch für sich und seine Tochter zu sorgen. Der Jachtclub war eine gute Entscheidung gewesen.

Der Raum füllte sich etwas, meist mit Pärchen mittleren Alters, mitunter kamen auch Männer, denen man trotz Freizeitkleidung ansah, dass sie über Geschäfte reden wollten. Fels gegenüber, am anderen Ende der hufeisenförmigen Bar, warf sich eine blonde Schönheit Mitte dreißig aufgebracht in einen Barhocker und schnaubte wütend. Um den Hals trug sie eine breite Goldkette und an ihrem linken Handgelenk funkelte eine brillantenbesetzte goldene Uhr. Nichts, was man beim Abwasch trägt, sagte sich Fels und lächelte über das etwas aufgeblasene Getue der Society-Lady. Die junge Frau, die hinter der Bar bediente, wandte sich ihr zu.

»Hallo, Yvonne. Ärger?«

»Ärger ist gar kein Ausdruck. Gib mir einen Whiskey Sour.«

»Dein Mann?«

»Ich dachte, er kommt erst morgen wieder. Kaum da, gibt es Ärger.«

»Wegen John?«

»Spinnst du? Der war gut für ein paar schöne Stunden, aber sonst ist da doch nichts.«

Fels vermied jeden Blickkontakt und konzentrierte sich auf die Grätensuche. Offensichtlich kannten sich die beiden Frauen etwas besser. Sonst waren keine Gäste an der Bar. Die beiden Frauen sahen ihn kurz an, werteten ihn als harmlos und unbeteiligt und setzten ihre Gespräch mit gedämpfter Stimmlage fort. Die Barfrau flüsterte: »Aber sieht doch gut aus. Da kann dein Mann nicht mit.«

»Das ist nicht alles.«

»Natürlich nicht. Aber er hat dir doch ganz gut gefallen.«

»Na ja.«

»Komm, gib es doch zu.«

»Na gut, er hat seine Qualitäten.«

»Aber kein Geld.«

»Werd nicht frech.«

»Andere würden ihn nicht von der Bettkante stoßen.«

»Gut zu wissen, ich geb dir Bescheid, wenn sich was tut.«

Mit diesen wütend hingeworfenen Worten stand sie auf, trank ihr Glas in einem Zug aus und warf einen Schein auf den Tresen. Die junge Frau sah ihr grimmig nach.

»Liebeskummer?«, fragte Fels.

»Ich wüsste nicht, was Sie das angeht. Ich habe keinen.«

»Aber Ihre Freundin.«

»Freundin? Diese aufgeblasene Tusse?«

»Ich hatte den Eindruck.«

»Da haben Sie sich getäuscht. Im Club duzen sich viele. Sie kommt öfters. Gehört in Starnberg zum Inventar, die Dame.«

»Hat wohl Eheprobleme?«

»Wie man es nimmt. Hat sich einen steinreichen Geschäftsmann geangelt und dann festgestellt, dass er nicht so spannend ist wie erhofft. Dabei hat sie das vorher gewusst, dass er zwanzig Jahre älter ist. Jetzt macht sie mit dem Manager rum, so einem aufgeblasenen Typ mit Motorrad. Ich verrate keine Geheimnisse, ist allgemein bekannt im Club.«

Fels' Interesse war geweckt. Irgendwo in der grauen Substanz seiner Hirnrinde, in einem zuvor schlafenden Neuron, regte sich ein kleiner elektrischer Impuls und breitete sich aus.

»Fährt er eine Harley?«

»Kennen Sie ihn? Ist ja mittlerweile eine Berühmtheit, wenn auch eine traurige. Kennen Sie die Geschichte?«

»Nein.«

»Lesen Sie keine Zeitung? Vor ein paar Wochen gab es hier einen grausigen Mord. Eine Mutter hat ihre drei Kinder getötet. Das war die Ex unseres Managers. Manager ist eigentlich eine etwas aufgeblasene Bezeichnung. Er ist mehr Hausmeister, kümmert sich um alles Mögliche. Das Sagen hat der Präsident, der Ehemann der eben verschwundenen Dame. Dem gehören die meisten Anteile am Jachtclub und noch diverse andere Sachen im Ort, Immobilien und so. Der ist richtig geldig, lässt es aber gar nicht so heraushängen. Und gerade mit dem Manager fängt seine Frau nach ein paar Monaten etwas an. War ihr wohl zu langweilig geworden in der Starnberger Villa, übrigens direkt am See. So was kann man ja nur erben oder erheiraten. Jedenfalls gab es einen Mordskrach, als ihr Mann davon erfahren hat. Natürlich ist sie sofort reumütig zu ihm zurückgekehrt. Er wollte dem Manager sofort kündigen, aber da ist die Sache mit seiner Ex passiert und da konnte der Chef ihn ja nicht kündigen, wie hätte das ausgesehen. Verliert erst seine Kinder und dann noch den Job. Ich vermute, der Chef lässt etwas Gras über die Sache wachsen und gibt ihm dann einen goldenen Fußtritt.«

»Wie heißt denn der Chef?«, gab sich Fels unwissend, aber interessiert.

»Sie sind wohl nicht von hier? Franz Bruckmeier. Alte Starnberger Familie, hat elendig viel Grund geerbt, der Großvater war noch Bauer. Wo früher Milchvieh stand, ist alles Baugrund geworden. Da kann man nichts falsch machen. Der Chef hat auch eine Baufirma und ein Maklerbüro. Mehr geht nicht.«

»Wirklich nicht.«

Sie lachte. »Doch, eins habe ich noch vergessen. Im Gemeinderat ist er auch noch. Der lässt nichts anbrennen.«

»Nur geschäftlich?«

Ein kurzes Zögern verriet Fels, dass Sylvie Bruckmeier wahrscheinlich besser kannte, als sie ihn glauben machen wollte.

»Auf den lasse ich nichts kommen. Ein prima Chef, und was er aus dem runtergekommenen Jachtclub gemacht hat, ist klasse. Früher sind hier nur die Aufreißer aus München gekommen, jetzt sehen Sie sich mal um.«

»Die besseren Kreise.«

»Ach, man kann alles schlecht machen. Jedenfalls hat er was anderes verdient als diese Schnepfe.«

»Hat er selber ein Schiff?«

»Klar! Mit die größte Jacht, ›Yvonne‹, da kann sie stolz darauf sein.«

»Und segelt er selbst?«

»Wenig. Ist ja immer unterwegs. Oft verleiht er die Jacht an Freunde.«

Fels entschloss sich, das Thema zu wechseln. »Die Sache mit der Mutter, die ihre Kinder getötet hat, dürfte hier ziemliche Wellen geschlagen haben?«

»Was glauben Sie denn? Das hat eingeschlagen wie eine Bombe. Wir kannten die Kinder ja, John, der Manager, hat sie ab und zu mit in den Club gebracht, wenn Feiern waren oder so.«

»Hat er an den Kindern gehangen?«

»Schwer zu sagen. Irgendwie schon, vor allem an dem Jungen. Aber im Wesentlichen hängt er an sich selber. Ein Familienmensch ist er sicher nicht.«

»Wann waren die Kinder zuletzt hier?«

»Keine Ahnung. Ich glaube auf dem Sommerfest des Clubs, John hatte sie mitgebracht. Später gab es dann irgendeinen Streit mit seiner Tussi und die Kinder wollten weg. War irgendwie unerfreulich alles. Ich hatte sie seither jedenfalls nicht mehr gesehen. Schade um die Kleinen, waren nette Kinder, erstaunlich bei den Eltern!«

»Kannten sie die Mutter?«

»Kennen ist zu viel gesagt. Ein, zwei Mal kurz gesehen. Gesprochen habe ich nie mit ihr. Sie stammt aus Berg auf der anderen Seeseite. Soll früher ein ganz flotter Feger gewesen sein und die Discos rund um den See unsicher gemacht haben. War aber vor meiner Zeit. Genau weiß ich das nicht.«

»Das war bevor sie ihren Mann kennenlernte?«

»Ich glaube ja. Der hat ja früher im Betrieb seines Vaters gearbeitet, ich glaube eine Schreinerei. Ist ihm dann aber zu langweilig geworden, er wollte wohl höher hinaus. Jedenfalls hat er irgendwann ein Sportgeschäft eröffnet und ist damit pleite gegangen. Wundert mich nicht, der ist kein Geschäftsmann. Große Sprüche, aber nichts dahinter. Manager! Dass ich nicht lache. Der kann Wasserhähne reparieren und Boote streichen, sonst nichts, und wahrscheinlich nicht mal das gescheit. Irgendwie hatte Bruckmeier Mitleid mit ihm und hat ihm eine Chance gegeben und wie hat er ihm das gedankt?«

»Offensichtlich schlecht.«
»So sehe ich das auch.«
»Trotzdem, für ihn muss das doch eine Katastrophe sein.«
»Natürlich. So was verdient niemand.«
»Hat es irgendwelche Anzeichen gegeben, dass er vielleicht besorgt war?«

Sylvie schüttelte den Kopf. »Ich glaube nicht. Am Abend, bevor das passiert ist, saß er noch spät hier an der Bar zusammen mit ein paar Leuten aus der Schickeria und hat Champagner gesoffen, natürlich auf deren Kosten. Lauter Männer. Da hat er fürchterlich über seine Alte geschimpft, dass sie ihn ruiniert hätte und so. Dann hat er getönt, dass er gar nicht daran denke, für sie zu zahlen und dass sie auch ohne ihn zurechtkommen würde. Sie wüsste schon, wie sie an Geld kommen könnte.«

»Was hat er damit gemeint?«

»Keine Ahnung. Soweit ich weiß, war die Frau völlig mittellos und hatte Schulden bei Gott und der Welt. Ich glaube sogar, sie hat einige Mitglieder des Jachtclubs angepumpt mit irgendwelchen windigen Geschäftsideen, war aber alles heiße Luft. Na ja, die können es sich leisten, ein paar Euros zu verlieren. Wie gesagt, sind alle ziemlich geldig hier. Alleine die Liegeplätze für die Boote kosten ein Vermögen.«

»Wie lange hat John Brunner in der Tatnacht hier gefeiert?«

»Reichlich lange. Bis weit nach ein Uhr, würde ich sagen. Ganz schön betrunken waren die Herren, meine Güte. Ich weiß gar nicht, wie die nach Hause gekommen sind.«

»Und John?«

Für einen kurzen Moment hatte Fels die Fantasie, Sylvie wäre an diesem Abend Johns Charme erlegen. Aber da lag der Hauptkommissar daneben.

»Keine Ahnung. Mein Freund hat mich abgeholt. Vielleicht ist Lady Bruckmeier aufgetaucht und hat ihn mitgenommen. Seine Harley stand jedenfalls am nächsten Morgen noch hier.«

Fels bestellte noch ein Bier. Sylvie war überraschend redselig gewesen. Er hielt sie für eine nette, etwas frustrierte junge Frau. Sie hatte nichts Falsches an sich und aus ihrem Herzen keine Mördergrube gemacht. Das Bild, das sie von John Brunner gezeichnet hatte, passte zu dem, das ihre Ermittlungen ergeben hatte – Brunner war ein eitler, verantwortungsloser Angeber. Auf ihn zu setzen hieß, auf Treibsand zu bauen. Diesen Fehler, mindestens diesen, hatte Rose Brunner begangen. Er hatte sich bitter gerächt.

Zwei andere Männer kamen an die Bar, Segler, die noch an ihrem Boot gearbeitet hatten. Sie lachten und unterhielten sich über eine letzte Regatta, die am Wochenende stattfinden sollte, und einen Segeltörn, den sie gebucht hatten. Sie wollten trotz Herbstkälte die Nord- und Ostsee von St. Peter-Ording über die dänischen Inseln bis nach Kiel besegeln. Sie waren der Meinung, das werde Ende September ein kühles Vergnügen und man müsse genug Aquavit an Bord haben.

»Zollfrei, versteht sich.« Beide lachten.

Fels dankte Sylvie und zahlte. Draußen empfing ihn ein leichter Wind, der an den Masten der Jachten zerrte. Der See lag dunkel im Abendlicht eines halb verdeckten Mondes. Sein Wasser schlug träge gegen das Ufer. Fels entschloss sich, noch ein paar Meter am Jachthafen zu gehen. Er verstand nichts vom Segeln und das Clubmilieu, in das er eben eingetaucht war, entsprach nicht seinem Wesen. Als Mensch ohnehin Einzelgänger, war ihm das Zurschaustellen von Geld und Erfolg zuwider. Das war nicht seine Welt und es war auch ganz gewiss nicht die von Rose und John Brunner. Dennoch fand er die Ansammlung schneller Boote und Jachten, die hier vor ihm lagen, eindrucksvoll. Viele Boote waren zwölf und mehr Meter lang. Fels konnte ihren Wert nur ahnen. Einige Boote schienen hochseetauglich, in jedem Fall viel zu groß für den See.

Fels versuchte die Bruckmeier-Jacht zu erkennen, indem er nach dem größten Boot Aussicht hielt. Im hinteren Teil des Hafens, einer kleinen Marina, lagen die imposantesten Schiffe – die »Sea Cloud«, die sogar ein Radar hatte, die »München III«, ein langes Boot mit zahlreichen Fendern an der Seite, und schließlich die »Yvonne«. In der Dämmerung war sie nicht mehr gut zu sehen, aber Fels konnte noch das edle Holz des Decks erkennen. Dies war kein Rennboot, sondern eine richtige Jacht. Die Segel waren, wie bei den anderen Schiffen, aufgerollt und an den Masten befestigt. Sicher ein wunderschönes Schiff, sagte sich Fels. Viel zu schade für gelegentliche Ausflüge mit Geschäftsfreunden. Langsam ging er zurück.

Auf halber Strecke zum Jachtclub fiel ihm ein Schiff auf, an dem noch gearbeitet wurde. Das Boot war nicht viel mehr als halb so lang wie die Bruckmeier-Jacht. Ein Mann hantierte am hochgezogenen Außenbordmotor. Als er sich aufrichtete, erkannte Fels zu seiner Überraschung den Schwager von Rose Brunner, Bernd Daschner, der eine Segeljacke und Ölzeug trug. Beide waren für einen Moment sprachlos. Daschner fand als Erster Worte.

»Sie sind doch der Polizist, der meine Frau befragt hat. Spionieren Sie mir hinterher?« Das Misstrauen in seiner Stimme war unüberhörbar.

»Keineswegs. Das ist reiner Zufall. Ich wollte mir den Jachtclub einmal ansehen und bin jetzt noch etwas am Ufer entlanggegangen. Ich ermittle hier nicht, schon gar nicht gegen Sie.«

»Dazu gibt es auch keinen Grund«, murmelte Daschner.

»Sie sind Segler?«, fragte Fels aus Interesse, aber auch, um das Gespräch in eine andere Richtung zu lenken.

»Seit meiner Jugend, früher habe ich es sogar eine Zeit als Leistungssport betrieben.«

Fels nickte. Aus Starnberg waren schon eine Reihe von deutschen Meistern und sogar ein Olympiasieger gekommen. Der See mit seinen tückischen Fallwinden hatte eine Reihe hervorragender Segler hervorgebracht.

»Und heute?«

»Für die ganz große Karriere fehlten Zeit und Talent. Ich bin aber immer mit Leidenschaft dabei.«

»Ihr Boot?«, fragte Fels mit Blick auf die Jacht.

»Die ›Sea Cloud‹? Nur zum Teil. Ich könnte sie mir sonst gar nicht leisten. Ich segle aber so oft wie möglich. Einige haben ihre Boote schon ins Winterlager gebracht oder machen es bald. Wir wollen den See nutzen, so lange es geht.« Daschner zog eine Plane über den Motor und erhob sich. »Jederzeit startklar, falls wir ihn brauchen. Altes Teil, springt aber immer sofort an. Meist haben wir aber genug Wind, um aus dem Hafen rauszukommen.«

»Hat Ihre Schwägerin Ihre Leidenschaft geteilt?«

»Überhaupt nicht. Wir sind früher einmal ganz gelegentlich gesegelt, das war noch vor ihrer Ehe. Später hat sie dafür keinen Sinn mehr gehabt. John Brunner stand eher auf Motorräder.« Bernd Daschners Stimme klang verächtlich. »Und heute hat er einen Job hier im Jachtclub.«

»Sie können ihn nicht gut leiden, stimmt's?«

»Das haben Sie scharf erkannt. Nein, wirklich nicht. Er hat Rose auf dem Gewissen, so viel steht fest. Früher war sie ganz … anders. Unbeschwert. Sein Wunsch, was Besseres zu sein, hat ihre Ehe und ihr Leben zerstört.«

Fels hatte für einen Moment das Gefühl, dass Rose Brunner ihrem Schwager nähergestanden haben könnte, als sie bisher wussten, fragte aber nicht weiter nach.

»Haben Sie sie früher einmal depressiv erlebt?«

»Rose? Nein, sicher nicht. Belastet war sie in den letzten Jahren, ganz sicher. Aber richtig depressiv … ich weiß nicht, nein. Obwohl, sie hatte oft etwas von einer Schauspielerin, gaukelte eine gute Stimmung vor, obwohl ihr eigentlich wohl zum Heulen zumute war. Aber dass das so enden würde … unfassbar. Meine Frau ist völlig schockiert. Ich mache mir Sorgen um sie.«

Fels hatte Veronika Daschner als starke und zähe Frau erlebt, aber er konnte die Sorgen ihres Ehemanns verstehen.

»Ich will Sie nicht länger aufhalten. Wie gesagt, ich ermittele hier nicht. Trotzdem … vielleicht eine letzte Frage. Wie war Ihr Verhältnis zu John Brunner?«

»Um Gottes willen. Es war keins. Wenn er mir hier im Club über den Weg lief … kaum, dass wir uns gegrüßt haben. Nein, ich war froh, von diesem Angeber nichts hören und sehen zu müssen.«

Fels wünschte Daschner einen schönen Abend und ging zum Parkplatz zurück. Der Wind hatte etwas aufgefrischt und war unangenehm kühl. Einige Blätter raschelten, als er sie in den Bäumen zum Fallen aufforderte. Es wurde Herbst.

Die beiden Porsche, zwischen denen Fels geparkt hatte, waren verschwunden, stattdessen war er jetzt zwischen zwei Geländewagen, einem BMW X5 und einem Porsche Cayenne, eingeklemmt. Er hatte Mühe, die Tür zu seinem Wagen zu öffnen. Zehn Minuten später war er auf der Autobahn nach München und in Gedanken bereits zu Hause. Der Starnberger Fall war für ihn so gut wie abgeschlossen.

9. Kapitel

Am nächsten Vormittag blätterten Fels und Blankenburg etwa zur selben Zeit und ohne, dass der eine vom anderen wusste, in der Kopie einer zwei Jahre alten Strafakte von Rose Brunner, die das Landgericht München an alle Verfahrensbeteiligten verschickt hatte. Es ging um Roses Vorverurteilung wegen Betruges. Fels ärgerte sich, dass er die Akte erst jetzt bekommen hatte, immerhin zwei Wochen nach der Tat, aber manchmal mahlten die Mühlen der Justiz eben langsam.

Blankenburg blickte aus seinem Zimmer in den Garten der Klinik, aus dem Besucher und Patienten langsam zum Mittagessen verschwanden. Fels saß in seinem kleinen Dienstzimmer und goss sich einen nur noch lauwarmen Kaffee ein. Die Tasse, die er vom letzten Oktoberfest mitgenommen hatte, zeigte eine fröhlich lachende Kellnerin. Der Henkel war schon halb abgebrochen.

Blankenburg las die Akte mit einiger Verwunderung, aber auch mit Interesse, schließlich ergaben sich für ihn erste Anhaltspunkte zur Persönlichkeit Rose Brunners.

Die Verurteilung lag etwa zwei Jahre zurück. Die Tat selber bezog sich auf einen Zeitraum vor etwa dreieinhalb Jahren. Roses Ehe war damals bereits zerrüttet gewesen, auch wenn sie noch nicht geschieden gewesen war. Ihr Mann hatte »John's Sportwelt« weitgehend ruiniert und der zuständige Richter hatte in der Urteilsbegründung kein Blatt vor den Mund genommen:

»Der Mann der Angeschuldigten, der ohne ausreichende Sachkenntnis das wirtschaftliche Wagnis eingegangen war, ein überwiegend kreditfinanziertes Sportgeschäft zu eröffnen, musste schon nach kurzer Zeit feststellen, dass sich seine Hoffnung, ein erfolgreicher Unternehmer zu werden, als haltlos erwiesen hatte. Bei der Kammer hat der Ehemann der Angeschuldigten einen ungünstigen Eindruck hinterlassen. Es kann kein Zweifel daran bestehen, dass der Ehemann der Angeschuldigten durch das von ihm zu verantwortende wirtschaftliche Fiasko, zu dem sein undisziplinierter Lebens- und Arbeitsstil mit beigetragen hatte, seine Familie, von der er sich schon abgewendet hatte, in große Not und Sorgen gestürzt hat. Unterhaltsleistungen gewährte er der Angeschuldigten nicht oder nur sehr zögernd und unregelmäßig.«

An der Verurteilung Roses hatte er allerdings keinen Anteil. Laut Akte hatte sich Rose von gutsituierten Bürgern Geld geliehen mit dem Versprechen, dieses bei Immobiliengeschäften hoch gewinnbringend anzulegen. Sie hatte vorgetäuscht, für einen dubiosen Geschäftsmann namens Dr. Werner, der sich im Hintergrund hielt, tätig zu sein. Sie gab vor, das Geld in billig zu habende Immobilien zu investieren, die dann teuer weiterverkauft werden sollten – Häuser, die unter den Hammer gekommen waren oder deren hochverschuldete Besitzer sie unter Wert aus der Hand geben mussten. Diese Häuser hatte es in Wirklichkeit nie gegeben. Rose Brunner hatte am Anfang einigen der Anleger noch einen Teil des versprochenen Gewinns auszahlen können, dann war ihr Lügengebäude zusammengebrochen.

Es handelte sich um eine Art Schneeballsystem, die Akte nannte zwölf Geschädigte. Fels wusste aus Erfahrung, dass viele Betrugsopfer nicht nur aus purer Gier viel Geld in windige Projekte investierten, in vielen Fällen Schwarzgeld, verborgen vor Steuer und Finanzamt, worauf Betrüger häufig setzten: Manche Opfer gingen aus genau diesem Grund nicht zur Polizei, um nicht als Steuersünder entlarvt zu werden, sodass die tatsächliche Zahl der Geschädigten oft noch größer war. Blankenburg, dem solche Vorgänge weniger vertraut waren, staunte über die grenzenlose Naivität der Geschädigten, denen Rose Brunner keine Sicherheiten hatte bieten können. Fels dagegen wusste, dass die Aussicht auf großen Profit gerade die Wohlhabenden noch gieriger machte. So oder so, Rose Brunner hatte über 200 000 Euro eingesammelt, von denen sie nur einen Bruchteil zurückzahlen konnte. Sie bestritt die Tat nicht, gab aber an, das Geld an den ominösen Dr. Werner weitergeleitet zu haben, der aber ebenso wie das Geld unauffindbar blieb. Das Gericht ging davon aus, dass es ihn nie gegeben hatte. Das glaubte auch Fels.

Was Rose Brunner mit dem Geld gemacht hatte, blieb unklar. Fels dachte an die Besichtigung ihrer Wohnung. Nichts hatte für einen luxuriösen Lebensstil gesprochen und auch ihre Schwiegereltern hatten nichts von teuren Einkäufen oder Luxusreisen erzählt. Blankenburg stellte sich die verzweifelte Frau vor, die von ihrem Mann mit drei kleinen Kindern allein gelassen worden war. So hatte sie sich diesen kriminellen Ausweg gesucht.

Für Blankenburg war die Akte aufschlussreich, gab sie doch Einblicke in Rose Brunners Wesen. Im nüchternen Juristendeutsch der Akten ließ sich immerhin erkennen, dass sie auf viele der Betrogenen sehr einnehmend gewirkt haben musste. Sie war sicher und überzeugend aufgetreten und hatte die Geschädigten überredet, ihr Geld in Dr. Werners geniale Immobilienprojekte zu investieren – und dies in einer Situation, in der ihr persönlich das Wasser bis zum Hals stand. Niemand ohne Bereitschaft zum Selbstbetrug, mit Willen zur Maskerade eigener Gefühle und Ängste, könnte ein solches Spiel inszenieren. Rose Brunner hatte mit einiger – wie im Urteil zu lesen war – krimineller Energie gehandelt, aber sie war auch einfühlsam genug gewesen, Bedenken und Risiken ihrer Opfer zu überspielen. Dabei hatte sie auch einige gefälschte Bankbürgschaften oder andere offiziell aussehende Schreiben vorgelegt, wie Fels zur Ehrenrettung der Hereingelegten feststellte. Nur mit ihrer Ausstrahlung hatte sie die gutgläubigen Opfer nicht dazu bewegt, ihr Geld zu geben. Aber diese verführerische Seite an ihr musste es geben, davon war er überzeugt. Für ihn, der sich seit Jahren mit Kapitalverbrechen beschäftigte, war Betrug nicht belanglos. Besonders faszinierend fand er diese Deliktkategorie aber nicht, zu ähnlich schien ihm der jeweilige Ablauf: Mehr oder weniger raffinierter Betrüger trifft auf raffgieriges oder leichtsinniges Opfer. Und so war es auch hier. Auch der spätere Versuch, die Hauptschuld auf einen anonymen Hintermann zu schieben, war typisch. Der ominöse Dr. Werner war jedenfalls nicht zu ermitteln gewesen, auch wenn Rose Brunner an ihm vor Gericht festgehalten hatte. Außer ein paar schlecht gefälschten Schreiben mit seiner angeblichen Unterschrift war nichts zu finden gewesen. Rose Brunner wollte ihn im Geschäft ihres Mannes kennengelernt haben, wo er als angeblich wohlhabender Geschäftsmann aufgetreten war und sich für Tennisschläger interessiert hatte. Später wollte sie nur noch über eine Handynummer mit ihm kommuniziert haben. Auch diese Spur erwies sich als substanzlos. Fels konnte die Skepsis der Ermittler verstehen, die keine Spur von Dr. Werner finden konnten und ihn als das ansahen, was er höchstwahrscheinlich war – ein Hirngespinst.

Fels legte die Akte aus der Hand. Es dämmerte. Er ging weiter von einer Verzweiflungstat aus. Alles sprach dafür. Er verließ sein Büro. Für den Abend hatte er nichts Besonderes vor. Im Stadion spielte heute Bayern München gegen Manchester United. Das Spiel war noch nicht ausverkauft, aber er hatte keine Lust, alleine zu gehen. Manchmal war er mit Krebs zum Fußball gegangen, aber der hatte ihm einen Korb gegeben. Fels überlegte, ob er in einen Biergarten gehen sollte, denn bald würde es dafür abends zu kalt sein.

Das Telefon klingelte. Es war Traublinger von der Rechtsmedizin. »Aha, noch ein Nachtarbeiter«, sagte er, als Fels sich meldete.

»So ist es.«

»Sind die Sektionsberichte angekommen?«

»Ja, vielen Dank. Ist ja eine eindeutige Sache. Mir fehlt nur der Bericht über die Mutter.«

»Hm, da gibt es ein Problem.«

»Wieso?«

»An sich sollte sie noch vor der Operation von einem Rechtsmediziner untersucht werden, aber das hat zeitlich nicht geklappt. Die Verletzungen waren zu schwer, die Kollegen haben sofort handeln müssen. Ich habe sie erst nach der OP untersuchen können, und das war unergiebig. Ich werde mir aber die Originalunterlagen noch besorgen. Aber es gibt ja wohl keinen Zweifel an einem Selbstmordversuch.«

»Danke. Ach ja, noch was. Interessieren Sie sich für Fußball?«

»Nur für Bayern München. Warum?«

»Ich hätte da einen Vorschlag. Heute Abend gibt es ein interessantes Spiel. Hätten Sie Interesse?«

Auch Blankenburg legte die Unterlagen aus der Hand. Er sah auf die Uhr. Er hatte für die späteren Nachmittagsstunden noch einen Termin mit einem schwierigen Patienten ausgemacht, den er seit zwei Jahren nach einem Selbstmordversuch mit einer Insulinspritze, den er überraschenderweise überlebt hatte, behandelte.

Nach seinem Dienst fuhr er südwestlich über die Autobahn Richtung Lindau, bog nach zwanzig Minuten bei Wörthsee ab und hielt schließlich vor einem Reihenhaus in Steinebach, einem idyllischen Dorf mitten im Fünfseenland, wo er bis vor knapp zwei Jahren zu Hause gewesen war und sich eigentlich noch heimisch fühlte, auch wenn dieses Gefühl schwächer geworden war. Er lebte von Vera getrennt, die eher widerwillig in ihren früheren Beruf als Kinderärztin zurückgegangen war und jetzt wieder halbtags in einer Praxis arbeitete. Das Haus hatte er Vera gelassen und nur eine kleine Hütte, kaum drei Meter breit, aber mit direktem Zugang am See, behalten, wohin er sich an warmen Abenden gern zurückzog. Auf den Holzplanken am Wasser war Platz für zwei, drei Handtücher, mehr nicht. Manchmal nahm er seinen Sohn mit, Vera dagegen nicht mehr. Beiden war nicht klar, warum sie vor vier Jahren allmählich aufgehört hatten, sich füreinander zu interessieren und schließlich miteinander zu schlafen. Blankenburg konnte sich an keinen richtigen Streit erinnern, was, wie er genau wusste, rückblickend auch kein gutes Zeichen gewesen war. Ein anderer Partner war weder bei ihr noch bei ihm im Spiel gewesen, als sie sich, vorübergehend, wie sie meinten, getrennt hatten, aber die Distanz war seither eher gewachsen und wurde oft nur durch Adrian, ihren zwölfjährigen Sohn, überbrückt. Der stand schon, bewaffnet mit rotem Bayern-Schal und Fahne, in der Tür, als er den Wagen in der Auffahrt parkte.

»Hast du die Karten?«, rief er aufgeregt.

»Klar habe ich die. Bayern gegen Manchester, Haupttribüne Mitte. Kosten fünfzig Wochen Taschengeld.«

»Da ist ohnehin eine Erhöhung fällig. Warte, ich komm gleich.«

Hinter ihm tauchte Vera in der Tür auf, eine schlanke Frau, deren brünettes Haar ihr weit über Schultern und Nacken fiel. Sie trug ein dunkles Kleid und Make-up, das ihren südlichen Teint und Charakter noch betonte.

»Hallo, Markus.«

»Hallo, Vera.«

Er küsste sie auf die Wange. Sie roch nach Rosen und dunklen, mitternächtlichen Gärten. Die Illusion verschwand, als sie leicht zurückwich.

»Bring den Jungen nicht zu spät zurück, er hat morgen Schule.«

»Kein Problem. Bis nachher.«

Sie fuhren nach München, wo sie das Auto an einer U-Bahn-Haltestelle parkten. Eine gute halbe Stunde später standen sie im Stadion und feuerten die Bayern an, die in der Champions League eine Runde weiterkommen wollten. Nur einen halben Block entfernt und unbemerkt von Blankenburg saßen Fels und Traublinger, der spontan mit zum Spiel gekommen war. Alle drei versuchten, ihre Gedanken an eine junge Frau, die ihre drei Kinder erstickt und erstochen hatte, zu verdrängen.

Es gelang ihnen nicht.

10. Kapitel

Fels hatte der Abend im Olympiastadion gut getan. Das Spiel war interessant gewesen und er hatte, soweit ihm das als Einzelgänger möglich war, die zufällige, anonyme Gemeinschaft mit 60000 anderen Menschen, die Fußball auf hohem Niveau sehen wollten, genossen. Seine Frau war vor fünf Jahren an einem plötzlich aufgetretenen Blutkrebs verstorben. Während eines Italienurlaubs hatte sie einen epileptischen Anfall erlitten. In Panik hatten sie die Reise abgebrochen und waren von der Riviera nach Hause gefahren. Fels träumte manchmal noch von der nächtlichen Fahrt zurück, neben ihm seine halb bewusstlose Frau, mit einem Verband für die Wunde am Kopf, die sie sich beim Sturz auf den Boden zugezogen hatte, hinter ihm seine verängstigte Tochter. Er hatte von Anfang an ein schlechtes Gefühl gehabt. Zu Hause war bei seiner Frau eine Geschwulst im Gehirn festgestellt worden, die bestrahlt wurde. Eine Art Leukämie, die sich ausgerechnet im Gehirn festgefressen hatte. Der Tumor war außergewöhnlich bösartig und sie hatte den Anfall nur sechs Wochen überlebt, eine viel zu kurze Zeit, um Wut, Trauer, letztes Glück zu durchleben und voneinander Abschied zu nehmen. Die Ehe war glücklich gewesen und Fels am Boden zerstört. Mit ihrem Tod hatte er sich nie richtig abgefunden. Ein Jahr später war ihre einzige Tochter ausgezogen, die jetzt in Berlin studierte. Sie hingen aneinander, doch seit seine Tochter mit ihrem Freund zusammenwohnte, war ihr Kontakt etwas ausgedünnt, aber nicht weniger herzlich. Er wusste, dass er ihr den Freiraum einräumen musste, erwachsen zu werden und ein eigenständiges Leben aufzubauen. Er war stolz auf sie. Und er war allein.

Fels hatte sich in die Arbeit gestürzt. Aus dem vorher schon hartnäckigen Ermittler war ein verbissener, zäher Fahnder geworden, gefürchtet von Freund und Feind.

Nach dem Fußballspiel hatte er noch mit Traublinger in einem Schwabinger Lokal ein Bier getrunken. Er fand ihn sympathisch, spürte aber keine große Nähe zu ihm, eine Freundschaft war ausgeschlossen, aber sie hatten beide einen beruflichen Hintergrund, der eine gemeinsame Schnittmenge aufwies, und sie versuchten an diesem Abend, die Größe dieser Schnittmenge auszuloten. Nicht ohne Erfolg. Es zeigte sich, dass Traublinger vor seiner Tübinger Zeit mit einigen Fällen betraut gewesen war, an denen auch Fels gearbeitet hatte, und es gab gemeinsame Bekannte. Als besonders lohnend erwies sich das Thema Justiz und Richter, mit denen beide reichlich zu tun hatten, Fels in der Regel als Zeuge, der zu seinen Ermittlungen befragt wurde, Traublinger als Sachverständiger, der über Verletzungsfolgen und Todesursachen, Wirkung von Giften und Gasen, Medikamenten und Schusswaffen Auskunft geben sollte. Die Atmosphäre in einem Gerichtssaal wird ganz entscheidend von der Verhandlungsführung eines Richters bestimmt, der den Ton und die Gangart vorgibt. In den Schwurgerichtskammern, in denen Tötungsdelikte verhandelt werden, sitzen erfahrene Richter und der Vorsitzende sieht es häufig als Krönung seiner Laufbahn an, hier präsidieren zu dürfen. Das war völlig legitim. Traublinger und Fels waren sich aber einig, dass einige der vorsitzenden Richter ein Talent zur Selbstdarstellung entwickelt oder nach langen Jahren im Justizdienst wiederentdeckt hatten, und rasch fanden die beiden über einige Anekdoten, die sie sich gegenseitig erzählten, zueinander. Die Stimmung war gelöst. Erst später am Abend und eher zufällig kamen sie auf den aktuellen Fall zu sprechen. Traublinger hatte zuvor über den Fall einer zunächst unbekannten Leiche gesprochen, die der Starnberger See erst nach fünf Jahren freigegeben hatte. Es war ein österreichischer Student gewesen, der Selbstmord begangen hatte.

»Dieser Starnberger Fall«, begann Traublinger, »gibt es da neue Erkenntnisse?«

»Nicht viele. Offenkundig ein knapp missglückter Selbstmordversuch aus Verzweiflung, nachdem sie ihre Kinder getötet hat.«

»Psychisch krank?«

»Möglich, aber das Ganze ist noch undurchsichtig. Jedenfalls weist nichts in der Vorgeschichte darauf hin. Die psychiatrische Untersuchung steht noch aus. Schulden, kaputte Ehe, dann noch ein Brustkrebs, das hat sie wohl aus der Bahn geworfen. Apropos, ich glaube, Ihr Gutachten in der Sache fehlt noch.«

»Ich weiß. Ich konnte die Frau ja erst in der Klinik untersuchen, und da waren die Verletzungen alle schon versorgt worden. Klarer Pulsaderschnitt, ganz fachmännisch längs, nicht quer, deswegen auch der erhebliche Blutverlust. Ungewöhnlich tiefe Verletzung, sie muss mit aller Gewalt zugestochen haben. Die Sehnen und Nerven am Handgelenk sind fast völlig durchtrennt. Kommt vor, ist aber selten. Die Stichverletzungen im Brustbereich genauso. Die Chirurgen haben sie nicht genau ausgemessen, sind aber wohl sehr tief gewesen. Absolut lebensbedrohlich.«

»Hat sie Drogen genommen?«

»Medikamente. Zwei Benzodiazepine, starke Schlaf- und Beruhigungsmittel. Nach der toxikologischen Untersuchung relativ kurz vor dem Selbstmordversuch. Etwas Alkohol, rückgerechnet gut 1,6 Promille.«

»Im Wohnzimmer stand eine angebrochene Flasche Wein, in der Küche fand man mehrere leere. War die Medikamentendosis so hoch, dass es zusammen mit dem Alkohol für einen Selbstmordversuch gereicht hätte? Oder hatte sie sich nur Mut angetrunken und ihre Hemmungen mit den Medikamenten betäubt?«

»Kann sein. Die Blutspiegel der Medikamente waren hoch, aber nicht lebensgefährlich. Jedenfalls war der Alkohol morgens schon weitgehend abgebaut. Die übrigen Befunde sind eigentlich unauffällig, sieht man von dem Brustkrebs ab. Unfassbar, was die mit den Kindern gemacht hat. Was sagt sie dazu?«

Fels zuckte mit den Schultern. »Nicht viel. An die Tat kann sie sich nicht erinnern. Behauptet sie.«

»Kann an dem Koma liegen. Oder an den Medikamenten, Benzodiazepine können so etwas hervorrufen. Allerdings, so hoch war die Dosis auch nicht. Das kann man anhand der Blutkonzentrationen allein nicht entscheiden. Vielleicht verdrängt sie es auch nur oder will sich nicht erinnern. Soll sich der Psychiater damit herumschlagen. Das ist sein Bier.«

»Gutes Stichwort.«

Fels bestellte noch zwei Bier. Wenig später trennten sie sich. Fels fuhr mit der U-Bahn nach Hause, hörte den Anrufbeantworter ab, auf den seine Tochter gesprochen hatte, um ihm mitzuteilen, dass es ihr gutgehe. Zehn Minuten später schlief er tief und traumlos in seinem Bett.

Am nächsten Morgen stand der Fall der toten Frau in der Isar im Vordergrund. Das zunächst wasserdichte Alibi ihres Verlobten, der sie als vermisst gemeldet hatte, war ins Wanken gekommen und Frank Fels und Andrea Hartmann hatten ihre Anstrengungen in diese Richtung verdichtet. Sie versuchten, noch andere Zeugen aufzutreiben, um das Alibi knacken zu können. Florian Wild, ein dreiunddreißigjähriger Kommissar der Mordkommission, kümmerte sich um ihr Umfeld, Freunde, Kollegen, Angehörige. Mit Wild, auf dessen Urteil Verlass war, arbeitete Fels seit Langem zusammen. Wild arbeitete gewissenhaft, wenn auch manchmal etwas zu pedantisch, um nicht zu sagen langsam.

Im Kommissariat war es ungewöhnlich ruhig. Der Nachmittag war noch zu jung, um nach Hause zu gehen. Fels zog es nicht dorthin. Ohne triftigen Grund setzte er sich ans Steuer und fuhr Richtung Starnberg, obwohl es in dem Fall der Mutter mit ihren drei ermordeten Kindern keinen wirklich drängenden Ermittlungsbedarf gab. Trotzdem kam er kaum von ihm los. Fels wusste nicht, warum. Und genau deswegen wollte er sich noch einmal einen Eindruck vom Tatort verschaffen.

Der Weg führte über die Autobahn nach Garmisch-Partenkirchen. Nach dreißig Kilometern bog er ab. Der Himmel dunkelte jetzt schon in Herbstfarben. Vögel zogen über ihn hinweg Richtung Alpen.

In einer weiten Rechtskurve krümmte sich die Autobahnabfahrt Richtung See. Wenige Kilometer weiter gabelte sich die Straße links Richtung Berg mit dem Ostufer und rechts nach Starnberg am Westufer. Fels hielt sich rechts. Die Gemeinde, in der das Haus der Brunners stand, lag etwas abseits Richtung Würmtal, benannt nach einem kleinen Fluss, der aus dem Starnberger See nach München mäanderte. Das Haus lag einige Kilometer vom Ortszentrum und den teuren Villen mit Seeblick entfernt, die den Ort zu einem der reichsten in Deutschland machten. Fels hatte vor einiger Zeit in einer Boulevardzeitung gelesen, dass hier die glücklichsten Menschen wohnten, was gegen die häufig von den eher weniger Begüterten aufgestellte Vermutung sprach, dass Geld nicht glücklich mache. Es war eine Hoffnung der Armen, die unbegründet war. Zumindest schadete es auf dem Weg zum Glück nicht, keine finanziellen Sorgen zu haben. Auf der Autobahn nach Starnberg war Fels von zahlreichen Porsches und BMWs überholt worden. Geld allein macht vielleicht nicht glücklich, dachte er, aber es beruhigt. Und sein Fehlen kann zu Katastrophen führen. Auch und gerade im reichen Starnberg.

Als er die Fichtenstraße erreichte, lag sie bereits im Halbdunkel. Die Tankstelle an der Ecke hatte geschlossen. Er stellte den Wagen vor ihr ab und stieg aus. Es war sehr still, sah man von einigen Hintergrundgeräuschen auf der Hauptstraße ab. Ein idyllisches Fleckchen. Er ging auf der gegenüberliegenden Straßenseite bis vor das Haus der Brunners. Es lag dunkel im Schatten einiger großer Bäume. Der erste Stock war düster. Die Polizei hatte die Wohnung bereits wieder freigegeben, aber Fels konnte sich nicht vorstellen, dass die alten Brunners sie betreten wollten. Würden sie das Haus aufgeben? Würden sie die Wohnung im ersten Stock vermieten? Wer würde in einer Wohnung mit solch einer Geschichte leben wollen? Alle diese Fragen stellten sich, aber sie waren für Fels irrelevant. Es war schon fast nicht mehr sein Fall. Eigentlich war er abgeschlossen. Es fehlte höchstens noch ein klares Geständnis.

Er ging über die Straße. Im Erdgeschoss brannte Licht. Von den alten Brunners, die hier wohnten, war nichts zu sehen. Hinter einem Vorhang flackerte es, wahrscheinlich lief ein Fernseher. Der Garten lag im Dunklen. An der Hauswand, unter dem Balkon zu Rose Brunners Wohnung, lehnte immer noch die Leiter. Fischer hatte sie dort wohl stehen lassen oder die alten Brunners hatten sie nicht mehr weggeräumt.

Er sah sich um. Das Haus zur Linken war völlig dunkel. Im Haus daneben brannte im Obergeschoss Licht. Fels wollte gerade gehen, als ein BMW in die Straße einbog und vor dem Haus hielt. Ein knapp vierzigjähriger Mann stieg aus. Er nickte Fels zu und ging dann zur Haustür. Bevor er sie aufsperrte, wandte er sich noch einmal zu Fels um. »Kann ich Ihnen helfen?«

Fels fühlte sich ertappt, ein bizarres Gefühl für einen Polizisten. »Ich glaube nicht. Hauptkommissar Fels, ich untersuche den Fall der drei getöteten Brunner-Kinder. Eigentlich sind die Ermittlungen weitgehend abgeschlossen.«

Der Mann sah aus der Nähe etwas älter aus, dunkle Haare mit ein paar grauen Strähnen, sportliche Figur. Ein attraktiver Mann, dachte Fels.

»Sven Fischer. Mein Vater hat die Mädchen gefunden. Es war fürchterlich für ihn. Er ist so mit den Nerven runter, dass er ein paar Tage zur Erholung wegfahren musste, das erste Mal im Leben. Ich sehe nach dem Haus.«

Fels nickte. Er konnte verstehen, dass Fischer mit dem Erlebten kaum fertig wurde. Selbst für hartgesottene Polizisten war das schwierig.

»Sie wohnen nicht hier?«

»Nein, in Bernried, südlich von hier.«

»Sie kennen Rose Brunner?«

»Nur flüchtig. Ich wohne ja seit Langem nicht mehr hier. Die Kinder habe ich manchmal im Garten gesehen. Kaum zu glauben, was da passiert ist. Die alten Brunners wohnen hier schon lange, der Kontakt war aber nie sehr eng, ich habe sie kaum gekannt. Ein sehr zurückgezogenes Ehepaar. Mein Vater kennt sie sicher besser. Er kommt morgen oder übermorgen zurück. Wenn Sie dann noch Fragen an ihn haben …«

»Wahrscheinlich nicht. Wir haben ihn schon ausführlich vernommen. Aber vielen Dank für Ihren Hinweis. Guten Abend.«

Sven Fischer verschwand im Haus. Kurze Zeit später ging im Inneren das Licht an. Fels wusste nicht, was er sich von diesem Ausflug versprochen hatte. Wenn der Tatort ihm noch etwas sagen wollte, dann konnte er es nicht hören. Fels wandte sich ab.

Für einen Moment war er unschlüssig. Der Tag neigte sich dem Ende zu und er hatte keine Pläne. Viele solcher Abende verbrachte er zu Hause, Jazz oder manchmal Klassik-CDs hörend. Er hatte noch aus Jugendtagen eine stattliche Schallplattensammlung, die er gelegentlich um Sammler- und Fundstücke erweiterte. Oft legte er eine Platte auf, öffnete eine Flasche Rotwein und hing seinen Gedanken nach. Manchmal ging ihm ein aktueller Fall durch den Kopf, manchmal seine verstorbene Frau. Manchmal beschäftigten ihn auch ganz triviale Dinge. Er genoss diese stillen Momente. Im Moment hatte er aber keine Lust, nach Hause zu fahren. Dort wartete niemand auf ihn.

Über den See wehte ein leiser Herbstwind hinauf in den Ort. Die Temperaturen fielen nachts jetzt schon in den einstelligen Bereich. In wenigen Wochen würde es Nachtfrost geben. Der See würde dann morgens in blauer Kälte funkeln. Die letzten Segelboote wären dann verschwunden und der See würde wieder ganz den Vögeln gehören.

Er hatte Hunger und beschloss kurzerhand, erneut im Jachtclub essen zu gehen. Er ging zur Tankstelle, stieg in den Wagen und fuhr hinunter zum See.

Er sieht mich nicht. Keiner sieht mich. Was streicht er um das Haus herum? Sie haben keine Ahnung, was passiert ist. Sie sind taub und blind. Nur ich höre und sehe alles.

Seit zwei Tagen schweigen die Stimmen. Haben sie mich vergessen? Ich habe mich versteckt, hier oben, wie immer. Es ist so schön still hier. Das war es immer schon.

Ich habe keine Angst. Hier bin ich sicher. Auch vor ihm. Aber was passiert, wenn er mich findet? Was passiert dann? Er wird kommen, da bin ich mir sicher. Ich habe keine Angst. Ich bin bereit.

11. Kapitel

Die U-Bahn hämmerte durch dunkle Röhren. Im Zweiminutentakt sprangen die Türen auf, und eine Frauenstimme kündigte die jeweiligen Stationen an. Münchner Freiheit, Universität, Odeonsplatz, Marienplatz. Blankenburg hatte die Augen geschlossen. Er döste vor sich hin, dachte an Vera und den Jungen. Das Fußballspiel hatte beiden Spaß gemacht, und dass Luca Toni kurz vor Schluss das 2:1 geschossen hatte, war ein wunderbarer Abschluss des Abends gewesen.

Es war für Blankenburg nicht leicht gewesen, den Jungen nach Hause zu bringen und dann wieder zu fahren. Er hatte insgeheim gehofft, dass Vera ihn noch auf ein Glas Wein einladen würde, aber sie hatte sich mürrisch gegeben, weil er den Jungen so spät gebracht hatte. Schließlich war er nach Hause gefahren, hatte sich eine Flasche Bier aus dem Kühlschrank genommen und im Fernsehen eine Zusammenfassung der anderen Spiele angesehen. Darüber war er eingeschlafen und irgendwann nachts, mit schiefem Nacken, ins Bett umgezogen.

Von seinem verquer gelegenen Rücken hatte er morgens immer noch etwas Kopfschmerzen, obwohl er gleich ein Aspirin genommen hatte, das sonst immer half. Die Frauenstimme verkündete die Endstation, an der das Klinikum Süd lag, und Blankenburg stieg aus. Eine Rolltreppe, die unter einer kleinen gläsernen Pyramide endete, führte ihn ans Tageslicht. Es regnete leicht. Ein kühler Herbstwind strich durch die Station. Zum Klinikum waren es kaum hundert Meter.

Rose Brunner lag immer noch auf der Intensivstation. Polizisten bewachten sie rund um die Uhr – wegen Flucht- und Selbstmordgefahr. Die Justiz wollte kein Risiko eingehen. Vermutlich hatten sie recht, dachte Blankenburg. Am nächsten Tag sollte Rose Brunner in die psychiatrische Klinik verlegt werden, dann würde die Überwachung enden. Er wollte sich schon vorher ein Bild von ihr machen, sie letztlich aber auch für die Begutachtung gewinnen. Ohne ihre Mitarbeit konnte er kein Gutachten machen. Zeit hatten sie genug, die Unterbringung in der Klinik sollte sechs Wochen dauern.

Um auf die Intensivstation zu kommen, musste Blankenburg durch eine sogenannte Schleuse, die die Welt der Lebenden von der Welt der um ihr Leben Kämpfenden trennte. Hinter den beiden Türen hasteten Krankenschwestern über den Flur, standen Ärzte in blauen OP-Kitteln um Krankenbetten und arbeitete eine Vielzahl von Maschinen, die diese oder jene Köperfunktion überwachten oder sogar ersetzten. Am meisten irritierte Blankenburg, der sich als Psychiater weit von der Welt der Intensivmedizin entfernt hatte, die Geräuschkulisse der Station mit zahllosen Piep- und Pfeiftönen, dazu kamen die Laute der Beatmungsmaschinen. Es klang wie in einer Fabrik und tatsächlich war diese Station auch eine. Rose Brunner lag im letzten Zimmer, bewacht von zwei Polizistinnen, die keinen Hehl daraus machten, dass sie diese Tätigkeit als besonders langweilig ansahen. Bevor er zu ihr ging, blätterte er die medizinischen Unterlagen und Operationsprotokolle durch, die im Stationszimmer lagen. Es war kaum zu glauben, dass Rose Brunner die schweren Verletzungen überlebt hatte. Die Operation hatte acht Stunden gedauert und sie hatte literweise Blut transfundiert bekommen. Einer der Messerstiche war offensichtlich nur einen Millimeter an ihrem Herzbeutel vorbeigegangen. Blankenburg schauderte.

Mittlerweile war sie auf Station körperlich die Gesündeste, saß in ihrem Bett und las in einem Buch. Blankenburg hatte die Angewohnheit, bei Patienten darauf zu achten, ob und was sie lasen. Viele taten es kaum, wie mittlerweile die meisten Menschen, aber wenn, dann konnte man leicht ein Gespräch darüber anknüpfen. Zeige mir, was du liest, und ich sage dir, wer du bist, hatte ein sehr erfahrener Kollege ihm einmal mit auf den Weg gegeben. Da war etwas dran. Bei Rose Brunner verkniff er sich zunächst den Blick auf das Buch. Erst später sah er, dass es sich um einen Liebesroman handelte, der zum abgegriffenen Inventar der Intensivstation gehörte. Hier lasen naturgemäß wenige Patienten, die meisten waren kaum bei Bewusstsein. Wahrscheinlich hatte eine Nachtschwester den Roman einmal hier liegen lassen. Das Makabere der Situation entging ihm nicht, eine Kindsmörderin, die eine Schnulze las.

Blankenburg stellte sich vor. Rose Brunner sah ihn mit offenem, nicht uninteressierten Blick an. Eine Infusion lief in ihren linken Unterarm. Sie war sehr schmal, ihr Gesicht war auffallend blass. Sie wirkte körperlich angegriffen und krank. Haare lagen auf ihrem Kopfkissen. Er konnte aber nichts Melancholisches in ihrem Gesicht erkennen. Die Depression, von der er in den Unterlagen gelesen hatte, hatte sich jedenfalls nicht in ihre Gesichtszüge eingefräst, die kantig, aber nicht versteinert waren. Sie hielt seinem Blick stand. Dies ist kein chronischer Fall, sagte er sich.

»Morgen komme ich in die andere Klinik?«

»So ist es.«

»Und die da fallen weg?« Sie nickte in Richtung der Polizeibeamtinnen.

»Gab es Probleme?«

»Nein. Es ist nur lästig, immer jemanden um sich zu haben.«

»Sie werden auf der geschlossenen Abteilung aufgenommen. Eine Extrabewachung ist da nicht nötig.« Blankenburg zögerte. Die ersten Minuten eines solchen Gesprächs waren entscheidend. »Sie haben die Operation gut überstanden?«

Rose Brunner zuckte mit den Schultern. »Eigentlich ohnehin egal. Den Tumor haben sie mir rausgeschnitten. Jetzt kriege ich irgendwelche Medikamente, Chemotherapie. Ich muss dauernd kotzen, und die Haare fallen mir aus. Kein Problem.«

»Und die Verletzungsfolgen?«

Sie hob ihre rechte Hand. »Geht so. Ein Nerv ist durchtrennt, ich habe nicht viel Gefühl und keine Kraft in einigen Fingern. Der Rest ist O.K.«

Blankenburg zögerte erneut. »Sie wissen, was Ihnen vorgeworfen wird?«

Rose Brunner nickte. Ein feuchter Schimmer legte sich über ihre Augen. Sie weinte.

»Es tut mir sehr leid. Wir werden darüber sprechen müssen, das heißt, wenn Sie wollen. Die Untersuchung ist freiwillig. Ich wollte Sie heute nur kennenlernen, damit Sie wissen, was und wer auf sie zukommt.«

Rose nickte erneut. Dann begann sie völlig unvermittelt zu schreien. »Ich habe sie umgebracht, ich weiß! Jede Nacht träume ich von ihnen. Ich bin schuld. Ich habe keinen Ausweg mehr gesehen, es war eine fürchterliche Zeit. Ich weiß aber nicht, was passiert ist. Mir fehlen diese Stunden. Wie kann das sein?«

»Dafür kann es mehrere Gründe geben«, sagte Blankenburg langsam. »Sie waren lange bewusstlos. Wir werden ausführlich darüber sprechen. Manchmal kommt die Erinnerung auch wieder. Allerdings, in Ihrem Fall … Wir sehen uns morgen auf der Station.«

Blankenburg verabschiedete sich. Seine Eindrücke waren zwiespältig. Eine kranke, aber auch eine zähe Frau. Mit ihr würde er arbeiten können.

Zurück in der Klinik, lief ihm Keller über den Weg, noch ein wenig aufgeregter als sonst. Sein Turmschädel glühte.

»Morgen trage ich in Hannover vor«, sagte er ungewohnt heiter.

Ein Bewerbungsgespräch, ganz klar. Keller hatte in den letzten Jahren Hunderte Ratten kastriert und ihre Reaktionen und Hormone ohne und unter Stress untersucht. Das sollte ein Modell für Depressionen sein. Er hatte schon mehrere Preise dafür gewonnen, wahrscheinlich von anderen Forschern ausgewählt, die auch Ratten kastrierten, dachte Blankenburg. Keller bat ihn sofort, ihn auf seiner Station zu vertreten.

»Ohnehin besser für die Patienten«, murmelte Blankenburg.

»Was hast du gesagt?«

»Viel Glück.«

»Danke.«

In seinem Büro sortierte Blankenburg die Post. Zahllose Werbesendungen der Pharmaindustrie, darunter überraschenderweise auch viele über Bluthochdruck, Zuckerkrankheit und Hautpilz, die sich zu ihm verirrt hatten, landeten im Papierkorb. Die haben noch nicht mal kapiert, dass ich Psychiater bin, dachte Blankenburg.

Das Telefon klingelte. Ein fröhlich klingender Patient meldete sich, der sich für einen ausgefallenen Termin entschuldigte.

»Mir ist was dazwischen gekommen. Ehrlich gesagt, ein Date. Endlich rührt sich mal wieder was. Hatte sich kurzfristig ergeben, eine neue Kollegin. Können wir den Termin morgen nachholen?«

Blankenburg hatte nichts dagegen. Er freute sich für den Patienten. Frisch verliebt sein ist ein tolles Gefühl, dachte er, lenkt allerdings von der Therapie ab. Auffallend auch, dass der Patient den Vater seiner Freundin erwähnte, typischerweise Direktor, wie er gleich betonte. Da klangen die alten Denkmuster an. Immerhin, die Depression schien zunächst überwunden. Depressive verlieben sich nicht.

Wann verliebe ich mich wieder, fragte sich Blankenburg. Mit Vera wird das wohl nichts mehr. Oder doch? Interessiert sich Corinna für mich? Ich werde aus ihr nicht schlau. Wenn das so weitergeht, kastriere ich auch noch Ratten.

Fels war unentschlossen gewesen, ob er Yvonne Bruckmeier überhaupt vernehmen sollte. Gegen John Brunner bestand kein Tatverdacht, deswegen gab es keinen zwingenden Grund, sein Alibi zu überprüfen. Widerwillig hatte er den Namen seiner Geliebten preisgegeben, pikanterweise die Frau seines Arbeitgebers, zumindest indirekt. John Brunner hatte seit einigen Monaten eine Stelle im Starnberger Jachtclub, dessen Präsident und Förderer Bruckmeier war, ein Bauunternehmer mit Vorliebe fürs Wasser. Brunner hatte abfällig über Bruckmeier gesagt, dass dieser eine Hochseejacht kaum von einer Gießkanne unterscheiden könne und er sich nicht einmal sicher sei, ob dieser überhaupt segeln könne. Fels hatte es schäbig gefunden, wie Brunner über den Mann geredet hatte, mit dessen Frau er schlief, aber es passte zu dem Eindruck, den er von Brunners Charakter bisher gewonnen hatte. John Brunner war jemand, der nachtrat. So hatte er es wohl auch mit seiner Frau gemacht.

Yvonne Bruckmeier war entsetzt gewesen, als Fels sie angerufen hatte. Sie war vielleicht zu überrascht gewesen, um ihr Verhältnis zu Brunner abzustreiten, als Fels sie direkt danach fragte, oder vielleicht war sie auch jemand, der nicht lügen wollte und die Wahrheit sagte. Auch solche Menschen gab es, wie Fels, durch zwanzig Jahre Polizeiarbeit notorisch misstrauisch geworden, sich sagte. Er hätte Yvonne Bruckmeier auch bequem im Präsidium vernehmen können, aber er hatte sich entschlossen, sie zu Hause aufzusuchen, was ihr Entsetzen fast zur Panik gesteigert hatte. Fels war neugierig gewesen, wie die Frau wohnte, mit der Rose Brunners Mann ein Verhältnis hatte. Zu Yvonne Bruckmeiers Erleichterung war ihr Mann im Moment auf einer Baustelle in Berlin und würde erst in drei Tagen wiederkommen. Trotzdem wusste sie, dass dies kein Höflichkeitsbesuch werden würde. Fels nahm Andrea Hartmann erneut zu dem Termin mit. Frauen hörten manchmal andere Dinge als er heraus oder, wie er einmal bei einer Besprechung etwas oberlehrerhaft hatte wissen lassen, »die Beiziehung einer Polizistin zu einer Vernehmung ermöglicht manchmal einen Perspektivenwechsel«. Auch Fels hatte manchmal schlechte Tage.

Die Bruckmeier-Villa stand etwas außerhalb Starnbergs auf einer kleinen Anhöhe und erlaubte einen weiten Blick über den See. Ihr leuchtendes Gelb war von der Straße kaum zu sehen, da sie weit zurückversetzt und hinter dichten Tannen in einem Park lag, der zum Ufer sanft abfiel. Die Sicht war klar, das gegenüberliegende Ostufer war in milde Morgensonne getaucht. Ein paar frühe Boote kreuzten bei trägem Wind über den See. Fels konnte die »MS Wittelsbach« ausmachen, die das Ostufer ansteuerte. Yvonne Bruckmeier hatte ihnen selbst geöffnet und sie auf die Terrasse gebeten. Angestellte waren nicht zu sehen, wahrscheinlich hatte die Hausherrin sie weggeschickt. Andrea Hartmann, die durchaus einen Sinn für »Schöner Wohnen« und unaufdringlichen, weil selbstverständlichen Luxus hatte, wie Krebs jüngst richtig vermutet hatte, staunte über die afrikanischen Masken, die in der hohen Eingangshalle hingen. Yvonne Bruckmeier bemerkte ihren fragenden Blick.

»Mein Mann sammelt seit einigen Jahren Kunst, er hat sich auf Afrika spezialisiert. Er war geschäftlich öfter in Kenia und Tansania und dort an einigen Bauprojekten beteiligt. Außerdem jagt er gerne, die bayerischen Wälder sind ihm zu langweilig geworden. So ist seine Liebe zu Afrika gewachsen. Im Moment ist er allerdings in Berlin. Er baut an den neuen Abgeordnetenbüros rund um den Reichstag mit. Ein guter Auftrag, wie mein Mann sagte.« Und an Fels gewandt sagte sie: »Sie kommen mir bekannt vor.«

»Ich war vor Kurzem im Jachtclub«, antwortete er, »vielleicht haben Sie mich da gesehen.«

Yvonne Bruckmeier wurde etwas blass, sagte aber nichts. Sie war keine schöne, aber eine interessante Frau, wie Fels fand. Er schätzte sie auf Mitte, Ende dreißig. Zur Schönheit fehlte ihr die Ebenmäßigkeit in ihren Gesichtszügen. Sie hatte eine leicht gekrümmte Nase und ihre Wangen waren eine Spur zu hohl, aber sie hatte funkelnde graublaue Augen und eine selbstbewusst feminine Ausstrahlung. Ihre sportliche Figur wirkte trotz eines eleganten Kleides eher durchtrainiert als damenhaft. Ihre Bewegungen waren schwungvoll und energisch, in ihren aschblonden Haaren blitzten erste graue Strähnen, die Fels erst in der Sonne auffielen.

»Sie kommen nicht aus Starnberg?«, fragte er.

»Nicht wirklich. Mein Vater war Offizier, ich bin als Kind alle zwei Jahre umgezogen, von Standort zu Standort. Da wird man nirgendwo wirklich sesshaft.«

»Dafür haben Sie jetzt ein sehr schönes Haus.« In Andrea Hartmanns Stimme klang eine Spur Neid.

»Danke. Mein Mann hat es vor drei Jahren nach eigenen Entwürfen gebaut. Vorher stand an dieser Stelle ein altes Haus aus den dreißiger Jahren, völlig heruntergekommen. Mein Mann hat es abreißen lassen. Das Grundstück hat ein Vermögen gekostet, aber er wollte unbedingt direkt am Wasser wohnen. Ein Jugendtraum, den er sich erfüllt hat. Ich bin gelernte Innenarchitektin, die Einrichtung habe ich mitentworfen. Wollen Sie nicht Platz nehmen?«

Auf der Terrasse standen ein Gartentisch und mehrere Stühle. Yvonne Bruckmeier hatte Kaffee vorbereitet. Sie stellte drei handbemalte Tassen hin und goss ihnen ein. Meissner Porzellan, stellte Andrea Hartmann fest. Fels dagegen entging dieses Detail. Er wandte sich direkt an die Hausherrin.

»Vielen Dank. Lassen Sie uns gleich zur Sache kommen, auch wenn es für Sie vielleicht etwas unangenehm sein mag. Sie wissen, wir ermitteln in der Sache der drei ermordeten Brunner-Kinder.«

Yvonne Bruckmeier nickte. Sie wirkte betreten. »Ich weiß natürlich davon. Ich habe gedacht, die Mutter hat das getan.«

»Es sieht alles danach aus. Dennoch müssen wir alle Informationen sammeln, auch zum Umfeld der Familie.«

»Ich verstehe.«

»Kannten Sie die Kinder eigentlich?«, warf Andrea Hartmann ein.

»Nur vom Sehen. Ich finde das unfassbar. Wie kann eine Mutter das tun? Wie kann irgendjemand so etwas tun?«

»Das ist in der Tat schwer verständlich, deswegen ermitteln wir ja. Sie kennen John Brunner?«

Wieder nickte Yvonne Bruckmeier stumm.

»Wie ist Ihre Beziehung zu ihm?«

»Er war schon seit Längerem von seiner Frau getrennt. Vorher kannte ich ihn gar nicht.«

»Wie lange kennen Sie ihn denn?«

»Vom Sehen vielleicht seit einem guten halben Jahr. Er arbeitet im Jachtclub.«

»Aber Sie haben ihn besser kennengelernt?«, fragte Fels. »Sie haben eine … Beziehung?«

Ein stummes Nicken beantwortete die Frage.

»Seit wann?«

»Seit drei Monaten. Nichts Ernstes, von beiden Seiten nicht.«

»Wo haben sie sich getroffen?«

»In seiner Wohnung. Zwei Mal in einem Hotel in München. Er war nicht sehr eng, unser Kontakt.«

»Von Ihnen oder von ihm aus?«, fragte Andrea Hartmann.

»Ich denke von beiden. Von mir aus bestimmt nicht.«

»Wusste Ihr Mann davon?«

Yvonne Bruckmeier schüttelte den Kopf. »Ich glaube nicht. Mein Mann ist fast zwanzig Jahre älter, müssen Sie wissen. Er liest mir jeden Wunsch von den Lippen ab, aber manchmal war ich sehr … einsam. John Brunner hat diese Lücke gefüllt, für einen Moment. Er ist noch jung. Er kümmert sich um die Boote im Jachthafen, auch um unser eigenes. Wir sind ein paar Mal zusammen auf dem See gewesen, irgendwann ist es dann passiert. Er war am Anfang sehr aufmerksam, irgendwie männlich. Aber er ist auch eingebildet, ein Egoist. Ich habe das schnell bemerkt. Es war ein Abenteuer. Außerdem war die ganze Sache unmöglich, er arbeitet im Jachtclub, mein Mann ist Präsident und hat ihm die Stelle verschafft. Eigentlich war die Sache schon zu Ende, als das mit seinen Kindern passiert ist. Ich schäme mich für meine Dummheit, diese Affäre.«

»Aber er war in der Nacht bei Ihnen, als die Kinder getötet wurden.«

»Ja. Eigentlich war ich bei ihm, bis kurz vor sieben. Es war noch nicht mal etwas Aufregendes. Der Rausch war schon vorbei, wenn sie verstehen. Ich hatte nur keine Kraft zu gehen.«

»Ihr Mann …?«

»War weg, ich glaube, wieder Berlin. Ich müsste seine Sekretärin fragen. Manchmal verliere ich den Überblick über seine Termine.«

»Gab es etwas Besonderes in dieser Nacht?«

»Wie meinen Sie das?«

»Anrufe, Besuche. Oder ist er zwischendrin weggegangen? Hat sich seine Frau gemeldet?«

»Nein, nichts. Wir sind gegen Mitternacht vom Jachtclub aufgebrochen und zu ihm gefahren. Dann haben wir uns Essen von einem Partyservice kommen lassen und sind die ganze Nacht zu Hause geblieben. Als wir uns am nächsten Morgen getrennt haben, hatte ihn die Nachricht noch nicht erreicht. Das tut mir alles so leid für ihn.«

»Lieben Sie ihn?« Andrea Hartmanns Frage kam messerscharf.

»Nein. Auch vorher nicht. Es war eine Affäre, mehr nicht. Und auch das schon nicht mehr wirklich. Ich hatte ohnehin vor, ihn nicht mehr zu treffen, ich habe es ihm auch in dieser Nacht gesagt, aber er wollte nichts davon hören. Dabei hat er genau gewusst, dass ich meinen Mann auf keinen Fall verlassen werde.

»Lieben Sie Ihren Mann?« Wieder war es Andrea Hartmann, die fragte.

Yvonne Bruckmeier sah sie schweigend an. »Er ist alles, was ich habe«, sagte sie dann. »Wenn Sie mich jetzt bitte entschuldigen würden. Ich nehme an, Sie haben keine weiteren Fragen.«

Fels stand auf. »Nein, tatsächlich nicht. Danke für den Kaffee. Ich denke nicht, dass wir Sie in der Angelegenheit noch einmal behelligen müssen.«

»Ich bringe Sie hinaus.«

In der Halle blieb Yvonne Bruckmeier für eine Sekunde stehen. »Ich müsste Ihnen das nicht sagen«, sagte sie sehr leise. »Die Polizei geht das eigentlich nichts an. Ich verstehe die Frau nicht. Wie kann sie bei allen Problemen, die sie gehabt hat, so etwas tun. Ich habe jahrelang alles getan, um Kinder zu bekommen. Wir haben sie uns beide so gewünscht. Sechs Versuche mit künstlicher Befruchtung. Es hat nichts genützt. Zwei Fehlgeburten, das war alles. Und diese Frau wirft ihr Leben weg und tötet ihre Kinder gleich mit. Ich kann das nicht verstehen. Ich habe nicht gelogen, als ich gesagt habe, mein Mann ist alles, was ich habe.«

Auf der Rückfahrt nach München schwiegen Fels und Andrea Hartmann eine Zeit lang. Fels hatte seine Meinung über Yvonne Bruckmeier etwas geändert. Der Eindruck, den er im Jachtclub von ihr gewonnen hatte, war falsch gewesen. Sie war nicht einfach nur eine Society-Lady, die sich ein bisschen Abwechslung gegönnt hatte. Sie hatte viel persönlicher, weicher gewirkt, als er erwartet hatte.

»Was hältst du von ihr?«, fragte er Andrea Hartmann.

»Ich weiß nicht. Sicher eine glaubwürdige Zeugin. Ich denke nicht, dass John Brunner etwas mit der Tat zu tun hatte.«

»Sehr unwahrscheinlich. Erstaunlich, dass Frau Bruckmeier sich mit ihm eingelassen hat. Die hat doch ein gewisses Format. Bei John Brunner ist da nichts zu spüren.«

Andrea Hartmann schwieg einen Moment. »Sicher nicht«, sagte sie dann. »Ich denke, sie war einsam. Ganz einfach. Eine einsame Frau.«

»Und unglücklich.«

»Offensichtlich.«

Fels hatte die Autobahnauffahrt erreicht. In zwanzig Minuten würden sie in München sein.

Blankenburgs Tag hatte nicht gut begonnen. Er hatte schlecht geschlafen, ganz gegen seine Gewohnheit. Schlimmer noch, er hatte von der Klinik geträumt, wirres Zeug, an das er sich nicht mehr erinnern konnte. Aus irgendeinem Grund war Keller auf seiner Station gewesen und hatte den Direktor gesucht, dem er etwas Wichtiges sagen musste. Dabei war er ihm im Traum noch kleiner vorgekommen als sonst. Dann waren einige Kinder über die Station gelaufen und hatten nach ihrer Mutter gerufen. Eines der Kinder hatte eine blutende Wunde am Hals. Schließlich war er aufgewacht.

Das Ganze war nicht sehr überzeugend. Fels war die Motivlage für den erweiterten Selbstmord noch einmal durchgegangen. Von Rose Brunner hatte er bisher nur ein ungefähres Bild. Die Vernehmung ihrer Schwester und der Schwiegereltern hatten ihn nicht entscheidend weitergebracht. Klar war, dass ihre Ehe gescheitert war. Daran hatte niemand einen Zweifel gelassen.

Fels blätterte die Akten lustlos durch. Die Spurensicherung hatte einen ausführlichen Bericht geschickt und sich indirekt über das unprofessionelle Verhalten der örtlichen Polizei beschwert. Fels musste an Daisenhammer und seine Kollegen denken, die auf der höchst chaotischen Suche nach den Tatwerkzeugen durch die Wohnung gefegt waren. Dazu kamen die Verwüstungen, die Sanitäter und Notarzt hinterlassen hatten. Sie hatten selbst Blutspuren verwischt und weitergetragen. Nicht, dass es in diesem Fall viel ausmachte, aber ärgerlich war es aus seiner Sicht schon. Ganz besonders befremdlich war die Behandlung der Tatwaffe gewesen. Das Messer hatte ohnehin im Wasser gelegen und war danach durch mehrere Hände gegangen. Keiner der Polizisten vor Ort hatte sich die Mühe gemacht, Handschuhe anzuziehen. Verwertbare Spuren waren nicht mehr zu sichern gewesen. Fels hasste Fehler, vor allem vermeidbare. Und die gab es hier reichlich.

Die Zielsetzung der Ermittlungen war klar. Es ging um das Wie, aber vor allem um das Warum. Die Motivlage war noch unklar. Veronika Daschner hatte ein düsteres Bild von Rose Brunners Ehe gezeichnet, aber Fels zweifelte keine Sekunde, dass sie ihrer Schwester deutlich gemacht hatte, sich um die Kinder im Notfall zu kümmern. Warum hatte Rose Brunner diese Hilfe, auch wenn sie vielleicht weniger herzlich angeboten worden war als erhofft, nicht angenommen? War sie zu stolz gewesen? Hatte sie ihrer Schwester misstraut? War sie so pessimistisch gewesen, dass sie an ihre Unterstützung nicht glauben konnte? Oder hatte sie vor irgendetwas so viel Angst gehabt und keinen Ausweg gesehen?

Vor allem der letzte Punkt beschäftigte Fels. Rose Brunners Krebsangst war nicht ungerechtfertigt gewesen. Die Unsicherheit musste sie zermürbt haben. Fels nahm sich vor, die letzten Tage vor ihrem Selbstmord noch einmal genau unter die Lupe zu nehmen. Vielleicht gab es da einige Punkte, die sie übersehen hatten. Es nutzte nichts, er musste noch einmal mit den alten Brunners sprechen. Noch einmal nach Starnberg zu fahren war zwar lästig, aber es musste sein. Krebs war nicht greifbar. Er war wegen des Obduktionsbefundes der jungen Frau, die man tot aus der Isar geborgen hatte, in die

Rechtsmedizin gefahren. Nur Florian Wild von der Mordkommission stand zur Verfügung. Er war froh, als Fels ihn aufforderte, mit nach Starnberg zu fahren. Es war eine willkommene Unterbrechung seiner tristen Bürotätigkeit. Florian Wild quälte sich mit der Abfassung eines schon überfälligen Berichts und verschob ihn gerne auf den nächsten Tag. Das Praktische lag ihm mehr.

Fels ließ ihn auch den Wagen steuern. Kurz nach München brach die Wolkendecke auf. Im ersten Moment war Fels vom plötzlichen Sonnenlicht geblendet. Dann lag das Voralpenland vor ihnen, noch grün und mit ersten bunten Herbstblättern an den Bäumen. Der Himmel war fast stahlblau, mit dünnen Schleierwolken. Es waren noch gut zwanzig Grad, warm genug für einen nachmittäglichen Abstecher in einen Biergarten. Fels verwarf den Plan umgehend. Alkohol im Dienst kam für ihn ohnehin nicht in Frage, und der Anlass ihrer Fahrt war zu bedrückend, als dass er so einen Abstecher hätte genießen können. Krebs zum Beispiel wäre weniger empfindlich gewesen, und Fels mochte ihm dies nicht einmal vorwerfen. Es gab südlich von München eine Reihe gemütlicher, am See gelegener Biergärten, in denen man sowohl dem Rauschen des Wassers wie des Zapfhahns zufrieden lauschen konnte. Doch Fels stand im Moment nicht der Sinn nach Uferidylle. Für ihn hing der nur halb gelöste Fall wie ein Fallbeil über ihm. Erst wenn er abgeschlossen war, nicht nur vor Gericht, sondern auch für ihn, würde er die Fünfseenlandschaft wieder unbeschwert als Ausflugsziel oder wenigstens stundenweise als Sommerfrische genießen können.

Starnberg wirkte an diesem Nachmittag wie ein ausgestorbener Ferienort in der Nebensaison, wenig Verkehr und nur noch das ein oder andere auswärtige Nummernschild, das einem verspäteten Feriengast gehörte. Einige Cafés hatten ihre Tische auf die Bürgersteige gestellt, andere Lokale waren geschlossen. Florian Wild fuhr auf direktem Weg durch einige wenig mondäne Vorortwege in die Fichtenstraße. An der Tankstelle bog er ab und hielt vor dem Haus der Brunners.

Fels klingelte mit einem flauen Gefühl im Magen. Dies war immer noch ein Trauerhaus. Es war unvermeidlich, in frischen Wunden zu wühlen, wollte er mehr über Rose Brunners Verfassung in den letzten Tagen vor der Katastrophe erfahren. Zu seiner Überraschung öffnete ihnen Bernd Daschner, Roses Schwager. Er hatte einen ernsten Gesichtsausdruck, seine ohnehin scharfen Züge wirkten dadurch noch gespannter.

»Guten Tag, Herr Daschner, das ist mein Kollege Wild. Wir haben noch ein paar Fragen an Ihre …« Er stockte für einen Moment. »Die Schwiegereltern von Rose Brunner.«

Bernd Daschner nickte. Er war sehr schlank und unter dem grauen Anzug erschien er sportlich und gut trainiert zu sein. Fels war das bei ihrem ersten Zusammentreffen nicht entgangen.

»Ich wollte ohnehin gerade gehen«, sagte Daschner mit fester Stimme. »Bitte kommen Sie herein. Herr Brunner ist allerdings nicht da, er ist bei seinem Arzt. Es geht ihm nicht gut. Er hat seit Jahren eine Herzerkrankung. Es ist fürchterlich für ihn. Für uns alle«, fügte er hinzu.

»Das kann ich gut verstehen. Wie war Ihr Kontakt zu den Brunners?«

»Ich habe Brunners manchmal in Geldangelegenheiten beraten. Ich arbeite bei einer Bank. Seit den … Problemen, die Rose und ihr Mann hatten, habe ich ihnen geholfen, soweit ich konnte. Sie sind in den letzten beiden Jahren für viele Verpflichtungen aufgekommen, die Rose hatte, insbesondere, was die Kinder betraf. Johann war in dieser Beziehung ja ein totaler Ausfall.«

»Johann?« Es fiel Fels auf, das Daschner der Erste war, der Rose Brunners Mann so nannte.

»Ich finde den Namen John albern, fand ich immer schon.«

Fels nickte. »Haben Sie einen Überblick gehabt über Rose Brunners Vermögensverhältnisse?«

»Nicht genau. Soweit ich weiß: desolat. Die Sache war Stadtgespräch. Diese Betrugssache … Starnberg ist ein Dorf, solche Dinge sprechen sich schnell herum. Meinen Sie, für mich war das günstig? Ich arbeite bei einer Bank, manche der Geschädigten waren Kunden bei uns. Mehr als einmal bin ich dumm angeredet worden.«

Daschner führte die Beamten in das Wohnzimmer. Es war ähnlich dunkel wie bei ihrem ersten Besuch, obwohl diesmal die Sonne schien. Die Vorhänge waren halb zugezogen. Maria Brunner saß in einem tiefen Sessel. Sie erhob sich nicht, als die Polizisten hereinkamen.

»Ach, Sie sind das. Entschuldigen Sie, wenn ich sitzen bleibe. Ich habe Rheuma. Aber bitte setzen Sie sich.«

Fels nahm auf einem ähnlich tiefen Sessel Platz. Er sah sich um. Sein erster Eindruck von diesem Zimmer war nur noch undeutlich gewesen, zu hektisch und angespannt war die Situation nach der Auffindung der toten Kinder gewesen. Sein Interesse hatte dem Tatort einen Stock höher gegolten, nicht dem Wohnzimmer der Schwiegereltern. Dennoch war ihm der kleinbürgerliche Charakter der Einrichtung damals nicht entgangen – schwere altdeutsche Möbel, vieles in Braun, die Vorhänge dunkel, zwei Bilder mit Waldmotiven an der Wand, der obligatorische Hirsch im Morgengrauen und Jäger und Magd im Gespräch vor einer gemähten Wiese. Fels konnte verstehen, dass John und Rose Brunner versucht hatten, der Enge dieses Hauses zu entfliehen, auch wenn sie völlig untaugliche Mittel dafür gewählt hatten. In einer Ecke des Zimmers stand ein kleiner Sekretär mit einem gerahmten Foto. Im Halbdunkel konnte Fels es zunächst nicht erkennen. Es zeigte drei lachende Kinder, die in die Kamera grinsten.

Fels musste schlucken. »Es tut mir leid, dass wir Sie noch einmal stören müssen. Ich weiß, wie schmerzlich das alles für Sie sein muss.«

Sie nickte.

»Es geht eigentlich nur um die psychische Verfassung Ihrer Schwiegertochter vor der Tat«, fuhr Fels fort.

»Ich habe alles gesagt.«

»Muss das sein?«, warf Bernd Daschner ein.

»Ich denke schon. Ich will ganz direkt sein. Wir versuchen immer noch zu verstehen, wie es zu der Tat gekommen ist. Hat Ihre Schwiegertochter irgendwann von Selbstmord gesprochen?«

Maria Brunner schüttelte den Kopf. Im Halbdunkel sah Fels, dass sie feuchte Augen hatte. Tränen liefen ihr über die Wangen.

»Keine Andeutung in diese Richtung?«

»Nein.«

»Wirkte sie niedergeschlagen?«

»Sicher. Immer wieder einmal. Das war nichts Neues.«

»War sie anders?«

»Mir ist keine Veränderung aufgefallen. Im Gegenteil, so etwa eine Woche, eher zwei vor dem … Unglück erschien sie mir plötzlich aufgekratzter, optimistisch. Sie sprach oft davon, wegzuziehen, ein neues Leben zu beginnen. Aber das hielt nicht lange.«

Fels wusste warum. Der Arzttermin hatte alles geändert.

»Wie eng war Ihr Verhältnis?«

»Nicht so eng. Uns ging es um die Kinder. Sie sollten nicht unter der Situation leiden. Sie wollten hier nicht weg.« Sie schwieg kurz und fügte bitter hinzu: »Und so ist es ja auch gekommen. Jetzt bleiben sie hier für immer.«

Sie verstummte. Fels spürte eine eisige Wand, die zwischen ihnen aufzog. Auf einmal sah er dieses Haus als das, was es war und von nun an immer bleiben würde: ein Grab. Hier war nichts mehr zu holen, jedenfalls im Moment. An eine weitere Befragung war nicht zu denken. Er und Wild verabschiedeten sich. Bernd Daschner ging mit ihnen hinaus und stieg wortlos in seinen Wagen.

Fels wusste nicht, was er sagen sollte.

»Eine schwierige Situation«, meinte Florian Wild.

»In der Tat, das ist sie.«

»Meinen Sie, Rose Brunner hätte ihren Schwiegereltern etwas von Selbstmordgedanken gesagt, wenn sie welche gehabt hätte?«

»Schwer zu sagen. Ich denke eher nicht. Wenn doch, machen sich die beiden sicher noch mehr Vorwürfe, als sie es ohnehin schon tun.«

Fels warf einen Blick zurück zum Haus. An sich hatte er vorgehabt, den Brunners mitzuteilen, dass die Polizei die obere Wohnung wieder freigeben wollte. Er hatte es vergessen. Fels zweifelte ohnehin keine Sekunde, dass niemand aus der Familie die Wohnung im Moment betreten wollte. Er wollte Brunners zu einem späteren Zeitpunkt noch einmal befragen. Die Freigabe der Wohnung würde eine gute Gelegenheit bieten, mit ihnen noch einmal ins Gespräch zu kommen.

»Das Fibromyalgiesyndrom, landläufig häufig als Weichteilrheumatismus angesprochen, ist gekennzeichnet durch Schmerzen an verschiedenen definierten Druckpunkten. Die Diagnose ist schwierig, zumal Labortests und Röntgenaufnahmen nichts zur Diagnose beitragen. Depressive Störungen bei betroffenen Patienten sind häufig und stellen den Psychiater oft vor große Schwierigkeiten ...« Blankenburg spulte das Diktiergerät zurück. »... oft vor große Schwierigkeiten«, hörte er sich selber sagen. Der Artikel über »Neue Strategien in der Behandlung psychosomatischer Erkrankungen« war schon überfällig und vom Direktor zwei Mal schriftlich angemahnt worden. »Lieber Herr Blankenburg, mit großer Verwunderung habe ich zur Kenntnis nehmen müssen, dass Ihre zugesagte Arbeit für mein neues Lehrbuch noch aussteht. Sie wissen um den großen Zeitdruck, unter dem der Verlag die Neuauflage noch vor dem nächsten Kongress der Deutschen Gesellschaft für Psychiatrie und seelische Gesundheit auf den Markt bringen will. Mir ist unverständlich ...«

Blankenburg legte den Brief aus der Hand. Mit Mühe hatte er sich die ersten Seiten abgerungen. Er würde die Arbeit mit nach Hause nehmen und dort weiterdiktieren. Das Thema war zäh und sperrig. Außerdem würde in wenigen Minuten ein Patient kommen. Sie würden weiter an seiner Mutterbeziehung arbeiten, die sich auf seine bisherigen Liebesbeziehungen übertragen hatte.

Für einen Moment vertiefte er sich in die Notizen, die er bei der letzten Sitzung gemacht hatte. Es klopfte. Olympia Exadaktylos blickte um die Ecke. Sie war eine junge Halbgriechin mit deutscher Mutter, die nun schon seit einigen Jahren Blankenburgs Sekretärin war und sein Vorzimmer liebevoll, wenn nötig auch streng, versorgte.

»Liegt noch etwas Eiliges an?«

Das war ein Synonym für »Ich gehe jetzt« und Blankenburg wagte nicht, noch ein eiliges Diktat aus der Schublade zu ziehen, um ihr Verschwinden zu verzögern. Ohnehin war sein Artikel noch nicht sehr weit gediehen, wie er sich selbst eingestehen musste. Er blickte kurz auf die Uhr. Die halbe Stunde, die Olympia morgens später gekommen war, ging sie nachmittags früher. Seinen schwach vorwurfsvollen Blick ignorierte sie lächelnd.

»Nein, danke. Bis morgen, Olympia.« Strenge Vorgesetzte hörten sich anders an.

»Ich habe eine Gesangsstunde. Nächste Woche treten wir auf. Irische Folksongs.«

Das war neu. Olympias Interessenschwerpunkt hatte auf Yoga und Esoterik gelegen. Von Folksongs war bisher noch nie die Rede gewesen. Aber bei Olympia war alles möglich. Kein Sirtaki also. Irland war angesagt.

Er vertiefte sich wieder in die Patientenakte. Es klopfte.

»Ach, Herr Vogler.«

»Bin ich zu früh?«

Das war er, trotzdem bat Blankenburg den Patienten gleich herein. Sie hatten sich zehn Tage nicht gesehen. Sein Gegenüber sah ausgesprochen gut erholt aus, sein Teint war leicht gebräunt.

»Durchaus nicht. Ich freue mich, Sie zu sehen. Wie war der Urlaub?«

»Danke. Es war ja nur eine Woche. Nichts Besonderes. Ein Freund hat ein Boot am Starnberger See, wir haben das gute Wetter genutzt und waren fast täglich auf dem Wasser.«

Die Erwähnung des Sees brachte Blankenburg für eine Sekunde zurück zum Fall Rose Brunner. Der Patient sah ihm die momentane Veränderung an.

»Habe ich etwas Falsches gesagt?«

Blankenburg lachte. »Nein, ganz bestimmt nicht. Bei Starnberg muss ich im Moment an einen Gutachtensfall denken, der mich beschäftigt.«

»Doch nicht die Sache mit den ermordeten Kindern?«

»Das ist vertraulich.«

»Schon gut. Im Jachtclub ist das immer noch Tagesgespräch. Der Mann der Mörderin ist da beschäftigt. Ich kenne ihn nur vom Sehen. Ein ziemlicher Angeber, fährt irgendso ein großes Motorrad. Typ Aufreißer, hat jedenfalls den Ruf.«

»Haben Sie die Frau mal gesehen?«

»Nicht dass ich wüsste. Ich bin ja da auch nur von Zeit zu Zeit Gast. Soll eine attraktive Frau sein, aber auch eine Betrügerin. Sie hat wohl mehrere Leute aus dem Club um eine hübsche Stange Geld geprellt. Und jetzt tötet sie auch noch ihre Kinder. Dafür fehlt mir jedes Verständnis.«

Blankenburg zögerte. »Sie hat auch versucht, sich selbst zu töten.« Blankenburg wusste nicht, wie weit er gehen sollte. »Dafür müssten Sie doch ein gewisses Verständnis haben.«

»Weil ich es selber tun wollte?« Vogler beugte sich vor. »Ich bin heute froh, dass es nicht geklappt hat. Aber eins kann ich Ihnen versichern: Zu keiner Zeit hatte ich daran gedacht, anderen Leid zuzufügen. Ich hatte damals einfach nur die Nase voll von meinem Leben. Ich war enttäuscht, Sie wissen warum. Aber wenn ich Kinder gehabt hätte, ich glaube nicht, dass ich es versucht hätte.« Er lehnt sich langsam wieder zurück. »Wissen

Sie, was ich in der Therapie gelernt habe? Was es heißt, Verantwortung zu übernehmen. Zunächst einmal für mich. Wenn es noch jemanden anderes gäbe … ich glaube, ich würde mich heute ganz anders verhalten. Entweder war diese Frau verrückt und verzweifelt oder …«

»Oder?«

»Eine eiskalte Hundeschnauze, die ihrem Mann zum Schluss noch eins auswischen wollte und der ihre Kinder völlig egal waren.«

Sie kommen immer näher. Sie werden wiederkommen. Noch bin ich sicher. Aber ich muss mich schützen. Ich brauche eine Waffe.

12. Kapitel

Vernehmung Johann Brunner, genannt John.
Beteiligte Polizisten: Hauptkommissar Fels, Kommissar Krebs

– Herr Brunner, Sie sollen als Zeuge vernommen werden. Es betrifft die Ermordung Ihrer drei Kinder. Die Tat liegt jetzt zehn Tage zurück. Als geschiedener Mann der Beschuldigten steht Ihnen ein Zeugnisverweigerungsrecht zu, das heißt, Sie müssen keine Angaben machen, die Ihre Exfrau belasten, aber wenn Sie Angaben machen, müssen sie stimmen.

– Sind Sie verrückt? Die Schlampe hat meine geliebten Kinder umgebracht. Natürlich mache ich Angaben.

– Zunächst zu Ihren Personalien. Sie sind Johann Brunner, neununddreißig Jahre, geschieden. Was machen Sie beruflich?

– Ich bin im Moment im Segel- und Motorbootverein Starnberg beschäftigt, kümmere mich um die Boote.

– Was verdienen Sie monatlich?

– Etwa 1800 Euro netto.

– Wie viel Unterhalt haben Sie zuletzt geleistet?

Schweigen. Im Protokoll: keine Antwort.

– Haben Sie die Frage nicht verstanden?

– Im Moment nichts. Ich habe Schulden wegen des Sportgeschäfts, das ich vor zwei Jahren aufgeben musste. Ist alles ihre Schuld, hätte sie besser verkaufen können, wäre das nicht passiert.

– Nach unseren Informationen sind Sie aber unterhaltspflichtig gewesen.

– Der Prozess ist noch nicht abgeschlossen.

– Wovon sollten Ihre Frau und die drei Kinder denn leben?

Schweigen.

– Herr Brunner?

– Sie hatte einen Halbtagsjob.

– Das reichte?

– Ich hätte schon wieder gezahlt, wenn ich etwas flüssiger wäre. Außerdem haben meine Eltern sie unterstützt.

– Stimmt es, dass Sie auf entsprechende Forderungen Ihrer Frau gesagt haben, sie könne doch auf den Strich gehen oder sich einen »reichen Stecher« suchen?

– Im Streit sagt man manchmal so was.

– Aber die Äußerung ist gefallen?

– Mag sein.
– Ja oder nein?
– Ja.
– Wann haben Sie Ihre Frau zuletzt gesehen?
– *Lange Pause.* Am Tag vor der Tat.
– Bei unserer ersten Befragung in Ihrem Elternhaus hatten Sie angegeben, seit Wochen keinen Kontakt mehr zu Ihrer Frau gehabt zu haben.
– Das war nicht ganz richtig.
– Wo haben Sie Ihre Frau getroffen?
– Ich habe sie in der Wohnung aufgesucht.
– Waren Sie verabredet?
– Nein.
– Worum ging es bei Ihrem Besuch?
– Um das Übliche. Ich habe sie noch einmal wegen des anstehenden Unterhaltsprozesses angesprochen. Sie bestand darauf.
– Auf den Prozess?
– Nein, auf Unterhaltsleistungen.
– Hat es einen Streit gegeben?
– Möglich.
– Ja oder nein?
Schweigen.
– Sind Sie handgreiflich gegenüber Ihrer Exfrau geworden?
– Natürlich nicht, was erlauben Sie sich.
– Aber es war eine laute Auseinandersetzung.
– Könnte man sagen.
– Von Ihren Eltern haben wir gehört, dass Sie mehrfach gedroht haben, Ihrer Frau die Kinder wegzunehmen, wenn sie nicht auf Unterhalt verzichtet.
– Ist ja interessant, wie meine Eltern über mich reden.
– Stimmt der Vorwurf denn?
– Ich habe gesagt, dass ich die Kinder zu mir nehme, wenn sie mit ihnen nicht zurechtkommt. Bei mir hätten sie es auch nicht schlechter gehabt und ihnen wäre weiß Gott einiges erspart geblieben, wie man sieht.
– Haben Sie Ihrer Exfrau auch an diesem Tag damit gedroht, ihr die Kinder zu entziehen, wenn sie nicht auf Unterhalt verzichtet?
– Schon möglich. Ja.
– Haben Sie Ihre Frau überreden können, auf Unterhalt zu verzichten?
– Nein. Ich bin dann gegangen.
– Wann wäre der Gerichtstermin gewesen?
– Eine Woche später.
– Was hatten Sie für einen Eindruck von Ihrer Frau?

– Wie immer. Laut und frech. Forderungen und Vorwürfe. Nichts Besonderes.

– Hatten Sie irgendwelche Hinweise für eine Selbstmordgefährdung Ihrer Frau?

– Nein. Vor etwa zwei Jahren ist sie einmal mit den Kindern weggefahren, ohne irgendwem Bescheid zu sagen. Da haben wir, meine Eltern und ich, uns schon Sorgen gemacht. Das war auf dem Höhepunkt unserer Auseinandersetzungen und kurz vor dem Prozess gegen sie. Aber nach drei Tagen ist sie wieder aufgetaucht.

– Sonst gab es nie Hinweise auf eine Selbstmordgefährdung?

– Nein.

– Wussten Sie von ihrer Erkrankung?

– Nein. Ich habe erst hinterher davon erfahren.

– Sie hat Ihnen nicht gesagt, dass bei ihr der Verdacht auf einen Brustkrebs bestand?

– Nein.

– Nun zu etwas anderem. Wann haben Sie die Kinder zuletzt gesehen?

– Etwa vier Wochen vor ihrem Tod. Ich habe sie mit in den Segelclub genommen, da war ein Fest, ich dachte, das wäre was für sie. War es aber nicht, vor allem der Junge wollte bald nach Hause.

– Warum?

– Schwer zu sagen. Irgendwie hat ihm die ganze Atmosphäre dort nicht gepasst.

– Wir haben gehört, dass er sich mit Ihrer Freundin nicht gut verstanden haben soll.

– Schon möglich. Das ist ohnehin keine offizielle Beziehung.

– Sondern?

– Na ja, das können Sie sich doch denken. Sie ist verheiratet.

– Stimmt es, dass Sie an diesem Abend auch viel getrunken haben?

– Es war ein Fest. Möglicherweise.

Wie war das Verhältnis Ihrer Frau zu den Kindern?

– Ich denke gut. Sie hat sich um alles gekümmert.

– Hatten Sie den Eindruck, dass die Kinder an ihrer Mutter hingen?

– Ich denke schon.

– Und umgekehrt?

– Auch. Die Kinder waren ihr Ein und Alles.

– Hatten Sie irgendwelche Hinweise, dass Ihre geschiedene Frau die Kinder vernachlässigt oder misshandelt?

– Nein.

– Wie ist Ihr Kontakt zu Ihren Eltern?

– Schlecht.

– Warum?

– Verschiedene Gründe. Sie haben mich auch nicht so unterstützt, wie ich mir das gewünscht hätte.

– Sie meinen finanziell?

– Zum Beispiel.

– Eine letzte Frage. Wo waren Sie in der Tatnacht?

– Wo ich war? Verdächtigen Sie mich, meine Kinder umgebracht zu haben? Das war sie! Diese Schlampe! Was erlauben Sie sich!

– Bitte beruhigen Sie sich. Wir versuchen nur, uns ein vollständiges Bild von den Ereignissen zu machen. Dazu gehören solche Fragen. Also, wo waren Sie?

– Zu Hause. Mit meiner Bekannten. Das wissen Sie doch. Yvonne Bruckmeier. Die Frau des Jachtclubpräsidenten.

– Die ganze Nacht?

– Ja.

– Ich denke, sie ist verheiratet.

– Der Mann ist viel unterwegs. An dem Abend war er in Berlin – beruflich.

– Wie haben Sie vom Tod der Kinder erfahren?

– Mein Vater hat mich morgens auf dem Handy angerufen, ich war gerade auf dem Weg zur Arbeit in den Club. Ich könnte sie umbringen dafür. Ich hätte es schon vor Jahren tun sollen.

Die übrige Vernehmung hatte nichts Wesentliches mehr ergeben. Krebs hatte sich verabschiedet, um an dem Fall der Frauenleiche aus der Isar weiterzuarbeiten. Der Ermittlungsstand in dieser Sache war wenig ermutigend. Noch immer gab es keine heiße Spur.

Fels lehnte sich zurück. Er ließ die Vernehmung Revue passieren. Sein Eindruck von John Brunner war kein günstiger, auch wenn er eine Tatbeteiligung ausschloss. Er hatte auch etwas Mitleid mit ihm. Immerhin hatte der Mann seine drei Kinder auf grausame Weise verloren. Aber nach allem, was Fels von und über ihn erfahren hatte, war sein Kontakt zu den Kindern nicht sehr eng gewesen. Er hatte sich kaum um sie gekümmert, geschweige denn für sie gesorgt. Der finanzielle Druck auf seine Exfrau musste immens gewesen sein. Wahrscheinlich hatte sie unter den ständigen Querelen mit ihrem Mann gelitten, und der bevorstehende Unterhaltsprozess wäre eine weitere Belastung gewesen. Fels schätzte John Brunner so ein, dass er versucht hätte, vor Gericht schmutzige Wäsche zu waschen. Er war ein eitler, selbstsüchtiger Mann, der alles getan hatte, um sich aus der Verantwortung zu stehlen. Trotzdem hätte Rose Brunner wahrscheinlich vor Gericht gute Chancen gehabt, den Kindern stand auf jeden Fall Unterhalt zu, aber vielleicht war sie müde geworden, ständig kämpfen zu müssen.

Fels kannte den Weg in die psychiatrische Klinik des Sigmund-Freud-Instituts von anderen Befragungen. Sein erster Versuch, Rose Brunner zu vernehmen, war auf der Intensivstation des Klinikums Süd gescheitert. Sie war nach den Operationen viel zu geschwächt gewesen, um sich einer Befragung zu stellen. Fels wusste, dass eine Vernehmung unter solchen Umständen vor Gericht nie Bestand gehabt hätte und ohne jede Beweiskraft war. Er hatte sie verschieben müssen. Blankenburg hatte ihm am Telefon gesagt, dass sie einer Vernehmung jetzt wohl gewachsen wäre, obwohl er gleichzeitig seine Bedenken zum Ausdruck gebracht hatte. Deswegen wollte ihn Fels vor der Vernehmung aufsuchen. Es war ein warmer Tag, aber die Luft hinter den meterdicken Mauern der Klinik war angenehm kühl. Fels klopfte und betrat Blankenburgs Sekretariat. Eine junge Frau in einem dunkelblauen, orientalisch bestickten Kleid, das überraschend weit oberhalb der Knie endete, füllte gerade eine Kaffeemaschine. Sie lächelte ihn an, als er sich vorstellte.

»Sehr erfreut, Herr Hauptkommissar. Ich bin Olympia Exadaktylos, aber nennen Sie mich Olympia. Es tut mir leid, Dr. Blankenburg ist vor fünf Minuten in einen Studentenkurs gegangen, der sicher noch eine Stunde dauert. Kann ich Ihnen helfen?«

»Ich komme wegen einer Vernehmung. Rose Brunner, sie muss zu einer Begutachtung hierher verlegt worden sein.«

»Ach ja, eine schreckliche Sache. Der Chef hat die Aktenlage diktiert, ich habe gerade einen Teil geschrieben. Sie hat ihre drei Kinder umgebracht und sich die Pulsadern aufgeschnitten.«

Fels war über Olympias Detailwissen in der ersten Sekunde irritiert, fand ihre entwaffnende Offenheit aber sehr sympathisch. Warum sollte sie sich unwissender stellen, als sie war.

»Ja. Ich möchte Frau Brunner vernehmen und wollte vorher ein paar Worte mit Dr. Blankenburg wechseln, ich kenne ihn bisher nur vom Telefon. Schade, dass ich ihn verpasst habe.«

Olympia fuhr mit beiden Händen über ihre Hüften und strich sich das Kleid glatt. Ein leichter Duft wehte zu Fels. Das Parfüm weckte Assoziationen an Meer und sanften Wind.

»Möchten Sie warten? Kann ich Ihnen einen Kaffee anbieten?«

»So viel Zeit habe ich leider nicht …«

Im Hintergrund gurgelte die Maschine, die letzte Wassertropfen aufsog und durch den Filter presste. Es roch nach frischem Kaffee. Fels hatte nicht gefrühstückt.

»… andererseits, warum nicht, ein schneller Kaffee wäre prima, vielen Dank.«

Olympia fischte mit einer grazilen Bewegung eine zweite Tasse aus einem kleinen Schrank hinter ihrem Schreibtisch. »Milch, Zucker?«

»Nein danke, schwarz.«

Olympia goss ein und schob Fels, der sich auf den einzigen Stuhl in ihrem engen Büro gesetzt hatte, die Tasse zu. Der Kaffee schmeckte eigenartig.

»Vietnamesischer Kaffee, habe ich aus meinem letzten Urlaub mitgebracht«, sagte sie stolz.

»Wunderbar. Vielleicht nehme ich doch etwas Zucker.« Fels ließ drei Stücke in die Tasse fallen.

»Ich denke, die Frau muss sehr unglücklich und verzweifelt gewesen sein«, meinte Olympia.

»Ganz sicher.«

»Geldsorgen, eine kaputte Ehe. Der Krebsverdacht hat ihr den Rest gegeben. Ihr fehlte der Diamantgeist. Vielleicht hätte sie ihr Glück wiedergefunden.«

»Wie bitte?«

»Meditation«, sagte Olympia. »Ich habe das selber bei einem Lama erlernt.«

Fels war mit buddhistischen Ritualen gänzlich unvertraut und nahm, weil ihm nichts einfiel, einen Schluck Kaffee zu sich. Der Zucker hatte geholfen.

»Der diamantene Weg verspricht Reinigung und fegt die Schleier von der Seele. Man beginnt, wieder an seine eigenen Stärken zu glauben. Das konnte die Frau nicht mehr.«

»Offensichtlich.«

Olympia fing Fels zweifelnden Blick auf. »Ich zeige Ihnen bei Gelegenheit mehr, wenn es Sie interessiert.« Sie bückte sich und zog unter ihrem Schreibtisch ein Faltblatt mit der Aufschrift »Der diamantene Weg. Buddhistische Zentren in Ihrer Nähe« hervor. »Hier«, sagte sie, »ein paar Adressen. Ach, und noch was. Sie sehen so gestresst aus.« Sie schob Fels einen bunten Stein mit der Form eines Eis zu. »Shiva Lingam.«

»Wie bitte?«

»Die Steine haben die Yin- und Yang-Energie in sich. Shiva Lingam. Die habe ich aus Asien mitgebracht. Sie schaffen eine Verbindung von Mensch und Erde. Ein Talisman kann Ihnen vielleicht nützen, auch wenn Sie nicht daran glauben. Den schenke ich Ihnen.«

»Danke«, sagte Fels irritiert und steckte den Stein in seine Jackentasche.

Olympia besaß das charmante Talent, selbst bei einem Kopfmenschen wie Frank Fels Verwirrung zu stiften. Unversehens war »The Rock« zu einem Stein gekommen, der Glück und Einsicht vermitteln sollte. Fels wusste nicht, was er sagen sollte. Der Stein glühte in seiner Jackentasche.

»Ich bringe Sie jetzt besser zu Frau Brunner, bevor Sie mich für übergeschnappt halten.« Olympia lächelte. »Was nicht der Fall ist.«

»Gerne.« Fels trank aus und stand auf.

Vietnamesischer Kaffee, der diamantene Weg und Shiva Lingam, dachte er. Ein interessanter Tag.

Olympia begleitete ihn über mehrere lange Gänge in den zweiten Stock. Ärzte, die aus einer Besprechung kamen, schlenderten ihnen entgegen. Eine Krankenschwester schob eine verwirrte alte Dame im Rollstuhl Richtung Garten. An einem öffentlichen Telefon schimpfte ein älterer Patient über seine Frau. Kurz vor der Station kam ihnen Keller mit schaukelndem Gang entgegen. Er strich eng an der Wand des breiten Flurs entlang. Er trug eine beige Hose und einen grauen Pullover. Als er Olympia sah, wurde er rot, senkte den Blick und schlich geräuschlos an ihnen vorbei.

»Ein Patient?«, fragte Fels.

»Nicht wirklich. Wir sind da.«

Mit ihrem Schlüssel öffnete Olympia die beiden Türen, die zweite erst, nachdem die erste sich wieder verschlossen hatte. Fels musste unwillkürlich an die Sicherungsmaßnahmen in einem Gefängnis denken. Olympia übergab ihn an die Stationsschwester.

»Bis bald. Und sagen Sie dem Chef bloß nichts vom diamantenen Weg, falls Sie ihn sehen. Er ist schwer in Ordnung, aber in bestimmten Dingen denken wir verschieden.«

Zur selben Zeit saß Blankenburg in einem Kurs mit zehn Studenten, von denen sechs Internisten, drei Chirurgen und eine junge blonde Kollegin Hautärztin werden wollten, und versuchte ihnen die Grundzüge der Psychiatrie beizubringen. Diesmal hatte er Pech mit seinem Kurs gehabt, die Studenten waren an dem Fach erkennbar desinteressiert und langweilten sich. Blankenburg ärgerte sich darüber. Immer wieder versuchte er, Interesse für sein schwieriges Gebiet zu erwecken, allerdings mit wechselndem Erfolg. Das Thema der heutigen Stunde war Schizophrenie. Er hatte einen Patienten mit in den Kurs gebracht, der seit drei Jahren an Wahnvorstellungen und dem Gefühl, von anderen gesteuert zu werden und fremde Gedanken im Kopf zu haben, litt. Seine Halluzinationen waren unter den Medikamenten deutlich besser geworden, aber er zeigte zunehmend eine sogenannte Minussymptomatik mit Antriebsmangel und dem Gefühl, nicht mehr richtig denken zu können. Einer der Studenten sollte den Patienten nach seinen Beschwerden befragen, um so zu lernen, mit diesem Krankheitsbild umzugehen. Seine erst hilflosen, dann unsensiblen Fragen irritierten den ohnehin verstörten Patienten und verärgerten Blankenburg. Mitunter griff er mit einigen kurzen Erklärungen und Fragen ein, ließ den Dingen dann resignierend seinen Lauf. Der Student würde sicher ein guter Chirurg werden.

In Gedanken war Blankenburg ohnehin woanders. Er hatte am Vorabend seinen Mut zusammengenommen und Corinna Tarow angerufen. Der Vorwand dafür war ihm schon entfallen, er hatte irgendein Detail des Brunner-Falls ausgegraben und mit ihr besprochen. Corinna Tarow hatte verstanden und das Gespräch nicht gleich beendet, als es in beiläufigere, schließlich persönlichere Bahnen geflossen war, ein nur scheinbar richtungsloser Strom, der tatsächlich die Tiefen und Grenzen ihres gegenseitigen Interesses ausloten sollte.

Blankenburg hatte von Kopfschmerzen berichtet, die ihn den ganzen Tag nicht losgelassen hatten und die er auf eine nervöse Überarbeitung – drei Veröffentlichungen unter Termindruck – zurückführte.

»Es könnte auch am Föhn liegen«, hatte Corinna Tarow gemeint.

»Ich bin nicht wetterfühlig.«

»Sind starke Männer angeblich nie. Föhn ist gar kein Wetter, sondern vielmehr eine atmosphärische Veränderung oder eigentlich eine Stimmung, die zu uns weht. Lies mal in Thomas Bernhards ›Frost‹ nach, der hat das mit dem Föhn schön beschrieben. Die Berge sind Gehirngefüge, an die man stoßen kann, bei Tage überdeutlich, bei Nacht überhaupt nicht wahrnehmbar.«

»›Frost‹ ist psychiatrische Pflichtlektüre.«

»Gegen welchen Berg bist du gestoßen, dass dir der Schädel brummt?«

»Höchstens Aktenberge. Ich habe die Klinik seit Wochen nicht verlassen. Das ist auch der Grund meines Anrufs ...«

Sie hatten fast eine Stunde telefoniert, eine für Blankenburg ungeheure Zeitspanne für ein Telefongespräch. Ihr Verhältnis war widersprüchlicher, als er sich lange einzureden versucht hatte. Sie war eine sehr selbstbewusste Frau, an der seine sporadischen Kontaktversuche, die er auch aus Angst, zurückgewiesen zu werden, mit etwas Charme getarnt hatte, nicht spurlos vorbeigegangen waren. Es gab Verbindendes, aber auch Trennendes. Blankenburg war noch nicht geschieden, wie Corinna Tarow wusste. Und es gab immer wieder Phasen eines gewissen Rückzugs, in denen er ihr weniger offen schien. Ihre fachlichen Interessen gingen in dieselbe Richtung und den Rest der Klinik, den Mikrokosmos des beruflichen Umfelds, in dem sie sich bewegten, beurteilten sie ähnlich. Am Telefon hatten sie den jüngsten Klinikklatsch, wer mit wem und wer wohin ging, ausgetauscht, natürlich auf hohem psychologischen Niveau, wie Corinna Tarow gewitzelt hatte. Es war nur belangloses Zeug gewesen, aber er hatte wieder gespürt: Sie tat ihm gut. Allerdings hatte sie seine erneuerte Einladung offengelassen. Corinna Tarow ließ ihn, wie der Föhnsturm, nicht los.

Fels sah sich auf der Station um. Krankenhäuser waren ihm seit dem Tod seiner Frau verhasst, sie rochen nach Angst und unerfüllten Hoffnungen. Es war nicht das erste Mal, dass er in einer psychiatrischen Klinik war. Sein

Beruf hatte ihn schon öfter dorthin geführt, wenn er psychisch kranke Täter und nicht selten auch psychisch traumatisierte Opfer befragen musste. Die Atmosphäre hatte er, obwohl an Gefängnisse gewöhnt, meist als bedrückend erlebt, zumal ihn seine Tätigkeit fast immer auf die geschlossenen Abteilungen führte, mit ihren besonderen Sicherheitsanforderungen und den vielen schwer kranken Patienten. Manche Stationen waren lärmend laut von tobenden Psychotikern und schlaflosen Manikern, die pausenlos redeten, diese hier war dagegen auffallend still. Fels führte dies zu recht auf Psychopharmaka zurück, die seiner Erfahrung nach alle mehr oder weniger dämpfend wirkten, auf Geist und Körper. Großes Detailwissen hatte er nicht und sich nur hie und da mit Kollegen oder Gutachtern über die Wirkung dieses oder jenes Medikamentes ausgetauscht. Kannte er die Wirkungen von Alkohol aus eigener Anschauung, so waren ihm die von Psychopharmaka nicht geläufig, und es war für ihn bei einem zurückgezogen oder gar apathisch wirkenden Patienten, den er zu befragen hatte, oft schwierig, zwischen den Symptomen der Krankheit und den Resultaten ihrer Behandlung zu unterscheiden, ein Problem, vor dem selbst Ärzte manchmal hilflos standen. Die Stationsschwester gestattete ihm, sich mit Rose Brunner in ein nicht benutztes Arztzimmer zurückzuziehen, das gerade Platz für zwei Stühle hatte. In einem Regal an der Wand stapelten sich Akten und Fachbücher.

Rose Brunner sah etwas besser aus, als Fels vermutet hatte. Auf der Intensivstation, als er sie das erste Mal gesehen hatte, war sie ihm deutlich kränker erschienen. Dennoch wirkte sie müde, hatte tiefe Schatten unter den Augen und war sehr blass. Ihre eingefallenen Wangen zeigten, dass sie abgenommen hatte. Fels erklärte ihr noch einmal ihre Rechte. Sie zuckte mit den Achseln. Eigentlich hatte Fels damit gerechnet, dass sie die Aussage verweigern würde, aber es schien ihr gleichgültig zu sein.

»Von mir aus«, sagte sie nur.

»Haben Sie schon einen Anwalt?«

»Ja, einen Dr. Strand. Er hat mich schon einmal vertreten und ist als Pflichtverteidiger vom Gericht bestellt worden. Er hat mich gestern das erste Mal besucht.«

Fels kannte Strand, einen erfahrenen Strafverteidiger, mit dem man reden konnte, der aber auch nicht davor zurückschreckte, die Presse für seine Zwecke einzuspannen, wenn es ihm nötig erschien. Der Fall Brunner hatte einige Tage lang die Schlagzeilen beherrscht, war mittlerweile aber wieder von den Titelblättern verschwunden.

»Ich habe ihm auch nur sagen können, dass ich mich an nichts erinnere. Ich bin im Krankenhaus aufgewacht und hatte meine Kinder verloren.«

»Es tut mir leid. Sie können mir glauben, auch für mich ist diese Vernehmung unangenehm. Aber sie ist notwendig. Waren Sie am fraglichen Abend allein in der Wohnung?«

»Ja.«

»Kein Besuch?«

»Nein. Ich musste am nächsten Morgen eigentlich in die Arbeit und wollte früh zu Bett. Ich habe eine Halbtagsstelle in einem Zeitschriftenladen.«

Fels nickte. Sie hatten auf dem Anrufbeantworter von Rose Brunner einen ziemlich wütenden Monolog ihres Arbeitgebers, des schmierigen Herrn Pabst (»Hier Zeitschriften Pabst, vielleicht erinnern Sie sich an mich. Ich bezahle Sie …«), gefunden, der fragte, wo sie bleibe und ob sie kein Interesse mehr an dem Job habe, aufgezeichnet um 9.37 Uhr. Fels musste unwillkürlich an den späteren Auftritt Pabsts am Tatort denken. Da waren die Kinder schon tot und Rose Brunner auf dem Weg in die Klinik gewesen.

»Wann sind Sie ins Bett gegangen?«

»Gar nicht. Ich kann mich jedenfalls nicht daran erinnern. Wir haben abends zusammengesessen, die Kinder und ich. Die Stimmung war entspannt, trotz aller Sorgen. Ich habe immer versucht, alles von ihnen wegzuhalten, soweit es ging. Ein paar Tage vorher war ich beim Arzt gewesen, der diesen Knoten in der Brust ertastet hatte. Ich wusste, was das bedeutet. Ich habe den Kindern nichts davon gesagt, aber irgendwie fing Oliver dann plötzlich an: ›Mama, du darfst uns nicht alleine lassen‹, und plötzlich war eine große Traurigkeit im Zimmer. Ich habe den Kindern Mut gemacht und sie ins Bett gebracht, aber ich selber habe danach lange im Wohnzimmer gesessen und nachgedacht, wie es weitergehen kann.«

»Haben Sie an Selbstmord gedacht?«, fragte Fels unvermittelt.

Rose Brunner zögerte. »Vielleicht. Ich weiß nicht mehr. Der Gedanke war in den letzten Wochen manchmal aufgetaucht, ich habe ihn aber immer wieder zur Seite geschoben. Irgendwie war es immer weitergegangen. An diesem Abend war es schwieriger, die Ängste der Kinder … Nein, richtig drüber nachgedacht habe ich nicht.«

»Kein genauer Plan?«

»Nein. Ich habe ein Glas Wein getrunken und dann eine Schlaftablette genommen. An mehr kann ich mich nicht erinnern.«

Es waren weit mehr als nur ein Glas Wein und eine Tablette gewesen, wie Fels aus den toxikologischen Untersuchungen wusste, aber er behielt dies im Moment für sich.

»Woher hatten Sie die Schlaftabletten?«

»Mein Arzt hat mir etwas zur Beruhigung verschrieben, nachdem er mir den Befund in der Brust mitgeteilt hatte. Er hat gemerkt, wie nervös und niedergeschlagen ich war. Eine Woche später hätte ich den Termin zur Mammografie in der Klinik gehabt. Er schwebte wie ein Damoklesschwert über mir.«

»Haben Sie mit jemandem gesprochen?«

»Meine Schwiegereltern sind alt, ich kann sie damit nicht belasten. Sie haben mich immer unterstützt, obwohl meine Ehe mit ihrem Sohn gescheitert war und ich sie in Vielem sehr enttäuscht habe.«

»Was meinen Sie?«

Rose Brunner hatte Tränen in den Augen. »Geld, immer wieder ging es ums Geld. Seitdem John, mein Mann, mit seinem Sportgeschäft pleite gegangen war, hatten wir nie welches. Er hat mich sitzen lassen und zuletzt auch nicht mehr gezahlt. Dann habe ich mich auch noch zu einer Dummheit hinreißen lassen und für Immobiliengeschäfte geworben. Das Ganze war ein Schwindel, aber das habe ich nicht gewusst. Die Gläubiger haben mir die Hölle heiß gemacht. Ein Spießrutenlauf. Ich habe das nur wegen der Kinder durchgehalten. Und jetzt sind sie tot.«

»Und Sie haben keine Erinnerung, wie sie zu Tode gekommen sind?«

Sie stöhnte. »Nein. Dr. Strand hat mich gestern schon befragt und mir zu verstehen gegeben, was wohl passiert ist. Ich schäme mich so. Ich bin der letzte Dreck.« Sie schlug die Hände vor das Gesicht.

Fels erinnerte sich an diese Formulierung. Sie tauchte in dem Brief auf, den sie gefunden hatten. Fels hatte Mitleid mit ihr, aber es hielt sich die Waage mit dem Gefühl, Rose Brunner mache es sich zu leicht. Er hatte die Bilder der toten Kinder vor sich, in ihrem Blut, verkrümmt im Todeskampf. Vielleicht war Rose Brunner ein Opfer ihrer Lebensumstände, ganz sicher aber auch eine Täterin, Mörderin dreier wehrloser Kinder. Ihrer eigenen.

»Dann wissen Sie, dass bei einigen der Tötungshandlungen ein Messer eine Rolle gespielt hat.«

Sie nickte.

»Können Sie sich erinnern, das Messer aus der Küche geholt zu haben?«

»Nein.«

»Haben Sie konkrete Pläne gemacht, wie Sie die Kinder töten könnten?«

Fels war von Anfang an die Grausamkeit der Morde aufgefallen, die nicht zum Bild der aus Sorge oder Depression tötenden Mutter passten. Allerdings hatte sie sich auch selbst schwerste Verletzungen zugefügt, Ausdruck ihrer verzweifelten Stimmung, die sich bis zur Raserei gesteigert hatte.

Rose Brunner schluchzte. »Glauben Sie mir, nein, nichts. Das ist alles weg. Ich kann nicht mehr. Bitte entschuldigen Sie.«

Weinend verließ sie das Arztzimmer. Als Fels ihr einige Augenblicke später folgte, traf ihn der vorwurfsvolle Blick einer Krankenschwester, der die aufgelöste Rose Brunner in die Arme gelaufen war. In solchen Momenten hasste er seinen Beruf. Er war froh, als die Stationstür hinter ihm ins Schloss fiel und er vor der Klinik die Föhnluft atmete, die als warmer Atem durch die Ahornstraße wehte.

Er war etwas irritiert. Er hatte noch keine Lust, sich gleich wieder in die Ermittlungsarbeit zu stürzen. Der Fall schien auch nicht sehr drängend – tragisch, aber ohne großen kriminologischen Reiz. Die Klinik hatte eine Cafeteria, neu angelegt im Durchgang zwischen mehreren alten Gebäuden, rundum verglast und mit Blick auf alte Bäume. Er ging zurück, bestellte sich einen Kaffee und aß eine mit Butter bestrichene Breze. Olympia hatte ihn irritiert, ihre lebenslustige Nonchalance war ihm fremd.

Zahlreiche Menschen liefen durch die Cafeteria, ernst blickende Ärzte, viele Patienten, oft verlangsamt und irgendwie gedrückt. Der Arzt, der Olympia und ihm vorhin im Flur begegnet war, lief in der kurzen Auszeit, die Fels sich nahm, drei Mal hektisch an ihm vorbei. Ein seltsamer Beruf, dachte Fels sich.

Er stand auf. Ihm war noch etwas eingefallen. Statt die Klinik zu verlassen, ging er noch einmal in Blankenburgs Sekretariat. Olympia lächelte ihn an.

»Ich hätte da noch eine Frage«, sagte er.

13. Kapitel

Am nächsten Morgen versammelte Fels alle um sich, die mit dem Brunner-Fall zu tun hatten. Er wollte eine Art Zwischenbesprechung machen. Die offenen Fragen mussten die Gutachter klären.

Neben Krebs nahmen an der Besprechung Andrea Hartmann und Florian Wild teil. Alle waren gute Kriminalisten und Fels war trotz gelegentlicher Spannungen froh, ein so gutes Team um sich zu haben.

»Danke, dass ihr euch die Zeit genommen habt. Ich denke, wir können den Brunner-Fall bald abschließen und der Staatsanwaltschaft überlassen. Ich werde mich in den nächsten Tagen noch einmal bemühen, die Beschuldigte zu vernehmen, bisher war das kaum möglich. Sie ist mittlerweile in der Psychiatrischen Klinik untergebracht, zu Begutachtungszwecken, aber ob sie aussagebereit ist … wir werden sehen. Mein erster Versuch war nicht sehr ergiebig. Für mich ist wichtig zu wissen, ob es noch offene Punkte gibt oder nicht. Es gibt weiß Gott genug anderes, um das wir uns kümmern müssen. Vielleicht erst zur Spurensicherung. Andrea, du wolltest dir einen Überblick verschaffen.«

Andrea Hartmann nickte. »Der Schlussbericht liegt vor. Die Kollegen waren insgesamt nicht begeistert über die Spurenlage. Familie und Notarzt waren ja zuvor durch die Wohnung getrampelt. Unfassbar auch, wie unbeholfen sich die örtliche Polizei am Tatort aufgeführt hat.«

Fels seufzte. »Wie eine Zirkustruppe im Porzellanladen!«

»Genau! Nun zu den Fakten: Erstens zur Wohnung. Laut Zeugenaussage Fischer war die Wohnungstür von innen verschlossen. Der Schlüssel steckte noch, als wir eintrafen. Es gibt keinerlei Hinweise, dass die Tür oder das Schloss gewaltsam geöffnet wurden. Keine verwertbaren Spuren. Die Balkontür stand leicht offen, der Zeuge Karl Fischer gab an, die angelehnte Tür gewaltsam geöffnet zu haben, indem er den Riegel hochdrückte. Das ist noch so eine alte Tür, bei der das möglich ist, keine Frage. Auch hier keine besonderen Erkenntnisse der Spurensicherung. Zweitens zu den Opfern. Alle drei Kinder sind in oder neben ihren Betten gefunden worden. Fundort dürfte auch Tatort sein. Die Mädchen sind erstochen beziehungsweise ihnen ist die Kehle durchschnitten worden, das ist übrigens auch mit einigem Abstand reichlich gruselig, der Junge ist erstickt worden.«

»Mit dem Kissen?«, fragte Fels.

»Eindeutig ja. Daran kann kein Zweifel bestehen. Wahrscheinlich schlief er schon, wurde aber noch mal kurz wach, jedenfalls hat er sich gewehrt. Das zerwühlte Bett spricht dafür. Er hat auch eine Kopfverletzung, das deutet in dieselbe Richtung. Bei den Mädchen ist das etwas anders. Viel Blut überall, keine Abwehrspuren. Kein Hinweis für einen Kampf oder so.«

»Blut auch von der Mutter?«

»Nein, kein Hinweis. Drittens zu den Tatwaffen. Über das Kissen haben wir schon gesprochen. Die Mädchen sind mit einem langen Küchenmesser umgebracht worden, das wir in der Badewanne gefunden haben. In der Küche ist ein Messerblock, in dem genau dieses Messer fehlt. Es stammt also aus der Wohnung. Die Mutter hat es dann bei ihrem Selbstmordversuch selbst verwendet. Dadurch, dass es einige Stunden im Wasser lag, ließen sich nicht mehr viele Spuren sichern, insbesondere keine Fingerabdrücke. Etwas Blut der Kinder war aber noch feststellbar, so gerade an der Nachweisgrenze. Viertens die übrige Wohnung. Um es kurz zu machen, da fand sich wenig, sieht man von dem angefangenen Brief auf dem Wohnzimmertisch ab.«

»Wollen wir eine Sekunde bei der Wohnung bleiben«, unterbrach Fels sie. »Wie hat sie auf euch gewirkt? Ich meine, wir haben es hier mit einer Frau zu tun, die hochverschuldet und verzweifelt ist und wahrscheinlich deswegen ihre drei Kinder und fast auch sich selbst umgebracht hat. Irgendetwas Auffälliges?«

Andrea Hartmann zuckte mit den Schultern. »Für mich nicht. Die Wohnung gehörte ja den Schwiegereltern. Wirkte auf mich ganz normal, bürgerlich gepflegt sozusagen. Normale Möbel, nichts Schickes. Keine besonderen Wertgegenstände.«

»Schmuck?«

»Nichts. Ein paar Ketten, billiger Modeschmuck.«

»Die Kinder? Irgendetwas Auffälliges?«

»Nein. Saubere Kleidung. Nicht ohne Geschmack. Wirkte einfach, aber nicht ärmlich.«

Florian Wild räusperte sich. »Gehungert haben die auch nicht. Der Kühlschrank war ziemlich voll. Alles kürzlich gekaufte Sachen.«

»Ich sehe das genauso«, sagte Fels. »Andrea, bitte fahr fort.«

»Gerne. Fünftens, die Täterin und das Badezimmer. Kurz, ein Schlachtfeld. Blut überall, in und neben der Badewanne. Alles von ihr. Das Messer, wie gesagt, in der Wanne.«

»Die Blutspur im Flur?«

»Vom Transport Rose Brunners durch den Notarzt Sie hatte nach dem Pulsaderschnitt stark geblutet. Außerdem hatte sie mehrere Verletzungen im Brustbereich.«

Fels nickte. »Der Bericht von Dr. Traublinger aus der Rechtsmedizin kommt noch.«

»Trotzdem, es ist alles ein bisschen mysteriös. Vielleicht hat sie sich zunächst oberflächliche Verletzungen zugefügt und ist dann noch einmal aus dem Bad gegangen, vielleicht, um nach den toten Kindern zu sehen.«

»Könnte sein. Vielleicht äußert sie sich ja noch dazu.«

»Hoffen wir das. Sechstens … bin ich fertig.«

Die angespannte Stimmung lockerte sich etwas. Fels lächelte. »Danke Andrea. Jetzt zu möglichen Zeugen.« Er sah Krebs an. Der nickte und begann.

»Kann man relativ kurz machen. Brunners wohnen im Haus Fichtenstraße 4. Das ist eine kleine Sackgasse, wie du ja selbst gesehen hast, typische Wohngegend. Die Fichtenstraße geht von der Andechser Straße ab, eine Verbindungsstraße von Starnberg rüber zum Ammersee, relativ stark befahren, jedenfalls zu den Stoßzeiten. An der Ecke ist eine kleine Tankstelle und Autowerkstatt, die erst um neun Uhr öffnet. Sie ist etwa fünfzig Meter vom Anwesen Brunner entfernt, man kann ganz gut rübersehen. Da war zum mutmaßlichen Tatzeitpunkt keiner. In Nummer 2 wohnt eine junge Familie namens Hermann, Vater, Mutter, zwei Kinder. Sie sind etwas jünger als die getöteten Brunner-Kinder, haben aber manchmal mit ihnen gespielt. Frau Hermann war völlig niedergeschlagen. Ehrlich gesagt, ein ziemlich deprimierendes Gespräch. Sie hat anschaulich von den drei Kindern erzählt, sie müssen aufgeweckt und fröhlich gewesen sein. Ihre eigenen Kinder sind ganz verstört, seit sie vom Tod der Brunnerkinder gehört haben. Man bekommt ein bisschen ein Gefühl dafür, was in dem Ort los sein muss, jedenfalls bei denen, die die Familie kannten. Hermanns selber waren bis vorgestern in Urlaub und zum Tatzeitpunkt nicht da.«

»Was konnte sie über die Beschuldigte sagen?«, unterbrach ihn Fels.

»Nicht viel, sie kannte sie kaum, wohnen auch erst etwa ein Jahr da. Frau Hermann hat Rose Brunner als etwas hektisch, nervös beschrieben.«

»Kein Wunder bei den Belastungen.«

»Sonst ist ihr nichts aufgefallen. In Nummer 6 wohnt eine ältere Witwe, mindestens achtzig, Frau Maria Hohlschläger, die nichts gehört und gesehen hat. Ehrlich gesagt war die Verständigung nicht einfach. Sie ist schwerhörig und hat nach meinem Eindruck Alzheimer. Die Namen ihrer Nachbarn hat sie jedenfalls dauernd durcheinandergebracht. Sehr nett, aber völlig konfus.«

»Alleinstehend?«

»Ja. Lange verwitwet, wenn auch unklar, seit wann. Die einzige Tochter ist auswärts verheiratet und kommt selten zu Besuch. Sie lebt am Bodensee.«

Fels nickte. Eine ideale Zeugin.

»In Nummer 8 wohnt Karl Fischer, der die Leichen entdeckt hat. Den kennen wir ja von den Zeugenvernehmungen. Ist ebenfalls lange verwitwet. Er hat einen eigenen Betrieb. Fischer hat einen erwachsenen Sohn, der zum Tatzeitpunkt nicht im Haus war. Sie verstehen sich wohl gut. Der Sohn lebt nicht beim Vater, sondern hat mit seiner Freundin eine Wohnung südlich von Starnberg in Bernried.«

»Noble Ecke«, sagte Andrea Hartmann. »Nicht schlecht für einen Dachdecker.«

»Da schaffen Sie es auch noch hin«, meinte Krebs wenig galant.

Andrea Hartmann errötete etwas, sagte aber nichts. Es war allgemein bekannt, dass sie mit einem gut situierten Rechtsanwalt befreundet war, der sie gelegentlich mit seinem Porsche abholte. Alles nur Neid, dachte sie, womit sie sicher nicht daneben lag.

»Der Sohn ist kein Dachdecker«, fuhr Krebs unbekümmert fort, »ich glaube, er handelt mit Versicherungen oder so was. Fischer junior besucht seinen Vater regelmäßig, in der Tatnacht war er aber allein. Gehört hat er nichts. Nummer 8 ist das letzte Haus auf dieser Seite.«

»Und gegenüber?«

»Nummer 1 ist die Postanschrift der Tankstelle, Grundstück Nummer 3 gehört auch dazu, wird im Wesentlichen als Parkplatz genutzt, ist also unbewohnt. In Nummer 5 wohnt ein älteres Ehepaar, von Stich, er war früher Offizier bei den Gebirgsjägern, kerniger Herr, geht immer noch viel in die Berge. Sie ist eine pensionierte Lehrerin, hat ein künstliches Hüftgelenk, deswegen begleitet sie ihren Mann nicht mehr, ansonsten sind beide hellwach. Vier erwachsene Kinder, drei davon in München, ein Sohn in Berlin, Offizier wie sein Vater, arbeitet im Verteidigungsministerium. Stichs verstehen sich mit den alten Brunners nicht besonders gut. Es gab wohl mal vor Jahren einen Streit um eine neu zu bauende Garagenauffahrt. Der alte Brunner hatte bei der Gemeinde so viel Ärger gemacht, dass sie lange nicht gebaut werden konnte. Seither ging man sich aus dem Weg.«

»Und die haben natürlich auch nichts gesehen«, mutmaßte Fels.

»Gesehen nichts. Aber gehört, er zumindest. Das Schlafzimmer geht nach hinten raus, also nicht zur Straße. Der alte Herr ist wohl nachts häufiger wach. Er meint, gegen vier Uhr morgens auf dem Brunner-Grundstück ein eher dumpfes Geräusch gehört zu haben, als sei etwas von einem Baum gefallen oder gesprungen, ein Tier vielleicht.«

»Ist er sicher?«

»Nicht wirklich. Er kann auch nicht beschwören, dass es wirklich das Brunner-Grundstück war, ist nach seiner Meinung aber wahrscheinlich.«

»Was kann das denn gewesen sein?«, fragte Fels.

»Keine Ahnung. Vielleicht war es ein Tier. Aus dem Fenster wurde jedenfalls nichts geworfen. Die waren im Übrigen auch zu, nur die Balkontür war etwas offen, wie wir wissen. Ansonsten überhaupt keine Spuren. Alles in allem führt das nicht weiter. Seine Frau hat übrigens fest geschlafen und nichts gehört.«

»Gut. Da wird man nicht viel draus machen können. Und wer wohnt noch in der Straße?«

»Das war es. Nummer 7 ist unbebaut, gehört übrigens den von Stichs. Schönes Grundstück, vielleicht hat die Kollegin Hartmann Interesse? Repräsentative Wohngegend.«

Diesmal reichte es Andrea Hartmann. »Danke für den Hinweis. Aber erstens scheint die Nachbarschaft nicht so toll zu sein, außerdem bräuchten wir mindestens drei Garagen, für die beiden Porsches und den BMW-Jeep. Ein Pool wäre auch nicht schlecht. Ist das Grundstück denn groß genug?«

Krebs lief rot an, aber bevor er etwas sagen oder eher einen bayerischen Fluch loslassen konnte, beschwichtigte Fels. »Ist ja gut. Wir sollten uns wirklich auf die Ermittlungen konzentrieren. Soweit ich das sehe, haben wir keine weiteren Hinweise zur Tat, wie auch. Was haben wir sonst zu der Familie erfahren?«

Krebs holte Luft. Florian Wild ergriff das Wort.

»Zu den alten Brunners gibt es nicht viel zu sagen. Er ist pensioniert, wohl ein Grantler vor dem Herrn, aber nichts Besonderes von oder über ihn zu erfahren. Leben seit Jahren sehr zurückgezogen. Das Verhältnis zum einzigen Sohn ist bekanntermaßen schlecht. Seit Jahren kaum Kontakt. Die Enkelkinder scheinen ihr Ein und Alles gewesen zu sein. Fürchterliche Situation für die beiden. Die Kinder waren wohl allgemein sehr beliebt. In der Schule waren sie ja nur ein Jahr auseinander. Alle drei gute Schüler. Die Lehrer, eigentlich Lehrerinnen, haben sich positiv geäußert. Sie wussten im Wesentlichen von den häuslichen Problemen der Familie, jedenfalls dass die Eltern geschieden waren. Der Junge war wohl etwas schüchtern und hatte einige Zeit mal etwas bedrückt gewirkt, aber dies liegt schon länger zurück. Alles in allem unauffällige Kinder.«

»Das ist doch bemerkenswert, dass die Mutter bei allen Belastungen, die sie selber hatte, auf die Kinder so ruhig gewirkt haben muss, dass sie zumindest halbwegs ausgeglichen waren«, meinte Andrea Hartmann.

»Aus allen Gesprächen ging klar hervor, dass sie den meisten Ärger wohl von den Kindern ferngehalten hatte«, sagte Krebs. »Klingt pervers, aber man könnte sagen, eine gute Mutter.«

»Auch gute Seelen können Böses tun«, griff Fels diesen Punkt für Krebs' Geschmack etwas zu poetisch auf. »Aber so eine reine Seele war sie wohl nicht. Ich habe mich gestern mit ihrer Vorstrafe beschäftigt, ganz klares Betrugsdelikt ohne Wenn und Aber. Wahrscheinlich ist ihr zuletzt alles zu viel geworden und die Erkrankung hat ihr den Rest gegeben. Wir werden sehen, was die psychiatrische Untersuchung zur Aufklärung beitragen kann. So oder so, ich denke, dass wir unsere Hausaufgaben gemacht haben. Im Moment sehe ich keinen Anlass für weitere Ermittlungen. Danke für eure Hilfe. Gehen wir jetzt zu den anderen Fällen über.«

14. Kapitel

Die Polizisten hatten Rose Brunner zwei Tage zuvor auf Station gebracht und waren dann verschwunden. Sie hatte mit hünenhaften Krankenpflegern gerechnet, Kleiderschränken mit grimmigen Blicken, die die Patienten bewachen würden. So hatte sie sich die Psychiatrie vorgestellt, ein bisschen wie in »Einer flog über das Kuckucksnest«. Stattdessen begrüßte sie eine kleine, zierliche, noch junge Schwester mit dunklen Haaren. Als sie freundlich lächelte, gab sie den Blick auf ein Zungenpiercing frei. Geduldig erklärte sie Rose die Station. Sie war in einem Überwachungszimmer untergebracht, das mit einer Kamera ausgestattet war. Die Station hatte zwei Teile, die in einem rechten Winkel aufeinandertrafen. Dort war der Aufenthaltsraum und gegenüber der Schwesternstützpunkt. Am Anfang und Ende lagen die Zimmer der Ärzte und Psychologen. Roses Zimmer war vom Stationszimmer aus einsehbar. Die Schwester zeigte ihr die Dusche und erklärte ihr, wann es Mahlzeiten gab. Im Zimmer hingen grelle Bilder, Zeichnungen, die die letzte Patientin vor ihr dort hinterlassen hatte. Auf einem der Bilder lag ein Kind im Gras, die Sonne schien. Rose spürte Übelkeit in sich aufsteigen.

Ein junger Arzt huschte an ihr vorbei, als sie mit der Schwester auf dem Flur stand. Er begrüßte sie kurz, meinte dann aber, er müsse schnell in einen Vortrag, ein wichtiger auswärtiger Referent. Danach würde er sich um sie kümmern. Dr. Blankenburg würde sicher bald kommen, der sei ja für sie verantwortlich.

Rose nahm das alles gleichmütig auf. Der unwahrscheinliche Schmerz, den sie von der ersten Sekunde gespürt hatte, als sie in der anderen Klinik aus der Bewusstlosigkeit erwacht war, der tausend Mal stärker war als all die Wunden, die ihr zerschundener Körper trug, war schlimmer als die Übelkeit. Die Darmkrämpfe, die sie hatte, seit sie wegen des Krebses Medikamente nehmen musste, waren durch starke Beruhigungsmittel leichter geworden. Der Krebs war betäubt, aber nicht besiegt, und das wollte sie auch gar nicht. Ich bin der letzte Dreck, sagte sie sich. Mir graust vor mir selber. Warum bin ich nicht gestorben? Ich verstehe das alles nicht. Ich kann mich nicht erinnern. Warum?

Nach einigen Minuten setzte sie sich ins Stationszimmer. Die einzige andere Patientin war ein junges Mädchen mit dem Gesicht einer Greisin. Ein langer Schlauch lief ihr in die Nase und endete in einem Infusionsbeutel.

Das Mädchen war völlig abgemagert, Haut und Knochen. Rose wusste, was Magersucht, Anorexie, bedeutete, aber der Anblick des hungernden Mädchens rührte und erschreckte sie. Die Betäubung war nicht komplett.

»Hallo, ich heiße Anna.« Sie hatte für ihren schmalen Körper eine überraschend feste Stimme. »Ich bin schon seit drei Monaten hier. Zwangseingewiesen. Vorher war ich in einer psychosomatischen Rehaklinik. Ich habe schon drei Kilo zugenommen. Irgendwann soll ich wieder auf Psychotherapie, aber das geht erst, wenn ich noch zehn Kilo zugenommen habe. Warum bist du hier?«

Rose war auf die Frage nicht vorbereitet gewesen. Sie stockte einen Moment. »Zu einer Untersuchung.«

»Du möchtest nicht drüber reden.«

»Nein.«

Anna blickte auf Roses bandagierte Hände. Die Pulsadern, dachte sie. Habe ich ja auch schon mal gemacht.

»Auch O.K. Ich rede auch nicht gerne über mich. Die Ärzte wollen das aber unbedingt.«

»Und sagst du ihnen, was du denkst?«

Anna schüttelte den Kopf. »Nur manchmal. Die halten dich ohnehin für krank, egal, was du sagst. Bin ich aber nicht.«

Rose hatte da ihre Zweifel, schwieg aber.

»Wer soll dich denn untersuchen?«, fragte Anna.

»Dr. Blankenburg.«

»Den kenne ich kaum. Ist aber wohl ganz nett. Für mich ist ein Dr. Keller zuständig. Völlig durchgeknallt, der Typ. Schaut immer auf meine Füße, wenn er mit mir redet, nie ins Gesicht. Dann wird er rot. Der braucht selber eine Therapie.«

Rose lächelte. Es war das erste Mal seit Wochen, seit dem Tod der Kinder, dass sie den Funken einer Erleichterung in sich spürte. Es waren nur Sekunden, dann griff die Betäubung wieder. Sie lehnte sich zurück.

»Wenn sie dir Tabletten geben, tu so, als würdest du sie schlucken, und spuck sie später aus. Ich mache das immer so.« Ich kotze sowieso alles aus, dachte sie.

»Ich werde dran denken«, sagte Rose. »Kann man hier rauchen?«

Anna blickte über ihre Schulter. »Hinter uns, im Zimmer neben dem Aufenthaltsraum. Alle hier rauchen.«

»Ich hab keine Zigaretten.«

»Ich geb dir welche.«

»Danke.«

Anna verschwand und kam nach einer Minute mit einem blauen Päckchen »Nil«-Zigaretten wieder. Langsam gingen sie in das Raucherzimmer.

»Ist ja komisch, die habe ich früher auch immer geraucht«, sagte Rose.
»Hast du aufgehört?«
»Als ich schwanger war.«
»Du hast Kinder?«
Ein stechender Schmerz durchzuckte Rose. Ihr Herz setzte für eine Sekunde aus. Dann fing es wieder an zu schlagen. Anna sah sie an. Rose schüttelte nur leicht den Kopf. Anna verstand. Sie fragte nicht weiter nach.
Rose inhalierte gierig. Ihr Mann hatte trotz der Kinder nicht aufgehört zu rauchen, sogar als ihr Sohn eine schwere Lungenentzündung gehabt hatte. Es war einer ihrer vielen Streitpunkte gewesen, aber weiß Gott nicht der schlimmste. Sie hatte kaum an ihn gedacht, seit sie in der Klinik aufgewacht war. Die Zigarette brachte ihn für einen Moment zurück. Und damit die Bitterkeit.
»Schmeckt sie?« Anna sah sie mit weiten Pupillen an.
»Danke. Tut gut.«
»Finde ich auch. Besser, als sich mit Süßigkeiten vollzustopfen.«
Das Raucherzimmer füllte sich. Viele der Patienten waren jung, aber es waren auch einige ältere dabei. Die meisten waren blass und still. Nur eine Frau wimmerte und schrie einmal etwas Unverständliches.
»Die Beschäftigungstherapie ist jetzt aus. Deswegen sind jetzt alle wieder auf Station«, erklärte Anna.
»Wann kommen die Ärzte?«
Anna lachte. »Die verstecken sich in ihren Zimmern. Später vielleicht.«
Eine der Krankenschwestern blickte in das Raucherzimmer, das mittlerweile völlig verqualmt war, schüttelte den Kopf und drehte sich wieder um.
»Letzte Woche hat sich jemand auf Station umgebracht, aufgehängt an der Heizung. Seither sind sie wieder besonders vorsichtig.«
Rose nahm sich eine zweite Zigarette. Sie lag leicht zwischen ihren tauben Fingern. Die Chirurgen hatten den durchschnittenen Nerven wieder zusammengeflickt, aber ihr gesagt, dass das Gefühl erst langsam wiederkehren würde. Zwei Finger waren völlig taub. Rose war es egal.

Einige Minuten später kam Blankenburg auf die Station. Er öffnete beide Türen der Schleuse und sah sich um. Er entdeckte Rose im Raucherzimmer. Sie war schmal, blass und ihre verbundenen Handgelenke ließen ihn an die Intensivstation denken. Ein Bild des Jammers, sagte er sich. Sie rauchte eine Zigarette und saß neben einer jungen Patientin mit Anorexie. Blankenburg kannte sie, sie war vor drei Monaten mit nur noch dreiunddreißig Kilogramm aus einer anderen Klinik übernommen worden. Die Bezeichnung Haut und Knochen wäre für sie ein Euphemismus gewesen, sie hatte ausgesehen wie ein KZ-Opfer. Krank hatte sie sich nicht gefühlt, obwohl sie kaum mehr laufen konnte. Wenige Tage nach der Aufnahme war ihr Stoffwechsel so entgleist, dass sie auf die Intensivstation verlegt werden musste. Tagelang war sie in akuter Lebensgefahr gewesen, hatte sich aber wieder gefangen. Essen wollte sie immer noch kaum, ab und zu einen Joghurt. Sie wurde seither künstlich ernährt durch eine Magensonde. Sie wog mittlerweile sechsunddreißig Kilogramm, immer noch ein erbärmliches, gefährliches Gewicht. Ständig lief sie auf und ab, immer in Bewegung, jede Möglichkeit suchend, Kalorien zu verbrennen. Ein selbstzerstörerisches, destruktives Verhalten. Es war kein Zufall, dass Rose neben ihr saß. Die passen zusammen, dachte sich Blankenburg.

Eigentlich wollte er nur sehen, ob Rose Brunner gut angekommen war. Es würde gleich Essen geben, erst danach wollte er mit der Untersuchung beginnen. Sie waren nicht unter Zeitdruck. Vor seinem Büro wartete sein Patient, immer noch frisch verliebt und voller Hoffnungen. Das Gegenteil von Rose und Anna.

»Ich werde Sie in etwa einer Stunde abholen, in Ordnung?«, fragte Blankenburg.

»Gerne.«

»Vielleicht möchten Sie etwas essen.«

»Ich werde es versuchen.«

»Bis nachher.«

Im Schwesternstützpunkt, von dem aus man die ganze Station im Blick hatte, schilderte Blankenburg den Schwestern und Pflegern, warum Rose hier war. Er ging nicht zu sehr ins Detail, spürte aber eine gewisse Stimmung gegen Rose.

»Die wirkt doch gar nicht so depressiv«, sagte eine der Schwestern.

»Trotzdem ist sie weiter hochgradig selbstmordgefährdet. Ich bitte, sie genau im Auge zu behalten.«

Fünf Minuten später berichtete ihm sein Patient von seiner neuen Traumfrau. Eine andere Welt. Er war entspannter als bei dem letzten Treffen. Die neue Partnerschaft tat ihm gut, aber es war für Blankenburg unübersehbar, dass das neue Liebesglück den zuletzt verwelkten Narzissmus seines Patienten wieder aufgerichtet hatte. Blankenburg versuchte vorsichtig, ihm zu spiegeln, wie er auf andere wirkte – selbstsicher bis an die Grenze der Arroganz, mit wenig Mitgefühl für andere. Die Reaktion des Mannes überraschte ihn.

»Sie halten mich für einen Egoisten?«, fragte er unvermittelt.

»Das habe ich nicht gesagt.«

»Aber gedacht! Warum sagen Sie es nicht einfach? Von mir erwarten Sie Offenheit und Sie ziehen sich hinter eine undurchdringliche Maske zurück, geben den Experten. So habe ich das auch oft gemacht.«

Dieser Punkt ging an den Patienten. Seine plötzliche Direktheit war überraschend und hatte eine leicht aggressive Tönung. Trotzdem hatte Blankenburg zum ersten Mal das Gefühl, dass sich etwas in ihrer Beziehung änderte, ein Spalt hatte sich geöffnet, durch den sie gemeinsam gehen konnten, wenn alles klappte. Endlich, dachte er sich, endlich.

Als Fels am Nachmittag ins Büro kam, fing Krebs ihn ab. »Warte mal. Da war was in der Post.«

»Worum geht es denn?«

»Um die Starnberg-Sache. Ein anonymes Schreiben. Hat wahrscheinlich nicht viel zu sagen. Liegt auf deinem Schreibtisch.«

Was soll denn der Scheiß, dachte Fels. Das hatten sie bei fast allen Ermittlungen – anonyme Briefe und Anrufe, Wichtigtuer und Spinner, die irgendwelche absurden Verdächtigungen äußerten. Es kostete oft viel Zeit, diese Dinge auszuräumen. Manchmal glaubten die Möchtegernzeugen und Hobbyschnüffler an ihre absurden Vorwürfe, oft genug wollten sie aber auch nur unliebsamen Verwandten und Nachbarn eins auswischen oder es ging um Weltanschauliches: Juden, Araber, Schwarze würden hinter diesem und jenem stecken. Diese Briefe allerdings wurden gleich weggelegt.

Fels setzte sich an seinen Schreibtisch. Links war ein großer Aktenberg, der sich auf die tote Frau aus der Isar bezog. Rechts lagen einige andere Briefe, meist Anfragen der Staatsanwaltschaft, die Fels noch bearbeiten musste. Im Kasten »Posteinlauf« lag der Brief ganz oben. Er war nicht an ihn persönlich, sondern an die Mordkommission adressiert, deswegen hatte Krebs ihn geöffnet. Er war eindeutig mit einem PC geschrieben.

»Frau Rose Brunner ist unschuldig. Die Polizei verfolgt das Opfer. Machen Sie Ihre Arbeit anständig. Sehen Sie sich die Leiter an!«

Krebs kam mit zwei Tassen Kaffee auf ihn zu. Eine reichte er Fels, schwarz ohne Zucker, so wie ihn »The Rock« liebte.

»Danke. Was hältst du davon?«

»Nicht viel. Ein Spinner.«

»Wahrscheinlich. Sicher sogar. Wir haben Dutzende Briefe in dieser Sache bekommen, alles Müll. Meist Drohungen – gegen die Mutter. Aber dass er die Leiter erwähnt, macht mich stutzig.«

»Was soll mit der Leiter sein?«

»Keine Ahnung. Mir ist nichts aufgefallen. Sie ist übrigens immer noch im Garten.«

»Woher weißt du das?«

»Ich bin noch einmal vorbeigefahren. Nur aus Interesse.«

»So. Und die Leiter war noch im Garten?«

»Ja. Hat die Spurensicherung sie auch untersucht?«

»Ja. Und nichts gefunden, was verdächtig war. Fischer hatte sie an den Balkon gelehnt und war über sie in die Wohnung gestiegen, ganz klar. Etwas anderes haben die Ermittlungen nicht ergeben.«

»War ja auch nicht zu erwarten.«

Fels zögerte. »Haben wir etwas übersehen?«

Krebs kannte seinen Chef, der manchmal zu Zweifeln neigte. Dafür war hier kein Platz.

»Ganz sicher nicht. Die Sache ist eindeutig, so klar, wie sie nur sein kann. Eine depressive Mutter, verschuldet und krank, die ihre Kinder liebt und für sie sorgt, was sogar ihr bösartiger Exmann zugibt, sieht sich in einer ausweglosen Situation, weiß nicht weiter und begeht eine Verzweiflungstat. Die Tür ist von innen verschlossen, der Schlüssel steckt, keine andere Person konnte in die Wohnung! Nach der Tat versucht sie sich umzubringen, so gut wie erfolgreich. Das Tatwerkzeug liegt neben ihr in der Badewanne, es war eindeutig das Messer, mit dem die Mädchen getötet wurden. Noch irgendwelche Fragen?«

»Nein, Euer Ehren. Das war überzeugend.«

»Ganz bestimmt, Frank. Wir haben unsere Arbeit getan. Das war ein Familiendrama, bei dem wir zu spät gekommen sind.«

Fels spürte eine gewisse Erleichterung. Er wusste, dass Krebs mit seiner ruhigen, bestimmten bayerischen Art völlig recht hatte. Es gab andere Dinge, die seine Aufmerksamkeit erforderten.

Andrea Hartmann steckte die Nase zur Tür herein. »Kommt, es gibt Neuigkeiten bei der ermordeten Frau aus der Isar.«

Der Fall »Rose Brunner« – jedenfalls für ihn war er abgeschlossen.

15. Kapitel

Karl Fischer konnte nicht schlafen, schon seit Wochen nicht. Bilder voller Blut, die ihn nicht verließen und wach hielten, holten ihn ein. In seinen Träumen liefen Kinder mit blutigen Hälsen durch seinen Garten und er konnte die Türen nicht öffnen, um ihnen zur Hilfe zu kommen.

Seit ihrer Ermordung hatte er sich im Haus eingegraben, war dann für ein paar Tage weggefahren, um auf andere Gedanken zu kommen. Genutzt hatte es nichts. In die Firma war er nur noch selten gegangen, die letzten Aufträge hatte er lustlos abgearbeitet. Er war ohnehin zu alt dafür, aber er war allein und die Arbeit hatte ihm Sinn und Halt gegeben. Jetzt war er wieder zu Hause. Der Besuch seines Sohnes hatte seine düstere Stimmung nicht verbessern können. Er hatte ihm vom Besuch des Polizisten erzählt, der ihn verfehlt hatte. Eine seltsame Unruhe hatte ihn gepackt, als er davon hörte. Als sein Sohn gegangen war, fiel sein Blick wieder auf das Nachbarhaus, das bis auf ein einzelnes Licht im Erdgeschoss völlig dunkel war. Eine unheimliche Stille lastete seit der Tat auf diesem Grundstück. Wo früher Kinder im Garten gespielt hatten, regte sich jetzt kein Blatt. Die alten Brunners waren unsichtbar. Es war, als hätte der Tod ihre Straße an sich gerissen. Niemand war zu sehen, nichts war zu hören.

Fischer atmete tief durch. Das Wissen um das Gesehene trieb ihn um. Sein Arzt hatte ihm Tabletten verschrieben, damit er Ruhe finden konnte, aber die Pillen machten nur etwas müde, vergessen machen konnten sie nicht.

Es trieb ihn außer Haus, obwohl es geregnet hatte. Er ging zur Garage und holte seinen Wagen. Vor dem Tod seiner Frau hatte er mit ihr und seinem Sohn an der Südspitze des Starnberger Sees gewohnt. Diese frühen Jahre waren die schönsten seines Lebens gewesen und er erinnerte sich mit sentimentaler Schärfe an unbeschwerte Spaziergänge am See, der an dieser Stelle weniger überlaufen war als der touristische Norden. Entenfüttern mit seinem Kleinen. Sonnenuntergänge mit seiner Frau im Arm. Der Geruch frisch geräucherten Fischs und kühlen Biers an einem Sommerabend. Das Gefühl, das ganze Leben liege noch vor einem. Und dann, ganz schnell, kommt alles anders. Manchmal fuhr er noch an ihm von damals vertraute Stellen, um abzuschalten oder sich zu erinnern. Weiter zurückgehen konnte er nicht.

An der Tankstelle bog er nach links, im Ort nahm er die Straße Richtung

Bernried. Es regnete etwas. Ein Straßenschild kündete vom »Museum der Phantasie«, das Lothar-Günther Buchheims legendäre Expressionisten- und Kuriositätensammlung aufgenommen hatte, ein wunderschöner Bau, vom Architekten des Münchner Olympiastadions entworfen und direkt am See gelegen. Fischer hatte mit seiner Firma daran mitgebaut. Kunst, erst recht die dort gezeigte, interessierte ihn nicht, sprach ihn nicht an.

Immerhin hatte der Auftrag ihn in die Gegend seiner Jugend zurückgeführt. Er hatte täglich auf den See und die nahen Berge geblickt, aber sie sprachen nicht mehr in derselben Sprache zu ihm wie früher.

Nach dem Ort und den Villen begann die Uferstraße. Er zog sie der weiter vom See gelegenen Bundesstraße vor, auch wenn sie eng und kurvig war. Im Dunkeln sah man die Bäume links und rechts der Straße nicht. Der See war eine einzige finstere Fläche. Erst in weiter Entfernung sah man einige Lichter am anderen Ufer.

Die Scheinwerfer der entgegenkommenden Fahrzeuge blendete ihn etwas. Seit einigen Jahren sah er nicht mehr so gut. Nachts machte sich das etwas bemerkbar. Er war jetzt fast in Feldafing. Links war das verlassene Seebad, rechts der Wald. Er fuhr in eine enge Kurve. Ein großer, kaum zu erkennender Geländewagen kam ihm entgegen. Der Wagen fuhr halb auf seiner Seite und kam direkt auf ihn zu. Der Jeep blendete auf. Fischer sah nur noch grelles Licht. Was zum Teufel …

Der Jeep hielt weiter auf ihn zu. Fischer konnte nichts sehen. Sie würden zusammenstoßen. Er riss das Lenkrad nach rechts. Auf der regennassen Straße brach der Wagen aus der Kurve. Fischer schleuderte direkt auf eine große Kastanie zu, neben der zwei kleine Kreuze standen, Erinnerung an tödlich verunglückte Motorradfahrer. Das letzte Geräusch, das er vernahm, war das Bersten der Motorhaube, als er frontal gegen den Stamm prallte. Sein Kopf schlug gegen etwas Hartes. Der Wagen überschlug sich und rutschte seitlich in einen Graben. Blut lief Fischer in Hals und Rachen. Dunkelheit umschloss ihn.

Der Jeep fuhr weiter.

16. Kapitel

Zum Frühstück trank Rose eine Tasse Kaffee und aß einen halben Joghurt. Die beiden Brötchen ließ sie liegen. Mehr Hunger hatte sie nicht. Seit Tagen war ihr schlecht. Außerdem hatte sie wenig geschlafen.

Nachts quälten sie versunkene Bilder und absurde Träume. In einem war sie mit ihren Kindern am Ufer des Starnberger Sees spazieren gegangen, aber irgendetwas hatte nicht gestimmt. Im Traum waren die Kinder höchstens vier, fünf Jahre gewesen, und sie hatte sich gefragt, warum. Ihre Mutter war plötzlich aufgetaucht und hatte ihr gesagt, sie sei sich sicher, dass alles gut werden würde und sie wieder mit ihrem Mann zusammen komme. Dann war der Junge plötzlich weg gewesen. Sie hatte Panik bekommen und war aufgewacht. Sofort hatte sich ein schwerer Druck auf ihre Brust gelegt. Ich bin in der Hölle, dachte sie. Meine eigene, kleine, private Hölle. Neben ihr schnarchte eine übergewichtige Dame mittleren Alters, die wegen einer Jammerdepression behandelt wurde und jeden Morgen behauptete, keine Sekunde geschlafen zu haben, sich in Erwartung ihrer Schlaflosigkeit schon um acht ins Bett gelegt hatte und um noch stärkere Schlafmittel als sonst bat. Tatsächlich hatte sie weit vor Mitternacht tief geschlafen und ein fast männliches Schnarchen ließ die Luft erzittern. Die Krankenschwester, die in regelmäßigen Abständen nach Rose sah, weil man sie noch für selbstmordgefährdet hielt, schüttelte immer nur den Kopf, wenn sie auf ihre Zimmernachbarin sah. Rose hätte das Zimmer lieber mit Anna geteilt, aber das war wohl nicht möglich, jedenfalls hatte man ihren Wunsch ignoriert. Der Oberarzt, dem sie abends noch von einem jungen Assistenten vorgestellt worden war – ein kleiner Mann, der mit dem Stationsarzt erst fünf Minuten lang über sein neues Tiermodell für Depression sprach, ehe er sich Rose kurz, sehr kurz zuwandte, dabei stets mit dem Kopf wackelte und ihr kein einziges Mal in die Augen sah –, dieser Oberarzt hatte ihre Bitte als »völlig unmöglich« abgelehnt. Eine Begründung hatte er nicht genannt und Rose wagte nicht danach zu fragen. Sie halten mich für den letzten Dreck, dachte sie, und es stimmt ja. Ich bin der letzte Dreck. Ich habe meine Kinder getötet und alle wissen es. Darauf sprach sie der Oberarzt allerdings gar nicht an, sondern murmelte nur etwas von Depression und medikamentöser Behandlung und davon, dass Dr. Blankenburg alle Verantwortung trage.

Dieser tauchte kurz nach ihrem Frühstück auf und holte sie ab, schloss beide Türen, die die Station verriegelten, nacheinander auf und nahm sie mit in sein Büro. Auf dem Weg dorthin überlegte sie einen Moment, einfach wegzulaufen, verwarf den Gedanken aber wieder. Wo soll ich denn hin?, fragte sie sich. Es gab weder Ziel noch Versteck. Stattdessen bot ihr Blankenburg in seinem Büro einen Kaffee an, den sie aber ablehnte. Der Arzt nahm sich einen großen Becher, den er auf dem letzten Oktoberfest an einem Kaffeestand für das Dreifache des Üblichen gekauft hatte und auf dem mehrere rote Käfer krabbelten, und goss sich Kaffee ein.

»Typische Klinikkrankheit«, sagte er, »man trinkt zu viel davon. Aber er schadet mir auch nicht.«

Er lächelte Rose an. Sie hielt seinem Blick stand, verzog aber keine Miene. Zwischen Rose und ihm stand ein Schreibtisch, übersät mit Papier. Die Stapel lagen aber nicht nebeneinander, sondern schienen sich ineinander zu schieben, sodass nicht ganz klar war, was oben oder unten lag. Das ganze Ensemble wirkte etwas chaotisch. Streng genommen war es das auch, auch wenn Blankenburg es als Teil seines persönlichen Arbeitsstils und Ausdruck seiner vielen Aufgaben und Probleme ansah, mit denen er sich herumschlagen musste. Manche Aktenstöße kamen mit der Zeit wieder an die Oberfläche, quasi eine papierene Eruption, und mahnten so rasche Bearbeitung an. Das System hatte sich bewährt, jedenfalls in den Augen Blankenburgs. Olympia war vom Sinn dieser Ablageordnung weniger überzeugt, zu oft hatte sie ihn verzweifelt nach Vorgängen suchen gesehen, die sich eben nicht von selbst wieder ins Blickfeld geschoben hatten, sondern verschollen blieben, was bei Blankenburg hektische Betriebsamkeit ausgelöst hatte. Olympia äußerte sich einfach nicht zu Blankenburgs Schimpfkanonaden und ertrug diese mit griechischem Stoizismus. In solchen Momenten war es am besten, die Zwischentür zu ihrem Sekretariat zu schließen und den Dingen ihren Lauf zu lassen.

Rose Brunner erschien ihm etwas weniger blass und krank auszusehen als am Vortag, auch wenn sie auf dem Weg von der Station auf sein Nachfragen hin von Schlafstörungen und Traurigkeit berichtet hatte. Immerhin war es ihm gelungen, einen gewissen Kontakt zu ihr aufzubauen. Manche Täter, die er auf ihre psychische Gesundheit untersuchen musste, sahen in ihm, nicht ganz zu Unrecht, einen Erfüllungsgehilfen der Justiz und begegneten ihm mit unverhülltem Misstrauen. Bei Rose war das anders. Sie war nicht misstrauisch, sondern gleichgültig. Ihr war das Ergebnis der Untersuchung egal, weil ihr nach dem Tod der Kinder alles egal geworden war. So jedenfalls war sein Eindruck.

»Gut, fangen wir an. Sie wissen, dass wir viel Zeit haben, mehrere Wochen wahrscheinlich. Es gehört zu der Untersuchung, dass ich mit Ihnen über Ihr bisheriges Leben, mögliche Vorerkrankungen und natürlich auch über die Tatvorwürfe sprechen werde. Die Reihenfolge ist beliebig, ich richte mich etwas nach Ihnen, aber ich denke, wir können auch gleich am Anfang ein wenig über die Tat sprechen.«

»Ich kann mich an nichts erinnern.«

»Das habe ich schon Ihrem Vernehmungsprotokoll entnommen. An gar nichts?«

»Nein.«

»Sie wissen nicht, wie Ihre Kinder umgekommen sind?«

Tränen stiegen Rose in die Augen. »Nein.«

»Sie haben versucht, sich selbst zu töten.«

»Ich weiß.«

»Auch daran können Sie sich nicht erinnern?«

»Nein. Ich bin erst wieder in der Klinik aufgewacht. Irgendwie habe ich gewusst, dass die Kinder tot sind. Ich habe es gewusst, erinnert habe ich mich nicht. Auch jetzt nicht. Manchmal sehe ich eine Wand, die sich rot verfärbt, blutrot, aber ich kann mich an sonst nichts erinnern.«

Rose Brunner schlug die Hände vors Gesicht. Blankenburg wartete einen Moment. Der Kaffee schmeckte heute besonders bitter.

»Ich weiß, dass das sehr schwer für Sie ist. Wir kommen später noch einmal darauf zurück, aber eine Frage noch: Können Sie sich daran erinnern, vor dieser Nacht einmal an Selbstmord gedacht zu haben? Bitte denken Sie einen Moment in Ruhe nach.«

Rose sah ihn an. Ihr war etwas übel. Ihre Gedanken gingen zurück, um einige wenige Wochen, die eine Ewigkeit waren.

»Die letzten Wochen vor dieser schrecklichen Nacht waren nicht einfach gewesen. Ich stand so unter Druck. Mein Mann hat nicht gezahlt, seit Langem schon nicht. Dauernd kamen Rechnungen ins Haus oder Leute, denen ich Geld schuldete. Auf der Straße haben sie mich abgepasst, beim Einkaufen. Es war schlimm. Irgendwie habe ich aber immer das Gefühl gehabt, es noch schaffen zu können. Das war ich den Kindern doch schuldig. Ich habe etwas Geld verdient, aber das hat hinten und vorne nicht gereicht. Dann hatte ich auf einmal das Gefühl, da ist was in der Brust. Plötzlich war da auch noch der Knoten. Der Arzt hat ganz besorgt ausgesehen und mir einen Termin zur Mammografie verschafft, auf den ich zehn Tage warten musste. Zwei Tage nach der Katastrophe wäre er gewesen. Das Ganze hat mich verrückt gemacht. Da war eine Wahnsinnsangst und auf einmal das Gefühl, ich schaffe es doch nicht mehr, ganz plötzlich.«

Blankenburg nickte. Er wollte sie nicht unterbrechen.

»Ich weiß nicht, ob ich wirklich die Tage zuvor an Selbstmord gedacht habe«, sprach Rose weiter, »aber da war sicher das Gefühl, es geht nicht weiter. Ich war sehr bedrückt. Aber ich habe doch nie daran gedacht, den Kindern etwas anzutun.«

Blankenburg senkte seine Stimme. »Wissen Sie, wie die Kinder umgekommen sind?«

»Nein. Ich kann mich nicht erinnern.«

Blankenburg wusste aus den Akten, die er vor der Untersuchung gelesen hatte, und einem Telefonat mit dem zuständigen Staatsanwalt, dass man Rose nicht mit den Sektionsprotokollen der Kinder konfrontiert hatte. Blankenburg sah es nicht unbedingt als seine Aufgabe an, Rose über das Geschehene genau aufzuklären, aber auch er musste sich für sein Urteil Gewissheit verschaffen.

»Ich denke, sie sollten das mit Ihrem Rechtsanwalt besprechen. Soweit ich weiß, ist ihr Sohn erstickt worden und die Töchter … Es gab da Verletzungen im Halsbereich, die wohl von einem Messer herrühren.«

»Oh mein Gott.« Rose schlug die Hände vors Gesicht.

»Wenn Sie wollen, können wir eine Pause machen«.

Sie schüttelte den Kopf.

»Dann würde ich gerne auf die Tage vor der Tat zurückkommen. Ich glaube sofort, dass Sie nie vorhatten, den Kindern etwas anzutun, aber ich habe vorhin nach Ihren Gefühlen gefragt. Hatten Sie konkrete Gedanken, sich selbst etwas anzutun?«

Rose atmete tief durch. Sie war blass, ihre Augen verweint. Trotzdem hatte sie sich im Griff. Auch sie wollte hier durch.

»Wie ich schon sagte, nicht konkret. Nein, richtig daran gedacht, wie ich es machen könnte, einen Plan hatte ich sicher nicht. Im Hinterkopf mag da was gewesen sein, aber so richtig hatte ich es nicht vor.«

»Keine konkreten Gedanken?«

»Nein.«

»Wie war es am Tag, der Nacht davor.«

Rose lehnte sich zurück. Vor ihrem inneren Auge glitten die letzten Stunden ihres früheren Lebens, die letzten Stunden mit ihren Kindern an ihr vorbei.

»Es war eigentlich ein normaler Tag. Ich habe morgens gearbeitet, ein Zeitschriftenladen mit ziemlich miesem Publikum, was anderes hatte ich nicht gefunden, war aber O.K. Mittags um eins war ich zu Hause. Die Kinder kamen auch so um die Zeit. Wenn sie vor mir aus der Schule zurück waren, sind sie erst zu meiner Schwiegermutter, an dem Tag war das aber nicht der Fall. Wir haben zusammen gegessen, sie haben dann ihre Hausaufgaben gemacht. Wir waren sehr eng miteinander, wie eigentlich immer in der letzten Zeit. Oliver ist nachmittags Fußballspielen gegangen. Die Mädchen waren draußen. Nachmittags kam der Anruf aus der Arztpraxis mit dem genauen Untersuchungstermin für die nächste Woche. Das hat die Ängste sofort zurückgebracht. Ich habe nur gedacht, was soll aus den

Kindern werden, wenn ich ausfalle. Ich hatte das die Tage zuvor innerlich beiseite geschoben.«

Verdrängt, dachte Blankenburg, verdrängt.

»Jetzt war plötzlich alles wieder da, ein Druckgefühl auf der Brust, ich konnte kaum atmen. Das letzte Gespräch mit meinem Exmann hatte mir den Rest gegeben. Er hat mich beschimpft und jede Hilfe verweigert. Es war einfach fürchterlich. Ich habe mir aber nach außen nichts anmerken lassen. Die Kinder sollten davon unbelastet bleiben. Sie hatten ja nur mich. Beim Abendessen sagte Oliver plötzlich: ›Mama, du darfst uns nicht alleine lassen!‹ Ich weiß gar nicht, wie er darauf kam. Mir hat es den Hals zugeschnürt. Sie sind dann aber ganz normal ins Bett gegangen und ich habe lange im Wohnzimmer gesessen und Wein getrunken. Als es dunkel wurde, habe ich kein Licht gemacht. Ich habe am Tisch gesessen und nachgedacht. Es ist mir alles sinnlos vorgekommen.«

Ein präsuizidales Syndrom, dachte Blankenburg, klassisch, die gefühlsmäßige Einengung vor einem Selbstmord. Er unterbrach sie nicht.

»An mehr kann ich mich nicht erinnern.«

»Hatten Sie darüber nachgedacht, die Kinder in den Tod mitzunehmen?«

»Nein, auch da nicht. Ich hatte überhaupt nicht genau überlegt, was ich tun könnte, jedenfalls bis dahin nicht. Den Rest weiß ich nicht mehr.«

»Ab wann fehlt die Erinnerung?«

Rose dachte nach. »Das ist schwer zu sagen. Ich weiß noch, am Tisch im Wohnzimmer gesessen zu haben. Irgendwann schien mir der Mond direkt ins Gesicht, ich hatte ja kein Licht gemacht. Vielleicht Mitternacht. Danach fehlt mir alles.«

Blankenburg nickte. Viel tiefer wollte er im Moment nicht in sie eindringen. Er war sich sicher, dass mit etwas Abstand mehr Erinnerung hochkommen würde. Einige Fragen hatte er aber doch noch.

»Zwei Dinge würde ich zum Abschluss gerne ansprechen. Das eine ist der Abschiedsbrief.«

»Abschiedsbrief? Ich kann mich an keinen erinnern. Ich hatte daran gedacht, meinem Mann einen Brief zu schreiben, wir waren so zerstritten und hatten uns ständig angeschrieen. Er hat unglaubliche Sachen zu mir gesagt. Aber ich brauchte ihn doch für die Kinder. Selbst seine eigenen Eltern hatten mich gedrängt, auf Unterhalt gegen ihn zu klagen, die Verhandlung stand in der nächsten Woche an. Mir war hundeelend deswegen. Aber da war nichts zu machen, er wollte nicht zahlen. Ich hatte daran gedacht, ihn mit einem letzten Brief umzustimmen, aber ich hatte nur das Papier vor mich hingelegt. Ich glaube nicht, dass ich wirklich was geschrieben habe. Ich kann mich nicht erinnern.«

»Eine letzte Frage für den Moment. Sie betrifft eines der Tatwerkzeuge, genauer gesagt das Messer, mit dem sie sich auch selber verletzt hatten. Woher stammte es?«

»Ich weiß nicht, welches Messer gemeint ist. Wahrscheinlich aus der Küche, da waren einige Brotmesser und so. Oh Gott, und damit habe ich den Mädchen … ich darf gar nicht daran denken.«

Blankenburg wusste, dass er im Moment nicht weiter gehen konnte. Er würde auf die Tatnacht ohnehin noch öfter zurückkommen müssen, damit sich ein Gesamtbild ergab. Rose Brunner tat ihm leid. Sie weinte. Da war nichts zu spüren von einer gefühlskalten, berechnenden Frau. Sie litt erbärmlich. Er beschloss, sie auf Station zurückzubringen, es gab ohnehin bald Essen. Nachmittags würde Corinna Tarow mit ihren Tests fortfahren. Er wollte noch einige Patienten sehen.

Auf der Station verabschiedete er sich von Rose Brunner. Ihr leerer Blick glitt über den Gang, als er die Tür hinter sich schloss.

Auf dem Weg zurück kam ihm Keller entgegen, finster blickend und jeden Blickkontakt vermeidend. Er war auf dem Weg ins Labor.

Ein Assistent trat zu Blankenburg. »Schon gehört? Keller bleibt uns erhalten.« Der junge Arzt war hochgewachsen und galt als ungeheuer musikalisch, eine der sicheren Eintrittskarten in die Welt der Psychiatrie, jedenfalls an dieser Klinik. Der Direktor liebte solche Multitalente. »Mit Hannover hat es nicht geklappt.«

Blankenburg winkte ab. Das war das Thema Nummer eins, wo immer man mit Kollegen stand und redete – wer wird wo was. Blankenburg entschloss sich, diesem Tentakel aus Neid und Missgunst, das überall mit tausend Armen nach ihm griff, zu entziehen, ehe er in seinem gefräßigen Maul landete. Gerade jetzt hatte er dazu keine Lust. Obwohl er, als er in sein Büro zurückging, für einen Moment ein stilles Gefühl der Schadenfreude nicht sorgfältig genug unterdrücken konnte.

John Brunner war schlecht gelaunt, als er die Tür zu seiner kleinen Wohnung aufschloss. Ein kleines Loch, mehr konnte er sich nicht leisten, wenn er die Harley behalten wollte. Auch die war viel zu teuer, aber er brauchte sie für sein Selbstwertgefühl, dafür, sich jung und frei zu fühlen, ganz anders als in seiner Ehe. Jetzt hatte auch noch seine Freundin mit ihm Schluss gemacht, eiskalt abserviert, wahrscheinlich nachdem ihr Mann ihr die Pistole auf die Brust gesetzt hatte. Er würde ihn auch sicher aus dem Club werfen, entlassen, nach einer kurzen Schamfrist. Seine Zukunft sah beschissen aus. Vielleicht würde er seine Geschichte an eine Zeitung verkaufen können, ein Reporter hatte ihn schon angerufen. Eine Geschichte nach dem Motto »Wie viel Leid kann ein Mann ertragen?«, aber irgendwie hatte sich herumgesprochen, dass er für seine Alte nicht mehr gezahlt hatte und von ihr sogar verklagt worden war, was er ihr gar nicht zugetraut hatte. Wahrscheinlich hatten seine Eltern dahintergesteckt, selbst die hielten eher zu ihr. Irgendwie begann sein Ruf innerhalb der Redaktionen zu leiden und das Einzige, was er schließlich hatte verkaufen können, waren zwei Bilder seiner Kinder gewesen, fünfhundert Euro, lächerlich. Die waren dann auf Seite eins einer Boulevardzeitung abgedruckt worden. Jetzt ging gar nichts mehr. Na gut, er würde es schon noch allen zeigen. Hoffentlich steckten sie Rose für ewig hinter Gitter. Verdient hätte sie es. Sie hatte ihn ruiniert.

Als der Anruf kam, hatte er sich gerade ein Bier geöffnet. Er war überrascht, als er die Stimme erkannte, nach so langer Zeit.

Man sollte sich treffen, es gebe da einiges zu besprechen. Und dann hatte er ein interessantes Angebot bekommen. Warum nicht? Freitagabend war für ihn in Ordnung. Gut, aber das bleibt zwischen uns. Er nahm einen kräftigen Schluck aus der Flasche. Vielleicht war das die Wende, hoffentlich. Er hatte lange genug darauf gewartet.

17. Kapitel

Corinna Tarow hatte Blankenburgs Werben nachgegeben, auch wenn es nur ein Arbeitsessen in einem italienischen Lokal war, zu dem er sie überreden konnte. Der Abend im »Cathouse« spukte immer noch in seiner Erinnerung, er fragte sich, ob wohl auch in ihrer.

Das Essen im »Gattopardo« war gut, aber nicht überteuert. Das Lokal war unaufdringlich mediterran gestaltet, ohne allzu kitschige Urlaubspostkartenstimmung zu verbreiten, und die Tische standen nicht so eng beieinander, dass sich keine Intimität aufbauen konnte. Es lag direkt am Wörthsee, nur wenige Minuten von Blankenburgs Seehütte entfernt. Der Wirt hatte ihm heute sogar einen der begehrten kleinen Tische in einer Nische gegeben, die er wie eine kleine Grotte eingerichtet hatte – ganz kitschfrei war das Lokal eben doch nicht. Blankenburg fuhr mit der Gabel durch einen gemischten Vorspeisenteller mit Meeresfrüchten, während Corinna einen viel zu gesund aussehenden Salat zerteilte. Sie tranken einen Brunello. Die Stimmung war entspannt. Natürlich war dies kein reines Arbeitsessen, das wussten beide. Blankenburg hatte kurz von Keller erzählt, der ihrer Klinik nun erst einmal erhalten bleiben würde. »Nur wo Gemeinschaft ist, kann Klatsch blühen«, hatte ein älterer Kollege ihm einmal gesagt. Da war etwas dran. Corinna hatte schon von Kellers gescheiterter Bewerbung gehört. Frauen waren uber viele Dinge ja überraschend schnell informiert.

»Er wird dir also auf den Fersen bleiben.«

Sie seufzte. »Dürfte ziemlich wörtlich zu nehmen sein. Kein Grund zur Beunruhigung.«

»Ich bin in brennender Sorge.«

»Lieb von dir. Aber überflüssig.«

Der Kellner, ein junger Italiener mit schütterem Haar und Dreitagebart, brachte die Hauptgänge. Blankenburg hatte sich eine gegrillte Goldbrasse bestellt, Corinna Tarow Spaghetti aglio e olio. Der Knoblauchgeruch wehte über den Tisch. Sie griff nach dem Parmesan. Ihre Fingerspitzen berührten sich, eine Zehntelsekunde länger als notwendig. Beide wussten das. Der Kellner, ein Neffe des Lokalbesitzers, der seine gesamte Familie dort beschäftigte, goss etwas Wein nach. Schon das erste Glas hatte Wirkung gezeigt. Blankenburg war entspannter als sonst. Er fühlte sich wohl. Corinnas blonde Mähne schien in der halbdunklen Nische zu glühen. Blankenburg spürte eine gewisse Zuversicht. Er lächelte. Sie schüttelte sanft den Kopf.

Wahnsinnig sexy, dachte er. Umwerfend.

»Themenwechsel. Was hältst du von Rose Brunner?«

Corinna atmete durch. »Schwer zu sagen. Ich bin noch nicht ganz mit der Untersuchung fertig, sie ist schnell erschöpft, kein Wunder bei der Vorgeschichte. Ich hatte vorgestern mit der Intelligenzprüfung begonnen. Im HAWIE hat sie über 110 Punkte erreicht, schon fast im Bereich der hohen Intelligenz. Damit hätte sie locker Abitur und wahrscheinlich ein Studium geschafft.«

»Glaube ich gerne. Stattdessen ist sie nach der mittleren Reife abgegangen. Der Vater war Postbeamter, musste aber wegen einer Lungenkrankheit in Frührente gehen, zwei Kinder, da musste Geld her.«

»Ja, sie ist intelligent. Aber es gibt auch Schwachpunkte. Manchmal ist sie im Denken etwas ungenau, vorschnell, kurzschlüssig. Man sieht das in einigen Tests sehr gut. Sie überlegt nicht lange, macht dann Leichtsinnsfehler oder antwortet am Thema vorbei.«

»Vielleicht ist sie unkonzentriert.«

»Nicht unbedingt. Aber in ihren Entschlüssen ist sie oft unkritisch, voreilig. Ihre soziale Intelligenz ist eigentlich gut, aber manchmal fehlt es ihr an einer gewissen Reife.«

»Sie hat klar hysterische Anteile.«

»Unbedingt. Das spiegelt sich auch in den Tests. Der MMPI[2] hat glaubwürdige Befunde geliefert. Sie hat auch nichts simuliert. Sehr eindeutig ist das Profil aber auch nicht, also gewisse hysterische Züge, ein unruhiges, ablenkbares Gefühlsleben, etwas Egozentrik, allerdings keine schwere Persönlichkeitsstörung. Eigentlich eine Frau, die weiß, was sie will, aber in ihren Gefühlen unsicher ist.«

»Wie ist ihr Selbstbild?«

»Vieles ist jetzt natürlich durch die Depressivität überlagert. Es klingen viele Selbstzweifel an, starke Schuldgefühle. An sich spricht einiges für eine fantasiebegabte, einfallsreiche, sicher auch etwas labile Persönlichkeit. In Vielem entspricht sie dem weiblichen Rollenklischee, gefühlsbetont und offen und interessiert an sozialen Kontakten, aber eine stark von anderen abhängige Frau ist sie auch nicht.«

»Vielleicht hat sie einfach Pech gehabt.«

»Das ganz sicher.«

Blankenburg hielt psychologische Tests bei Gutachten für wichtig, aber nicht alles ließ sich dadurch erklären. Für Intelligenz- und Leistungstests, auch einige Persönlichkeitsfragebögen gab es Normwerte, aber eine Abwei-

2 Minnesota Multiple Personality Inventory. Ein häufig eingesetzter Fragebogentest zur Persönlichkeitsdiagnostik, siehe Kapitel 8.

chung davon hieß noch nicht, dass in jedem Fall eine Störung vorlag und schon gar keine so ausgeprägte, dass die Verantwortlichkeit eines Straftäters dadurch beeinträchtigt gewesen sein musste. Die Tests ergaben im besten Fall ein Relief der Persönlichkeit, das Blankenburg mit seinen Befunden und dem tatsächlichen Geschehen in Einklang bringen musste. Immer gelang das nicht. Corinna Tarow war eine erfahrene Psychologin, auf deren Urteil Verlass war.

»Wie viel Zeit brauchst du noch?«

»Die projektiven Verfahren stehen zum Teil noch ganz aus. Die Zeichentests fallen wohl flach, dazu sind die Verletzungen an den Händen noch zu groß. Aber den Rorschach[3] und den Thematischen Apperzeptionstest mache ich auf jeden Fall noch.«

»Wie sieht es mit ihrem Aggressionspotenzial aus?«

»Eigentlich nur im durchschnittlichen Bereich. Die Fragebögen geben da wenig her und auch bei den übrigen Tests kommt wenig raus. Eher erstaunlich, bei der Vorgeschichte.«

»Spricht alles für eine Verzweiflungstat.«

»Wahrscheinlich. Ansonsten ist sie wie gesagt eine fantasievolle Frau, das spiegeln ihre Antworten. Sicher ist sie eher spontan und etwas unangepasst. Wenn du mich fragst, passt sie nicht zu dieser Spießerfamilie, in die sie eingeheiratet hat. Von den Tests her käme man jedenfalls nicht auf die Idee, das könnte eine Frau sein, die unüberlegt handelt oder zu solch einem aggressivem Handeln in der Lage wäre. Muss wirklich eine Ausnahmesituation gewesen sein.«

»War es sicher. Schulden, Angst vor dem Mann, Krebsverdacht. Das hat ihr fragiles Lebensgerüst zum Einsturz gebracht. Trotzdem, ich gebe dir recht, auf mich wirkt sie auch nicht wie eine Mörderin. War ja wohl auch Totschlag, rein rechtlich gesehen, aber vor allem die Sache mit dem Messer, die Mädchen so zu töten, das ist schon sehr ungewöhnlich. Passt nicht besonders zu ihr. Sie war ja sonst eher Opfer.«

»Passt vielleicht doch. Oft wendet sich ja das Opfer gegen seine Unterdrücker und wird selbst zum Täter, aus Hass oder Rache, eine Umkehr der

[3] Der Rorschach-Test ist ein psychodiagnostisches Testverfahren und wird von Psychologen und Psychiatern angewandt, um die gesamte Persönlichkeit des Probanden zu erfassen. Er besteht aus verschiedenen schwarz-weißen Tafeln, mit mehrdeutigen, symmetrischen, abstrakten Klecksen und Figuren zu denen der Patient in freier Assoziation seine Gedanken und Gefühle äußern soll. Es gibt keine richtigen oder falschen Antworten, aber dieses sogenannte projektive Testverfahren soll helfen, unbewusste oder verdrängte Gefühle deutlich zu machen.

bisherigen Lebenssituation. Und wenn sie sich an ihrem Mann nicht rächen kann, tut sie es an seinen Kindern. Das ist doch gar nicht so selten.«

»Ein Medea-Motiv? Sie tötet die gemeinsamen Kinder, um sich für seine Untreue und seinen Verrat zu rächen? Als Medea empfinde ich Rose Brunner nicht. Selbst in den Persönlichkeitstests sehe ich nichts in diese Richtung.«

»Nein – keine Medea. Rachegefühle sind nicht zu erkennen. Bei ihr überwiegt das Depressive, nicht das Aggressive oder der Hass. Trotzdem – ich halte sie im Kern für eine starke Frau, wenn auch mit vielen Widersprüchlichkeiten. Mich wundert trotz allem, dass sie so zusammengebrochen ist.«

Für einen Moment versandete das Gespräch etwas. Beiden war die Kluft zwischen der lockeren, flirtigen Atmosphäre, die zwischen ihnen herrschte, und dem Gesprächsthema, der psychischen Verfassung einer Mutter, die ihre drei Kinder umgebracht hatte, deutlich geworden. Auch der Wein zeigte erste Wirkung und dämpfte den Redefluss einen Moment lang. Für ein paar Sekunden herrschte Stille. Sie war nicht wirklich unangenehm, beiden nicht, aber in auffallendem Kontrast zu der vorher lebhaften Diskussion. Es war Blankenburg, der den Gesprächsfaden mit einer sachlich wirkenden Frage wieder aufgriff.

»Erinnerst du dich an den Fall Santana?«

Natürlich erinnerte sich Corinna Tarow. Er lag etwa zwei Jahre zurück und war ihre erste engere Zusammenarbeit und gemeinsame Untersuchung gewesen. Der Fall hatte in der Öffentlichkeit für erhebliche Aufregung gesorgt und die überregionale Presse angezogen, vom »Spiegel« aus Hamburg bis zu den Berliner Tageszeitungen. In einem Arbeiterviertel im Münchner Norden waren damals in einer Mülltonne zwei Kinderleichen gefunden worden, ein wenige Wochen alter Säugling und ein knapp zweijähriges Mädchen. Beide waren durch Gewalteinwirkung gegen den Kopf getötet worden. Die Kinderleichen hatten auch einige andere ältere Spuren von Misshandlungen aufgewiesen. Nach wenigen Tagen hatte die Polizei die Identität der Kinder sichern können. Sie gehörten in eine spanisch-marokkanische Familie, die drei Jahre zuvor nach Deutschland gekommen war und unter ungünstigen Verhältnissen lebte. Der Vater, ein ungelernter Arbeiter, hatte nie eine Stelle gefunden, die Mutter, bei der Geburt des ersten Kindes gerade siebzehn, war stundenweise putzen gegangen, bis sie ihr Mann zur Prostitution gezwungen hatte. Die Auseinandersetzungen zwischen den Ehepartnern hatten mehrfach die Nachbarn beunruhigt, die dann die Polizei alarmierten. Zwischenzeitlich waren die Kleinkinder bei einer Pflegefamilie gewesen, bis sie an ihre Eltern zurückgegeben worden waren, obwohl beide Kinder Zeichen der Verwahrlosung aufgewiesen hatten. Letztlich war das Jugendamt hilflos gewesen. Zunächst hatte man den bekannt gewalttätigen Vater unter dem Verdacht festgenommen, die Kinder getötet zu haben. Erst nach zwei Wochen hatte sich herausgestellt, dass die Mutter in ihrer Verzweiflung die Kinder getötet hatte. Sie hatte sich in der Zwischenzeit mit einem Albaner, den sie kennengelernt hatte, nach Spanien abgesetzt. Es dauerte fast ein halbes Jahr, bis sie dort entdeckt und ausgeliefert worden war.

Von der Boulevardpresse war sie rasch als herzlose Kindsmörderin gebrandmarkt worden, deren Kinder verhindert hatten, dass sie mit ihrem Liebhaber ein neues Leben beginnen konnte – ein ähnliches Motiv wie in dem spektakulären und bis heute umstrittenen Fall der Monika Weimar. Tatsächlich hatte einiges für diese Version gesprochen, die Verletzungen der Kinder, ihre Flucht und ihr anscheinend ungerührtes Verhalten nach dem Tod der Kinder. Corinna Tarow und Blankenburg waren damals mit der Begutachtung von Viola Santana beauftragt worden. Blankenburg hatte eine aus ungünstigsten Verhältnissen stammende, unreife Frau vorgefunden, die schon mit zwölf Jahren das erste Mal missbraucht worden war – was die Staatsanwaltschaft später aufs Heftigste in Frage gestellt hatte. Corinna Tarow hatte bei ihr einen niedrigen Intelligenzquotienten von wenig über 70, hart an der Grenze zur deutlichen Minderbegabung, gefunden. Viola Santana war Analphabetin, hatte nur drei Jahre eine Schule besucht. Vieles sprach dafür, dass es sich eher um eine ungeplante, aus einer nach einem Streit mit ihrem Mann eskalierten Erregung heraus verübte Tat gehandelt hatte. Blankenburg hatte es vor Gericht sehr schwer gehabt, seine fachlich begründeten Zweifel an einer vollen Schuldfähigkeit Viola Santanas verständlich zu machen. Das Echo in der Presse war zum Teil verheerend gewesen, was ihm sogar in der eigenen Klinik kritische Kommentare eingebracht hatte. Keller hatte genüsslich gelächelt, als der Direktor in der Morgenkonferenz den Fall kritisch resümiert hatte und später beiläufig, aber wiederholt von einem gutachterlichen Desaster gesprochen. Das war es natürlich nicht gewesen, sondern eben ein schwieriges Gutachten in einem schwierigen Fall. Letztlich war Viola Santana nicht wegen Mordes, sondern wegen Totschlags verurteilt worden. Die Staatsanwaltschaft war sofort in Revision gegangen. Bevor der Fall noch einmal neu verhandelt werden konnte, hatte sich Viola Santana, unter dem Druck des eigenen Gewissens oder zermürbt durch die ständigen Anfeindungen ihrer Mitgefangenen, in der Zelle erhängt. Die Presse war daraufhin umgeschwenkt und hatte von einem tragischen Familiendrama geschrieben. Blankenburg und Corinna Tarow war der Fall in lebhafter und unangenehmer Erinnerung geblieben.

»Natürlich. Fürchtest du ein ähnliches Pressefeuerwerk wie damals?«

Blankenburg zuckte mit den Achseln. Er war seinerzeit sogar nachts zu Hause von Reportern angerufen worden. Noch unangenehmer waren einige anonyme Drohungen gewesen, die Vera zu hysterischen Wutanfällen veranlasst hatten. Ihre Beziehung war damals schon in einer Krise gewesen und bald danach zerbrochen.

»Ich weiß nicht. Mich haben schon wieder die üblichen Verdächtigen angerufen. Ob ich Auskunft geben oder einen kurzen Blick in die Unterlagen gewähren könnte. Einer hat mir durch die Blume sogar Geld angeboten. Ich habe natürlich sofort aufgelegt.«

»Schweinerei.«

»Klar. Aber Sorgen macht mir eher, wie wir unsere Befunde vor Gericht darstellen können.«

»Welche Motive mögen eine Rolle gespielt haben?«

»Das zu beurteilen ist eigentlich Sache des Gerichts.«

Blankenburg spielte darauf an, dass viele Richter die Beurteilung eines Tatmotivs als ihr ureigenstes Recht und Aufgabe ansahen und sehr allergisch darauf reagierten, wenn sich Sachverständige zu dieser Frage äußerten. Streng genommen war es Sache der Gutachter, etwas zur Frage einer möglichen psychischen Störung zu sagen, nicht aber Tatumstände und Beweise zu würdigen. Es blieb jedoch in vielen Fällen nicht aus, dass ein Gutachter diese Tatumstände bei seinen Schlussfolgerungen mit berücksichtigen musste. Konflikte vor Gericht waren dann vorprogrammiert. Auch Blankenburg war dies schon passiert.

»Ich glaube an eine Verzweiflungstat im engeren Sinne. Die Kombination von Einsamkeit, Schulden, Sorgen und schließlich Angst um die eigene Gesundheit war im wahrsten Sinne des Wortes tödlich.

»Gehst du von einer völligen Aufhebung der Steuerungsfähigkeit, also von Schuldunfähigkeit aus, oder war sie bei Rose Brunner nur vermindert?«

»Das ist die Frage. Wir wissen nicht wirklich, wie ihre Verfassung in den letzten Stunden war.«

»Verzweifelt, mürbe, depressiv.«

»Ohne Frage. Außerdem war sie erheblich angetrunken und voller Medikamente, das dürfen wir nicht vergessen. Sie war fertig. Eine lange Anspannung, Sorgen, die sie nur noch mit größter Kraftanstrengung getragen hatte. Dann die Angst vor einer tödlichen Erkrankung und alles bricht zusammen. Selbstmord wird eine realistische Möglichkeit. Aber war er für sie in diesem Moment auch die einzige? Hatte sie noch einen eigenen Willen oder war dieser depressiv-psychotisch, nicht mehr frei? Hat sie noch abwägen können, war die Tat geplant oder war der Entschluss, die Kinder mitzunehmen, Ausdruck und Ergebnis ihrer plötzlichen psychischen Krise?«

»Wie siehst du den Abschiedsbrief?«

Wieder zuckte Blankenburg mit den Achseln. »Schwer zu sagen. Es sind ja nur ein paar Zeilen.«

»Er liest sich auch gar nicht wie ein richtiger Abschiedsbrief.«

»Ich weiß nicht. Eher nicht. Vielleicht hatte sie auch dazu keine Kraft mehr. Oder sie war sich doch noch nicht sicher und hat deswegen nach wenigen Worten abgebrochen – was dafür sprechen würde, dass sie doch abwägen konnte. Das Ganze bleibt unklar.«

»Für die eigentliche Tat hat sie eine Erinnerungslücke. Nimmst du ihr diese Amnesie ab?«

Blankenburg griff zum Glas. Der Rotwein lag ihm sanft auf der Zunge und perlte langsam Richtung Speiseröhre. »Vieles spricht dafür. Sie war tief bewusstlos, fast tot, als sie gefunden wurde. Das allein reicht schon als Erklärung. Der Blutverlust war enorm. Dazu kommt das Schockerlebnis, ihr psychischer Ausnahmezustand … doch, ich glaube ihr.«

»Ich auch. Irgendwie wirkt sie dem Ganzen gegenüber immer noch ratlos, ehrlich erschüttert. Sie hat enorme Schuldgefühle, jeder hat das gespürt. In den Tests beschreibt sie sich auch tief depressiv.«

»Kein Wunder.«

»Nein, sicher nicht.«

»Vielleicht ist diese Unsicherheit, nicht zu wissen, was genau sie gemacht hat und warum, das Schlimmste.«

»Ich denke, die Erinnerung würde sie sonst töten.«

»Also ist sie doch noch selbstmordgefährdet?«

»Auszuschließen ist das bestimmt nicht.«

Die Stimmung am Tisch hatte sich etwas verdüstert. Das Thema war zu bedrückend. Beide waren in Gedanken in der Starnberger Fichtenstraße und glitten mit ihrem inneren Auge durch die nächtliche Wohnung Rose Brunners, die sich in ein Totenhaus verwandelt hatte, während die Schwiegereltern unten geschlafen hatten. Als die Schwiegermutter von ihren morgendlichen Schmerzen geweckt worden war, war alles schon geschehen. Nur Rose Brunner hatte noch gekämpft, blutend in der Badewanne liegend und schon bewusstlos über dunklen Wassern kreisend. Es war Corinna Tarow, die den Blick noch einmal auf einen anderen Sachverhalt lenkte.

»Vielleicht noch eins. Hast du mit ihr noch einmal über die Vorstrafe wegen Betrugs gesprochen?«

Blankenburg atmete tief durch. »Ich habe es versucht. Sehr erfolgreich war ich nicht. Vielleicht sollte ich noch einmal nachfassen. Sie ist sehr kurz angebunden gewesen, als ich das angesprochen habe, und eigentlich bei ihrer Darstellung in den Akten geblieben.«

»Sie hat sich also wieder als halbes Opfer dargestellt?«

»So ungefähr. Ein ihr kaum bekannter Geschäftsmann, dem sie vertraut hat und der mit den Geldern verschwunden ist.«

»Glaubst du ihr das?«

»Nein.«

»Ich auch nicht. Und was hat sie mit dem Geld gemacht?«

»Schwer zu sagen. Die Polizei hat keine Anhaltspunkte dafür gefunden, dass sie einen Hintermann hatte oder das Geld gebunkert hat. Wahrscheinlich hat sie es einfach ausgegeben. Drei Kinder kosten Geld. Vielleicht hatte ihr Ehemann auch zumindest teilweise recht, als er sagte, sie könne nicht mit Geld umgehen.«

»Möglicherweise. Auf mich wirkte sie zwar nicht so, aber das ist schwer zu beurteilen.«

»Rechnen kann sie jedenfalls prima«, sagte Corinna Tarow. »Ein sogar überdurchschnittlich gutes Rechenvermögen und Zahlenverständnis in allen leistungsbezogenen Tests.«

»Gut rechnen heißt noch nicht, mit Geld umgehen können.«

»Das stimmt. Ob sie verschwenderisch oder wenigstens leichtsinnig war, ist damit nicht ausgeschlossen. Wie gesagt, eine gewisse Ungenauigkeit in der Wahrnehmung, eine starke Gefühls- und Stimmungsabhängigkeit sind augenfällig.«

»Mit anderen Worten, eine Frau«, stichelte Blankenburg.

»Arschloch.«

»Wenn schon, Dr. Arschloch, so viel Zeit muss sein.«

Der schwache Scherz hatte die Atmosphäre zwischen ihnen gelockert. Corinna Tarow lächelte, die Anspannung wich aus ihren Schultern und sie lehnte sich zurück. Jetzt nahm auch sie einen Schluck Wein.

Das Gespräch glitt in andere Bahnen. Bereitwillig nahmen sich beide des aktuellen Kliniktratsches an, dem neuen Privatassistenten, den sich der Direktor auf seine Station geholt hatte, fachlich unerfahren, aber immer topp gekleidet und eine Augenweide für die Privatpatientinnen in ihrer Depression, schließlich dem Dauerthema »Wer wird was?«, das um Keller und seine Konkurrenten kreiste.

»Und was wird aus uns?«, fragte Corinna Tarow unvermittelt.

Für einen Moment schwieg Blankenburg überrascht. Mit einem einzigen Satz hatte sie die Zeit zurückgedreht.

»Du hast das ›Cathouse‹ nicht vergessen?«

»Natürlich nicht!«

»Du hast nie wieder davon gesprochen.«

»Musste ich? Du hast ja auch nicht davon gesprochen!«

»Ich war mir unsicher.«

»Das bist du immer.«

»Woher willst du das denn wissen?«

»Markus! Ich bin Psychologin!«

»Und ich Psychiater! Was nutzt einem das in eigener Sache?«

»Im Zweifelsfalle nichts.«

»Außerdem sitze ich hier nicht in erster Linie mit einer Psychologin zusammen.«

»Nicht?«

»Nein. Wir sind hier in einem italienischen Lokal zum Abendessen verabredet, du sitzt hier als Corinna Tarow. Ich will präzise sein: Wir haben gerade ein Date!«

Corinna lächelte. »Da hast du recht.«

Blankenburg fühlte eine zuvor vermisste Energie, sein Herz schlug etwas schneller. Er war sich plötzlich sicher, nicht noch einmal im entscheidenden Moment einen Schritt zurückmachen zu wollen. Aber nicht er ergriff das Wort, sondern sie.

»Markus, wenn du nicht irgendwann anfängst, ehrlich zu sein, auch zu dir selbst, was deine Erwartungen, deine Absichten angeht, wie soll ich schlau aus dir werden? Du versteckst dich hinter einer charmanten Fassade, aber wer du bist, das weiß ich nicht wirklich. Oder soll ich dir erst meine Fragebögen vorlegen, damit ich das herausfinde?«

»Touché«, sagte er, und nach einer Weile: »Gib mir eine Chance.«

»Die hast du.«

»Danke. Also her mit den Fragebögen.«

Corinna Tarow schnaubte verächtlich. »Genau das meinte ich.«

»Entschuldige. Ich meine es ernst.«

»Dann beweise es mir.«

Typisch Frau, dachte Blankenburg, war aber schlau genug, dies nicht zu sagen. Stattdessen begann er von seinem Sohn zu erzählen, den er vermisste. Im Winter wollte er ein paar Tage mit ihm Skifahren gehen. Corinna Tarow hörte schweigend zu. Sie fragte nicht nach, auch nach Vera nicht, obwohl sie spürte, dass dieses Kapitel für ihn noch nicht abgeschlossen war. Blankenburg streifte sie nur am Rande. Es fiel ihm schwer, darüber zu sprechen, Corinna Tarow spürte das. Es war ein Anfang. Nach einer Weile trat der Kellner leise an den Tisch. Die Rotweinflasche war fast leer.

»Letzte Chance für ein Dessert, Signore.« Er reichte ihnen noch einmal die Karte.

Hunger hatte Corinna Tarow nicht mehr. Blankenburg versuchte dennoch, ihr den Mund wässrig zu machen. »Sein Tiramisu ist fantastisch.«

»Ich weiß nicht.«

»Oder gemischte Früchte mit Mascarponecreme?«

»Eigentlich bin ich satt.«

»Dann lass uns gehen.«

Zu Fuß schlenderten sie einige Minuten am See entlang, bis Blankenburg plötzlich anhielt.

Corinna Tarow sah ihn ratlos an. »Wo sind wir?«
Blankenburg lächelte. »The best place in the world«, meinte er. »Komm.«
Er schob das kleine Tor auf. Das Bootshaus lag im Dunkeln, der schmale Weg dorthin war kaum zu erkennen. Das Grundstück war kaum mehr als drei Meter breit, eine große Kastanie auf halbem Weg nahm viel Raum ein und war nur schwer zu umwinden. Der Schuppen war leer, kein Boot darin. Blankenburg machte Licht. Das dunkle Wasser klatschte träge an die Bretter. Er führte Corinna auf den kleinen Steg, der vor dem Boothaus einige Meter in den See ragte. Das Ufer war nicht zu sehen, die Schwärze des Wassers war grenzenlos. Der Geruch des Sees wehte zu ihnen herüber. Die Luft war kühl. Irgendwo im Schilf raschelte ein Tier.
»Hier gibt es noch Leguane«, meinte Blankenburg.
»Wie bitte?«
»Nur ein dummer Schmerz.«
»Markus. Lass die Witze. Es ist schön hier, aber kalt.«
»Da gibt es Abhilfe.«
»Was schlägst du vor?«
Er nahm Corinna fest in den Arm und küsste sie.
»Reibungswärme«, sagte er, und sie hielt still.

Fels saß noch spät am Schreibtisch. Die Tote aus der Isar forderte jetzt alle Kraft. Die Ermittlungen waren in einem kritischen Stadium. Ihr Liebhaber war der Hauptverdächtige, aber es war nicht klar, ob hier wirklich eine Beziehungstat vorlag. Vielleicht war sie auch ein Zufallsopfer gewesen, eine gescheiterte Vergewaltigung zum Beispiel war nicht völlig auszuschließen. Da lag noch viel Arbeit vor ihnen. Übersehene Spuren, vergessene Zeugen, unklare Alibis. Er blätterte gerade in den Vernehmungsprotokollen, als Krebs mit einer späten Tasse Kaffee zu ihm ins Büro trat.
»Du ruinierst dir noch den Magen, Kaffee um diese Zeit«, sagte Fels.
»Mein Magen ist bayerisch und daher robust, er verträgt alles außer Diät und schlaflos werde ich auch nicht. Spricht also nichts gegen ein bisschen Koffein zur Nacht.«
»Was machst du denn noch hier?«
»Dasselbe könnte ich dich fragen.«
»Die Isarleiche. Ich habe das Gefühl, mit diesem Fall kommen wir nicht voran.«
Krebs nickte.
»Stimmt. Traublinger hat heute seinen Abschlussbericht geschickt. Dort steht allerdings auch nichts Neues drin.«
»Deswegen gehe ich die Akten noch mal durch.«
Eine kurze Pause entstand.

»Ich habe vorhin einen seltsamen Anruf von der Polizei in Starnberg bekommen.«

Fels sah von seinen Papieren auf. »Ach was. Der Brunner-Fall?«

»Nicht direkt. Du erinnerst dich an den Nachbarn Fischer, der die Leichen gefunden hat? Er ist mit dem Wagen schwer verunglückt, an der Uferstraße von der Fahrbahn abgekommen und gegen einen Baum geprallt. Er hat schwere Verletzungen, sieht nicht sehr gut aus.«

»Hat das mit dem Fall zu tun?«

»Wahrscheinlich nicht. Es gibt die Aussage eines Radfahrers, nach der Fischer von einem entgegenkommenden Geländewagen geblendet und von der Fahrbahn gedrängt worden ist. Der Radfahrer war aber zu weit weg und der Jeep zu schnell, als dass er Autokennzeichen oder wenigstens den Wagentyp genau nennen konnte. Die Polizei vor Ort hat sich die Bremsspuren angesehen und hält die Version des Zeugen zumindest für denkbar.«

»Seltsam. Tragisch auch, ich hatte das Gefühl, Fischer sei ein einsamer und trauriger Mann. Er ist ja lange verwitwet. Immerhin, bei meinem letzten Besuch habe ich zufällig seinen Sohn getroffen, der ihn besuchen wollte. Weiß man, wohin Fischer wollte? Vielleicht war er auf dem Weg zu seinem Sohn.«

»Der wohnt aber an einer anderen Ecke des Sees. Letztlich ist unklar, wohin Fischer wollte. Komisch ist die Sache ja nur wegen dieses anonymen Schreibens.«

»Mit der Leiter? Das halte ich für Spinnerei. Wir haben die Leiter genau untersucht, an ihr befinden sich keine besonderen Spuren. Ich halte das für Zufall. Über der Fichtenstraße scheint kein guter Stern zu stehen. Hast du noch Lust auf ein Bier?«

Krebs lachte. »Na gut, dann aber schnell. Meine Frau wartet seit Stunden mit dem Essen auf mich.«

Jetzt hat es auch Fischer erwischt. Die Polizei weiß nichts. Die Stimmen haben mich gewarnt. Ich muss vorsichtig sein. Keiner darf mich sehen. Ich bin in großer Gefahr, alle sind das. Sie haben mich immer gewarnt. Aber ich bin bewaffnet. Ich muss mich schützen. Das Messer habe ich immer bei mir.

18. Kapitel

Rose hatte wieder kaum schlafen können. Ihre angeblich schlaflose Zimmernachbarin schnarchte weiter wie eine rostige Dampflokomotive, wahrscheinlich unter dem Einfluss diverser Schlafmittel, die sie bei jeder Visite den Ärzten abringen konnte. Sie jammerte so lange, bis diese nachgaben und resignierend, trotz warnender Blicke der Schwestern, die es besser wussten, in die Kurven weitere Verordnungen eintrugen. Sie taten das, obwohl der depressive Hunger auf Medikamente weiter wachsen würde. Aber das war nicht der Grund für Roses Wachheit. Sie fürchtete sich viel mehr vor ihren eigenen Träumen, die verstörend waren, chaotisch und voller Ängste, oft roh und blutig. Ihre Kinder sah sie nie tot, aber in großer Gefahr. Etwas Böses lauerte in ihren Träumen und wenn sie aufwachte, hatte sie Angst, selbst das lauernde Tier, die Bestie mit den scharfen Krallen, gewesen zu sein. Ich, ich war es, die Erkenntnis traf sie dann jedes Mal wie ein Schlag, verursachte ihr Übelkeit und den Wunsch, nie mehr zu erwachen. Sie dachte zwar nicht an Selbstmord, war jedoch dem Leben gegenüber gleichgültig geworden. Am nächsten Tag war eine neue Untersuchung wegen ihrer Brustoperation angesetzt worden, aber die Ergebnisse waren ihr egal. Es kümmerte sie nicht mehr.

Dazu kamen die Schmerzen von den nur langsam abheilenden Verletzungen an den Handgelenken. An die Einschränkungen, die damit verbunden waren, hatte sie sich langsam gewöhnt. Etwas Kraft hatte sie zurückgewonnen. Am Anfang hatte ihr selbst das Halten von Besteck Probleme bereitet. Dies war jetzt besser. Essen mochte sie trotzdem nicht viel.

Darin war sie Anna ähnlich, die allerdings noch weniger aß als sie. Sie war ihre einzige Freundin auf Station. Ihre Weigerung, etwas zu essen, war ganz anders motiviert. Rose hatte keinen Hunger. Bei Anna hatte das Hungern etwas Selbstzerstörerisches und gleichzeitig Genussvolles. Ein paar Mal hatte sie versucht, mit Anna darüber zu reden. Sie mochte das Mädchen und wollte ihm helfen, aber Anna hatte rasch abgeblockt. Ihrer Freundschaft hatte das keinen Abbruch getan und abends, wenn die Ärzte gegangen waren, saßen sie zusammen, verkrochen sich auf der Station in eine Ecke, rauchten oder lachten über albernes Zeug, das sie in den herumliegenden Zeitschriften gelesen hatten. Manchmal lästerten sie auch über einige der Ärzte und Psychologen. Anna empörte sich über einen Psychologen, der sie penetrant nach ihrer Mutter fragte, die seit Jahren in dritter

Ehe mit einem Börsenmakler zusammenlebte, nachdem sie ihren Vater, der eine Autowerkstatt betrieben hatte und früher bei der Feuerwehr gewesen war, für einen Rechtsanwalt und diesen für das vermeintlich große Geld verlassen hatte. Ihr Vater hatte die Stelle bei der Feuerwehr aufgegeben und einen langweiligen Bürojob mit geregelten Arbeitszeiten gesucht, um sich mehr um seine Tochter kümmern zu können. Ihre Mutter hatte sie zuletzt vor sechs Wochen besucht und war ihr gleichgültig, eine eingebildete Kuh ohne Manieren. Ihr Vater war ganz anders, sie hing an ihm und er besuchte sie regelmäßig. Aber auch seine Nähe ertrug sie nicht oft. Sie wusste, dass ihr Anblick, die eingefallenen Wangen, die Infusionsschläuche, mit denen sie herumlief, ihn krank machten und sie hätte ihm gern diese Last genommen, aber der Gedanke an Essen war für sie so abstoßend und hatte sich gleichzeitig so besitzergreifend in ihrem Kopf eingenistet, dass nichts ihn vertreiben konnte. Der Hunger war zu ihrem Lebensinhalt geworden, der Motor, der sie trieb. Nach ihrem Vater fragte der Psychologe nie und sie wusste ganz genau, dass in seiner Vorstellungswelt der Feuerwehrmann neben der geltungsbedürftigen Mutter, deren Leben sich zwischen Partys und Golfplatz abspielte, keinen Platz hatte. Er interessierte sich nur für ihre Beziehung zur Mutter, nicht für das andere, was sie am Leben gehalten hatte über viele einsame Jahre, und dafür verachtete sie ihn. Er würde sie nie kennenlernen, weil er sich nicht für sie interessierte, sondern sie als Fall sah und seinen Theorien nachhing. Ein eingebildeter Wichser, dachte sie.

Rose war ganz anders als ihre Mutter, aber sie wusste nicht, inwiefern. So nahe waren sie sich noch nicht gekommen. Sie hatte ihr auch nur wenig von ihrer Familie erzählt. Umgekehrt hatte ihr Rose auch nicht erklärt, warum sie in die Klinik gebracht worden war. Ihr war klar, dass etwas Schreckliches passiert sein musste, es gab Gerüchte auf Station, eine Schwester hatte sich verplappert und irritierende Andeutungen gemacht. Auch dieser seltsame Oberarzt, der ihr nie ins Gesicht sah und sich immer an der Wand entlangdrückte, hatte einmal komisch nachgefragt, wann die Mörderin endlich von der Station verschwinde. Das war nicht für ihre Ohren bestimmt gewesen, aber sie hatte es mitbekommen. Sie bekam überhaupt alles mit, dazu war sie zu lange in der Klinik und zu intelligent. Der Assistent, an den Keller die Frage gerichtet hatte, hatte nur mit den Achseln gezuckt und gemeint, das liege an Blankenburg.

Rose eine Mörderin? Das passte überhaupt nicht, so viel wusste sie. Aber ihre dunkle Seite hatte ihr Rose auch noch nicht gezeigt. Es gab eine unausgesprochene Übereinkunft zwischen ihnen, darüber nicht zu reden.

Beim Frühstück tranken beide Kaffee. Rose sah schlecht aus. Anna hatte schon eine halbe Stunde Gymnastik gemacht und nach ihrer Rechnung dabei 180 Kilokalorien verbrannt, zu wenig, um sich ein Brötchen leisten zu können. Stattdessen löffelte sie einen Joghurt. Es fiel nicht weiter auf, wenn sie nur ein Viertel aß. Der Rest wurde weggeschmissen.

Sie schwiegen, was kein Problem für sie beide war. Reden mussten sie heute noch genug, mit ihren Therapeuten oder Gutachtern.

»Ich muss hier raus«, sagte Rose.

»Kein Problem«, erwiderte Anna.

»Wirklich? Hier ist alles doppelt gesichert.«

»Kein Problem«, wiederholte Anna, »sag Bescheid, wenn du es wirklich möchtest.«

Etwas Wunderbares war geschehen. Es war toll gewesen, erregend, noch besser, als er es sich überhaupt vorgestellt hatte, wenn er sich überhaupt getraut hatte, so weit zu denken. Ich bin neu geboren. Corinnas blondes Haar ergoss sich wie Morgensonne über das Kissen. Sie ist so schön, dachte Blankenburg, ein Wunder, dass ich sie erobert habe. Dieser Gedanke entsprach nicht ganz den Tatsachen. Nach dem sogenannten Arbeitsessen und dem Aufenthalt am Bootshaus war Corinnas Vorschlag, den Abend bei ihr ausklingen lassen, für ihn letztlich doch überraschend gekommen. In ihrer Einfachheit hatte der Vorschlag einen Aufforderungscharakter getragen, dem kaum ein Mann, erst recht nicht jemand mit Blankenburgs verschämter Hoffnung auf Annäherung, hätte widerstehen können. Da er die bei seinen Kollegen, insbesondere denen mit hohen wissenschaftlichen Ambitionen, häufig auftretende Eigenschaft des asketisch anmutenden Sich-Versagens, der Hinwendung zu hohen und höchsten Arbeitsidealen und Zielen nicht ausreichend teilte, war er keine Sekunde in Verlegenheit gewesen, Corinnas Angebot abzulehnen.

Sie hatten sich ein Taxi gerufen, weil beide den Rotwein spürten. Während der Fahrt hatte er ihre Hand gehalten, kurz auch ihr Knie berührt, dann umfasst, ohne dass sie irgendeine Regung gezeigt hätte. Hier war schon alles klar gewesen. Trotzdem war er aufgeregt gewesen, nervös und hatte vorbeugend etwas Unsicheres wie »Das erste Mal setzt man ja leicht in den Sand« gemurmelt, aber Corinna hatte nur gesagt »Du bist süß« und ihn, als sie in ihrer Wohnung gewesen waren, in ihr Bett gezogen. Alles andere war wie Mozart gewesen, leicht, verspielt, natürlich und ohne jede Mühe. Sie hatten sich mehrere symphonische Höhen gegönnt, ohne dass der Brunello zu Einschränkungen geführt hatte, was einmal mehr die janusköpfige Eigenschaft des Alkohols bewies, je nach innerer Verfassung mal diese, mal jene Stimmung zu verstärken. In diesem Fall schwang das Pendel erfreulicherweise zu einer glückhaft dionysischen Stimmungslage. Als er dann doch im Verlauf der Nacht zu einer gewissen physischen Schwäche neigte, die ihm vielleicht an anderer Stelle unangenehm gewesen wäre, hatte Corinna ihn durch eine überraschende Berührung ihrer unerwartet kühlen Lippen wieder zu neuer Leidenschaft zurückgeführt. Blankenburg erinnerte ihre helle, kühle Haut an Elfenbein.

Eine perfekte Liebesnacht, dachte er und blickte noch einmal auf die schlafende Corinna. Sie war schön, sie war klug, sie war perfekt, er war glücklich und verliebt. Für ihn gab es keine Zwischentöne.

Für Corinna, die in diesem Moment die Augen aufschlug, schon. »Du schnarchst«, sagte sie lächelnd.

»Ich habe gar nicht geschlafen, sondern dich bewundert. Ich kann gar nicht geschnarcht haben.«

»Klar schnarchst du.«

»Du warst wunderbar. Ich bete dich an.«

»Hör auf, wie sind hier nicht in einem Liebesroman.«

»Kann aber noch werden.«

»Würde mich freuen.«

»Wirklich?«

»Psychologinnen lügen nicht.«

Fünf Minuten später war er unter der Dusche. Zehn Minuten später warf er einen hungrigen Blick in ihren Kühlschrank. Corinna hatte Kaffee aufgesetzt. Sie spürte ein leichtes Ziehen im Hinterkopf, Spätfolge einer kombinierten Schädigung, Brunello plus Schlafentzug. Das kannte sie. Kaffee und Aspirin halfen da immer. Sie nahm gleich zwei. Der Schmerz kümmerte sie nicht weiter. Nicht nur Blankenburg hatte sich verliebt.

Der Blick auf die Uhr sagte ihm, dass er die Morgenbesprechung und schon die erste Arbeitsstunde verpasst hatte. Es war ihm gleichgültig. Dies war einer der wenigen Tage, an denen Olympia vor ihm da sein würde. Als er ins Büro kam, hatte sie schon Kaffee aufgesetzt, den er gerne nahm. Heute war einer der Tage, wo es nur darum ging, im Dienst zu überleben.

Das Telefon klingelte.

»Wo warst du heute Nacht?«

Es war Vera. Ihre Stimme hatte einen frostigen Unterton. Die Liebesnacht war zu Ende.

»Eine überraschende Dienstreise. Du nimmst doch sonst auch keinen Anteil an meinem beruflichen Alltag.«

»Mehr als du denkst. Es dürfte dich interessieren, dass dein Sohn wieder eine Sechs in Französisch hatte, plus jeweils eine Fünf in Mathe und Physik. Ich bin mit meinem Latein am Ende. Ich denke, du solltest dich der Sache verstärkt annehmen.«

Alles hatte ihn wieder, seine verkorkste Ehe, die Schulsorgen seines Sohnes – der Alltag. Einige der Schwingungen, die ihn in der letzten Nacht bewegt hatten, versuchte er festzuhalten wie eine Melodie, die man nicht mehr aus dem Kopf bekommt, aber auf einen Schlag rückte Corinna in den Hintergrund und er war unsicher wegen des Geschehenen.

»Ich kümmere mich heute Nachmittag darum. Ich bin im Moment in einem schwierigen Gespräch und melde mich nachher.«

Das war gelogen. Das schwierige Gespräch stand ihm erst bevor, natürlich mit Rose. Es ging um ihre Vorstrafe. Das Thema hatte er zurückgestellt, um die brüchige Vertrauensbasis, die sie sich aufgebaut hatten, nicht wieder zu zerstören. Er musste die Untersuchung bald abschließen. Die Kollegen, vor allem Keller, mahnten jeden Tag wegen des von Rose Brunner belegten Bettes und der langen Warteliste der Klinik. »Wenn da was passiert, das ist allein deine Verantwortung ...«

Er hatte Hunger. Die Suche in Corinnas Kühlschrank hatte sich als erstaunlich ergebnislos erwiesen. Sie hatten sich einen Joghurt geteilt, ohne Geschmack, sicher gesund. Er hasste so etwas. Er ging in die Cafeteria und kaufte sich zwei fett mit Butter bestrichene Brezen.

Keller trat hinter ihn. »Hallo, wir haben dich bei der Morgenkonferenz vermisst, der Chef hat extra nach dir gefragt. Sag mal, wegen der Patientin Brunner, dein Spezialgutachten, wie lange bleibt die eigentlich noch? Für das Stationsklima ist das bei der Vorgeschichte eine schwere Belastung und auch ich meine ...«

Blankenburg beschloss, die Brezen in seinem Büro zu essen. Dort warteten Olympia und ihr seltsam fad schmeckender Kaffee.

»Vietnamesische Kaffeebohnen, extra im Ökoladen gekauft. Ohne jede Zusätze.«

Blankenburg war Vietnam als Lieferant für Kaffee bislang nicht aufgefallen, und er bezweifelte, dass hier ein großes Potenzial lag. Olympia hatte ein feines Gespür für seine Stimmungen und beschloss, obwohl er nichts sagte, zukünftig wieder auf klassische Anbaugebiete zu setzen. Dafür würde ihr Chef auch weiterhin temporäre Verspätungen im Zeitraum von Montag bis Freitag tolerieren, da war sie sich sicher.

Nach den Brezen und dem vietnamesischen Kaffee, dessen belebende Wirkung bei Blankenburg moderat ausfiel, fühlte er sich besser. Er ging die Akten zu Roses Verurteilung wegen Betrugs durch.

Die Sache lag jetzt knapp zwei Jahre zurück. Rose hatte angeblich im Auftrag einer Immobilienfirma Gelder für kurzfristige Anlagen gesammelt und dabei eine astronomisch hohe Verzinsung von zwanzig Prozent für wenige Monate geboten. Damit sollten Wohnungen und Häuser, die wegen Krediten, die nicht mehr bedient werden konnten, unter Wert gehandelt wurden, zu Tiefstpreisen gekauft und weiterverschachert werden. Nach einigen Monaten war alles wie ein Kartenhaus zusammengefallen. Rose hatte nur einen Bruchteil des Geldes zurückzahlen können. Sie war hartnäckig bei ihrer Version geblieben, dass ein Hintermann, auf den sie selber reingefallen war, sie betrogen hatte. Nur war dieser Dr. Werner unsichtbar geblieben, vermutlich, weil es ihn nicht gab. Die Spur des Geldes hatte sich über mehrere Kontobewegungen irgendwo in Richtung Schweiz verloren. Rose war bei der Verhandlung zäh bei ihrer Version der Geschichte geblieben und nur mit viel Glück mit einer Bewährungsstrafe davongekommen. Wahrscheinlich hatte das Gericht ihre desolate familiäre Situation und die drei unversorgten kleinen Kinder berücksichtigt.

Der juristische Hintergrund interessierte Blankenburg wenig. Wichtig war Roses Persönlichkeit. Sie irritierte Blankenburg. Eine Betrügerin, ganz klar. Betrüger machten es einem nie einfach. Erst betrügen sie sich, dann andere, dann das Gericht, wenn nötig auch den Gutachter, falls der bemüht wird. Ausflüchte, Verwechslungen, Pech, man sei selbst getäuscht worden. Blankenburg hasste diese Fälle. Meist ergaben seine Untersuchungen wenig und hinterließen das Gefühl, auch nur wieder getäuscht worden zu sein. Glauben Sie, noch einmal denselben Fehler zu machen? Nie, Herr Doktor. Das war doch alles nur ein dummer Zufall. Dabei hat der Betrüger schon den nächsten dummen Zufall im Gepäck, einen Plan, diesmal aber raffinierter.

Bei Rose Brunner war das anders. Er hatte genau zugehört, als Corinna ihm ihre Befunde erläutert hatte. Nichts sprach bei Rose für eine stark unüberlegte Persönlichkeit. Sie hatte Pech gehabt, aber sie wusste, was sie tat. Blankenburg schien die Gerichtsakte etwas lieblos, das Gericht hatte sich in seiner Urteilsbegründung nicht viel Mühe damit gemacht, die Hintergründe zu beleuchten. Die Suche nach dem Verbleib des Geldes war erfolglos geblieben, Mittäter waren nicht zu ermitteln, mildernde Umstände aus den genannten Gründen. Dass Rose Brunner den Schaden nie würde gutmachen können, war klar.

Das Telefon läutete.

»Blankenburg.«

»Du warst wunderbar.« Corinnas Stimme war samtweich.

Ich spinne, sagte er sich. Aber ich spinne gerne. Rose Brunner trat weit, weit in den Hintergrund.

»Heute Abend mehr!«, sagte er.

»Du hast vergessen, ich fahre zwei oder drei Tage zu meiner Mutter. Sie kommt heute aus dem Krankenhaus.«

Er hatte es tatsächlich vergessen. Corinnas Mutter hatte der Chirurgie ihre Gallenblase geopfert und deswegen Corinna gebeten, wenigstens über das Wochenende zu ihr nach Schwaben zu fahren. Blankenburg spürte eine leichte Enttäuschung, aber sie wurde rasch weggetragen von dem Gefühl, dass Corinna jetzt ihm gehörte. Dabei war noch nichts gewonnen, das spürte er, wollte es aber gar nicht wissen, zu stark waren seine Empfindungen. Mann, ist das alles lange her, dass ich mich so gefühlt habe.

»Schade. Dann bis zum Wochenende.«

»Gern.«

»Corinna?«

»Ja?«

»Ich …«

»Sag es nicht.«

»Warum?«

»Weil es zu früh ist.«

»Für mich nicht.«

»Für mich schon. Und für dich sicher auch. Trotzdem, es war wunderbar.«

»Ich freue mich auf dich.«

»Ich mich auch.«

»Gute Fahrt.«

Noch fast eine Minute hielt Blankenburg den Telefonhörer in der Hand. Dann legte er auf. Sein Blick glitt durch das kunstvoll vergitterte Fenster in den Garten, in den wolkigen Himmel, in die Seelenfinsternis der eigenen Sehnsucht, die alles andere betäubte. Er schloss die Augen.

19. Kapitel

Auf der Harley wurde ihm allmählich zu kalt. Auch tagsüber war es jetzt nicht mehr warm genug für das Motorrad. Der Fahrtwind legte sich trotz Lederkleidung wie eine eisige Haut um ihn. John Brunner schimpfte in sich hinein. Die Harley war wunderbar für warme Sommernächte und den Beachclub am Seeufer, da ging immer was. Jetzt war es dafür zu kalt, aber er hatte kein Auto, weil er es sich nicht leisten konnte. Auto und Harley zusammen ging einfach nicht. Eigentlich ging auch die Harley nicht, aber die musste einfach sein.

Er war guten Mutes – vielleicht änderte sich jetzt alles. Der Anruf war überraschend gekommen, mein Gott, endlich eine Chance. Darauf hatte er gewartet. Niemand traute ihm etwas zu, früher schon seine Eltern nicht, dumme Spießer, man sah ja, was aus denen geworden war, Rose erst recht nicht. Sie war sowieso der größte Fehler gewesen. Im Jachtclub hielten sie auch nicht viel von ihm. Er musste da weg. Das musste jetzt klappen und es würde auch klappen.

Es war schon seit Stunden dunkel. Sicherheitshalber parkte er die Harley etwas abseits, obwohl der Parkplatz des Jachtclubs jetzt fast leer war, zwei BMW-Jeeps, ein Porsche und ein S-Klasse-Mercedes, mein Gott, wie er diese Typen hasste. Es musste ja keiner wissen, dass er um diese Zeit noch einmal im Jachthafen war.

Ein kalter Wind wehte über den See. Die Masten der wenigen Boote, die noch im Jachthafen lagen, bewegten sich leicht. Irgendwo schnatterte eine Ente. Kurz darauf flogen einige Vögel auf. Dann war es wieder still. Zu sehen war niemand. Wenigstens er war pünktlich. John Brunner sah sich um. Der Jachtclub lag fast hundert Meter hinter ihm. Sie hatten eine große Jacht als Treffpunkt ausgemacht, die einem Münchner Unternehmer gehörte, der mit Computerchips handelte. Das Boot war viel zu groß für den See, eine Mittelmeerjacht, wahrscheinlich auch für eine Atlantikquerung gut genug. Sie hatte sogar Radar. Reine Angabe, dachte John Brunner. Zwei Mal im Jahr lud der Unternehmer Freunde und vor allem Geschäftspartner auf die Jacht ein und feierte groß mit ihnen. Lauter Promis, selbst Bruckmeier war froh gewesen, eine Einladung zu bekommen. Eine gewisse Bitterkeit stieg in John Brunner hoch, als er an dessen Frau dachte. Yvonne hatte ihn einfach abserviert, sich für das große Geld entschieden. Er war nur etwas für die heißen Sommernächte gewesen, für Zeit, in der ihr Mann auf Dienstreise war. Sie würde sich noch wundern. Das würde sie bitter bereuen. Seine Pechsträhne war zu Ende, das spürte er deutlich.

Der Wind zerrte weiter an den eingerollten Segeln. Er zündete sich eine Zigarette an. Der Bootssteg war etwas glitschig vom Regen am Nachmittag. Niemand war zu sehen. Er wartete. Das war seine große Chance. Er inhalierte den warmen Rauch. Diesmal würde er nicht leer ausgehen …

Er wartete. Das dunkle Wasser schlug träge gegen den Bootssteg. Er zündete sich erneut eine Zigarette an.

Das Geräusch hörte er zu spät. Als er sich umdrehte, sah er gerade noch den Bootshaken, der ihn mit gnadenloser Härte an der linken Schläfe traf. Der Knochen splitterte. Die Zigarette fiel ihm aus der Hand. John Brunner war bereits bewusstlos, als er vornüber ins Wasser fiel. Die Kälte konnte ihm nichts mehr anhaben. Nie mehr.

Rose Brunner lag in ihrem Bett. Von ihrer Verwitwung ahnte sie nichts. Ein Mal, ein einziges Mal, seit sie in der Klinik war, hatte sie von ihrem Mann geträumt, ein irritierender Traum, an den sie sich nur noch bruchstückhaft erinnerte. Die Kinder waren dabei gewesen, kleiner als zuletzt im Leben, wieder einmal. Er war abseits gestanden, hatte krank gewirkt. Dann war ein Arzt gekommen und hatte die Zwillinge mitgenommen. Ihr Junge hatte sich angsterfüllt an sie geklammert. Schließlich war sie aufgewacht. Die Wirklichkeit, die sie jedes Mal traf, war viel härter, als jeder Traum sein konnte.

Ihre Zimmernachbarin war unruhig. Sie hatte seit Tagen über eine schlimme Verstopfung geklagt, die Rose auf die Medikamente und ihre fast völlige Bewegungslosigkeit zurückführte. Sie lag depressiv im Bett und rührte sich kaum. Trotz aller demonstrativen Hilflosigkeit, die sie vermittelte und die manche der Schwestern aggressiv machte, tat sie Rose leid. Eine Krankenschwester war weniger nachsichtig gewesen. Auf ihr ständiges Jammern über ihre Verdauung hin hatte sie ihr einen halben Liter Buttermilch zu trinken gegeben, außerdem noch ein starkes Abführmittel. Jetzt rannte sie alle halbe Stunde zur Toilette. Rose konnte ihre Darmgeräusche auf drei Meter hören, viele gurgelnde Molltöne. Danach stöhnte ihre Nachbarin leicht in ihrem Bett.

Die völlige Lähmung, die sie die letzten Wochen gespürt hatte, der Eindruck, alle Gefühle seien abgestorben und lägen als totes Knäuel tonnenschwer in ihrer Brust und erdrückten sie, hatte nachgelassen. Die Angst, nie mehr an etwas anderes als die toten Kinder und Blut an der Wand denken zu können und nie aus diesem Albtraum zu erwachen, war langsam schwächer geworden. Sie war aber nicht verschwunden, sondern hockte wie eine fette Kröte in der Dunkelheit, hungrig und immer bereit, zuzuschnappen, wenn sich die Gelegenheit bot. Dennoch gelang es Rose mehr und mehr, klare Gedanken zu fassen – fürchterliche Gedanken, aber eben nicht mehr die Gedanken einer depressiven Selbstmörderin, einer Wahnsinnigen. Ihr Gehirn arbeitete wieder. Sie konnte sich noch immer nicht an mehr erinnern als in der ersten Zeit nach ihrem Erwachen, aber die Tage vor dem Tod der Kinder lagen jetzt wieder klar vor ihr. Sie hasste ihren Mann, einen Angeber und Schwächling, nie hätte sie sich von ihm abhängig machen sollen. Wie hatte sie nur so dumm sein können. Jetzt war es zu spät. Und ihr einziger Versuch, sich aus dieser Familie zu lösen, war grausam gescheitert. Aber hier war noch eine Rechnung offen. Was aus ihr werden würde, war ihr egal. Aber diese Rechnung musste beglichen werden. Sie wusste nur noch nicht wie.

Fels war auf dem Sprung nach Hause. Gelegentlich traf er sich mit ein paar Freunden aus Schulzeiten zu einer Runde Schafkopf. Früher hatten sie alle Pausen und viele Nächte durchgezockt, aber nach dem Abitur waren die Interessen auseinandergelaufen, man hatte sich zwar nicht aus den Augen, aber aus dem Sinn verloren und war neue Bindungen eingegangen. In den letzten Jahren, gerade nach dem Tod seiner Frau, waren er und die alten Freunde einander wieder näher gekommen, das unsichtbare Band der Kindheit hatte sie zusammengehalten und sich als belastbar erwiesen. Er freute sich auf die Runde. Das Telefon klingelte. Es war Traublinger.

»Guten Abend«, sagte Fels. »Offensichtlich sind die Dienstzeiten in der Rechtsmedizin ähnlich wie bei der Kriminalpolizei.«

»Wenn nicht schlimmer. Ich rufe noch einmal an in Sachen Rose Brunner.«

Eine seltsame Ahnung stieg in Fels hoch. »Ich höre?«

»Es wird Sie überraschen.«

»Sie wollen mir doch nicht sagen, dass Sie auf einmal Anhaltspunkte für ein Fremdverschulden haben.«

»Das nicht. Mich rief nur gerade ein Kollege aus dem Klinikum Süd an, einige Laborbefunde sind dort verspätet eingegangen.«

»Ich höre.«

»Es wird Sie sicher interessieren. Sie ist schwanger.«

Zur selben Zeit, genau in diesem Krankenhaus der Hochleistungsmedizin, wo Laborbefunde manchmal vorübergehend verloren gehen, lag Karl Fischer und kämpfte um sein Leben. Eigentlich kämpfte nicht er selber, vielmehr waren es die Ärzte der neurochirurgischen Intensivstation, die ihn wegen einer Hirnblutung, die er sich bei dem Unfall zugezogen hatte, operiert hatten. Ein großes Blutgefäß war in der rechten Hirnhälfte gerissen. Wenn die Ärzte nicht sofort operiert hätten, wäre sein Gehirn im Schädel, der es wie ein knöcherner Sarkophag umschloss, vom eigenen Blut zerquetscht worden. Seit der Operation war er nicht mehr aufgewacht. Das Elektroencephalogramm, das von Dutzenden von Elektroden von seiner gespaltenen und wieder verschlossenen Schädeldecke abgeleitet wurde, zeigte viele zu langsame Wellen, Zeichen einer schweren Hirnschädigung. Es war sehr unsicher, ob er überleben würde.

Von den desolaten EEG-Wellen wusste die einsame Gestalt, die sich vor der Station scheinbar unbeteiligt und in eine Zeitung vertieft in eine Ecke gesetzt hatte, nichts.

Das Werk musste beendet werden. Fischer war einfach ein zu großes Risiko. Wenn er wieder aufwachen würde, könnte er sich erinnern und würde reden. Man konnte sich nicht drauf verlassen. Es kam nur auf den Moment an. Wenn nicht heute, dann morgen.

20. Kapitel

Blankenburg war optimistisch. Ungewöhnlich zuversichtlich. Er war »gut drauf«. Das gab es auch bei Ärzten. Selbst bei Psychiatern. Er war allerdings im Moment der Einzige in der Klinik, der so fühlte. Daran bestand kein Zweifel. Dafür gab es eine einfache Erklärung. Ich bin auch der Einzige, der mit Corinna Tarow schläft. Diesem Zauberwesen aus Fleisch und Blut. Morgen würde sie wieder da sein. Blankenburg grinste in sich hinein. Das wäre was für meine Selbsterfahrungsgruppe, diesen narzisstischen Triumph musste er mit jemandem teilen. Dabei besuchte er seit Jahren keine Selbsterfahrungsgruppe mehr. Ich bin jetzt erwachsen, hatte er sich damals gesagt. Bin ich nicht, sagte er sich jetzt. Ich verliebe mich schlimmer als früher. Ich bete sie an. Mein Gott, freue ich mich darauf, sie morgen wiederzusehen.

Er hatte die Morgenkonferenz entrückt und damit schadlos überstanden. Der Direktor war mit frisch und betont jugendlich gefärbten Haaren erschienen. Selbst die zarten grauen Strähnen an den Schläfen, die er sich vor einiger Zeit noch gegönnt hatte, waren verschwunden. Ausführlich hatte er über seine Erkenntnisse berichtet, die er auf zwei ausgedehnten Kongressreisen zusammen mit seiner Frau, die ja sozusagen auch vom Fach war, gewonnen hatte. Tatsächlich war die Direktorengattin Musikwissenschaftlerin. Seit einiger Zeit beschäftigte sie sich, für den Rest der Klinik unsichtbar, mit dem weiten Gebiet der Musikpsychologie, ungestört von Patienten und Mitarbeitern.

Blankenburgs inneres Auge war derweil unentwegt über Corinnas schönen Körper gewandert, während sein Blick auf den herrlichen Intarsien der alten Bücherschränke der Bibliothek lastete, die einen beruhigenden Hintergrund bildeten, vor dem seine Tagträume verwehten, ohne dass er irgendetwas vom Monolog des Direktors aufgenommen hätte. Nach einer Stunde war das Martyrium vorbei. Blankenburg zog sich in sein Arbeitszimmer zurück, während Keller und zwei andere Kollegen den Direktor abfingen, um ihm zu seinen Vortragserfolgen zu gratulieren und ihm für die unerhört wertvollen Anregungen für ihre eigene Arbeit zu danken.

Eine fahle Morgensonne warf mattes Licht auf seinen Schreibtisch. Von Olympia war noch nichts zu sehen. Sie hatte ihm am Vorabend noch einen kleinen Guten-Morgen-Gruß gerichtet, den er auf seinem Schreibtisch fand und der als eine vorbeugende Entschuldigung zu verstehen war, falls sie heute morgen wieder etwas später kommen würde, womit nach Sachlage sicher gerechnet werden konnte: zwei frische Mandarinen und die übliche Vitamin-E-Tablette, das volle Anti-Aging-Programm. Das brauche ich im Moment wohl nicht, dachte Blankenburg lächelnd, schluckte aber die Pille und aß eine Mandarine. Zu Hause hatte er nur schnell einen Kaffee getrunken. Heute morgen würde er das letzte längere Gespräch mit Rose Brunner führen, dann wäre die Sache für ihn abgeschlossen. Ein klarer Fall von erweitertem Suizid; eine depressive Mutter, die aus Sorge ihre Kinder getötet hat, tragisch, aber solche Fälle kamen vor. Er würde dem Gericht seine Befunde hoffentlich deutlich machen können. Für selbstmordgefährdet hielt er Rose Brunner im Moment nicht, obwohl man das nie wissen konnte. Nach dem Abschluss der Untersuchung würde sie wahrscheinlich in die Justizvollzugsabteilung gebracht werden. Das Untersuchungsgefängnis hatte auch eine Krankenabteilung. In die Psychiatrie musste sie nicht mehr unbedingt, obwohl es für sie natürlich besser gewesen wäre als das Gefängnis, aber so war die Rechtslage. Keller maulte mittlerweile täglich wegen des von Rose belegten Klinikbetts, das er für seine Forschungspatienten brauchte. Rose Brunner würde sie bald verlassen.

Das Telefon klingelte. Eine sonore, etwas raue Männerstimme meldete sich. Blankenburg erkannte sie nicht gleich.

»Hier Hauptkommissar Fels, Kriminalpolizei. Dr. Blankenburg?«

»Ja, guten Morgen.«

»Wir hatten schon einmal in Sachen Rose Brunner telefoniert.«

»Ja. Die Begutachtung ist fast abgeschlossen.«

»Schön. Das wird die Staatsanwaltschaft freuen. Deswegen rufe ich aber nicht an.«

»Ach?« Blankenburg war überrascht.

»Es geht um einen Befund, den Dr. Traublinger aus der Rechtsmedizin mir gestern mitteilte. Hat er sie schon angerufen?«

»Nein.«

»Um es kurz zu machen: Frau Brunner ist schwanger.«

Blankenburg war fassungslos. Für einen Moment rang er um Worte.

»Das kann nicht sein. Sie ist doch genau untersucht worden. Der Schwangerschaftstest am Anfang war negativ.«

»Stimmt. Ein zweiter Test eine Woche später, den der Frauenarzt, der sie operierte, veranlasst hatte, war aber positiv. Kein Zweifel möglich, sagt Traublinger. Der Befund ist … äh … verspätet eingegangen.«

»Sie meinen, er wurde verschlampt.«

»Eine gewisse Nachlässigkeit mag vorgelegen haben.«

Blankenburg überlegte. »Wenn das erste Testergebnis negativ und das zweite positiv war, dann muss sie kurze Zeit vor der Tat Geschlechtsverkehr gehabt haben. Die Schwangerschaft ist also ganz jung. Unglaublich, dass sie unter diesen Umständen Bestand gehabt hat. Ich werde gleich untersuchen lassen, ob sie noch intakt ist. Ich kann das nicht glauben. Die Frau war fast tot und dann noch die Operation. Wir werden das überprüfen. Ich kann mir gar nicht vorstellen, dass sie nach der Operation und der Chemotherapie noch schwanger ist.«

Er musste unwillkürlich an sein Gespräch mit Corinna Tarow denken. Der Fall hatte etwas von einer griechischen Tragödie. Medea tötet ihre Kinder und flieht mit ihrer neuen Frucht in ferne Gefilde. Nur dass es sich in diesem Fall nicht um eine griechische Insel, sondern um die Psychiatrie handelte.

»Ich gebe zu, ich war auch völlig überrascht. Ich wollte Sie nur über die aktuelle Entwicklung informieren. Wahrscheinlich ruft Traublinger Sie heute Morgen auch noch mal an.«

»Vielen Dank.«

Blankenburg kannte Traublinger von einigen gemeinsamen Gerichtsterminen, ein erfahrener Rechtsmediziner, der alles schon einmal gesehen hatte und sich über nichts mehr wunderte.

Rose Brunner war schwanger. Das änderte sein Gutachten zwar nicht grundsätzlich, warf aber tausend Probleme auf. Er würde sie auch zu dieser Sache noch einmal befragen müssen. Zunächst aber musste er sich Gewissheit verschaffen. Blankenburg rief einen Oberarzt der Frauenklinik an, der versprach, so bald wie möglich zu kommen. Auch er konnte kaum glauben, dass sich unter diesen Umständen eine Schwangerschaft hatte erhalten können.

Blankenburg gönnte sich die zweite Mandarine. Für den Moment war Corinna Tarow in den Hintergrund getreten. Dieser Fall hielt ihn auf Trab. Er musste ihn zu Ende bringen.

Eine halbe Stunde später saß er mit Rose Brunner in seinem Büro. Er beobachtete sie genau. Sie hatte sich etwas erholt, seit sie in die Klinik gekommen war, wirkte aber immer noch fahl und angegriffen. Die Chemotherapie lag jetzt schon drei Wochen zurück. Schwanger sah sie für sein Gefühl nicht aus. Er wusste nicht, wie er sich dem Problem nähern sollte.

»Ist Ihnen noch etwas Wichtiges eingefallen, über das wir bisher nicht gesprochen haben?«

Sie zuckte mit den Achseln. »Nein. Ich denke nicht. Wir haben über alles gesprochen. Ich kann mich nicht an mehr erinnern.«

»In Ordnung. Ich sollte offen zu Ihnen sein. Ich möchte die Begutachtung in den nächsten Tagen abschließen, wahrscheinlich werden Sie dann zunächst in Untersuchungshaft kommen.«

Sie nickte. Sie hatte verstanden, was er ihr sagen wollte. Sie betrachtete ihn genau. Er wirkte unsicherer als sonst, seine Hände wanderten nervös durch irgendwelche Unterlagen.

»Da ist noch etwas, was ich Ihnen sagen muss, Frau Brunner.«

»Ja?«

»Die Frage ist sehr persönlich und wird Sie etwas überraschen. Hatten Sie in den letzten beiden Wochen vor der Tat Geschlechtsverkehr?«

Rose wurde rot. »Die Frage ist eine Unverschämtheit.«

»Nicht ganz. Ich weiß nicht, wie ich es Ihnen sagen soll. Es hat den Anschein, dass Sie schwanger sind oder waren. Zumindest war der Schwangerschaftstest bei Aufnahme im Klinikum Süd positiv.«

Roses Herz stand für einen Moment still. »Unmöglich.«

»Ich habe den Befund erst heute Morgen erhalten. Ich gebe zu, ich war sehr überrascht. Ich werde Sie natürlich noch heute fachärztlich untersuchen lassen. Der Kollege aus der Frauenklinik kommt nachher. Gut möglich, dass unter diesen Umständen die Schwangerschaft keinen Bestand hatte. Haben Sie zum Beispiel Blutungen bemerkt?«

Rose schüttelte den Kopf. Blankenburgs Kenntnisse des weiblichen Zyklus und der Geburtshilfe hatten sich seit dem Studium stark vermindert. Alles Weitere wollte er dem Kollegen überlassen. Aber eines wusste er: keine Schwangerschaft ohne Vater. Er musste nach dem Vater fragen.

»Ich kann mir das nicht vorstellen«, sagte Rose Brunner. Sie schlug die Hände vors Gesicht.

Beiden war das Makabre der Situation klar, eine Mutter, die ihre drei Kinder getötet hatte und gleichzeitig neues Leben in sich trug. Blankenburg war ratlos. Die Frage nach dem Vater des Kindes war für Rose eine Quälerei, gleichzeitig war sie wichtig, um ihre inneren Widersprüche zu verstehen. Sie hatte sich einsam und verlassen gefühlt, trotzdem musste es jemanden gegeben haben, der ihr nahe genug gestanden war, dass sie sich mit ihm eingelassen hatte – und sei es aus Verzweiflung.

»Hatten Sie in der letzten Zeit eine … Beziehung?«

Rose Brunner schwieg. Ihr Blick glitt ins Nichts. Sie vermied Blickkontakt, wie Blankenburg feststellte. Das hatte sie bisher selten getan. Das Thema war ihr unangenehm. Sie schien aufgewühlt, ihr Atem ging schwerer als sonst. Die Nachricht hatte sie erkennbar schockiert. Blankenburg machte sich Vorwürfe, vielleicht hätte er ihr die Nachricht vorsichtiger zukommen lassen sollen.

»Frau Brunner, ich frage das nicht, weil ich Sie ärgern will. Ich verstehe sehr gut, dass der Befund Sie … überrascht hat. Mir ging es genauso. Ich versuche mir nur ein Bild von Ihnen zu machen, Ihrem Leben, den Problemen. Ich versuche … zu verstehen.«

Rose Brunner blickte ihn düster an. »Das versuche ich auch. Diese Höllennacht, für mich ist das ein schwarzer Schlund, in den ich gefallen bin, an den ich mich nicht erinnere, und Sie quälen mich mit Ihren Fragen. Ich bin aufgewacht und musste erfahren, dass ich etwas getan habe, das ich mir nie, nie hätte vorstellen können, nicht bei irgendjemandem und schon gar nicht bei mir. Und Sie fragen mich nach dem Warum. Es gibt kein Warum. Vielleicht hat mich der Teufel besucht in dieser Nacht. Nur dass ich davon nichts mehr weiß.«

Sie wirkte verzweifelt. Blankenburg spürte, dass sie ihm nicht genug vertraute. Er neigte dazu, ihr die Gedächtnislücken, ihre Amnesie der Tatnacht, zu glauben. Egal, wie sie in das emotionale Vakuum dieser Nacht geraten war, als sich ihre Sorgen und die Liebe zu den Kindern gegenseitig neutralisiert und sich so plötzlich schwarze Gedanken Bahn gebrochen hatten, sie konnte es selbst nicht nachvollziehen. Aber die Tage und Wochen davor waren nicht verschüttet, nicht so sehr im Treibsand ihrer Trauer versunken, dass nicht wenigstens einzelne Erinnerungen greifbar waren – gedankliche Ruinen ihres früheren Lebens, mit dem Rose abgeschlossen hatte. Und jetzt holte sie dieses wieder ein, mit einem wachsenden Zellklumpen in ihrem Bauch, einem Fleck Leben, für den es eine Erklärung geben musste.

»Deswegen versuche ich ja, die letzten Tage und Wochen mit Ihnen nachzuvollziehen ... Entschuldigen Sie die direkte Frage: Hatten Sie vielleicht doch noch engeren Kontakt mit Ihrem Mann?«

Rose lachte bitter, antwortete aber nicht.

»Gibt es eine andere Person, die Ihnen nahesteht?«

Sie schüttelte den Kopf. Es war klar, sie würde nicht mehr dazu sagen. Nach einigen Minuten gab Blankenburg auf. Wie immer Rose Brunners »Liebesleben« in den letzten Wochen ausgesehen haben mochte, sie würde darüber schweigen. Blankenburg wechselte das Thema und vervollständigte seine Aufzeichnungen bei diesem oder jenem Punkt, fragte noch einmal Details ihres Lebenslaufes und der Vorstrafe nach, interessierte sich für ihren Freundeskreis, die Schulnoten der Kinder. Dann brachte er Rose Brunner zurück. Nach zwei Stunden wurde er von der Station angerufen, der Kollege aus der Frauenklinik sei jetzt da. Dieser entpuppte sich als eine resolute, rothaarige Oberärztin, die sich sofort mit Rose zurückzog. Eine halbe Stunde später kam sie in Blankenburgs Büro.

»Dem Anschein nach intakte Schwangerschaft, etwa siebte Woche. Die genauen Labortests habe ich heute Nachmittag. Die Brustoperation ist übrigens gut verheilt. Da können wir optimistisch sein.«

Unfassbar, dachte Blankenburg. Es war nicht zu glauben.

Etwa zur selben Zeit erreichte Fels ein Anruf über sein Handy. Er war mit Krebs an einem neuen Tatort. Ein betrunkener Autohändler hatte in einem Bordell Streit mit einem Türsteher bekommen, weil er eines der Mädchen angepöbelt hatte. Der Kunde hatte ein Messer gezogen und den Rausschmeißer niedergestochen. Es war unklar, ob er überleben würde. Am anderen Ende der Leitung war der Starnberger Polizist, mit dem Fels schon öfter telefoniert hatte und der ihm auch von Fischers Unfall berichtet hatte. Offensichtlich war er immer im Dienst, so wie er selbst.

»Hallo. Was gibt es diesmal?«

Fels konnte sich nicht vorstellen, dass der Fall Brunner noch mehr Überraschungen bereithielt. Aber so war es!

»Ich bin mir nicht sicher, ob es für den Fall von Bedeutung ist, aber John Brunner ist verschwunden.«

»Er ist *was*?«

»Verschwunden! Weg.«

»Seit wann?«

»Er ist vorgestern Abend zuletzt gesehen worden. Sein Motorrad steht noch in der Nähe des Jachtclubs, wo er arbeitet. Seither ist er nicht mehr aufgetaucht. Gestern ist er nicht zum Dienst erschienen. Die Angestellten haben sich nicht so viel dabei gedacht, ist wohl schon öfter vorgekommen, dass er ohne Entschuldigung fehlte. Als er heute aber wieder nicht kam, haben sie bei ihm angerufen. Niemand da. Offensichtlich ist er seit vorgestern nicht mehr in der Wohnung gewesen. Schließlich wurden wir informiert. Bis jetzt ist er spurlos verschwunden. Ich dachte, Sie sollten das wissen.«

»In der Tat. Er hat doch eine Freundin, die Frau des Jachtclubbesitzers.«

Am anderen Ende der Leitung pfiff jemand durch die Zähne. »Alle Achtung. Sie sind gut informiert.«

»Mein Beruf.«

»Wir haben natürlich nachgefragt. Die beiden hatten angeblich seit einiger Zeit keinen engeren Kontakt mehr. Jedenfalls wusste sie nicht, wo er geblieben war. Wir fahnden jetzt nach ihm als vermisst.«

»Sicher vernünftig. Wenn ich Zeit habe, komme ich noch mal raus und sehe seine Wohnung an. Vielleicht finden wir noch einen Hinweis. Bitte halten Sie mich auf dem Laufenden.«

»Mache ich. Einen schönen Tag.«

Fels wandte sich Krebs zu, der versucht hatte, von zwei Prostituierten Zeugenaussagen zu bekommen. Die Damen hatten nichts gesehen und gehört und Krebs beschimpft. Die Gegenwart der Polizei sei äußerst schlecht fürs Geschäft. Krebs war verärgert.

»John Brunner ist verschwunden«, sagte Fels.

»Der Mann der Kindsmörderin? Ist ja seltsam.«

»Finde ich auch. Mit dem Fall kann es ja nichts zu tun haben, oder?«

»Ich sehe keinen Zusammenhang.«

»Ich eigentlich auch nicht. Trotzdem, wenn wir hier fertig sind, fahren wir noch einmal raus, spätestens morgen, falls er bis dahin nicht wieder aufgetaucht ist.«

Krebs zuckte mit den Achseln. »Von mir aus. Bin immer gerne in Starnberg, jedenfalls lieber als ...«, er ließ seinen Blick verächtlich über die roten Möbel des Etablissements streifen, »... hier.«

Rose Brunner lag in ihrem Bett. Sie starrte an die Decke. Das Mittagessen hatte sie ausgelassen. Ihr war ohnehin schlecht. Jetzt wusste sie auch, warum. Es waren nicht nur die Medikamente gewesen. Der Albtraum ging weiter. Natürlich konnte sie das Kind nicht bekommen, nicht von ihm. Oder doch? Nein, daran war nicht zu denken. Ich kann nicht mehr Mutter sein, nach allem, was passiert ist. Nur eines ist noch zu erledigen, sagte sie sich.

Viel Zeit hatte sie nicht mehr, das hatte ihr der Psychiater klar gesagt. In wenigen Tagen würde sie in Untersuchungshaft kommen, ins Gefängnis. Dann war alles vorbei. Sie musste bald fliehen, sehr bald.

Aber wie entkommt man aus einer geschlossenen Abteilung? Das war ja wie ein Gefängnis, mit nicht zu öffnenden Türen, doppelt gesichert, unter ständiger Überwachung. Sie hatte keine Ahnung.

Anna musste ihr helfen. Sie hatte es ja angeboten. Aber wie konnte dieses ausgemergelte, schwache Mädchen ihr helfen? Das war doch wahrscheinlich nur Gerede gewesen, reine Angabe, dachte sie bitter. Eigentlich war Anna gar nicht der Typ dafür. Trotzdem – sie würde sie einfach fragen, heute noch.

Vielleicht war das der einzige Weg.

21. Kapitel

Die Ermittlungen im Bordell waren schnell abgeschlossen, ein unerfreulicher Fall in einer deprimierenden Umgebung, jedenfalls in Fels' Augen. Das Motiv war einigermaßen klar, verletzte Eitelkeit, und Alkohol war auch im Spiel gewesen, vielleicht auch Drogen. Das würde noch zu klären sein. Auch der übrige Tathergang warf sonst wenig Fragen auf. Fels hätte sich das nie eingestanden, aber der Fall langweilte ihn. Er würde ihn gründlich aufarbeiten und dann rasch vergessen. Andere Dinge gingen ihm dagegen nicht aus dem Kopf oder holten ihn immer wieder ein. Dazu gehörte Rose Brunner.

Das Verschwinden ihres Mannes war seltsam. Natürlich sah er keinen klaren Zusammenhang mit dem Fall. Es war äußerst unwahrscheinlich, dass John Brunner sich etwas angetan hatte. Fels wollte nicht ungerecht sein, aber bei seinen Kontakten mit ihm hatte er nicht den Eindruck gewonnen, dass Brunner wegen des Todes seiner Kinder zusammenbrechen oder sich umbringen würde. Man wusste es zwar in solchen Fällen nie, aber so hatte er nicht auf Fels gewirkt. Bei seinen Recherchen im Jachtclub war Brunner als ein eitler, selbstsüchtiger Mann erschienen. Solche Leute waren meist nicht selbstmordgefährdet. Gut möglich, dass er sich aus anderen Gründen, die Fels nicht verstand, abgesetzt hatte. Vielleicht spielte sein Verhältnis zu Yvonne Bruckmeier dabei eine Rolle. Die Polizei fahndete nach John Brunner. Bald würden sie mehr wissen.

Fels fühlte eine gewisse Zuständigkeit in diesem Fall. Deswegen hatte er angeboten – eigentlich eher beschlossen –, die Wohnung von John Brunner in Augenschein zu nehmen. Er würde dies am Nachmittag tun. Vielleicht ergaben sich da noch neue Aspekte. Wahrscheinlich war das nicht.

Krebs trat neben ihn. »Ich denke, wir haben hier nichts mehr zu tun.«

»Du hast recht. Ab ins Büro. Es gibt genug Akten.«

»Doch nicht wieder der Fall Brunner.«

»Ausnahmsweise nicht. Die Leiche aus der Isar. Du weißt es noch nicht: Es gibt eine neue Spur. Ein Exfreund soll sie am Abend vorher von der Arbeit abgeholt haben. Jedenfalls hat der Pförtner des Bürogebäudes, in dem sie arbeitete, sich erinnert, dass ein blauer Mazda mit Augsburger Kennzeichen auf sie gewartet hatte. Ein solches Auto gehört dem Mann, mit dem sie bis vor einem Jahr zusammengelebt hat. Ein Tunesier, wenigstens väterlicherseits, der als sehr eifersüchtig beschrieben wird – sagen jedenfalls die Eltern der Ermordeten. Wir ermitteln gerade in diese Richtung.«

»Gute Arbeit.«

»Danke. Ein Lob aus deinem Munde ist mehr wert als eine Beförderung. Und genauso selten.«

Krebs grinste. Fels konnte ihm nicht böse sein. Dieser Fall brauchte jetzt seine ganze Aufmerksamkeit. Starnberg musste warten. Mit ihrem grünen Dienst-BMW fuhren sie ins Büro. Über München hingen dunkle Wolken, aus denen es gerade anfing zu regnen.

Corinna rief an. Ihre Stimme war fest und klar und gleichzeitig so weich, dass Blankenburg meinte, den leichten Wellenschlag der Ostsee an einem Sommerabend zu hören. Seine Großeltern lebten dort, er kannte dieses Geräusch. Psychiater haben gelernt, ihre Gefühle zu verstehen und damit auch zu kontrollieren, aber wenn die eingelegten Bremsen versagen, sind sie hoffnungslos verloren. Ein unerwarteter Dammbruch der Gefühle, der bis zu diesem Morgen unverändert anhielt. Blankenburg war sich im Klaren darüber, dass er die Kontrolle verloren hatte. Und nichts sprach dafür, dass sich daran bald etwas ändern würde. Corinna kündigte an, schon morgen Nachmittag wiederzukommen, die Zeit war ihr jetzt doch etwas lang geworden. Sie wollte nicht bis Sonntag bleiben, Samstag reichte auch, unter den gegebenen Umständen. Vielleicht würde sie noch am Freitagabend fahren.

Unter den gegebenen Umständen. Blankenburg lachte in sich hinein. Corinna konnte wunderbar sachlich sein, wenn es um Gefühle ging. Manchmal meinte er, sie mache sich über ihn lustig, dann wieder klang sie so überzeugend nüchtern. Ihr »Ich vermisse dich« war zärtliche Zuneigung und gleichzeitig eine Aufforderung, an eine andere Zukunft zu denken. Sie war kompromisslos ehrlich und erwartete dasselbe von ihm. Er hatte Angst davor, war unsicher und wurde gleichzeitig weggerissen von ihrem Angebot. Denn er wusste, in ihren Worten schwang dies mit, ein Angebot, eine Hoffnung, sein Leben noch einmal herumzureißen, es in eine andere Richtung zu lenken – hin zu ihr. Er war bereit, aber noch nicht entschlossen. Auch deswegen flüchtete er in seine Erinnerungen, imaginierte ihre gemeinsame Nacht mit unruhigem Herzen. Dann kam Olympia ins Zimmer und lächelte ihn warmherzig an, es war also zehn. Sie stellte ihm einen Kaffee, eindeutig aus der nachvietnamesischen Epoche und damit genießbar, ein Glas Wasser und Multivitamintabletten hin und verschwand im Nebenraum. Sekunden später hörte er seine eigene Stimme durch die geschlossene Tür, ein Diktat vom Vortag, eine erste Zusammenfassung seiner Befunde in Sachen Rose Brunner.

Der Gedanke daran holte ihn rasch in die Gegenwart zurück. Diese Sache musste abgeschlossen werden. Corinna und er hatten sich viele Dutzend Stunden mit ihr beschäftigt, versucht, ihre Persönlichkeit, ihre Gefühle, ihr Wesen zu verstehen. Sie hatten sich so weit wie möglich in ihre Psyche eingegraben, das Bewusste wie das Unbewusste ihres Denkens versucht zu erkennen. Sie hatten ihre Motive und Empfindungen in immer kleinere Teile zerlegt, so weit sie konnten, bis es nicht mehr ging und nur noch psychische Primzahlen vor ihnen lagen, kleinste Bausteine ihrer Seele, die man nicht weiter zerlegen oder verstehen konnte. Bis hierher und nicht weiter. Keine noch so vertrauensvolle Gesprächsatmosphäre, kein noch so differenzierter Psychotest konnten näher an sie herankommen. Er wusste, es gab eine Grenze des Verstehens, gerade bei solchen Fällen. Diese Grenze war nun erreicht.

Eine schwere Depression, ohne psychotische Symptome, bei emotional instabiler Persönlichkeit. Darauf würde es hinauslaufen. Die Störung musste einen Namen haben. Rose Brunner wurde die Diagnose nicht gerecht. Bei anderen Patienten war das ähnlich, zu viel wurde ausgespart, ein Lebenslauf, persönliche Erfahrungen, unkenntlich hinter einer Diagnose, einer *krankhaften seelischen Störung.* Blankenburg würde versuchen, dem Gericht verständlich zu machen, wie es bei ihr zu einer solchen Zuspitzung der Gefühle gekommen war, dass sie für sich und ihre Kinder keinen anderen Ausweg mehr gesehen hatte. Ganz verstanden hatte er es nicht, viele Unklarheiten waren geblieben.

Am Montag würde sie in das Gefängnis verlegt werden. Es ging nicht anders.

Fels telefonierte mit der zuständigen Polizeiinspektion in Starnberg und kündigte für den nächsten Vormittag sein Erscheinen an. Er wollte die Wohnung des verschwundenen John Brunner noch einmal selbst in Augenschein nehmen. Die Reaktion des zuständigen Polizeibeamten war ungläubiges Staunen.

»Morgen ist *Sonnabend.*«

»Danke für den Hinweis«, antwortete Fels.

»Aber was wollen Sie denn da? Wir haben weiß Gott alles untersucht. In der Wohnung ist nichts.«

»Ich weiß. Nur um sicherzugehen. Ich hole morgen den Schlüssel auf dem Revier ab. Vielleicht kann mich einer der Kollegen vor Ort begleiten.«

»Ich dachte, der Fall mit den getöteten Kindern sei abgeschlossen.«

»Die Ermittlungen so weit schon. Der Fall John Brunner aber ja wohl nicht. Oder haben Sie ihn mittlerweile gefunden?«

Am anderen Ende der Leitung folgte ein kurzes Schweigen.

»Ncin.«

»Irgendeine Spur?«

»Nein.«

»Vielleicht einen Verdacht, was mit ihm passiert sein könnte?«

»Bislang nicht.«

»In welche Richtung gehen Ihre Ermittlungen im Moment?«
Das Schweigen war etwas länger.
»Warum interessiert sich denn die Kriminalpolizei für ihn? Liegt etwas vor?«
»Er ist zumindest ein wichtiger Zeuge. Also?«
»Wir haben keine konkrete Spur.«
»Bis morgen. Etwa um zehn.«
Ausschlafen wollte Fels zumindest, es war immerhin Wochenende.
Es klopfte. Krebs trat ein.
»Wir haben ihn.«
»Wen?«
»Na, den Ex der Isarleiche.«
»Sie hatte einen Namen.«
»Schon gut.« Krebs wusste um die Empfindlichkeiten seines Chefs. Im Grunde hatte er recht. Ihr Respekt sollte gerade den Opfern gehören, für die sie ermittelten. »Möchtest du bei dem Verhör dabei sein?«
Fels stand auf. Hinter Krebs stand, eingerahmt von zwei baumlangen Polizisten, ein schwarzhaariger, nervös wirkender Mann. Er trug eine Bomberjacke, Jeans und Lederstiefel. Fels hatte etwas, was vielen Kriminalisten fehlte, er nannte es Instinkt. Und dieser Instinkt sagte ihm, ohne dass der Hauch eines Beweises oder ein sicheres Indiz vorlag, dass dieser unsympathisch wirkende, verkniffen den Blickkontakt vermeidende Mann, sehr viel mit dem Tod der jungen Frau zu tun haben musste.
»Unbedingt«, sagte er.

Auf dem Weg zur geschlossenen Abteilung kamen ihm mehrere Assistenzärzte entgegen. Blankenburg grüßte freundlich. Kurz vor der Station sah er Keller. Er strich lautlos an der Wand entlang, blätterte in irgendwelchen Unterlagen und grimassierte leicht. Kein Blickkontakt. Blankenburg grüßte betont freundlich. Keller wurde etwas rot und schlich weiter. Er schien noch abwesender als sonst. Blankenburg grinste in sich hinein. Irgendwie störte ihn das alles heute nicht.
Dazu bin ich zu »gut drauf«, dachte er.
Aber er war nicht zu gut drauf, um nicht die bedrückte Stimmung auf der Station zu bemerken, die in der Luft lag. Er ging ins Stationszimmer. Dort saß ein noch recht junger Assistenzarzt mit unreiner Haut, die sich seit seiner Anstellung in der Klinik noch weiter entzündet hatte, und den Blankenburg gern mochte, da er seinen therapeutischen Idealismus noch deutlich spüren konnte. Neben ihm zwei Krankenschwestern, beide seit Jahrzehnten an der Klinik. Der junge Arzt stierte stumpf in einen Kaffeebecher, der vor ihm stand.

»Ist was passiert?«, fragte Blankenburg.

Der Assistent nickte. »Ein Selbstmord, völlig unerwartet.«

Doch nicht Rose Brunner, zuckte es für eine Sekunde durch Blankenburgs Gehirn. Hatte er sie falsch eingeschätzt, etwas übersehen, aber nein, dann hätten sie ihn sicher gleich angerufen, also musste jemand anders betroffen sein.

»Wer denn?«, fragte er.

»Ein junger Patient mit einer manisch-depressiven Störung, der mit einer manischen Psychose vor vier Wochen eingeliefert worden ist. Vor vierzehn Tagen ist die Psychose in eine Depression umgeschlagen. Dr. Keller hatte ihn in sein Forschungsprogramm mit einem neuen Medikament zur Rückfallverhütung eingeschlossen.«

Eine der Krankenschwestern lachte bitter.

Leise fügte der Assistent hinzu: »Eigentlich waren wir dagegen, er war noch zu instabil für solche Therapien. Aber der Oberarzt hat darauf bestanden. Seit letzter Woche hatte der Patient Ausgang. Wir haben gerade erfahren, dass er sich heute morgen vor einen Zug geworfen hat – eine U-Bahn-Station im Münchner Norden.«

Blankenburg nickte. Er konnte den Schmerz und die Trauer der drei Mitarbeiter gut verstehen. Selbstmorde gehörten zum Schicksal vieler psychisch Kranken und waren für alle an der Klinik Tätigen sehr belastend. Man tat alles, um Suizide zu vermeiden, aber es gab immer wieder Fälle, in denen man an seine Grenzen kam. Man konnte den Ärzten und Pflegern in den meisten Fällen keine Vorwürfe machen, aber die machten sie sich meist selber, gerade die mit Verantwortungsgefühl. Dazu kam, dass in manchen Fällen staatsanwaltliche Ermittlungen und juristische Konsequenzen drohten, bei denen sich viele Kollegen dann auffallend zurückhielten, um nicht selbst in die Schusslinie zu kommen. Der verstorbene Patient war in mancher Hinsicht ein Hochrisikokandidat für Selbstmord gewesen: jung, männlich, psychotisch. In diesem Fall war die Situation besonders problematisch, weil er mit einem Studienpräparat, einem noch nicht zugelassenem Medikament behandelt worden war. Das war Kellers Entscheidung gewesen, aber nicht nur seine. Die Testung neuer Medikamente, die von der Pharmaindustrie teuer bezahlt wurde, hatte in der Klinik höchste Priorität.

Blankenburg sagte dem Assistenten ein paar aufmunternde Worte, obwohl er wusste, dass er ihn nicht trösten konnte.

»Die Polizei hat angerufen. Wir müssen die Leiche identifizieren. Der Oberarzt meinte, ich solle das tun.«

Blankenburg wurde rot. Er wusste von einem früheren Fall, wie ein vom Zug überrollter Körper aussah, ein blutiges Gewirr von Knochen und Leichenteilen, vermischt mit Steinen, die unter den Bahngleisen lagen. Es war typisch, dass sich der Rattenpsychiater hier drücken wollte. Immerhin waren es sein Patient und seine Studie gewesen. Blankenburg nahm sich vor, mit Keller darüber zu reden. Aber erst musste er zu Rose Brunner.

»Wissen die anderen Patienten davon?«, fragte er.

Der Assistent schüttelte den Kopf. Trotzdem würde sich die Nachricht bald verbreiten. Es war ein altes Psychiatriegesetz, dass Selbstmorde in Serien auftraten. Tötete sich irgendwo ein Patient, war das Risiko hoch, dass sich bald auf einer anderen Station auch jemand umbringen würde, auch wenn er gar keinen Kontakt mit dem Selbstmörder gehabt hatte. Keiner wusste so genau, warum das so war, aber der Effekt war gefürchtet. Er würde bei seinen Patienten aufpassen müssen. Auch bei Rose Brunner.

Er fand sie in ihrem Zimmer. Sie schaute mit leerem Blick aus dem Fenster. Blankenburg betrachtete sie genau. Die Trauer und die Depression hatten sich in ihr Gesicht eingefressen, aber wenn man darüber hinwegsehen konnte, war sie eine schöne Frau, das hatte Blankenburg schon beim ersten Kontakt empfunden. Das Rätselhafte an Rose Brunner war, dass sie immer an die falschen Männer geraten war, insbesondere ihren Mann, der nach allem, was Blankenburg gelesen hatte, ein aufgeblasener Schwätzer und Wichtigtuer war. »Masochistisch motivierte Partnerwahl, in der autodestruktive Tendenzen anklingen«, hatte Corinna in ihrem Befund geschrieben. »Ein weiterer Hinweis für eine emotional instabile Persönlichkeit«, auch da hatte sie sicher recht. Trotzdem konnte Blankenburg nicht verstehen, warum sie sich nicht früher von ihrem Mann getrennt und nicht versucht hatte, ihr Leben selbst in die Hand zu nehmen. Er hatte sie das mehrfach gefragt, aber sie hatte mit den Achseln gezuckt. Im Grunde wusste er nicht, was sie dachte.

Er wagte einen zweiten Blick. Hinter dem in Trauer versteinerten Gesicht, das jedes Fältchen wie ein tief ausgewaschenes Flussbett erscheinen ließ, spürte Blankenburg zum ersten Mal auch eine gewisse Härte – die Entschlossenheit einer Medea. Irgendetwas musste passiert sein. Oder es war die drohende Verlegung ins Gefängnis? Oder die Schwangerschaft, dieses zynische Geschenk, von dem er nicht wusste, ob sie es annehmen konnte oder nicht? Er beschloss, sie danach zu fragen. Ihr Blick auf seine Frage hin war bohrend.

»Was geht Sie das an?«

»Es ist Ihre Entscheidung. Trotzdem sollten wir darüber reden. Die Gynäkologin hat gesagt, die Schwangerschaft sei intakt.«

»Ach ja.«

»Es interessiert Sie nicht?«

»Natürlich tut es das. Es ist mein Bauch!«

Ihre Aggressivität irritierte ihn, obwohl er wusste, dass sie eine emotional instabile Borderline-Persönlichkeit war, bei der die Stimmung schnell in Aggressivität umschlagen konnte. Ich darf das nicht vergessen, sagte er sich. Es war immer gut, an Fachbegriffen und Diagnosen festzuhalten, das verschaffte Sicherheit. Man muss dem Kind nur einen Namen geben, dann kann man damit umgehen. Bei AIDS war das am Anfang so gewesen, völlige Unsicherheit und Panik, aber als man erst einmal ein Wort für das Unbekannte hatte, organisierte sich das professionelle Umfeld ganz von allein, und bald war der Feind zwar nicht besiegt, aber in Schach gehalten. Bei psychischen Störungen mit all ihren unterschiedlichen Facetten und Ausdrucksformen war das ähnlich, man brauchte Diagnosen, an denen man festhalten und hinter die man sich notfalls zurückziehen konnte, dann war alles einfacher.

Blankenburg führte diese Stimmungsveränderung auf die drohende Verlegung ins Gefängnis zurück. Trotz aller Einschränkungen war ein Aufenthalt auf einer geschlossenen psychiatrischen Station immer noch angenehmer als Untersuchungshaft, wo Rose den Anfeindungen anderer Gefangener, Prostituierter und Drogensüchtiger, ausgesetzt sein würde. Eine Kindsmörderin stand ganz unten auf der Leiter. Vielleicht würde sie wegen ihrer Schwangerschaft auch in die Krankenabteilung kommen. Einfach würde es für sie jedenfalls nicht werden.

»Natürlich ist das Ihr Bauch. Aber Sie werden zugeben, es ist keine einfache Situation, ich finde meine Nachfrage da nicht ungewöhnlich.«

»Und wenn ich das Kind bekomme? Haben Sie Angst, ich bringe es dann um, so, wie ich meine drei ersten Kinder getötet haben soll? Keine Angst, das wird nicht passieren.«

Blankenburg schwieg für einen Moment.

»Ich bin mit meiner Untersuchung am Ende. Sie wissen, dass Sie am Montag in die Untersuchungshaft verlegt werden. Ich wollte Sie fragen, ob Sie das Gefühl haben, mir alles Wichtige zu dem Fall gesagt zu haben oder ob es noch etwas gibt, worüber Sie mit mir sprechen wollen.«

Natürlich habe ich dir nicht alles gesagt, du Idiot, dachte sie.

»Ich denke schon«, sagte sie mit überraschend weicher Stimme. »Es tut mir leid, wenn ich eben etwas heftig geworden bin. Sie und Ihre Kollegin haben sich viel Mühe gegeben und ich habe mich hier, den Umständen entsprechend, ganz wohl gefühlt. Vielen Dank.«

Blankenburg war etwas beruhigt. Er versicherte ihr, sie würden sich am Montag noch sehen und verabschiedete sich von Rose.

Das glaube ich nicht, dachte sie grimmig. Wo war Anna?

Sie fand Anna vor dem Fernseher. Sie sah schlecht aus. Rose konnte nicht erkennen, dass sie auch nur ein Gramm zugenommen hatte. In ihrem linken Nasenloch steckte ein Schlauch, der Sondennahrung in ihren Magen leitete. Irgendwie schaffte Anna es trotzdem immer wieder, ihr Gewicht zu halten. Ein Skelett, das sich wohlfühlt, dachte Rose.

»Wie geht es dir?«

»Prima. Nur die Ärzte machen mich wahnsinnig. Ist doch mein Körper. Ich esse schon, wenn mir danach ist.«

»Anna, ich muss raus.«

»Kein Problem.«

»Das hast du immer gesagt. Du sitzt ja auch noch hier.«

Mit hohlen Augen sah Anna sie an. Sie flüsterte mehr, als dass sie sprach. »Ich weiß auch nicht, wohin.«

»Möglichst schnell, Anna, heute oder morgen.«

»Morgen ist besser. Da ist weniger Personal da und viele Besucher.«

»Gut, morgen früh. Aber wie, Anna? Du hast es mir versprochen.«

»Kein Problem.«

Sie sagte es so beiläufig, dass Rose Angst bekam, Anna würde fantasieren. Vielleicht hatte das Hungern ihr Gehirn angegriffen und sie hatte es nur so dahingesagt?

»Wie denn, Anna? Hast du einen Schlüssel? Es sind zwei Türen. Anna, hörst du.«

»Ich brauche keinen Schlüssel.«

»Anna, sag mir die Wahrheit.«

»Ich brauche keinen Schlüssel. Du wirst sehen. Aber du kannst mir etwas helfen. Besorg dir von den Schwestern einen Nagellackentferner, die haben so was. Morgen früh um zehn?«

Rose war erschrocken. Offensichtlich war Anna völlig durchgeknallt, Nagellackentferner. Was interessieren mich Schminksachen, so ein Mist, dachte sie. Aber Anna war ihre einzige Hoffnung. Sie sah wieder in den Fernseher.

Rose bat eine junge Schwester um den Nagellackentferner. Sie lachte, fragte gar nicht nach, sonst hätte sie gesehen, dass Rose gar keinen Nagellack benutzte – keine Depressive tat das.

»Haben wir eigentlich nicht, aber eine entlassene Patientin hat was zurückgelassen, wenn Sie wollen, gebe ich ihn Ihnen.«

Ich will keinen Nagellackentferner, dachte Rose. Ich will Rache!

Niemand bemerkte ihn, das war seine Stärke. War immer schon so gewesen. War auch diesmal so. Er nickte den Schwestern freundlich zu, als er die Station betrat. Er hatte extra gewartet, bis mehrere Besucher gleichzeitig auf Station kamen, da fiel er kaum auf. Den weißen Arztkittel hatte er einfach aus einem Wäschesack genommen. Etwas zerknittert war er, aber er passte. Dr. König kam auf Station.

Er hielt sich nicht lange auf. Karl Fischer lag etwas abseits in einem Einzelzimmer.

So ein Glück, dachte er. Fischer war immer noch ohne Bewusstsein. Eine Krankenschwester stand neben seinem Bett und trug etwas in einen Überwachungsbogen ein. Mehrere Schläuche liefen zusammen und vereinigten sich vor seiner Ellenbeuge, in der eine Infusionsnadel steckte. An seiner Brust klebten Elektroden, gierige Finger, die ihm seine Herzschläge entrissen und auf einen Monitor warfen. Die Schwester ging in das nächste Zimmer.

Rasch trat er neben das Bett. Er hatte keine Zeit. Die Spritze in der Jackentasche fühlte sich überraschend warm an. Kaliumchlorid – im Schuss gegeben –, das hält kein Herz aus, erst recht nicht das alte von Karl Fischer. Verdammt, wieso sind da so viele Schläuche. Er war kein Arzt. Und er hatte keine Zeit. Wahllos nahm er einen der Schläuche. Die Kanüle durchstieß problemlos den Kunststoffmantel. Er drückte die Spritze rasch leer, zwanzig Milliliter. Hoffentlich war es der richtige Schlauch. Fünf Sekunden nur, warum dauerte das so ewig.

Dr. König grüßte einen von einer Besprechung kommenden Kollegen freundlich, als er die Station verließ. Kurz bevor sich die Tür hinter ihm schloss, hörte er, wie Herzalarm ausgelöst wurde.

Die gierigen Finger des Monitors fanden keine Beute mehr.

Es dauerte bis in den späten Nachmittag, schließlich hatte Fels das Alibi des jungen Mannes geknackt. Er hatte sich in Widersprüche verstrickt und musste am Ende zugeben, das sein Besuch bei einem Freund viel kürzer gewesen war, als er behauptet hatte. Für die Tatzeit konnte er kein Alibi bieten. Und er hatte ein Motiv! Eifersucht! Sie hatte ihn wegen eines anderen verlassen. Aber sie hatten immer noch keinen Beweis. Fels war müde, aber er spürte, dass der Widerstand dieses Mannes bröckelte. Sie durften nicht nachlassen. Für einen Moment bat er Krebs zu übernehmen, der die ganze Zeit schon dabei gewesen war.

Er ging in sein Büro. Der Kaffee von heute Mittag war noch lauwarm. Nach einem lustlosen Schluck stand er auf und ging wieder zum Verhör.

Wenige Sekunden später klingelte das Telefon. Es war das Krankenhaus. Er hatte dort seine Nummer hinterlassen. Karl Fischer war gestorben. Einem der Ärzte war etwas Seltsames aufgefallen. Sie wollten seinen Rat.

Aber niemand nahm ab.

Ich weiß, sie werden bald kommen. Die Stimmen haben es mir gesagt. Lange kann ich mich nicht mehr verstecken. Oh Gott, was kann ich tun? Sie werden mich wieder holen.

22. Kapitel

Corinna Tarow hatte den Besuch bei ihren Eltern, eine Pflichtübung, wie sie sich auf der Zugfahrt zurück eingestand, vorzeitig beendet. Der vorwurfsvolle Blick ihrer Mutter war Ergebnis jahrelanger Übung und erprobtes Mittel, um ihren resigniert wirkenden Mann zu tyrannisieren. Er hätte weiß Gott Besseres verdient gehabt als ihr wehleidiges Gejammere, das ihr dazu diente, ihn bei der Stange zu halten. Sie war nach den Wechseljahren aus freien Stücken in ein Jammertal gekrochen und hatte es nie mehr verlassen. Ihr Vater stand seither am Abgrund und warf ihr ein Rettungsseil nach dem anderen zu, aber sie wollte nicht fangen und hatte sich stattdessen auf einen grauen Stein im Schatten gesetzt, von dem sie niemand herunterlocken konnte. Ihr Gesicht hatte langsam dessen graue Farbe angenommen und ihre Züge waren hart und zerklüftet geworden. Ihr Herz war erkaltet. Sie war unempfindlich geworden für menschliche Regungen, vor allem die ihres Mannes, eines sensiblen Lehrers, der Französisch und Musik unterrichtet hatte. Er, das pommersche Flüchtlingskind, und nicht sie hatte Vertreibung und Hunger erlebt. Sein Vater war zwei Wochen vor Kriegsende als alter Mann zum letzten Aufgebot des Volkssturms vor Berlin gezwungen worden und galt seither als vermisst. Trotzdem war er stets optimistisch geblieben und mit offenem Blick durch das Leben gegangen. Er hatte sich das Schöne, weil es ihm das Leben nicht geschenkt hatte, erarbeitet und verdient. Er hatte sich früh für Kunst interessiert und seine Berufswahl spiegelte seine Abkehr von der preußischen Ausrichtung seiner Familie wieder. Als Gymnasiallehrer in einer barocken schwäbischen Kleinstadt hatte er sein Glück gefunden. Corinna kam äußerlich wie im Charakter nach ihm. Sie spürte nur manchmal einen Stolz in sich, den sie beim Vater nicht sehen konnte, vielleicht sogar vermisste. Beide standen sich nahe und Corinnas Beziehung zu ihm war inniger als zur Mutter.

Trotzdem hielt sie es nie länger als drei oder vier Tage bei ihren Eltern aus. Diesmal mussten zwei Tage genügen. Ja, sie würde bald wiederkommen. Ja, es war sehr schön, aber ihr müsst verstehen, ich bin jetzt an der Universität und muss hart arbeiten, um voranzukommen.

»Aber morgen ist Samstag. Du wirst doch nicht am Wochenende in dieser verdammten Klinik hocken«, sagte ihre Mutter zweifelnd.

»Doch, gerade. In der Woche komme ich zu nichts, die vielen Patienten und dauernd klingelt das Telefon. Ich muss ein paar wichtige Vorträge und

Veröffentlichungen vorbereiten, ich wollte die Arbeit nicht mit nach Hause bringen und euch damit belästigen. Ich rufe euch morgen an.«

Nach wenigen Minuten im Zug hatte sie die beiden ereignislosen Tage aus ihrem Gedächtnis gestrichen. Corinna Tarow war eine promovierte Psychologin mit Habilitationsperspektive und ausgewiesene Expertin in Neuropsychologie – tatsächlich lagen gerade einige unveröffentlichte Forschungsergebnisse aus diesem Bereich auf ihrem Schreibtisch und harrten ihrer Bearbeitung. Hätte sie in diesem Moment über ihr eigenes Gedächtnis nachgedacht, wäre ihr aufgefallen, dass einige sonst hochaktive Nervenzellverbindungen ruhten, Nervenstränge, Hirnregionen, in denen Gefühle gefiltert und verarbeitet wurden, nicht erreichbar waren, jedenfalls für die Kaffeekränzchen mit ihrer Mutter. Das lag ganz wesentlich daran, dass das limbische System, eine im Gehirn recht unsortiert an verschiedenen Stellen liegende Ansammlung von Nervenzellen, fast ausschließlich mit Eindrücken und Erinnerungen an eine bestimmte Nacht und ihren letzten Intimpartner, ausgerechnet ein Kollege im selben Haus, beschäftigt war, und das mit durchaus widersprüchlichen Gefühlen, aber gerade das beschäftigte sie ja. Ohne Frage, sie war verliebt. War Blankenburg wirklich der Richtige für sie oder würden ihre Gefühle bald wieder erlöschen? Die Klärung dieser Frage vertrug keinen Aufschub. Außerdem gab es schöne und frische Erinnerungen, die nach Wiederholung verlangten. Aus diesem Grund war Corinna abgereist.

Blankenburg erschien ihr tatsächlich widersprüchlich, was keine Überraschung war, denn sie kannten sich zwar seit Längerem, aber nicht gut, und sie wusste wenig von ihm, obwohl er immer offen und nicht uncharmant von seinen beruflichen und privaten Krisen, aber auch Hoffnungen berichtet hatte und so, bewusst oder unbewusst, ein feines Netz von Erwartungen und Andeutungen ausgeworfen hatte, in dem sich Corinna schließlich hoffnungslos verheddert hatte, und das sehenden Auges und sogar genussvoll. Jetzt war es passiert. Es war neunzehn Uhr zwölf. Wo war ihr Handy? Sie versuchte es in seinem Büro.

»Hallo, hier Blankenburg.« Seine Stimme klang müde, aber auch interessant – rauer als sonst.

»Ich bin es. Du klingst heiser.«

»Berufskrankheit. Ich habe den ganzen Tag geredet. Früher habe ich gedacht, Psychiater müssen nur zuhören, von wegen. Ich habe heute mit Hunderten von Leuten gesprochen, Vorlesung gehalten, drei Stunden Studentenkurs gegeben und dann noch angefangen, das Gutachten Brunner zu diktieren. Abends habe ich mich dann noch mit Kollegen gestritten.«

»Keller?«

»Unter anderem. Es lohnt nicht zu erzählen. Er will sich wieder vom ärztlichen Dienst befreien lassen, wegen drängender Forschungsprojekte und zahlreicher Kongressverpflichtungen. Das sei so mit dem Direktor besprochen, hintenrum eben – wie immer. Sicher besser für die Patienten, wenn sie ihm nicht begegnen müssen, aber wer soll die Arbeit machen? Ich bin es leid und werde seine Ratten entführen oder überhaupt ganz freilassen. Im Büro des Direktors.«

Corinna lachte über den albernen Scherz. Sie hätte auch gelacht, wenn Blankenburg in Jambenform aus dem Telefonbuch vorgelesen hätte. Sie hatte sich nach seiner Stimme gesehnt, aber eben nicht nur.

»Gibt es etwas Neues bei Rose Brunner?«

»Allerdings. Sie ist schwanger.«

Corinna verstummte kurz. »Ein geschmackloser Witz, Markus.«

»Kein Witz.«

Wieder schwieg sie eine Weile. »Das ist nicht dein Ernst.«

»Doch.«

»Hat sie etwas dazu gesagt?«

»Nicht wirklich.«

»Ich kann es nicht glauben.«

»Ich bin auch fassungslos. Es ist unklar, wer der Vater ist.« Blankenburg änderte seinen Tonfall. »Ich freue mich auf dich.«

»Wann kommst du?«

»Gegen Mitternacht.«

»Willst du noch vorbeikommen?«

»Morgen früh.«

»Dann sehen wir uns morgen Mittag. Ich muss die Samstagsvisite machen.«

»Du Armer.«

»Halb so schlimm. Zwei Stunden müssten reichen. Ich sehe dann auch noch einmal nach Rose Brunner, sie wird Montag in die Untersuchungshaft verlegt. Ich hatte den Eindruck, sie verkrafte es ganz gut. Irgendwie ist sie aber auch abweisend gewesen. Ich weiß auch nicht, ob es richtig ist, sie jetzt zu entlassen, aber wir waren mit unseren Gutachten fertig.«

»Sicher. Ich könnte dich morgen einfach nach der Visite abholen und wir fahren irgendwo hin, Richtung Berge.«

»Elf Uhr?«

»Prima.«

»Wie erkenne ich dich?«

Corinna lachte. Blankenburg war genauso verliebt wie sie, die albernen Witze sprachen dafür. Ein gutes Zeichen.

»Ich trage eine gelbe Rose hinter dem linken Ohr.«

»Ich werde dunkle Augenringe haben, weil ich noch mindestens zwei Stunden diktieren werde.«

»Arbeite nicht so viel.«

»Keine Arbeit. Beschwerdebriefe an die Klinikverwaltung. Ich möchte ein größeres Büro und mehr Urlaub.«

»Ich freue mich auf dich.«

»Ich mich auch.«

Er flüsterte noch etwas Zärtliches ins Telefon, das Corinna kaum verstand, weil der Zug in dieser Sekunde in einen Tunnel einfuhr. Die Leitung war unterbrochen.

Corinna schloss die Augen. Für einen Augenblick dachte sie an Rose Brunner, aber es war nur ein kurzer Moment. Ihr Schicksal hatte auch Corinna sehr beschäftigt, aber das war jetzt fast schon Vergangenheit. Anderes war wichtiger. Sie würde spät ankommen, sich ausschlafen und dann ... Man würde sehen.

Sie hatten ja Zeit.

Glaubte sie.

Während Blankenburg doch darauf verzichtete, Protestbriefe und Aktennotizen zu schreiben, und sich stattdessen lieber einem Artikel widmete, den er vor einiger Zeit angefangen und dann nicht weiterbearbeitet hatte (»Medikamentöse Behandlung psychotischer Symptome bei aggressiven Schizophrenen. Mythen und Fakten«, der Artikel war schon drei Mal von einer Zeitschrift angemahnt worden), lag Rose Brunner mit offenen Augen auf ihrem Bett, Luftlinie nur höchstens fünfzig Meter von Blankenburg entfernt, tatsächlich aber in einer anderen Welt, hinter gesicherten Türen und ängstlich bewacht von kräftigen Pflegern und skeptischen Krankenschwestern, denen die baldige Verlegung Roses mitgeteilt worden war. Bevorstehende Entlassungen aus psychiatrischen Kliniken bedeuteten immer ein gewisses Risiko. Vermeintliche Besserungen müssen sich im Alltag beweisen, die nicht ausgesprochene, aber häufig vermittelte Botschaft: »Mehr können wir für Sie im Moment nicht tun«, ist für manche Patienten das Ende aller Hoffnungen. Kurzschlusshandlungen waren da immer möglich. In Roses Fall war die Situation eine andere, aber nicht weniger heikel – eine depressive Mörderin mit Selbstmordgedanken, die jetzt auch noch ins Gefängnis musste; es war besser, sie im Auge zu behalten. Rose spürte diese Unsicherheit und gab sich so unauffällig wie möglich. Sie ließ sich nichts anmerken.

Nach ein paar Minuten Ruhe ging sie aus dem Zimmer. Sie sah nach Anna. Beim Essen war sie nur kurz zu sehen gewesen. Sie war in ihrem Zimmer. Rose klopfte. Anna lag auf ihrem Bett, erschreckend blass. Eine Infusion lief in sie hinein. Rose setzte sich zu ihr.

»Anna, ich mache mir Sorgen um dich.«

Anna lächelte sie an. Sie nahm ihre Hand und sagte nichts.

»Anna, warum?«

»Es ist meine Entscheidung. Es geht mir gut.«

»Anna, du bist nur noch ein Gerippe.«

»Ich mag mich so, wie ich bin, Rose.«

»Ich dich auch. Aber du schadest dir. Unter anderen Umständen – das klingt jetzt vielleicht lächerlich – hättest du bei mir wohnen können.«

»Hätte ich gerne gemacht.«

Rose unterdrückte einen mütterlichen Impuls, sie in den Arm zu nehmen: ein lange versunkenes Gefühl in ihr, dem sie misstraute. Anna richtete sich auf.

»Du brauchst etwas?«

»Die Türen morgen?«

»Kein Problem. Du hast den Nagellackentferner?«

Rose nickte.

»Dann kann nichts passieren. Noch was?«

»Ich müsste telefonieren. Die lassen mich nicht, Gerichtsauflage.«

Anna stand auf. Es fiel ihr nicht ganz leicht. Sie war fast zu schwach. In ihrem Schrank lag ihre Tasche, sie kramte darin. Nach ein paar Sekunden hielt sie ein Handy in der Hand.

»Habe ich eingeschmuggelt, zusammen mit ein paar Tabletten.«

»Mich darf keiner sehen. Sonst muss ich vielleicht gleich ins Gefängnis, die warten dann nicht bis Montag.«

»Geh auf die Toilette.«

Rose verschwand in der kleinen Toilette, die vom Krankenzimmer abging. Sie wählte eine Nummer, die sie nie wieder wählen wollte, aber auch nicht vergessen konnte. Nach dem dritten Klingeln wurde abgenommen.

Als sie wieder ins Zimmer kam, hatten sich ihre Züge verhärtet und waren kalt. Eine Totenmaske, dachte Anna im ersten Moment. Doch dann nahm Rose sie in den Arm und küsste sie, ohne etwas zu sagen, auf die Wange.

Über Starnberg lagen dunkle Wolken, aus denen sich hier und da ein paar Tropfen lösten. Ein kalter Herbstwind strich über den See. Die letzten Zugvögel hatten Starnberg längst verlassen. Es wurde jetzt früh dunkel. Der erste Nachtfrost stand bevor.

Eine dunkle Gestalt stand am Ufer. Irgendwo da draußen trieb die Leiche von Brunner, diesem Idioten. Vielleicht lag sie auch auf dem Grund, umso besser. Wollte sich mit mir anlegen und was für sich rausholen, verrückt. Das hat er jetzt davon. Es war nicht zu glauben, seine Frau hatte angerufen. Sie hätte längst tot sein müssen oder wenigstens im Gefängnis.

Natürlich konnte sie nichts wissen. Sie war ein lästiges Stück Mist, genau wie ihr Mann, nur wesentlich hübscher. Irgendwie nicht totzukriegen. Kein gefährliches, aber ein lästiges Problem. Damit musste Schluss sein.

Endlich.

23. Kapitel

Blankenburg hatte eine gewisse Abneigung gegen Samstage, jedenfalls gegen solche, die er in der Klinik verbringen musste. Er war für die Samstagsvisite eingeteilt und musste um neun Uhr in der Klinik sein. Pechschwarze Wolken hingen über dem Voralpenland. Ein eisiger Wind drückte sie gegen die Berge und quetschte erste Wassertropfen aus ihnen. Visite heißt Besuch, sagte er sich, ich gehe durch und mache es kurz. Aber die Patienten saugten sich häufig an ihm fest und berichteten über Ängste vor dem Wochenende oder ihre Enttäuschung über Angehörige, die sie nicht besuchen würden. Manche deuteten eine Verschlechterung ihrer psychischen Verfassung an, schwiegen bedeutungsvoll, wenn sie nach Selbstmordgedanken befragt wurden und ertrotzen sich so extra Aufmerksamkeit. Natürlich gab es auch Notfälle, die Blankenburg in Anspruch nahmen, aber die meiste Zeit verbrachte er bei Privatpatienten, die den Direktor vermissten und sich nun an ihn hielten. Wenn er Zeit hatte, plauderte Blankenburg mit seinen Patienten gerne über die Bücher, die sie gerade lasen oder über Familienangehörige, auf deren Besuch sie warteten. Es interessierte Blankenburg, was die Patienten, die endlose Stunden im Klinikalltag zwischen Mahlzeiten, Visiten und Therapien zu überbrücken hatten, beschäftigte.

Schwer gestörte Patienten lasen meist wenig oder gar nicht. Natürlich sahen auch viele andere nicht in Bücher, weil sie es nie gelernt hatten oder sich nicht dafür interessierten. Stattdessen lief für sie immer der Fernseher im Aufenthaltsraum, der, seit es immer mehr Privatsender gab, pausenlos Stumpfsinn auf allen Kanälen brachte. Mit den anderen Patienten besprach Blankenburg manches, was er oder sie gerade interessant fanden. Aber heute fehlten ihm Muße und Zeit dafür.

Tatsächlich gab es an diesem Morgen einige schwierige Situationen zu klären. Ein junger Mann war aus der Chirurgie zuverlegt worden. Er hatte sich mit einem Messer schwere, aber nicht lebensbedrohliche Verletzungen zugefügt und war offensichtlich psychotisch. Die Chirurgen hatten ihn mit einer Spritze Valium ruhiggestellt, um seine Wunden, tiefe Schnittverletzungen an beiden Armen, zu versorgen. Ihre Wirkung ließ gerade in dem Moment nach, als Blankenburg auf Station kam und der junge Mann ihm als Neuaufnahme von einer jungen Assistentin vorgestellt wurde, einer engen Mitarbeiterin Kellers, die sich in den wenigen Monaten, die sie in der

Klinik arbeitete, schon seinen gehetzten Gesichtsausdruck angewöhnt hatte. Mehrere Pfleger waren notwendig, um den jungen Mann zu beruhigen. Das würde keine kurze Visite werden.

Die geschlossene Abteilung, in der Rose scheinbar unbeteiligt frühstückte, lag einen Stock tiefer als die Station, in der Blankenburg gerade versuchte, den psychiatrischen Notfall in den Griff zu bekommen. Rose war nervös, bemühte sich aber, sich nichts anmerken zu lassen. Sie hatte kaum geschlafen, noch weniger als sonst. Rose hatte Angst vor ihren Träumen, in denen ihre Kinder um sie waren und die sich so voller Unglück, Furcht und Blut gesaugt hatten, dass die Nacht ihr Feind geworden war. Sie hatte sich damit abgefunden, für immer damit leben zu müssen. Aber es gab noch etwas zu erledigen. Sie musste es tun. Eine angespannte Unruhe arbeitete in ihrem Magen. Oder war es die Schwangerschaft, die sie spürte? Ihr war schlecht. Die Nachricht von der Schwangerschaft hatte sie wie ein Peitschenhieb getroffen. Sie hatte nichts gespürt, nichts geahnt. Sie hatte es nicht glauben können. Die Nachricht hatte sie zunächst in jenen Schockzustand innerer Lähmung zurückgeworfen, den sie in den ersten Tagen auf der Intensivstation gespürt hatte. Man hört und sieht alles, aber es erreicht einen nicht. Erinnerungen tauchen auf, aber sie gehören nicht zu dir, sind fremd, Spielfilmschnipsel, die durch dein Gehirn fliegen und die man nicht abschalten kann. Vielleicht waren es auch die Medikamente, die sie betäubt hatten. Das Schicksal hatte noch diesen letzten Treppenwitz für sie bereitgehalten, der ihr bitter auf der Seele lag. Der Psychiater, der sie begutachten sollte, war nett und bemühte sich, aber nie, niemals hätte sie mit ihm über den Kern reden können. Helfen konnte er ihr nicht. Das hatte schon vorher niemand gekonnt, warum jetzt? Es war zu spät. Es gab nur noch eins zu tun. Ihre Nervosität zog an jedem Härchen. Wo war Anna?

Die Autobahn nach Starnberg war frei. An schönen Wochenendtagen, wenn sich Hunderte Ausflügler Richtung Seen oder Berge wälzten, war sie häufig verstopft. Aber nicht heute. Ein trüber Herbsttag, der zu nichts verlockte. Fels lenkte seinen BMW, dessen sechs Zylinder auch bei hoher Geschwindigkeit samtweich schnurrten, auf der linken der drei Spuren. Er fuhr schnell, obwohl dazu keine Notwendigkeit bestand. Es war nur ein kurzes Stück Autobahn, die örtliche Polizei wartete ohnehin auf ihn. Wahrscheinlich war der Besuch überflüssig. Die Kollegen dort hielten ihn für verrückt, was sollte er schon in der Wohnung des verschwundenen John Brunner finden? Alte Socken und leere Bierflaschen, sagte er sich. Es war ihm egal. Fels war gut gelaunt. Er war bis halb zwölf im Kommissariat geblieben, dann hatte der Exfreund der toten Frau aus der Isar gestanden. Stundenlang hatten Krebs und er, mal drohend, mal lockend und Verständnis vortäuschend, ihn verhört, dann konnte er nicht mehr. Der junge Mann hatte eine letzte Aussprache mit seiner Exfreundin gesucht, sie hatte ihn aber nur ausgelacht und war schließlich im Streit von ihm erschlagen worden. Die Tote hatte er zunächst im Kofferraum seines Wagens herumgefahren und schließlich von einer Brücke in die Isar geworfen. Fels zweifelte keine Sekunde, dass die Spurensicherung im Kofferraum fündig werden würde, irgendwelche Spuren gab es immer. Der Fall war gelöst. Der Erfolg hatte seinen Kopf frei gemacht und trotz Schlafmangels war er jetzt wieder offen für den Starnberg-Fall, wenn es überhaupt noch ein Fall war. Eigentlich war da nur eine Restunsicherheit, was Rose Brunners Motiv betraf, und es gab einen Verschwundenen, der vielleicht in Gran Canaria in der Sonne lag. Aber da hatte er erhebliche Zweifel.

Er fuhr von der Autobahn ab, obwohl der BMW gerne auf der Autobahn geblieben wäre, steuerte die örtliche Polizeistelle an, die in einem schmucklosen Multifunktionsbau untergebracht war, den er mittlerweile gut kannte. Die diensthabende Beamtin war eine junge Polizistin, die Fels noch nie gesehen hatte. Sie war aschblond und hatte einen leichten oberbayerischen Akzent, der bei ihr charmant klang. Die anderen beiden Kollegen der Frühschicht waren gerade zu einem Verkehrsunfall mit Personenschaden gerufen worden. Die Polizistin gab ihm den Schlüssel zur Brunner-Wohnung und entschuldigte sich dafür, dass sie nicht mitkommen konnte. Fels war das ganz recht. Er sah sich gerne allein um. Zehn Minuten später hielt er vor dem Appartmenthaus, in dem John Brunner im zweiten Stock gelebt hatte.

Corinna Tarow hatte eine halbe Stunde lang gebadet. Sie wusste es so genau, weil nebenbei ein Radio lief. Sie war um halb neun in die heiße Wanne gesprungen und kurz nach der vollen Stunde wieder herausgestiegen. Sie hatte nebenbei die Nachrichten gehört, immer noch und immer wieder Katastrophenmeldungen von den Börsen und Bankenzusammenbrüchen, die durch öffentliche Gelder vermieden werden sollten, durch Geld, das dann unter anderem bei Forschung und Bildung fehlen würde. Die Wahrscheinlichkeit, Mittel für ihre Forschungsanträge zu bekommen, würde so noch geringer werden. Der Wirtschaftsminister vertraute wie immer auf eine Wende zum Besseren. Die deprimierenden Nachrichten milderten ihre Frustration über den Besuch bei ihren Eltern. Sie steckte den Kopf unter Wasser.

Sie freute sich auf Blankenburg. Gleichzeitig spürte sie eine gewisse Unruhe, eine nervöse Unsicherheit, die sich im warmen Wasser etwas verlor. Dies war immer noch der Anfang einer Liebesbeziehung, eigentlich der Anfang eines Anfangs, und sie wusste nicht, in welche Richtung sie sich entwickeln würde. Vielleicht war morgen alles vorbei.

Sie war Mitte dreißig, und bisher waren alle ihre Partnerschaften irgendwann gescheitert, früher oder später. Die Erfahrung machte sie skeptisch, aber sie war auch neugierig. Die Psychologie hatte es nicht geschafft, ihre Gefühle zu domestizieren. Selbst romantische Hoffnungen waren noch möglich. Um elf Uhr waren sie verabredet. Es war noch genug Zeit.

Anna war in ihrem Zimmer. Über ihrem Bett hing ein selbst gemaltes Bild, das in der Beschäftigungstherapie entstanden war, am Anfang ihrer Behandlung. Da war es ihr noch besser gegangen. Es zeigte einen Feuerwehrmann, der mit einem Kind vor einem brennenden Haus stand. Das Kind durfte den Wasserschlauch halten, mit dem sie löschten. Niemand hatte das Bild verstanden, niemand hatte danach gefragt. Anna lag im Bett und ließ eine Infusion über sich ergehen. Sie blickte ausdruckslos an die Wand und drehte sich erst um, als Rose sie ansprach.

»Wann?«, fragte sie nur.

Rose war verwirrt. »Was meinst du?«

»Wann du raus möchtest?«

»So bald wie möglich.«

»Zwanzig Minuten?«

»In Ordnung.«

»Ich kann dir nur die Türen öffnen. Den Rest musst du selber schaffen.«

»Kein Problem. Hier ist der Nagellackentferner.«

»Danke.«

»Was hast du vor?«

»Stell dich vorne an die Tür, so unauffällig wie möglich.«

»Anna?«

»Werde ich dich wiedersehen, Rose?«

Die Frage traf sie ins Herz, nicht weil sie unsicher war oder Angst um sich hatte. Sie hatte Angst um Anna. In der letzten schlaflosen Nacht hatte sie lange über die vergangenen Wochen, den Albtraum ihres Lebens, nachgedacht. In die gespenstische Trauer um ihre verlorenen Kinder, ein Verlust, der ihr immer noch unwirklich vorkam, hatten sich Schuldgefühle gemischt, die so stark waren, dass sie alles in Kauf nahm, auch ihren Tod, um sie zu besänftigen. Gleichzeitig waren da Gedanken an Anna – ihre Freundin.

Anna war in großer, tödlicher Gefahr. Ihre Reserven waren aufgezehrt, das spürte Rose genau. Bei aller Zähigkeit war Anna am Scheideweg. Sie hatte den Tod vor Augen, er griff nach ihr mit tausend Armen. Ihr Herz könnte stehen bleiben, noch die gnädigste Variante, er könnte aber auch mit einer Lungenentzündung kommen oder einem Nierenversagen. Anna hatte schon eine sehr schmerzhafte Bauchspeicheldrüsenentzündung hinter sich.

Vielleicht würde der Tod sich auch ihr Gehirn wünschen und sie ins Koma werfen. Alles war möglich.

»Das liegt an dir, Anna. Du weißt, was ich meine.«

Sie nickte stumm. »In zwanzig Minuten, Rose.«

Fels entfernte die Polizeimarke von der Haustür, die anzeigte, dass die Wohnung von Unbefugten nicht betreten werden sollte. Er würde sie nachher wieder erneuern. Das Appartement von John Brunner hatte zwei Zimmer und war so unpersönlich wie nur möglich. Er hatte hier nicht lange gewohnt. Die Küche hatte nur wenige Quadratmeter. Der Kühlschrank war gut gefüllt, vor allem das Gefrierfach mit einer Unmenge an Tiefkühlpizzen und ähnlichen Leckereien. Unter dem Küchentisch standen zwei kaum angebrochene Kästen Bier. In der Spüle lagen einige benutzte Teller. Alles in allem machte die Küche auf Fels nicht den Eindruck einer länger geplanten Abwesenheit. Dafür war die Vorratshaltung zu gut. Aber Fels wusste, dass man sich in solchen Dingen täuschen konnte.

Das Wohnzimmer war gesichtslos. Gegenüber einer Schrankwand mit Fernseher stand eine helle Couchgarnitur, dazwischen ein Glastisch. Fels setzte sich auf einen der Sessel. Auf dem Tisch lagen mehrere Zeitungen und Magazine. Er blätterte in ihnen. Unter den »Starnberger Nachrichten« lagen zwei Ausgaben von »auto motor und sport« über Geländewagen und viele neue BMWs, darunter ein Bikermagazin. Weiter unten im Stapel lag eine deutsche »Hustler«-Ausgabe. Ganz unten befand sich ein Börsenmagazin, über das sich Fels sehr wunderte, schließlich hatte Brunner seines Wissens kein Geld gehabt, aber vielleicht lebte er manchmal in Fantasiewelten. Oder er hatte erwartet, bald an Geld zu kommen, woher auch immer.

Nachdem er den Wandschrank sorgfältig durchgesehen hatte, ging Fels ins Schlafzimmer. Über dem nur nachlässig gemachten Doppelbett lag eine Decke mit Leopardenmuster. Fels fand sie extrem kitschig. Er hob sie an. Unter der Decke fand sich nur Bettzeug. Es roch etwas streng.

Im Schrank hing ein einziger Anzug, sonst nur Jeans und Baumwollhosen und einige Hemden. Nichts Weibliches in der ganzen Wohnung. Wenn John Brunner seine Eroberungen mit in seine Wohnung gebracht haben sollte, so hatten sie zumindest keine greifbaren Spuren hinterlassen. Vielleicht war er aber auch zu ihnen in die Wohnung gegangen oder hatte sich mit ihnen auf dem breiten Sattel seiner Harley vergnügt. Vielleicht waren die Eroberungen aber wesentlich bescheidener ausgefallen, als er zum Beispiel im Jachtclub vermittelt hatte. Wie auch immer, die Wohnung verriet über das Sexualleben Brunners nichts. Die Leopardendecke drückte Wünsche aus, aber darunter hatte Fels nur muffige Langeweile gerochen, einsame Abende mit dem »Hustler«.

Es gab noch eine Kommode. Auf ihr lagen einige Briefe, die sich rasch als Rechnungen und eine Mahnung identifizieren ließen. Alles belangloses Zeug, keine Flugtickets nach Übersee. Fels öffnete die Schubladen. Die erste war voll mit Kleidung. In der zweiten lagen einige Fotoalben. Fels zog sie heraus. Es waren drei, alle mit rotem Einband.

Er nahm das Album, das ganz oben lag, und blätterte es mit einer gewissen Unsicherheit durch, einer Befangenheit, die ihn auch nach vielen Berufsjahren überfiel, wenn er sich dem Privaten und Intimen näherte, in dem kein anderer Mensch etwas zu suchen hatte, auch wenn der Hintergrund der Suche ein polizeilicher und die Person, deren Privatsphäre seziert wurde, ein Krimineller oder zumindest ein unsympathischer Verschwundener war. »The Rock« hatte sich eine intuitive Zurückhaltung bewahrt, die bei anderen Polizisten nicht üblich war oder sich über die Jahre verloren hatte. Gerade weil er so war, weil er über eine gewisse Sensibilität verfügte, die über das Faktensammeln hinausging, erkannte und verstand er mehr als andere, die oft genug über seine Sonderwege irritiert waren. Auch heute war er auf einem Sonderweg. Niemand sonst hätte sich die Mühe gemacht, die Brunner-Wohnung noch ein zweites Mal, auf eigene Faust, ohne klare Strategie zu durchsuchen.

Das erste Album umfasste etwa die letzten beiden Jahre und war nicht ganz voll. Die Fotos zeigten zum Teil John Brunner selbst, im Jachtclub, an Bord eines Bootes oder auf dem Motorrad, oft aber auch die Kinder, meist einzeln, selten zusammen. Rose war nur auf zwei oder drei Bildern zu sehen. Vielleicht hatte er die von Rose weggeworfen und sie damit aus seinem Leben gestrichen? Es waren fröhliche Gesichter dabei, oft blickten die Kinder aber auch ernst, fast verstört, herausgerissen aus ihrem früheren Leben. Die Kinder waren meist bei Festen oder Ausflügen fotografiert. Ein Familienleben war nirgends zu erkennen. Immerhin hatte Brunner die Entwicklung der drei Kinder bis zuletzt verfolgt und auf Bildern festgehalten. Ganz gleichgültig konnten sie ihm nicht gewesen sein, dachte Fels.

Die Bilder im zweiten Album waren älter. Sie umfassten den Zeitraum kurz nach der Geburt der Zwillinge bis vor etwa zwei, drei Jahren. Fels konnte sich an einigen handschriftlichen Datierungen und Kommentaren orientieren. Kindergeburtstage und Einschulungen waren zu sehen. Rose war oft darauf, eine auffallend hübsche Frau, die viel lachte. Auf einigen der Fotos erschienen sie noch als Liebespaar. Die anderen Bilder zeigten weitere Familienangehörige, oft Brunners Eltern. Hier und da waren andere Kinder zu sehen, Freunde, die zu Besuch kamen. Hinten waren einige Bilder der Eröffnung von seinem Geschäft, »John's Sportwelt«, in das er so viel Hoffnungen gesetzt hatte und das sich als Tür zum Abgrund entpuppt hatte. Fels legte das Album zurück.

Der dritte Band ging am weitesten zurück. Fels blätterte von hinten nach vorne. Säuglingsbilder. Kleine Babys in rosa oder blauen Tüchern. Glückliche Eltern und Großeltern. Die ersten Schritte. Ein kleiner Junge, der gegen einen Gartenzwerg pinkelt, der Stolz seines Vaters. Fels ging noch weiter zurück zur Genesis der Familie. Bilder eines Liebespaares, gemeinsame Urlaube. Ein paar junge Leute auf Motorrädern, den Starnberger See im Rücken. Brunner beim Bergsteigen, zwei Freunde, die ihn am Seil halten. Wieder die selben Gesichter, diesmal an Bord eines Schiffes bei strahlend blauem Himmel auf dem See mit einer Dose Bier in der Hand. Schließlich gelangte Fels zu den Hochzeitsbildern. Ein großes Foto zeigte das Brautpaar vor der Kirche, daneben die Eltern, Freunde, Verwandte. Fels erkannte am Rande den alten Fischer, daneben einen jungen Mann, den Fels auch auf den anderen Bildern schon gesehen hatte. Dann folgten einige Bilder vom Standesamt, Brunner im dunklen Anzug, Rose im grünen Kleid, erkennbar schwanger. Wahrscheinlich hatten sie deswegen geheiratet. Keiner der beiden war in Tracht erschienen, in der so viele in dieser Region heirateten. Zwei junge Leute, eine hellblonde Frau und ein dunkelhaariger Mann, der auf dem anderen Bild neben dem alten Fischer gestanden hatte. Dann noch ein paar Bilder, das Brautpaar mit der Familie, mit den Trauzeugen. Fels legte das Album zurück.

Für einen Moment schlug sein Herz schneller, wie immer, wenn er unter Stress stand und versuchte, seiner Erregung Herr zu werden. Er griff wieder nach dem Album. Mit kalter Hand schlug er die Seite auf. Er erinnerte sich an dieses Gesicht. *Ich habe sie kaum gekannt.*

Eine glatte Lüge, er war der Trauzeuge gewesen. Das Bild war ganz eindeutig.

Die Frage war: Warum hatte er gelogen?

Anna war müde. Ihre Glieder waren dünn wie Strohhalme, fühlten sich aber an wie Elefantenbeine. Sie konnte sich kaum bewegen. Es war eine tödliche Schwäche, die in ihr hochgekrochen war, langsam und Tag für Tag ein bisschen mehr. Sie wusste es und Rose hatte es ihr auch zu verstehen gegeben. Sie stand auf. Sie hatte es ihr versprochen. Sie war ihre einzige Freundin und sie musste sie gehen lassen, so oder so. Anna ging zum Schrank. Ihre Kleider, ohnehin zum Teil Kindergrößen, schlotterten um ihren ausgezehrten Körper. Sie schlüpfte in einen Bademantel und zog aus ihrer vollgestopften Tasche eine leere Flasche, Papier, den Nagellackentferner, Zigaretten und Streichhölzer. Sie steckte alles unter ihren Bademantel, der viel zu weit war. Sie griff ihren Infusionsständer, an dem mehrere Beutel hingen. Der Schlauch, der in ihre Nase lief und in ihrem Magen endete und durch den sie seit Kurzem künstlich ernährt wurde, baumelte ziellos wie ein außer Takt geratenes Uhrpendel.

Auf dem Flur waren nur wenige Patienten. Eine Schwester lief leise schimpfend aus einem Krankenzimmer. Eine verwirrte Patientin hatte eingenässt. Das war günstig. Die alte Frau zog die Aufmerksamkeit auf sich. Rose war nicht zu sehen. Anna hoffte, dass sie sich Richtung Ausgangsschleuse begeben hatte. Auf dem Flur stand ein Gummibaum in einem Topf. Mit äußerster Anstrengung schob Anna ihn knapp einen Meter nach links. Das ging fast über ihre Kraft. Sie musste es tun. Rose war sehr unter Beobachtung. Auf Anna achtete niemand mehr, sie war zu lange auf Station.

Sie stopfte das Papier in die Flasche und tränkte es mit der alkoholischen Flüssigkeit aus dem Nagellackentferner. Dann stellte sie sich auf die Zehenspitzen und klemmte die Flasche oben in eine Astgabel des Gummibaums. Fast wäre die Flasche weggerutscht, aber Anna drückte sie noch einmal fest zwischen die Äste. An der Decke schimmerte eine rote Leuchte, kaum dreißig Zentimeter von der Flasche entfernt. Anna hoffte, dass Rose vor der Schleuse stand. Sehen konnte Anna sie aus ihrer Position nicht. Sie griff in den Bademantel und holte ihre Zündhölzer heraus. Jetzt musste es schnell gehen. Sie zündete ein Streichholz an und führte es an die Flasche.

Das Papier fing sofort Feuer und begann zu qualmen. Erste Rauchfäden stiegen auf. Noch schwieg der Feuermelder an der Decke, die Kontrolllampe leuchtete friedlich. Jetzt brannte die ganze Flasche. Lange konnte das nicht unbemerkt bleiben, auch in dem Trubel nicht, der momentan auf der Station herrschte.

Anna atmete schwer. Die Luftzüge taten ihr weh, brannten zwischen den Rippen ihres ausgemergelten Brustkorbs. Ihre Lungenbläschen schienen mit ätzendem Dampf gefüllt. Sie biss die Zähne zusammen und ging Richtung Stationszimmer. Eine der Schwestern sah sie misstrauisch an. Mit der rechten Hand riss sich Anna ihre Infusion aus der linken Ellenbeuge. Sie biss vor Schmerz auf ihre Unterlippe. Blut lief ihr den Unterarm herab. Dann begann sie, sich die Magensonde aus dem Nasenloch zu ziehen. Sie tat es in einer kurzen, heftigen Bewegung. Jetzt lief ihr auch noch Blut aus der Nase. Der Schmerz war zu viel für sie. Die Anstrengung war ohnehin mehr gewesen, als ihr ausgezehrter Körper noch hergab. In diesem Moment sah sie Rose, die plötzlich neben ihr stand. Annas Knie gaben nach. Rose schrie laut. Ihre Hand griff nach dem herausgerissenen Infusionsbesteck.

Eine Krankenschwester stürzte aus dem Stützpunkt zu ihnen und rief laut. Rose trat rasch zur Seite und ging langsam Richtung Schleuse. Ein anderer Pfleger kam zu Hilfe. Das Letzte, was Anna hörte, bevor ihr schwarz vor Augen wurde und sie das Bewusstsein verlor, war die Sirene des Feueralarms. Der Brand hatte den Rauchmelder alarmiert.

In derselben Sekunde öffneten sich sämtliche Türen automatisch – eine Auflage der obersten Baubehörde und der Brandschutzkommission, die

Anna kannte, denn ihr Vater war Feuerwehrmann und hatte ihr bei einem Besuch auf Station ganz beiläufig den Sinn der Feuermelder erklärt

Alle Schwestern waren bei Anna. Die beiden Türen der Schleuse flogen mit der Alarmsirene auf.

Rose war frei.

Fels gab Gas. Die Reifen des BMWs quietschten, als er das Pedal durchtrat. Die sechs Zylinder waren begeistert, endlich wurde ihre Leistung abgerufen. Aber die Fahrt dauerte nur wenige Minuten. Vor der Starnberger Polizeidienststelle stand ein Streifenwagen. Im Inneren ärgerten sich zwei Beamten mit einem Betrunkenen herum, der an einem Stammtisch angefangen hatte zu randalieren. Fels schenkte ihm keine Beachtung, sondern ging schnurstracks zu der jungen Polizistin, die ihm vorhin den Schlüssel gegeben hatte. Als sie Fels sah, kam sie ihm entgegen. In ihrem Blick lag Zweifel.

»Haben Sie etwas gefunden?«

Fels legte das Fotoalbum vor sie auf den Tisch. »Kennen Sie diesen Mann?« Er zeigte auf den jungen Mann auf dem Hochzeitsbild. Die Beamtin runzelte die Stirn.

»Ich bin nicht aus der Gegend. Ich wurde erst vor vier Wochen aus Garmisch hierher versetzt. Mir sagt das Gesicht nichts. Die Aufnahme scheint auch schon etwas älter zu sein. Ich kann mal meine Kollegen fragen. Benedikt ist aus Starnberg. Benedikt?«

Einer der beiden Streifenpolizisten, ein stämmiger junger Mann mit roten Wangen, die den späteren Bluthochdruck schon ahnen ließen, kam aus Richtung der Arrestzelle, wo der Betrunkene gerade in die Ecke urinierte. Er war für jede Unterbrechung dankbar.

»Das ist Hauptkommissar Fels aus München. Er hat in der Brunner-Sache ermittelt. Kurze Frage: Weißt du, wer dieser Mann ist?«

Der Polizist warf nur einen kurzen Blick auf das Bild. Fels kannte ihn vom Einsatz in der Brunner-Wohnung nach dem Tod der Kinder. Es war Benedikt Daisenhammer, der wie eine Dampfwalze zur Spurenvernichtung durch den Tatort gerollt war.

Er sah Fels an. »Sicher. Das ist ein altes Bild, nicht wahr? Aber das ist bestimmt Sven Fischer. Was ist denn mit ihm?«

Fels überlegte. Sven Fischer war nirgends aufgetaucht, in keiner Vernehmung, keiner Zeugenaussage. Von seiner Existenz hatte er nur zufällig erfahren, eine beiläufige Begegnung am Gartenzaun. Es gab eine Verbindung von ihm zu Rose und John Brunner, das war klar. Und alle Beteiligten hatten sich bemüht, diese unsichtbar zu machen. Die Frage war – warum hatten sie es getan?

Blankenburg hatte zwei Drittel der Stationen hinter sich. Vielleicht würde Corinna unten schon auf ihn warten. Er hatte sich während der Visite mehrfach innerlich abgewandt und war mit dem Auge der Erinnerung über ihren Körper gewandert.

In diesem Moment ging der Alarm.

Die Patientin, die Blankenburg seit zwanzig haftenden Minuten ihre Ängste geschildert hatte und die alle seine Aufmerksamkeit verdient gehabt hätte, wenn er dazu heute in der Lage gewesen wäre, hielt erschrocken inne. Blankenburg war weniger beunruhigt. Das Alarmsystem war vor zwei Jahren neu installiert worden und dazu da, in kritischen Situationen, wie etwa einem Selbstmordversuch oder einem anderen Notfall, rasch Hilfe zu aktivieren. Es war so empfindlich, dass es laufend Fehlalarme gab. Die Haustechnik hatte das nicht in den Griff bekommen. An guten Tagen gab es vier, fünf Mal Großalarm, meist unbegründet. Ärzte und Schwestern strömten dann auf die Station, auf der Alarm gegeben wurde. Meist waren viele vor ihm auf Station. Heute aber war Samstag und es waren nur wenige Ärzte im Hause. Blankenburg entschuldigte sich daher rasch, der Alarm kam ihm nicht unlieb. Auf dem Flur lief ihm eine Schwester entgegen, die ihm zurief, es habe Feueralarm auf der geschlossenen Abteilung gegeben. Das erschien Blankenburg unwahrscheinlich. Erst als er die Treppe ins zweite Stockwerk genommen hatte, erkannte er die Tragweite des Problems. Alle Türen standen offen. Drei Patienten kamen ihm entgegen, die nie und nimmer Ausgang haben konnten. Eine verzweifelte Krankenschwester hielt eine verwirrte ältere Frau zurück. Im Hintergrund sah er eine weitere Schwester, die sich um eine vor dem Stationszimmer liegende junge Frau kümmerte. Erst beim Näherkommen konnte er Anna erkennen. Es war eine chaotische Situation und er wusste nicht, was er zuerst tun sollte.

Verdammter Mist, sagte er sich, was ist hier los?

24. Kapitel

Fels hatte Benedikt Daisenhammer kurzerhand mitgenommen, Dienstvorschrift hin oder her. Dann war die Polizeistation Starnberg eben einmal unterbesetzt. Das würde er auf seine Kappe nehmen. Dazu hatte sich der Polizist als zu ergiebige Quelle herausgestellt. Fels war sich nicht ganz sicher gewesen, schließlich hatte er den jungen Fischer nur einmal ganz kurz vor seinem Elternhaus gesehen. Er war ihm kaum aufgefallen und hatte so durchschnittlich und unauffällig gewirkt, dass kaum ein Eindruck hängen geblieben war. Es wäre Fels, einem sonst sehr genauen Beobachter, schwer gefallen, Sven Fischer zu beschreiben – mittelgroß, Mitte bis Ende dreißig, dunkle Haare, keine besonderen Merkmale. Er hatte sich nur an ihn erinnert, weil er behauptet hatte, John und Rose Brunner kaum gekannt zu haben, eine beiläufig hingeworfene Lüge, wie er jetzt wusste. Er war sogar Trauzeuge gewesen. Warum hatte er gelogen?

Benedikt Daisenhammer war in seinem Element. Er hatte sein ganzes Leben in Starnberg verbracht und kannte so gut wie jeden. Was er über Sven Fischer zu erzählen wusste, war interessant. Zum alten Fischer konnte er nur sagen, was alle schon wussten: Er war früh verwitwet und hatte sein Geschäft dann lange Jahre alleine geführt. Er war ein angesehener, zurückhaltender Mann vom alten Schlag gewesen, den alle respektiert hatten und der mit den Zugezogenen und Neureichen in der Nobelgemeinde wenig Kontakt pflegte. Mit seinem Sohn war das nicht ganz so.

»Sehr gut kenne ich ihn nicht«, ergänzte Daisenhammer eifrig. »Er ist meines Wissens vor einigen Jahren aus Starnberg weggezogen, an die südliche Seespitze nach Bernried. Polizeilich in Erscheinung getreten ist er bislang nicht, bis auf eine Verkehrssache. Er fährt immer große Autos und ist einmal über eine Verkehrsinsel gedonnert und hat dabei auch noch einen anderen Wagen mitgenommen, Mordssachschaden, war wohl zu schnell unterwegs vom See rauf. Alkohol war vermutlich auch im Spiel. Ich habe die Sache aber nicht selbst bearbeitet. Sein Verhältnis zum alten Fischer war schlecht. Ich weiß das, weil er zusammen mit meinem Vater im Schützenverein war. Nichts für die Neureichen hier im Ort, die spielen lieber Golf.«

»Schon gut«, unterbrach Fels ihn ungeduldig. Er überholte gerade einen roten Lancia, der ihm zu langsam fuhr. Der Sechszylinder heulte, als er Gas gab.

Daisenhammer schien etwas eingeschnappt, fuhr aber fort. »Na gut. Die Frau vom alten Fischer hat sich umgebracht, schon vor über zwanzig Jahren. Ist ins Wasser gegangen. Ich glaube, sie war krank. Sie hat es an den Nerven gehabt. Der junge Fischer war damals noch ein Kind, vielleicht zehn oder zwölf. Die haben damals in Bernried gewohnt, etwa da, wo er heute wieder lebt. Der Junge hat jedenfalls seine Mutter morgens am Seeufer gefunden. Ich glaube, davon hat er sich nie erholt. Er hat seinem Vater immer Vorwürfe gemacht und geglaubt, die Mutter habe sich seinetwegen umgebracht. Ich glaube nicht, dass das stimmt. Soweit ich weiß, hat sich der alte Fischer sehr um seinen einzigen Sohn gekümmert. Der Sven war als Jugendlicher sehr schwierig, ein Draufgänger, war auch in so einer Gang.«

»Einer Gang?«

»Na ja, Motorräder und so. Nichts Kriminelles.«

Fels nickte. Er hatte die Bilder gesehen. »Was macht Sven Fischer heute?«

»Gute Frage. In der Schule war er keine Leuchte. Hat seinem Vater viele Probleme gemacht, soviel ich weiß. Dann war er eine ganze Weile weg, ich glaube, im Ausland, Spanien und weiß der Himmel wo. Ist erst vor ein paar Jahren wiedergekommen. Er hat dann ein Versicherungsbüro aufgemacht und handelt jetzt mit irgendwelchen Sachen, ich glaube auch Immobilien. Scheint ihm finanziell gut zu gehen. Mehr weiß ich nicht. Hat sich meiner Ansicht nach ziemlich verändert, hängt jetzt mit ganz anderen Leuten rum, Großkopferten aus München, fährt sowieso dauernd da rauf. Ist oft in Nachtclubs oder Bars unten am See. Ziemliche Angeber sind das, wenn Sie mich fragen.«

Das Soziogramm des Starnberger Publikums interessierte Fels im Moment weniger. In der Zwischenzeit hatte er sein Ziel erreicht. Er kannte die Straße mittlerweile sehr gut. Der Morgen, an dem sie hier drei Kinderleichen gefunden hatten, lag erst wenige Wochen zurück. Das Haus von Karl Fischer erschien dunkel und unbewohnt. Kein Jeep stand vor der Tür. Fels klingelte, obwohl er zweifelte, dass ihm jemand öffnen würde, und er behielt recht. Er ging um das Haus. Es wirkte wie ausgestorben. Die Vorhänge waren offen, die Rollläden oben. Er blinzelte durch die Fenster ins Innere. Es war nicht viel zu sehen. Keine Bewegung. Nichts rührte sich. Er ging wieder nach vorne.

Für einen Moment überlegte er, nach rechts zu gehen und die alten Brunners über das Verhältnis ihres Sohnes zu Sven Fischer zu befragen, aber er zögerte. Was konnte die Befragung bringen? Dass die beiden sich viel besser kannten, als sie vorgegeben hatten, war offensichtlich. Viel wichtiger erschien es ihm, Rose Brunner noch einmal zu befragen. Nicht nur John Brunner hatte Fischer gekannt, auch Rose. Dieses unsichtbare Band hatten sie bisher völlig übersehen. Da war eine Beziehung, die wichtig sein konnte. Was immer Sven Fischer und John Brunner verband, Rose konnte – ja musste davon gewusst haben. Fels war sich sicher, dass Sven Fischer etwas mit Brunners Verschwinden zu tun hatte, so oder so. Sein Instinkt sagte ihm das. Und da war noch was. Rose war schwanger geworden, kurz vor der Tat und offensichtlich nicht von ihrem Mann. Vielleicht würde eine weitere Vernehmung von Rose Licht ins Dunkel bringen. Wenn er sie mit den neuen Erkenntnissen konfrontierte, würde sie vielleicht reden. Er musste in die Klinik. Die Sache vertrug keinen Aufschub.

Fels schaute nach links. Im Haus der alten Witwe bewegte sich ein Vorhang. Ein schmales Gesicht wandte sich ab. Fels ging zum Wagen und stieg ein. Hier war nichts mehr zu klären.

Er stieg wieder aus.

Anstatt zurück zur Polizeiwache zu fahren, ging er zum Nachbarhaus von Fischer und klingelte. Zum zweiten Mal an diesem Morgen hatte sich sein siebter Polizeisinn gemeldet, ein Sinn, den Daisenhammer, der verwundert nach ihm aus dem Wagen stieg, auch nach vierzig Jahren Polizeiarbeit nie haben würde. Er erinnerte sich an Krebs' Schilderung der Vernehmung von Nachbarn und Zeugen, von denen niemand etwas gesehen oder gehört haben wollte. Dieses Haus sei bis auf die alte Witwe Hohlschläger unbewohnt, hatte Krebs berichtet. Das Gesicht hinter dem Vorhang war ein junges gewesen, das sich erschreckt abgewendet hatte. Fels klingelte.

Nichts rührte sich. Fels klingelte noch einmal.

»Aufmachen. Hier ist die Polizei.«

Er hämmerte mit der Faust gegen die Tür. Nichts rührte sich.

»Was machen Sie denn da?«, fragte Daisenhammer entgeistert.

Fels hatte keine Lust, sich mit seinem Kollegen über seine, wie er selber wusste, reichlich intuitive Ermittlungsstrategie auseinanderzusetzen.

»Ich bin mit meinen Befragungen vor Ort noch nicht ganz durch. Warum öffnet hier denn niemand? Hier wohnen doch Leute.«

Er klingelte noch einmal, heftig und lange. Schließlich öffnete sich die Tür. Eine alte Frau blickte ihn verstört an, ein ratloses, verängstigtes Gesicht, in das sich Kummer und Sorgen über viele Jahrzehnte eingegraben hatten. Sie tat Fels in derselben Sekunde leid. Er schätzte sie auf mindestens achtzig.

»Entschuldigen Sie, mein Name ist Fels, Hauptkommissar Fels aus München, der Kollege Daisenhammer hier ist aus Starnberg. Ich ermittle im Fall der getöteten Kinder der Familie Brunner zwei Häuser weiter. Sie sind in dieser Sache schon einmal von meinem Kollegen Krebs vernommen worden. Dürfen wir hereinkommen?«

Ohne eine Antwort abzuwarten, schob sich Fels an der alten Frau vorbei in das Haus.

»Ich habe nichts gesehen«, sagte sie.
Fels ging nicht weiter darauf ein. »Sind Sie allein?«
»Ja.«
»Das glaube ich nicht. Wohnt hier noch jemand?«
»Niemand.«
»Frau Hohlschläger, die Sache ist ernst. Die Polizei darf man nicht anlügen, das wissen Sie doch.«
Die alte Frau seufzte. Mit einer müden Handbewegung wies sie Fels ins Wohnzimmer. In der selben Sekunde hörte er im ersten Stock ein Geräusch.
»Sind Sie sicher, dass keine weitere Person im Haus ist?«
»Nur meine Katze.«
Oben ging eine Tür zu.
»Katzen schließen sich nicht ein.«
Mit schnellen Schritten rannte Fels die Treppe hinauf. Das Geräusch kam nicht aus dem ersten Stock, sondern dem Dachgeschoss. Daisenhammer, in jungen Jahren schon kurzatmig, folgte ihm. Die Decke war niedrig, es gab nur zwei Zimmer. Das erste entpuppte sich als vollgestopfte Rumpelkammer. Fels ging zu der anderen Tür. Wieder rührte sich sein Gefühl. Irgendetwas stimmte nicht.
Fels klopfte. Daisenhammer stand direkt hinter ihm. Er schwitzte stark. Die Situation war unübersichtlich. Der junge Polizist war aufgeregt. Fels hörte ihn nervös und schwer atmen. Was er nicht sah, war, dass Daisenhammer sich an seine Dienstwaffe klammerte. Fels öffnete die Tür. Ein sehr kleiner, etwas düsterer Raum lag vor ihm. An der rechten Wand stand ein Bett. Ansonsten war der Raum bis auf einen Stuhl leer. Vor der Dachluke kauerte ein junger Mann. Er trug verdreckte Kleider und sah Fels aus seinen tiefliegenden Augen voller Panik an.
»Ich war es nicht!«, schrie er mit einer hohen Stimme, die sich überschlug.
Ehe Fels etwas sagen konnte, richtete sich der Mann plötzlich auf. In seiner rechten Hand blitzte etwas auf. Daisenhammer, der hinter Fels stand, sah nur das metallene Funkeln. Die Angst des jungen Mannes hatte auch ihn ergriffen. In derselben Sekunde und noch ehe Fels reagieren konnte, stürzte der Mann nach vorne. Daisenhammer zog, zum ersten Mal in seiner Polizeilaufbahn überhaupt, sofort seine Pistole und schoss. Der Schuss traf den jungen Mann rechts und warf ihn zur Seite. Stöhnend brach er zusammen und ließ dabei den Schlüsselbund fallen, an dem er sich verängstigt festgehalten hatte.
Scheiße, dachte Fels. Daisenhammer. Was für ein Idiot.

Der Alarm war eine alle fünf Sekunden anschwellende Sirene. In der ganzen Klinik, auf allen Stationen, war er gleichzeitig losgegangen. Die Schleuse mit ihren beiden metallen eingefassten Brandschutztüren hatte sich weit geöffnet. Rose war sofort hinausgestürzt. Neben ihr liefen, überrascht und spontan, drei andere Patienten aus der Station im zweiten Stock. Rose kannte das Treppenhaus von ihren Besuchen in Blankenburgs Zimmer und einigen anderen Untersuchungen genau. Sie hastete die beiden Treppen hinunter. Für eine Hunderstelsekunde, in der sich Myriaden ihrer Nervenzellen miteinander unterhielten und jedes Neuron ihrer Großhirnrinde einen eigenen Fluchtplan vorschlug, dachte sie an Anna, ihren einfachen und wirkungsvollen Plan. Dann war es vorbei. Sie war auf der Flucht. Es war keine Zeit für freundschaftliche Gefühle, Anerkennung oder ein innerliches Dankeschön. Das musste warten. Gefühle hatten bei ihr immer warten müssen, das hatte dieser Psychiater nicht verstanden, niemand hatte das kapiert, aber so war ihr Leben gewesen, hart und ein einziger Kampf, den sie verloren hatte, spätestens, als sie sich auf *ihn* eingelassen hatte, aus Verzweiflung, aus Einsamkeit. *Er* hatte alles zerstört. Sie wusste, er würde auf sie warten, nicht, um ihr das zu geben, was er ihr schuldete, das hatte er nie getan, sondern weil sie ihm gedroht hatte. Sie hatte seine Unsicherheit am Telefon gespürt, hinter der harten Fassade.

Im Erdgeschoss kamen ihr ein paar Schwestern entgegen, Besucher standen ratlos herum. Niemand achtete auf sie. Keine zwanzig Sekunden nachdem der Feueralarm die Türen geöffnet hatte, stand sie im Freien, über ihr das hundertjährige Portal der Klinik. Ihre Augen flogen von links nach rechts. An der gegenüberliegenden Straßenseite stand der Wagen. Ein dunkler Jeep, hatte er gesagt. Ohne zu zögern lief sie auf ihn zu und stieg ein. Er hatte ihr gesagt, der Wagen würde vor der Klinik stehen, die Schlüssel würden stecken. Sie riss die Tür auf. Dieses Mal, dieses einzige Mal hatte er Wort gehalten.

Der Jeep sprang sofort an. Mit den Instrumenten kannte sie sich nicht aus. Ihre noch nicht ganz verheilte Hand schmerzte. Vor Aufregung schaltete sie in den Rückwärtsgang. Ein Ruck ging durch den schweren Wagen, der sich in die falsche Richtung bewegte. Fast wäre sie gegen den hinter ihr geparkten Wagen gestoßen. Sofort trat sie auf die Bremse. Sie atmete durch. Rose, du bist draußen.

Sie gab Gas. Sekunden später war der Jeep auf dem Weg Richtung Starnberg.

Blankenburg hastete auf die geschlossene Abteilung. Die Türen waren offen. Auf dem Flur sah er sofort die auf dem Boden liegende Frau, zwei Schwestern um sie herum. Erst als er neben sie trat, bemerkte er den Rauch in der anderen Ecke der Station und einen Pfleger, der mit einem Feuerlöscher auf einen Baum zielte. Eine Schwester sah zu ihm auf.

»Es war Anna. Sie hat Feuer gelegt und sich alle Infusionen herausgerissen.«

Blankenburg war verwirrt. »Wieso denn das?«

»Warum?«

Die Schwester lachte bitter. »Um ihrer Freundin die Möglichkeit zu geben, abzuhauen. Rose Brunner ist jedenfalls sofort weggelaufen.«

Blankenburg wurde es heiß und kalt. Eine Megakatastrophe, das war klar. So etwas durfte nicht passieren. Sein medizinisches Wissen reichte, um zu erkennen, dass bei Anna kein lebensbedrohlicher Notfall vorlag. Außerdem würde das Notfallteam aus der Anästhesie in wenigen Minuten auf der Station sein. Er murmelte ein »Ich kümmere mich darum« und lief von der Station, in der Hoffnung, Rose Brunner noch einholen zu können – nicht ohne vorher die Brandschutztüren zu schließen. Anna hatte schon genug Unheil angerichtet.

Er musste retten, was zu retten war.

Corinna Tarow hörte Jazz, Diane Krall, eine der CDs, die sie gespielt hatte, als Blankenburg bei ihr gewesen war, eine nicht zu sanfte, nicht zu coole Stimme, die unter die Haut ging und so klang, wie sie sich gerade fühlte. Diane Krall hatte die CD aufgenommen, nachdem ihre Mutter gestorben war und sie sich in den Rockmusiker Elvis Costello verliebt und ihn geheiratet hatte, alles in einem Jahr. Eine selbstbewusste Stimme, die von Liebe sang. Ihr BMW-Roadster schnurrte, als sie etwas Gas gab. Sie war eher zu früh als zu spät, aber das war ihr egal. Dies war ihr Tag, sie spürte es. Im selben Moment kam ihr ein dunkler Jeep entgegen, der halb auf ihrer Seite und viel zu schnell fuhr. Fluchend wich Corinna nach rechts aus. Für einen Moment glaubte sie, am Steuer Rose Brunner gesehen zu haben. So ein Quatsch, sie musste sich täuschen. Das kam davon, wenn man träumte. Für die letzten Meter versank sie noch einmal in Diane Kralls Stimme.

Blankenburg hastete die Treppe hinunter. Er nahm drei Stufen auf einmal, was seine Knie mit einem lauten Knirschen beantworteten. Für Schmerzen war keine Zeit, er lief weiter. Im Erdgeschoss kam ihm zu seiner Beruhigung das alarmierte Notfallteam der Anästhesie entgegen, das wahrscheinlich überflüssig war. Er schickte es trotzdem zu Anna. Dann war er vor dem Haupteingang. Er fragte den jungen Mann an der Pforte, ob gerade eine etwa vierzigjährige Frau die Klinik verlassen hätte, und versuchte Rose Brunner in wenigen Worten zu beschreiben. Der Pförtner antwortete mit sächsischem Akzent, ausweichend und ratlos. Er war sich nicht sicher und mit der ganzen Situation heillos überfordert. Immerhin ging in diesem Moment der rhythmisch anschlagende Alarm aus, irgendwer hatte ihn doch noch abgestellt. Er nützte jetzt nichts mehr. In derselben Sekunde hörte er vor der Tür die Sirene eines Feuerwehrzuges, der, wie er von mehreren früheren Fehlalarmen wusste, mit der Auslösung des Feueralarms automatisch in Bewegung gesetzt wurde. Blankenburg hatte keine Zweifel, dass der von Anna gelegte Brand längst unter Kontrolle war, wies den Pförtner aber trotzdem an, die Feuerwehrleute auf die Station zu lotsen. Dann verließ er die Klinik. Er sah nur noch Rot. Ein riesiger Feuerwehrzug hatte sich vor der Klinik postiert. Mehrere Feuerwehrmänner hasteten an ihm vorbei in die Klinik. Von Rose natürlich keine Spur.

Mist, dachte er, totaler Mist!

Corinna Tarow fuhr in die Sigmund-Freud-Allee ein. Gleich musste sie zur Klinik abbiegen. An der Ampel sah sie bereits die Feuerwehr, die die Einfahrt in die Ahornstraße blockierte. Daneben stand Blankenburg. Er machte einen aufgelösten Eindruck, blickte ratlos von links nach rechts. Nichts erinnerte sie in diesem Moment an den von ihr während der Autofahrt imaginierten Helden mit souveräner, erotischer Ausstrahlung. In diesem Moment strahlte er nichts Magisches aus. Mit einem ernüchterndem Blick zerstob die Illusion. Sie stellte die CD ab und stieg aus.

»Markus, was ist passiert?«

Erst in diesem Moment sah Blankenburg sie. Er war froh, jemandem von seinem Unglück erzählen zu können.

»Großer Mist. Rose Brunner ist abgehauen. Eine andere Patientin hat auf Station Feuer gelegt, der Brandmelder hat angeschlagen und Alarm gegeben. Die Türen gehen automatisch auf, weiß der Himmel, woher sie das wusste. Rose ist sofort losgelaufen. Es ist keine zehn Minuten her, aber sie ist spurlos verschwunden.«

Der Jeep. Corinna erinnerte sich an das vermeintliche Trugbild.

»Ich glaube, ich habe sie gesehen.«

»Was?«

»Mir ist gerade ein schwarzer Jeep entgegenkommen. Ich glaube, *sie* saß am Steuer.«

Blankenburg überlegte eine Sekunde. In der Klinik wurde er nicht unbedingt gebraucht. Hier galt es etwas Schlimmeres zu verhindern, einen Selbstmord.

»Hinterher.«

»Aber wie wollen wir sie denn finden?«

»In welche Richtung war sie unterwegs?«

»Richtung Süden.«

»Ich glaube, ich weiß, wohin sie will. Und noch was …«

»Ja?«

»Gib Gas!«

25. Kapitel

Fels war sauer, auch wenn er gleichzeitig eine gewisse Erleichterung verspürte. Der Notarzt hatte ihm versichert, dass Daisenhammers Schuss zwar die rechte Schulter des jungen Mannes zertrümmert habe, er aber nicht lebensgefährlich verletzt worden sei. Pures Glück natürlich. Daisenhammer hatte gedacht, der Schlüsselbund sei ein Messer, wenn er überhaupt etwas gedacht hatte. Fels hatte da seine Zweifel. Unerfahrenheit war eine Sache, aber bei Daisenhammer kam eine Unbesonnenheit dazu, die an Dummheit grenzte. Er konnte froh sein, dass er nicht noch mehr Schaden angerichtet hatte. Der junge Mann hätte tot sein können. Das Ganze würde jede Menge Ärger nach sich ziehen.

In den quälend langen Minuten, die sie auf den Notarzt gewartet hatten, vor ihnen der stöhnende und blutende Mann, der sich aus Angst vor ihnen im Dachgeschoss verstecken wollte, hinter ihnen die jammernde alte Frau, die sich als seine Großmutter zu verstehen gab, hatte Fels ein ungefähres Bild der Lage gewonnen. Der junge Mann, Vincent, war das einzige Kind ihrer einzigen Tochter gewesen, der Vater war unbekannt. Sie hatte ihn als »lediges Kind« bekommen und war einige Jahre später ihrer Drogensucht erlegen. Eines Morgens hatte man sie in der Toilette eines Krankenhauses gefunden, mit lichtstarren Pupillen, neben ihr lag noch die Spritze. Sie hatte sich einen »goldenen Schuss« gesetzt.

Vincent war zum Teil bei seiner Großmutter, zum Teil in Heimen aufgewachsen, aus denen er immer wieder ausgerissen war, um zu ihr zurückzukehren. Irgendwann war er krank geworden, nicht durch Drogen, wie seine Großmutter immer befürchtet hatte, sondern seelisch. Es hatte Phasen gegeben, in denen er sich für Wochen in der Kammer unter dem Dach eingeschlossen hatte, dann war er nächtelang unterwegs gewesen und schließlich zunehmend verwahrlost. Fels hatte genug Lebenserfahrung, um zu erahnen, dass bei Vincent eine Psychose zum Ausbruch gekommen war, wie vielleicht auch bei seiner Mutter, die versucht hatte, sich mit Drogen zu betäuben. Schließlich war er, wie seine Großmutter schluchzend erzählte, in das Bezirkskrankenhaus eingeliefert worden, nachdem er halbnackt durch Starnberg gelaufen war und wirre Sachen erzählt hatte. Er litt an Wahnvorstellungen und Halluzinationen. Fast ein halbes Jahr war er in der Klinik behandelt worden und schließlich stumpf and apathisch zu seiner Großmutter zurückgekehrt. Die Psychose war abgeklungen, aber sie hatte einen Großteil seiner Persönlichkeit mit weggeschwemmt. Seither lebte er in panischer Angst, wieder in die Klinik zurück zu müssen, und seine Angst hatte sich auf die alte Frau übertragen, die hilflos mitansehen musste, wie Vincent sich immer weiter von der Welt zurückzog. Sie hatte bei ihrer Vernehmung durch Krebs deswegen nichts von ihrem Enkel erzählt, weil sie ihn schützen wollte, so gut es ging und so lange sie konnte. Er hatte den Arzt nicht mehr aufgesucht und die Medikamente weggelassen. Fels hatte keine Ahnung, welchen wirren Gedanken oder Wahnvorstellungen Vincent nachgehangen war, aber er wusste, dass man sich nur schwer in die Gedankenwelten eines Psychosekranken einfühlen konnte. Irgendwelche kruden Verfolgungsgedanken schienen jedenfalls auch bei Vincent vorgelegen zu haben, der sich von Ängsten und Wahnvorstellungen gequält im Dachgeschoss wie in einer Festung eingemauert und die Welt zuletzt nur noch durch das Dachfenster beobachtet hatte. Ein Fenster, das nach hinten hinausging und freie Sicht auf den Garten der Brunners bot.

Wahrscheinlich hatte Vincent auch den wirren Brief geschrieben, der bei ihnen eingegangen war.

»Ich war es nicht, er war es, ich habe ihn doch gesehen«, stöhnte Vincent, kurz bevor der Notarzt kam und die Wunde versorgte. Unter Vincent hatte sich eine riesige Blutlache gebildet, und er war nur noch schwach zu hören, als der Arzt kam. Die Sanitäter hatten große Mühe, den Verletzten auf der Trage durch das enge Treppenhaus nach unten zu bringen. Seine Großmutter beschimpfte abwechselnd die beiden Polizisten als Mörder, dann den Arzt als Scharlatan. Sie war nicht zu beruhigen, und Fels hatte einige Zweifel, ob die Psychose ihres Enkels in schwächerer Form nicht auch in ihr wütete. Jedenfalls war an eine Vernehmung nicht zu denken. Der Notarzt entschloss sich kurzerhand, die weinende Frau mitzunehmen.

Ein nachdenklicher Fels und ein aschfahler Daisenhammer blieben zurück. Mittlerweile war ein weiterer Polizeiwagen eingetroffen. Fels hatte sicherheitshalber Daisenhammers Pistole an sich genommen.

»Warum um alles in der Welt haben Sie geschossen? Welcher Teufel hat Sie da geritten?«

»Ich habe nur gesehen, dass … gedacht, dass …«

»Was?«, herrschte Fels ihn an.

»Ich habe gedacht, er hat ein Messer.«

»So, haben Sie!«

»Es sah so aus.«

»Völliger Quatsch. Das war ein Schlüssel!«

»Es hätte aber ein Messer sein können.«

»Oder ein Kochlöffel. Und selbst wenn. Die Situation war doch nicht gefährlich. Er hat uns nicht angegriffen.«

Daisenhammer stöhnte. Fels übergab ihn seinen Kollegen, die die weiteren Ermittlungen führen und einen Bericht schreiben würden.

Fels fühlte sich leer. Sein berühmter Instinkt, seine untrügliche Polizeinase, »dein Kriminalistenzinken«, wie in Krebs einmal scherzhaft aufgezogen hatte, war schuld an allem. Hätte er den Jungen nicht gesehen, den übersehenen, versteckten Zeugen, ein Zeuge, der jetzt erst einmal keine Aussage machen konnte und selbst wenn, dessen Aussage aufgrund seiner psychischen Erkrankung nur mit Vorsicht zu genießen war, nichts wäre passiert. Jetzt hatte der Vincent auch noch guten Grund, sie zu verklagen oder ihnen zumindest jede Menge Unannehmlichkeiten zu bereiten, von denen eine schlechte Presse und ein aufgeregter Polizeipräsident noch die geringsten waren. Nichts wäre passiert. So war Daisenhammers Polizistenlaufbahn ruiniert, wobei es um diese nicht schade war, wie Fels nüchtern feststellte. Solche überforderten Heißsporne waren für den Beruf ungeeignet.

Die letzten Worte von Vincent klangen ihm im Ohr.

Ich habe ihn doch gesehen.

Wen, verdammt noch mal, und wann? Den alten Fischer am Morgen nach der Tat? Oder jemanden in der Nacht? Jemanden, der nicht zu den Kindern, sondern zu Rose wollte? Seine vage Sympathie für sie, die verzweifelte Mutter, die nicht weitergewusst hatte, war abgeschmolzen. Sie hatte ihn belogen. Sie hatte alle belogen. Er war sich sicher.

Aber warum?

Der Sechszylinder des Roadster heulte auf, als Corinna Tarow Gas gab. Es war ein gutmütiges Geräusch. Der Motor hatte immer noch viel mehr PS, als sie brauchten, selbst in dieser Situation.

»Bist du sicher?«, fragte sie.

»Ja. Wo soll sie sonst hin, wenn nicht nach Starnberg. Deswegen fuhr sie Richtung Süden und kam dir entgegen.«

»Was kann sie vorhaben?«

»Keine Ahnung. In ihrer Verfassung muss man natürlich mit allem rechnen.«

»Selbstmord?«

»Sicher möglich, auch wenn sie in den letzten Wochen einigermaßen stabilisiert erschien. Aber ehrlich gesagt, da hat sich jeder von uns schon mal getäuscht.«

»Ich frage mich, wo sie in der Kürze der Zeit das Auto beschafft hat. Wenn ich mich nicht getäuscht habe, saß sie allein im Wagen.«

Blankenburg überlegte einen Moment. »Ich gebe zu, das ist rätselhaft. Offensichtlich hat sie nicht nur in der Klinik Helfer gehabt oder besser gesagt eine Helferin, sondern auch draußen. Fragt sich, wen.«

»Ihre Schwiegereltern?«

»Glaube ich nicht. «

»Ich auch nicht. Abgesehen davon, dass die kaum einen Jeep zur Hand haben dürften. Wir müssen die Polizei informieren.«

Corinna Tarow hatte die Autobahnauffahrt Richtung Starnberg erreicht. Dreispurig lag die Autobahn vor ihr, die in die Berge bis nach Garmisch-Partenkirchen führte. Der BMW lag wie ein Brett auf der Straße, als sie Gas gab. Blankenburg hielt sich unwillkürlich am Griff der Tür fest. Corinna war, was er bisher nicht gewusst hatte, im Zweifelsfall eine rasante Fahrerin.

»Hast du ein Handy?«, fragte er.

»In meiner Jacke auf dem Rücksitz.«

Blankenburg griff hinter sich und nahm das Handy. Er wählte den Polizeinotruf 110. Sekunden später meldete sich eine kehlige Stimme und fragte nach dem Grund des Anrufs.

Fels war ins örtliche Krankenhaus gefahren, nachdem er einen demoralisierten Daisenhammer bei der Polizeiwache abgesetzt und ein paar klärende Worten mit seinen Kollegen gewechselt hatte. Getröstet hatte er Daisenhammer nicht. Sollten ihn seine Kollegen aufrichten, wenn sie wollten. Dieser Bursche war für den Polizeidienst so geeignet wie ein Nilpferd fürs Ballett. Fels machte sich Vorwürfe, dass er nicht schon nach Daisenhammers stümperhaftem Verhalten am Tatort mit dessen Vorgesetzten geredet hatte, so, wie er es ursprünglich vorgehabt hatte. Das hatte sich jetzt bitter gerächt.

Im Krankenhaus hatte er nichts Weiteres über Vincents Zustand in Erfahrung bringen können. Er war im Schockraum und würde dann operiert werden. Fels war angespannt, gleichzeitig müde. Er setzte sich in die Cafeteria der Klinik, die nur aus wenigen Tischen bestand, und bestellte sich einen Kaffee. Sein Handy klingelte. Es war die Zentrale in München. In Gedanken noch bei der eben erlebten Katastrophe, glaubte er seinen Ohren nicht zu trauen, als er hörte, dass Rose Brunner aus der Psychiatrie entwichen war.

»Das ist ja Wahnsinn. Habt ihr die Fahndung eingeleitet?«

»Selbstverständlich. Übrigens hat der Arzt, der sie behandelt hat, sozusagen ihre Verfolgung aufgenommen. Er meint, sie sei vielleicht Richtung Starnberg unterwegs.«

»Prima, da bin ich gerade. Ich brauche mich ja nur an den Ortseingang zu stellen, da kommt sie eventuell vorbei. Psychiater als Amateurdetektiv, das hat mir gerade noch gefehlt. Die hätten lieber besser auf sie aufpassen sollen. Das war doch klar, dass so eine Frau Probleme machen kann.«

Am anderen Ende der Leitung hörte er ein raues Lachen. »Der Arzt hat eine Handynummer hinterlassen. Soll ich sie Ihnen geben?«

»Ja, bitte«, sagte Fels und notierte die Ziffern auf einer Papierserviette. Dann wählte er die Nummer.

»Blankenburg, für Frau Tarow?«

»Hauptkommissar Fels. Wir hatten schon einmal telefoniert. Frau Brunner ist entwischt?«

»Leider Gottes. Eine Mitpatientin hat ...«

»Davon habe ich gehört. Warum meinen Sie, dass Frau Brunner unterwegs nach Starnberg ist?«

»Meine Kollegin, Frau Tarow, hat sie bei der Anfahrt zur Klinik zufällig am Steuer eines Jeeps Richtung Süden gesehen. Ich denke, sie will dorthin.«

»Am Steuer eines Jeeps?«

»Wenn sich Frau Tarow nicht getäuscht hat, ja.«

Fels überlegte. »Wo sind Sie jetzt?«

»Autobahnkreuz Abfahrt Starnberg. Von einem schwarzen Jeep ist leider nichts zu sehen. Vielleicht will sie in ihre Wohnung.«

»Unternehmen Sie nichts weiter. Das ist jetzt Aufgabe der Polizei, sie zu finden.«

»Sie ist immer noch meine Patientin. Wir machen uns große Sorgen um sie. Eine Kurzschlusshandlung ist nicht auszuschließen.«

»Machen Sie Folgendes. Ich bin zufällig in Starnberg, es gab noch einige ... Nachermittlungen in der Sache John Brunner. Ich bin im Moment in der Cafeteria des Kreiskrankenhauses. Finden Sie das?«

Blankenburg sah nach links zu Corinna Tarow. »Findest du das Krankenhaus?«

Sie nickte. »Klar, ist ja ausgeschildert.«

»Ja«, sagte Blankenburg. »Das finden wir.«

»Dann kommen Sie her und holen mich ab.«

»In Ordnung. Maximal zehn, fünfzehn Minuten.«

Fels trank den Kaffee. Die schwarze Brühe schmeckte nicht. Er warf drei Stücke Zucker hinein, um ihm wenigstens etwas Geschmack zu verleihen.

Er war ratlos. Selten, eigentlich noch nie, war ein so eindeutiger Fall so aus dem Ruder gelaufen. Rose Brunners geschiedener Mann verschwindet spurlos, der wichtigste Zeuge hat einen dubiosen Unfall und stirbt unter noch ungeklärten Umständen, ein junger, psychotischer Mann beobachtet in der Tatnacht möglicherweise etwas, was er sich keinem zu sagen traut. Er wird von einem unbedachten Dorfpolizisten niedergeschossen. Und die Mutter der Kinder ist, wie sich später herausstellt, schwanger. Schließlich bricht sie aus der geschlossenen Abteilung der Psychiatrie aus, die angeblich so sicher ist wie die Untersuchungshaft. Dieser Fall war ein Albtraum. Er würde noch in zwanzig Jahren auf Polizeischulen als Musterbeispiel für mangelhafte Polizeiarbeit und schlechte Ermittlungen gelehrt werden. Und er war nicht schuldlos daran. Es war fahrlässig gewesen, einen so unerfahrenen Polizisten wie Daisenhammer zu seinen halb privaten Ermittlungen mitzunehmen. Und er war kurz davor, denselben Fehler noch einmal zu machen. Fahndungen waren Polizeisache, da hatten Psychiater und Psychologen und sonst wer nichts zu suchen. Dieser Fall war gefährlich, weil er unkalkulierbar war. Rose Brunner war unberechenbar. Das Einzige, was jetzt noch zu retten war, war ihr Leben. Fels teilte Blankenburgs Sorge, dass sie in einem letzten Schritt jetzt den verpassten Selbstmord nachholen würde. Vielleicht könnte ihr Psychiater hier doch noch nützlich sein? Aber Fels sah auch noch eine andere Gefahr für Rose. Mit kalter Hand griff er nach der Kaffeetasse und trank sie aus.

Nicht auch noch sie, sagte er sich.

26. Kapitel

Es hatte begonnen zu regnen, man sah kaum Menschen auf den Straßen. Starnberg flog an ihr vorbei. Die vertrauten Häuserzeilen schienen ihr fremd, wie Pappkulissen, die einen Ort vorspielten, den es gar nicht gab und der von Schauspielern bevölkert war. Auch ihr eigenes Leben war ihr völlig fremd geworden. An vieles hatte sie in den letzten Tagen denken müssen: Menschen, die ihr etwas bedeutet hatten, ihre Kinder, die Familie, Freunde, Ereignisse, an denen sie teilgenommen, die sie erlebt hatte, aber sie konnte diese Erinnerungen nicht mit Leben füllen, als wären es Bilder aus einem Spielfilm, die man gesehen, aber nicht erlebt hatte. Der Schock der letzten Wochen hatte ihre Gefühle so betäubt, dass sie wie tot waren. Tot wie ihre Kinder. Sie wusste, wo und wie sie gelebt hatte, was geschehen war. Aber es war nicht mehr ihr Leben. Vielleicht war es das auch nie gewesen. Ihre Verzweiflung über den Tod der Kinder war überwältigend. Die fehlende Erinnerung an die Teufelsnacht quälte sie.

Zu dem unsäglichen Schmerz war im Laufe der letzten Tage ein Gefühl dazugekommen, das sie nun durch die Geisterwelt steuerte: Hass. Hass gegenüber dem Mann, der ihr Leben verpfuscht hatte. Der sie dazu getrieben hatte, ihre Kinder zu töten.

Sie hatte wenig Zeit, das wusste sie. So wie sie im Krankenhaus ein Übermaß an Zeit gehabt hatte, Stunden, in denen sie höchstens mit Anna reden konnte, lange Nächte, in denen sie Schlaflosigkeit, blutige Träume und wirre Erinnerungen gequält hatten, die im Vergleich viel realer gewesen waren als die bürgerliche Kulisse von Wohlstand und Beschaulichkeit, durch die sie den Jeep jetzt lenkte, und in der sie sich nie zu Hause gefühlt hatte. Jetzt war sie endgültig zur Fremden geworden, nach der gefahndet wurde.

Natürlich würden sie alle hier suchen. Sie war nicht dumm. Selbst wenn sie niemand im Jeep gesehen hatte, wovon auszugehen war, hatte sie nicht viel Zeit, wenige Stunden maximal. Deswegen war sie froh gewesen, als er das Boot als Treffpunkt vorgeschlagen hatte. Er war überrascht gewesen, als sie ihn aus der Klinik angerufen hatte, das hatte sie gemerkt, aber gleichzeitig seine Kühle gespürt, die sie früher fasziniert hatte, bis ihr klar geworden war, dass er nicht souverän oder »cool« war, sondern gefühl- und herzlos. Er spielte nicht, wie viele andere Männer, mit einer scheinbar lässigen Unnahbarkeit, er lebte sie und mehr als das: Am Ende hatte sie die Rücksichtslosigkeit erkannt, mit der er seine Ziele verfolgte, aber da war es schon zu spät gewesen. Sie fragte sich, wie sie nur jemals etwas für ihn hatte empfinden können? »Ich will mein Geld«, hatte sie ihm am Telefon gesagt und er war einverstanden gewesen. Als ob es ihr darum noch gegangen wäre. Sie hatte ihm keine Wahl gelassen. Sie hatte nichts zu verlieren.

Ihr Herz schlug ein beängstigendes Stakkato. Die Aufregung schnürte ihr den Hals zu, aber gleichzeitig hatte sich eine kühle Wut über sie gelegt. Sobald sie den Motor gestartet hatte, war das Radio angesprungen. Es war auf irgendeinen Schnulzensender eingestellt, der Oldies dudelte. Die Gute-Laune-Musik machte sie verrückt. Sie fand in ihrer Aufregung in dem fremden Wagen aber nicht den Knopf, um das Radio abzustellen. »Sugarbaby« und »Endless Love« begleiteten sie bis nach Starnberg.

Der Jeep lag schwer auf dem Asphalt. Das ungewohnt große Fahrzeug reagierte behäbig auf das Gaspedal, das sie fortwährend durchtrat. Auf der Autobahnfahrt war ihr der Wagen fast nach hinten ausgebrochen und in die Leitplanke gerast. Bleib ruhig, sagte sie sich, aber ihr Herz machte das Gegenteil. Schon auf den ersten Autobahnkilometern war das Bild von Anna, die blutend auf dem Boden gelegen hatte, ganz weit weg gerückt. Bis hierher hatte alles geklappt. Sie kannte ihr Ziel. Er würde auf sie warten. Ich gehe jetzt kein Risiko mehr ein, sagte sie sich, ich habe nichts zu verlieren. Sie versuchte, ihren Herzschlag dem langsamen Brummen des Achtzylinders anzupassen. *Komm zur Ruhe.* Es gelang ihr nicht.

Ich brauche eine Waffe. Es war töricht von ihr gewesen, leichtsinnig, sich nur mit einer Spritze zu bewaffnen. In den letzten Nächten war ihr blutiger Traum, der sie seit ihrem Aufwachen aus der Narkose jede Nacht in immer neuen Variationen verfolgt hatte, aufgeklart. Sie wusste immer noch nicht, was passiert war, aber plötzlich war er mit in ihrem Traum gewesen, ein höhnisches Gespenst. Irgendwie hatte er damit zu tun. Schuld hatte er ohnehin. Eine dunkle Ahnung, ein blutrotes Entsetzen kroch in ihr hoch und oxidierte an der Oberfläche zu schwarzem Hass, der sie jetzt antrieb.

Ich brauche eine Waffe. Aber ich habe keine Zeit mehr.

Oder doch? Sie war sich sicher, dass längst nach ihr gefahndet wurde. An der Seite leuchtete schon das Hinweisschild nach Starnberg auf. Noch zehn Kilometer. Höchstens fünf Minuten.

Dann kam ihr die Idee. Natürlich, einen Versuch war es wert. Sie steuerte den Wagen Richtung See. An der Ortseinfahrt überfuhr sie eine rote Ampel. Ein roter Audi, dem sie die Vorfahrt genommen hatte, musste scharf bremsen und hupte wütend. Sei nicht so nervös, sagte sie sich. Fast wäre alles schon vorbei gewesen.

Sie hielt direkt vor dem Laden. Das Halteverbotsschild kam ihr lächerlich vor, ein Relikt aus alter Zeit. Unfassbar, dass solche Dinge früher eine Bedeutung gehabt hatten. Den Motor ließ sie laufen und stürmte hinein.

Sie hatte Glück. Pabst stand an der Kasse und rechnete ein paar Hefte ab, die ein verklemmter Spießer mit rotem Gesicht sich in dem versteckten Hinterzimmer ausgesucht hatte. Porno-Pabst ließ sich etwas Zeit. Rose hatte ihn oft genug beobachtet, dieses schwammige Gesicht mit den verächtlich dreinblickenden Augen. Er genoss es, seinen nervösen Kunden, der sich endlich hinter den Vorhang getraut hatte und liebend gern den Laden so schnell wie möglich mit seiner teuer erkauften Beute verlassen wollte, etwas zappeln zu lassen.

»Bondage, 25 Euro«, murmelte er, nur zur Demütigung des anderen, und tippte den Betrag ein. Der Kunde schwitzte etwas. Sein Geruch verlor sich im Muff des Ladens.

Pabst sah sie eine Sekunde zu spät. Rose trat mit schnellen Schritten hinter die Kasse.

»Was ... Frau Brunner ...« Pabst war überrascht und sprachlos.

Das genügte. Rose trat ihm mit aller Kraft ihres rechten Knies in den Unterleib. Mehr als einmal hatte er versucht, an ihr herumzufingern. Pabst krümmte sich vor Schmerzen.

»Weg, du Arsch!«, schrie sie.

Im ersten Moment glaubte er, sie würde nach dem Geld greifen. Die Kasse stand offen. Als er seine linke Hand darüberlegte, drückte Rose sie mit einem Hüftschwung zu. Pabst brüllte. Sie hörte einen seiner Finger knirschen, als er brach. In derselben Sekunde wurde ihm klar, dass es ihr nicht ums Geld ging. Sie griff unter die Kasse. Sie hatte Glück, die Schublade war nicht verschlossen. Die Pistole lag an ihrem Platz. Mit einer raschen Bewegung nahm sie die Waffe aus ihrem Versteck. Sie fühlte sich kalt an. Pabst stöhnte, als er die linke Hand aus der Kasse zog. Mit steinernem Gesicht hielt ihm Rose die Waffe vor das Gesicht. Dann richtete sie die Pistole in Richtung Unterleib. Pabst versuchte sich mit der unversehrten Hand zu schützen.

»Der Wurm lohnt den Aufwand nicht«, meinte Rose bitter.

Der entsetzte Kunde blickte ihr fassungslos nach, als sie das Geschäft verließ. Als sie wegfuhr, griff Pabst zum Telefonhörer und wählte den Notruf.

Mittlerweile hatte der Regen zugenommen. Das war nicht ungünstig. Sie parkte den Jeep abseits des Clubhauses hinter einem Bootsschuppen. Sie wollte kein Risiko eingehen. Bruckmeiers Jacht lag etwas außerhalb des Hafens, am äußersten Ende des Piers, und war nicht schwer zu finden. Sie war eine der größten auf dem See. Sie erinnerte sich, dass der Bruckmeier sein Boot gerne an andere verliehen hatte, an Geschäftspartner und Freunde – Leute, die vom Segeln viel mehr verstanden als er. Sie hatte Bruckmeier immer gemocht. Sicher hatte er etwas Aufschneiderisches gehabt, ein Bauernsohn, der es zum erfolgreichen Bauunternehmer gebracht hatte. Aber er war auch liebenswürdig und hilfsbereit gewesen, was ihr Mann ihm damit gedankt hatte, dass er etwas mit seiner Frau angefangen hatte. Sie hatte keine Ahnung, wo John geblieben war und es interessierte sie auch nicht. Sie war fertig mit ihm.

Die Marina war schon halb leer, viele Boote dümpelten im Winterlager. Auch auf dem See waren keine Boote zu sehen. Das nasskalte Herbstwetter hatte auch die letzten Idealisten vom Wasser an die Bar oder den Kamin vertrieben. Weit und breit war kein Mensch zu sehen. Sie ging zur Jacht. Die Segel waren eingeholt und fest um die beiden Masten vertäut. Das Boot war über zwölf Meter lang, das schöne Holz der Kajüte wirkte selbst im Regen glänzend. Ein Juwel von einem Schiff, das Winterschlaf hielt. Aber sie wusste, dass der Anblick täuschte. Er würde dort auf sie warten. Sie hatte keinen Zweifel.

Mit einem beherzten Satz sprang sie von der Mole über die Reling. Fast wäre sie auf dem nassen Holz ausgerutscht und ins Wasser gefallen, aber sie konnte sich festhalten. Schnell hatte sie das Gleichgewicht wieder. Sie ging nach hinten zum Kabineneingang. Die Tür war nur angelehnt. Als sie die Tür öffnete, lächelte er ihr von unten zu. Er saß entspannt in der Kajüte, ruhig und selbstsicher, als wäre nichts gewesen. Er sah sie an und winkte ihr zu.

»Hallo Rose. Ich sehe, alles hat geklappt. Komm rein.«

Corinna Tarow ärgerte sich, dass sie den Jeep nicht gesehen hatten. Es war natürlich nur eine Vermutung, dass Rose Brunner nach Starnberg wollte. Um sich umzubringen war jeder andere Platz gleich gut. Trotzdem gab sie Blankenburg recht, der es fur wahrscheinlich hielt, dass sie dorthin wollte, wo ihre Kinder gelebt hatten. Menschen wie Rose, krank und zermürbt, folgten nicht immer rationalen Motiven. Wie Lachse, die nach Jahren der Wanderung durch das Meer schließlich in ihren Heimatbach zurückkehren, zieht es auch viele Menschen, gerade wenn sie in seelischer Not sind, in ihre Heimat, an vertraute Plätze, zu bekannten Gesichtern zurück, egal, was vorher gewesen ist. Rose hatte sich ihnen nicht genug geöffnet, als dass sie mit Sicherheit hätte sagen können, wohin sie wollte. Menschen, denen sie vertraute, gab es nur wenige. Aber ein Gefühl sagte Corinna, dass sie an den Ort wollte, wo ihre Schwierigkeiten begonnen hatten. Auch Blankenburg hatte ein Gefühl, nämlich dass es noch ein Geheimnis gab, das Rose Brunner ihnen nicht enthüllt hatte. Etwas, was sie alle übersehen hatten. Aber er hatte keine Ahnung, was das sein könnte.

Corinna Tarow war froh gewesen, als Blankenburg mit dem Kommissar vereinbart hatte, zu ihm ins Krankenhaus zu fahren. Blankenburg war nicht frei von romantischen Zügen, die Corinna Tarow sehr wohl zu schätzen wusste, welche aber nicht ohne Probleme waren: Sie verleiteten mitunter zu einem gewissen Leichtsinn. Blankenburg schien alles daran setzen zu wollen, Rose Brunner zu retten. Sie war sich nicht sicher, ob Blankenburg im Zweifelsfall bereit wäre, dafür Risiken einzugehen, die sich bei kühler Betrachtung vermeiden ließen. Sicher war Rose Brunner seine Patientin gewesen, ein besonderer Fall, der sie in gewisser Weise sogar zusammengeführt hatte. Jedenfalls hatte ihre gemeinsame Beschäftigung mit Rose Brunner ihre Annäherung begünstigt und wie ein Katalysator ihre gegenseitige Unentschlossenheit so erwärmt, dass jener emotionale Knall erst möglich geworden war, den man Verliebtheit nennt. Jetzt hatte sie dieser Fall sogar hierher geführt, ein Weg weit außerhalb ausgetretener Psychiatriepfade und mit ungewissem Ausgang. Es war gut, die Sache jetzt an die Polizei abzugeben.

Fels wartete am Eingang der Klinik auf sie.

Corinna stellte sich vor. Sie fand ihn trotz seiner erkennbaren Anspannung sehr gut aussehend. »Gibt es etwas Neues?«, fragte sie direkt.

»Nein«, sagte Fels. »Die Fahndung läuft. In ihrer Wohnung oder bei ihrer Schwester ist sie bisher nicht aufgetaucht.« Er wandte sich an Corinna. »Haben Sie das Nummernschild erkannt?«

»Nein, ich habe sie doch nur im Vorbeifahren gesehen. Wenn ich mich nicht überhaupt getäuscht habe.«

»Ein dunkler Jeep?«

»Ja, schwarz. Ich glaube, ein Mercedes.«

»Und sie war allein?«

»Es hatte den Anschein.«

»Das ist seltsam. Es ist doch ziemlich ausgeschlossen, dass sie in der kurzen Zeit nach der Flucht aus der Klinik ein Auto organisieren konnte.«

»Sie hatte maximal fünf Minuten«, warf Blankenburg ein.

»Jemand muss ihr geholfen haben«, meinte Corinna.

»So sehe ich das auch. Aber wer?« Fels sah von einem zum anderen.

»Schwer zu sagen«, sagte Blankenburg. »Es gibt kaum jemanden, dem sie vertraut. Sicher nicht ihrem Mann.«

»Der auch noch verschwunden ist.«

Blankenburg war überrascht. »Das wusste ich nicht. Ist ja seltsam.«

»Allerdings. Wie konnte sie überhaupt aus der Klinik entkommen?«

Fels ließ sich von Blankenburg den dramatischen Vormittag schildern. Eine gewisse Raffinesse war Rose Brunner seiner Meinung nach nicht abzusprechen. Sie war mit Plan vorgegangen. Er konnte Blankenburgs und Corinna Tarows Ängste vor einem erneuten Selbstmordversuch gut verstehen, teilte sie aber nicht. Sein Gefühl sagte ihm, dass jemand, der in ihrer Lage so entschlossen vorging, um aus der Klinik herauszukommen, auch dort schon Wege gefunden hätte, sich zu töten, wenn sie gewollt hätte. Natürlich war das ein hypothetisches Argument, aber er war sich sicher, dass sich Rose Brunner mit jemandem treffen wollte. Jemand, der ihr auch bei dem Ausbruch geholfen hatte.

»Schade, dass wir den Jeep nicht mehr eingeholt haben«, meinte Corinna.

Der schwarze Jeep. Natürlich. In diesem Fall hatte schon einmal ein schwarzer Jeep eine Rolle gespielt. Ein Zeuge hatte ihn beim Unfall von Fischer gesehen. Er war unerkannt entkommen. Fels hatte die ganze Zeit die Teile des Puzzles vor sich gesehen, Rose Brunner, ihr Mann, die Hochzeitsbilder, der alte Fischer, der Jeep. Jetzt sah er die Verbindung. Und die Bedrohung.

Rose Brunner befand sich in tödlicher Gefahr.

27. Kapitel

Sven Fischer konnte ihre Angst riechen. Das hatte er bei anderen immer schon gekonnt und es genossen. Schon als Kind hatte er die Angst seiner Mutter gespürt, ihre Krankheit und ihre Verzweiflung, als sie, lange vor seinem Vater, sein Wesen erkannt hatte. Die vielen kleinen Bosheiten und Grausamkeiten, die sie bei ihm gesehen hatte. Seine Unfähigkeit, ihre Liebe zu erwidern. Sie hatte das gespürt. Fischer war sich sicher, dass dies einer der Gründe für ihren Selbstmord gewesen war. Er hatte nicht um sie getrauert. Seinem Vater hatte er nach ihrem Tod Vorwürfe gemacht, hatte seine Schuldgefühle ausgenutzt. Immer wieder hatte der Alte ihm geholfen und über seine Fehler hinweggesehen. Ja, das war immer seine Stärke gewesen, er konnte andere manipulieren, weil er ihre Gefühle erkannte, wenn er sie auch nicht verstand. Er spürte es nicht, aber sein Verstand sagte es ihm. Sie liebt dich. Oder: Er trauert um sie. Aber Angst hatte er immer spüren können, nicht bei sich, aber bei anderen. Es war nicht schwer gewesen, seinen Vater zu töten, aber leider war er nicht bei Bewusstsein gewesen. In seiner letzten Sekunde hätte er gerne noch einmal seine Angst gespürt, als er mit der Spritze an den Infusionsschlauch getreten war. Schade, die Gelegenheit würde nicht wiederkommen. Aber er hatte handeln müssen. Der Alte war mit seinem Leben fertig gewesen und mit ihm. Er war sich nicht sicher, was sein Vater wirklich gewusst oder geahnt hatte. Vielleicht hätte er geredet. Er hatte das Risiko nicht eingehen können.

Rose sah besser aus als erwartet. Erstaunlich, wie sie das alles weggesteckt hatte, sogar die Krebsoperation, von der er gehört hatte. Sie hat immer noch einen geilen Arsch, dachte er, als sie die enge Treppe zur Kajüte herabstieg. Sie waren sich sehr ähnlich, das hatte er immer schon gefunden. Schade, dass sie sich damals für diesen Idioten John entschieden hatte. Es hätte sonst wirklich etwas aus ihnen werden können. Er war nicht überrascht gewesen, als sie nach wenigen Jahren wieder zu ihm gekommen war und sie ihre frühere Beziehung erneut aufgriffen und sogar ins Geschäftliche ausgedehnt hatten. Bis ihre Nerven nicht mehr mitspielten. Er hatte ihr Angst gemacht und sie hatte geschwiegen. Sie wusste, wozu er fähig war. Aber auch darauf hatte er sich nicht mehr verlassen können. Die Sache war aus dem Ruder gelaufen. Er musste sie jetzt zu Ende bringen.

»Wie ich sehe, hat alles geklappt. Den Wagen hast du abseits vom Jachtclub abgestellt? Prima. Du siehst gut aus.« Er grinste sie an.

Rose hielt seinem Blick stand. Sie wusste nicht, ob er eher geringschätzig oder herausfordernd wirkte.

»Spar dir deine Kommentare. Du schuldest mir 200000 Euro, mindestens. Ich will es jetzt haben. Ich lasse mich nicht mehr vertrösten. Ich weiß, dass du das Geld hast.«

»Klar habe ich es. Es war gut, dass du meinen Namen bei dem Prozess rausgehalten hast. All diese braven Bürger, ganz gierig, als du ihnen von den Immobiliengeschäften vorgeschwärmt hast, fünfundzwanzig Prozent Rendite im Jahr, mindestens. Du musst zugeben, es war eine gute Idee. Und du hast das wunderbar gemacht. All das Schwarzgeld unter Omas Kopfkissen, die Gelder, die an der Steuer vorbei irgendwo versteckt waren und nach einer Anlage suchten. Ein vertraulicher Hinweis, etwas Feenzauber in deinem Blick und sie sind alle schwach geworden.«

»Ich habe das nur gemacht, weil John pleite war und nicht mehr gezahlt hat. Ich hatte Verantwortung für die Kinder. Und du hast gesagt, du kannst das Geld verdoppeln, du hättest die Kontakte. Niemand würde einen Schaden haben.«

»Und das hast du geglaubt? Arme Rose! Du hattest immer schon die Begabung, dir etwas vorzumachen, so wie du dir mit John etwas vorgemacht hast. Es war Schwindel und du hast es gewusst.«

»Mag sein. Ich will jetzt nur mein Geld.«

»Was willst du denn damit?«

»Das geht dich nichts an.«

»Deinen Kindern kannst du nicht mehr helfen.«

»Hör auf damit.«

»Sie sind tot.«

»Du bist ein Schwein, immer schon gewesen.«

»Du weißt nicht, was in der Nacht passiert ist?«

Rose atmete schwer. Glühender Hass hämmerte ihr durch die Adern. Sie versuchte, nicht die Nerven zu verlieren. »Ich kann mich nicht erinnern. Wirklich nicht. Ich habe nachts im Wohnzimmer gesessen und nachgedacht. Ich war verzweifelt. John hat mich hängen lassen und du genauso. Ständig standen Leute vor der Tür und wollten Geld. Sogar die Kinder haben sie abgepasst. Es war furchtbar. Und dieser Krebsverdacht, das hat mir den Rest gegeben. Ich hatte manchmal schon gedacht, so geht es nicht weiter. Trotzdem, dass ich die Kinder töten würde … ich weiß nicht, was in dieser Nacht mit mir los war. Ich habe dagesessen und gegrübelt. Danach fehlt mir jede Erinnerung.«

Sven Fischer lachte. Rose hätte ihn ins Gesicht schlagen können. Aber erst musste er ihr das Geld geben.

»Das reicht. Ich will jetzt das Geld.«

Fischer griff unter die Bank. Rose hatte sich ihm gegenüber an der anderen Seite der Kajüte hingesetzt. Er holte eine schwarze Sporttasche hervor. Bitterkeit stieg in Rose auf, als sie auf der Tasche das Emblem von »John's Sportwelt« sah, das Etikett ihres Untergangs. Mit dem linken Fuß schob er ihr die Tasche zu.

»Das Geld war erst in Liechtenstein, dann auf den Cayman-Inseln. War nicht leicht, genug loszueisen, aber du hattest ja mein Wort.«

Rose öffnete die Tasche. Sie war voll von Geldbündeln. Es war unmöglich zu schätzen, wie viel es war, aber sie hatte keinen Zweifel, dass es genug war, die versprochene Summe. Ihr Anteil.

»Bruckmeier würde ganz schön staunen, wenn er wüsste, was wir hier für Geschäfte machen. Er leiht mir die Jacht gerne und vertraut mir. Dabei wechselt nur etwas Schwarzgeld den Besitzer. Na ja, wahrscheinlich ist die Jacht auch mit Schwarzgeld finanziert. Mit ehrlicher Arbeit kommt man ja zu nichts, wie wir alle wissen. John hat das leider auch zu spät begriffen.«

»Lass John aus dem Spiel. Er hat von der ganzen Sache nichts gewusst.«

»So? Meinst du?«

Die Frage hatte einen spöttischen Unterton. Fast hätte er ihr vom Anruf ihres Mannes erzählt, aber er sparte sich diesen kleinen Triumph, der John Brunner das Leben gekostet hatte. Er hatte irgendwie Wind von der Sache bekommen und Geld gefordert, Roses Geld. Sven Fischer hatte John Brunner damals absichtlich aus seinen Geschäften mit Rose herausgehalten. Er hatte schwache Nerven, wenn es darauf ankam, und er war vor allem ein unerträglicher Angeber, der die Klappe nicht halten konnte. Für solche Geschäfte war das tödlich. Rose war aus einem anderen Holz geschnitzt, das hatte er immer gespürt.

»Willst du das Geld zählen?«

»Nicht nötig. Ich glaube dir, ausnahmsweise.«

»Was willst du jetzt machen?«

»Ich denke nicht, dass dich das etwas angeht.«

»Natürlich nicht.«

Rose lachte bitter. »Weißt du, wie ich mich fühle?«

Fischer sah sie etwas unsicher an. Er fühlte sich unwohl. Er hatte nicht vor, mir Rose über Gefühle zu reden. Das war Treibsand, auf den er nicht treten wollte. »Du hast eine harte Zeit hinter dir«, sagte er ausweichend.

»Harte Zeit? Das nennst du harte Zeit? Eine harte Zeit hatte ich mit dir, als du mich zu diesen Betrugssachen überredet hast, da könne nichts passieren und das sei legal. Ich habe geschwiegen, auch aus Angst, und um etwas für die Kinder zu retten. Aber du hast mich immer nur vertröstet. Ich habe nicht mehr ein noch aus gewusst, Tag und Nacht haben mich die Opfer bestürmt. Und du warst sonst wo und hast auf dem Geld gesessen.«

»Jetzt hast du es.«

»Und es nützt mir nichts mehr.«
»Wo willst du hin?«
Rose antwortete nicht. Schließlich meinte sie: »Wir werden uns nicht mehr sehen. Eins sollst du noch wissen. Ich bin schwanger.«
Fischer wurde fahl. »Du bist was?«
»Schwanger.«
»Das ist doch nicht möglich.«
»Aber ja. Fast im dritten Monat.«
»Was willst du mir damit sagen?«
»Überleg mal. Du warst doch sonst immer ein kluger Rechner.«
Ein übermäßiger Zorn überwältigte Sven Fischer. Er spürte, wie sich sein Puls beschleunigte. Natürlich wusste er, was Rose ihm sagen wollte. Vor drei Monaten, kurz vor der Tat, war sie noch einmal zu ihm gekommen, eine heiße Sommernacht. Sie hatte Geld gewollt. Er hatte sie erst vertröstet, noch einmal, dann hatten sie etwas getrunken. Rose vertrug nicht viel. Schließlich hatte er sie gepackt und auf das Bett geworfen. Seine alte Erregung war durchgebrochen. Eine Leidenschaft, die sie vor Roses Ehe einmal verbunden hatte und auch danach noch hin und wieder. Aber dieser Abend war anders verlaufen. Sie wollte nicht mehr. Es war ihm egal gewesen. Am Anfang hatte sie sich gewehrt, aber er war stärker gewesen. Es hatte nicht lange gedauert. Danach hatte er sie nicht mehr gesehen. Sie hatte gedroht, zur Polizei zu gehen, nicht nur deswegen, das hätte sie weggesteckt, aber wegen ihrer Geschäfte. Sie war ein Unsicherheitsfaktor geworden.
»Ich glaube dir nicht. Ein blöder Trick, nichts weiter.«
»Sicher nicht. Man kann auch bei Vergewaltigungen schwanger werden, Sven.«
»Das wollte ich nicht.«
»Da ist noch etwas, was du wissen solltest.«
Rose spürte eine große Kälte in sich, der Hass hatte ihr Blut frieren lassen. Das Boot schwankte etwas auf schwarzen Wassern. Eine leichte Welle hatte es hochgehoben. Alles andere war ihr gleichgültig, aber einen kleinen Teil ihres Schmerzes, ein winziges Bruchstück ihres Leides sollte er auch spuren.
»Oliver war von dir.«
Er sprang in derselben Sekunde auf, ohnmächtig vor Wut. In einem aberwitzig kurzen Moment, Sekundenbruchteilen, raste die Nacht an ihm vorbei.
Es war ein Leichtes gewesen, in die Wohnung zu gelangen. Rose war ein zu großes Risiko geworden. Er hatte sie erdrosseln wollen, um keinen Lärm zu machen. Er hatte ein Tuch dabei gehabt. Er hatte geglaubt, die Kinder seien wie sonst bei den Großeltern, einen Stock tiefer. Rose war im Wohnzimmer gewesen, betrunken und bis oben hin voll mit Medikamenten. Perfekt, hatte er sich gesagt, dann war alles aus dem Ruder gelaufen. Er

hatte nicht damit gerechnet, dass der Junge plötzlich vor ihm stehen würde, durch irgendein Geräusch aufgeweckt. Vielleicht hatte er auch nicht schlafen können, wach gehalten von der Sorge um die Mutter. Das war schlau von mir gewesen, einen Zweitschlüssel von Roses Wohnung machen zu lassen, schon Jahre vorher, sagte sich Fischer. Man wusste ja nie. Nur dass der Junge plötzlich im Flur stehen würde, war unvorhersehbar gewesen.

Fischer hatte ihn gleich erkannt. Natürlich hatte er den Jungen töten müssen. *Er hatte sein eigenes Kind getötet.* Ein Faustschlag auf den Kopf hatte den Jungen niedergestreckt, benommen lag er auf dem Fußboden, rappelte sich aber wieder auf, schrie. Danach war alles ganz schnell gegangen. Er konnte keine Zeugen brauchen. Er hatte den Jungen gepackt, in sein Bett geworfen und ihm das Kissen auf das Gesicht gepresst. Der Junge hatte sich erbittert gewehrt. Dann war alles vorbei.

Er ging zurück zu Rose. Sie war bewusstlos, ihr Kopf lag auf dem Tisch. Neben ihr hatte eine Weinflasche gestanden, zwei leere Medikamentenschachteln lagen daneben. Irgendeinen Brief hatte sie schreiben wollen und war darüber eingeschlafen oder der Mut hatte sie verlassen. Vermutlich ein sentimentaler Quark, dazu neigte sie. In diesem Moment war ihm ein genialer Einfall gekommen. Vielleicht hatte sich Rose umbringen wollen, vielleicht hatte sie auch nur schlafen wollen. Fischer würde es in jedem Fall so aussehen lassen, als ob sich eine verzweifelte Mutter umbringen wollte. Er hatte davon gelesen, wie sich Selbstmörder oft töten. Medikamente und Pulsaderschnitt oder ein Stromschlag mit dem Föhn. Das konnte Rose haben. Fischer war so weit gegangen, er konnte nicht zurück.

Dann war ihm die Idee gekommen. Wenn er alle töten würde … Jeder würde von der Verzweiflungstat einer Wahnsinnigen ausgehen. Eine depressive Mutter, die erst die Kinder und dann sich umbringt. Eine Familientragödie. Er musste auch die Mädchen töten. In der Küche hatte er ein Messer gefunden. Es war eine Schweinerei gewesen, widerlich, aber er musste es tun. Er hatte sie im Schlaf getötet. Ein paar schnelle Stiche. Es sollte wild und verrückt aussehen. Das Blut war in alle Richtungen gespritzt. Fischer hatte sie einfach in ihren Betten liegen lassen. Dann lief er noch einmal zu dem toten Jungen und stach ebenfalls zu. Wahnsinnstat einer kranken Mutter. Dann hatte er die Badewanne vollaufen lassen und Rose hineingelegt. Sie war bewusstlos gewesen, hatte nur einige Laute von sich gegeben. Dann hatte er noch einmal das Messer genommen. Er hatte sich viel Mühe gegeben, es so natürlich wie möglich aussehen zu lassen. Aber als er ihre Pulsadern aufgeschnitten hatte, hatte Rose kurz gestöhnt. Fischer war in Panik geraten, für einen kurzen Moment. Mit dem Messer hatte er in ihre Brust gestoßen. Danach war sie still gewesen. Das Blut war ihr aus den Pulsadern und der Brust gelaufen. Er war sich sicher, sie würde in wenigen Minuten tot sein. Er hatte den Messergriff abgewischt, ihr in die Hand gedrückt und in die Wanne geworfen. Das war am sichersten. Dann nahm er noch den Föhn, der im Bad lag, steckte ihn in die Steckdose und warf ihn ins Wasser. Aber das hatte nicht geklappt, der Föhn war einfach ausgegangen. Na gut, die Pulsadern mussten reichen. Das Ganze hatte nicht einmal fünfzehn Minuten gedauert. Vier Tote. Hatte er geglaubt. Das mit den Kindern war schwer gewesen. Darauf war er nicht vorbereitet gewesen, es hatte sich eben so ergeben. Pech. Oder Glück. Und jetzt sagte ihm Rose, der Junge sei von ihm gewesen. Das hatte er nicht gewusst.

Rose sah ihn an. Sie kannte sein Gesicht in- und auswendig. Seine scharfen Züge wurden starr, er war blass, alles Blut war aus ihnen gewichen. Für einen Moment dachte sie an Marmor, ein weißes, hartes Gesicht, wie aus Marmor gemeißelt. Sie wusste, dass er mit dem Tod der Kinder zu tun hatte. Nach Wochen in der Klinik hatte sie auf einmal von ihm geträumt. Wochenlang hatte sie sich gequält, ohne Erinnerung, nicht verstanden, was nicht zu verstehen war. Auch jetzt wusste sie nicht, was passiert war, aber im Traum hatte sie ihn gesehen, wie er im Bad stand, ein weißer Teufel, kalt und bedrohlich, und dann hatten sich die Wände rot gefärbt. Was immer in dieser Nacht geschehen war, ohne ihn wäre es nicht passiert. Die Kinder wären noch am Leben.

Fischer würde auch sie töten. Rose musste handeln. Ihre Hand war schon vor Minuten in ihre Jacke geglitten und hielt die Waffe, die sie Porno-Pabst entwendet hatte. Sie hätte ihm gerne in die Eier geschossen, diesem schmierigen Arschloch, er hätte es verdient gehabt, aber nicht so sehr wie Fischer, bei Weitem nicht. Fischer war der Teufel, der ihr Leben zerstört hatte. Und nicht nur ihres.

Fischer sah sie an. Sie musste sterben. Das war ohnehin klar gewesen. Jetzt gab es kein Halten mehr. Er sprang auf. Rose kannte das Funkeln in seinen Augen, die sich gleichzeitig etwas verengten. Ein Raubtier auf der Jagd, das hatte sie immer schon gefunden. Bei ihrem letzten Treffen, als sie noch einmal Geld gefordert hatte, war es ähnlich gewesen. Er war über sie hergefallen, hatte ihre Schenkel auseinandergedrückt. Sie war darauf nicht vorbereitet gewesen. Da war keine Zuneigung mehr gewesen, nicht einmal Lust. Sie hatte ihn nicht wegdrücken können. Er hatte sie vergewaltigt. Hinterher hatte er versucht, sie zu beruhigen, aber sie hatte sich gefühlt wie der letzte Dreck. Ein ohnmächtiger Hass war in ihr. Von da an war es nur noch bergab gegangen, eine dunkle Spirale nach unten, die sich immer weiter dem Höllenschlund genähert hatte. Wenn sie gewusst hätte, wie viele schwarze Windungen vor ihr liegen würden, sie wäre gleich in den Abgrund gesprungen, statt Halt an den finsteren Wänden zu suchen.

Den einzigen Schutz, den sie jetzt spürte, war das kalte Metall der Pistole, die in ihrer rechten Jackentasche lag. Die Kühle der Waffe hatte sich auf ihr Herz gelegt. Fischer musste sterben, aber zuvor musste sie die Wahrheit wissen. Was war in dieser Nacht geschehen? Und warum?

Blitzschnell zog sie die Waffe. Fischer war in der engen Kabine kaum einen Schritt von ihr entfernt.

»Setz dich«, fauchte sie.

»Was soll das?«

Er schien ehrlich überrascht. Woher kam plötzlich die Waffe? Rose konnte sie unmöglich in der Klinik besorgt haben. Sie war doch direkt zu ihm gefahren. Er verstand das nicht, aber er nahm sie ernst. Sie hatte nichts zu verlieren.

»Das ist keine Attrappe«, sagte sie kühl. Fischer stand immer noch im Raum. »Setz dich, habe ich gesagt.«

»Ich wollte dir nur das Geld geben.« Er zeigte auf eine Tasche, die unter dem Kajütentisch lag. Er setzte sich.

»Das Geld interessiert mich nicht.«

»Ach wirklich? Das war früher anders.«

»Mag sein. Trotzdem hätte ich mich nie auf deine Spiele eingelassen, wenn ich gewusst hätte, wie das ausgeht. Eine todsichere Sache, hast du gesagt.«

»War es auch.«

»Ja, für dich.«

»Wir hätten es gemeinsam ausgeben können, Aruba, Bahamas, irgendwo.«

»Und meine Kinder?«

Fischer schwieg.

»Du weißt, ich habe mich nur darauf eingelassen, weil John nicht mehr bezahlt hat.«

»John, dieser Versager. Ich habe nie verstanden, warum du dich für ihn entschieden hast.«

»Warum? Du erinnerst dich. Treue war nicht deine Stärke.«

»Das hätte sich gegeben.«

Rose lachte bitter. »Wer weiß.«

Fischer atmete tief. »Was meintest du vorhin, der Junge war von mir?«

»Genau so war es. Ich war schwanger, als ich John kennenlernte. Ich habe es hinterher gemerkt. Er hat es nicht gerafft, dass das Kind nicht von ihm war. Seine Eltern drängten auf Heirat und mir war das recht. Sicher war das ein Fehler. Er hat sich im Endeffekt genauso wenig um die Kinder gekümmert, wie du es getan hättest.«

»Da täuschst du dich.«

»Sicher nicht.«

»Warum hast du nie etwas gesagt?«

»Warum? Was hätte es geändert? Ich will jetzt endlich wissen, was in der Nacht passiert ist.«

Fischer verstand. Rose ahnte etwas, aber sie wusste nichts. Er musste Zeit gewinnen.

»Was soll passiert sein? Du warst wahrscheinlich verzweifelt, betrunken, voller Medikamente.«

»Verzweifelt sicher. Dafür gab es tausend Gründe. Du warst einer davon.«

»Ich hätte dir geholfen?«

»Du? Jahrelang hast du mich mit dem Geld vertröstet.«

»Da ist es.«

Fischer machte eine Kopfbewegung in Richtung der Tasche. Rose Brunner hielt den Blick auf ihn gerichtet, mit beiden Händen die Waffe umklammernd.

»Das interessiert mich jetzt nicht mehr. Ich will wissen, was in der Nacht passiert ist.«

Mit einer kurzen Bewegung riss sie die Waffe nach rechts und drückte ab. Der Knall in der kleinen Kabine war ohrenbetäubend laut. Dicht neben Fischers Kopf splitterte das Teakholz der Kajütenwand.

»Bist du verrückt?«

»Das versuchen mir alle einzureden. Ich habe es selbst fast geglaubt. Ich bin es aber nicht, ich bin alles Mögliche, aber das nicht. Der nächste Schuss sitzt. Verdient hast du es in jedem Fall, schon für deine letzte Gemeinheit. Du erinnerst dich?«

Es war klar, dass sie auf die Vergewaltigung anspielte. Fischer hatte es nicht nur aus böser Lust getan, er hatte auch gehofft, Rose damit endgültig zu brechen und sie zum Schweigen zu bringen.

»Rose, ich hatte gehofft, unsere alte Liebe …«

»Halt den Mund. Du weißt gar nicht, was Liebe ist. Ich habe viel über dich nachgedacht. Du kannst charmant sein, aufmerksam, männlich, aber du weißt nicht, was Liebe ist. Du kannst es nicht spüren. Du weißt, was guter Sex ist, Geilheit ja, aber Liebe ist dir ein Fremdwort. Nur dein eigenes Glück zählt für dich. Niemand, niemand anderer ist je wichtig für dich gewesen. Auch deine Mutter nicht, selbst wenn du deinem Vater das manchmal eingeredet hast. Sven Fischer, so war das nicht. Erzähl mir nichts, spar dir deine Lügen. Erzähl mir von der Nacht, und zwar schnell.«

Fischer spürte, dass es ihr ernst war. Es war unmöglich, mit der Wahrheit herauszurücken. Sie hätte sofort geschossen, da war er sich sicher. Sofort.

»Rose, in dieser Nacht … Ich wollte dich noch mal sehen …« Er wusste nicht, wie viel sie ahnte. Vorsichtig fuhr er fort. »Ich dachte, vielleicht gibt es doch noch eine Chance für uns. Ich dachte, die Kinder wären wie sonst bei Brunners im Erdgeschoss. Deswegen bin ich spätabends noch einmal vorbeigekommen und habe geklingelt.« Er ließ den Nachschlüssel lieber unerwähnt. »Du warst völlig betrunken, als du die Tür aufgemacht hast.«

Rose war unsicher, ob sich das wirklich so abgespielt hatte. »Weiter!«

»Ich bin dann reingekommen. Die Kinder waren wohl im Bett, ich habe sie jedenfalls nicht gesehen. Wir sind dann ins Wohnzimmer ... Da stand eine leere Weinflasche. Du hast irgendwie traurig gewirkt ...«

Rose zielte auf seine Stirn. »Weiter.«

»Du hast ...« Er stockte für einen Moment. Das Boot schaukelte sanft, eine Welle hatte es hochgehoben. Vielleicht ein Motorschiff, das in den Hafen gelaufen war, dachte Fischer. Die Bugwelle hatte die Jacht erfasst. Für einen Moment war sein Kopf nicht mehr in der Schusslinie. Er reagierte blitzschnell. Mit einem Satz war er bei Rose. Mit der Faust schlug er ihr die Waffe aus der Hand. Rose hatte noch Zeit abzudrücken, ein letzter Reflex. Noch einmal splitterte das edle Teak. Die Waffe fiel ihr vor die Füße. Rose bückte sich, ihr linker Fuß war auf der Waffe. Fischer schlug ihr ins Gesicht. Für einen Moment blieb ihr die Luft weg.

»Dann habe ich sie getötet. Ich weiß nicht, warum du noch lebst. Zweimal mache ich nicht denselben Fehler. Ich hätte dich abschlachten sollen wie deine Brut.«

Er griff nach ihrem Hals. Die Waffe war für sie nicht erreichbar. In der Tasche ihrer Jacke fühlte sie nach der Infusionsnadel. Er lag schon fast über ihr, als sie ihm die Kanüle von unten in das linke Handgelenk stieß. Er schrie, vor Schmerz und wütender Überraschung. Das Blut spritze aus einer Ader. Er hielt sich die verletzte Hand.

»Du Schwein!«, stieß sie hervor. Sie wusste, dass sie nicht viel Zeit hatte. Fischer konnte man mit so einer Wunde nicht lange aufhalten. Sie griff nach der Sporttasche mit dem Geld und sprang zur Leiter, die aus der Kajüte führte.

Er erwischte sie, als sie auf der letzten Sprosse war. Seine Rechte griff nach ihrem Knöchel. Ohne sich umzudrehen, trat sie mit dem linken Fuß gegen seine Hand, aber der Griff wurde eher fester. Sie fuhr herum. Jetzt nahm er auch die blutende Linke zur Hilfe. Gezielt trat sie gegen die verletzte Hand. Ein wütender Aufschrei. Für den Bruchteil einer Sekunde war sie frei. Das musste reichen. Sie sprang aus der Kajüte. Wenige Meter trennten sie vom Bootssteg. Zwei Schritte. Einer.

Sie sah das aufgerollte Seil zu spät. Sie stolperte. Fischer war über ihr. Er schlug sofort zu. Ihr Kopf fiel hart auf das lackierte Holz und das Letzte, was sie sah, war das Gesicht ihres toten Jungen, dessen Züge sich zum ersten Mal mit denen Fischers vermengten, bevor sich der schwarze Höllenschlund ihrer Todesangst wieder öffnete, diesmal für immer.

»Wo kann sie hin sein?« Corinna Tarow sprach mehr zu sich selbst als zu den beiden Männern, die mit ihr in der Cafeteria saßen.

Blankenburg schwieg gedankenversunken.

Fels dagegen war präsenter. »Es gibt da eine Verbindung, die wir bisher nicht gesehen haben, und zwar von Rose Brunner zum Sohn von Fischer, dem Nachbarn, der die Leichen entdeckt hat. Sie hat davon nichts erzählt und er hat uns auch weisgemacht, sie kaum zu kennen. Dabei war er Trauzeuge und in der Wohnung ihres verschwundenen Mannes gibt es einige Hinweise, die dafür sprechen, dass sie sich enger kannten. Allerdings ist der Hintergrund ihrer Beziehung nicht völlig klar.«

»Ich denke, das liegt doch auf der Hand. Sie ist schwanger«, sagte Blankenburg.

Corinna Tarow und Fels sahen ihn verblüfft an.

»Ohne Mann keine Empfängnis. Ihr eigener war nicht beteiligt, da bin ich mir sicher. Corinna, erinnerst du dich an unsere Diskussion über die Ergebnisse der projektiven Tests, die wir bei ihr durchgeführt haben?«

»Kein Psychokram bitte, jetzt nicht«, murmelte Fels.

»Ist es nicht. Man sollte die Befunde ernst nehmen, auch wenn es psychologische Testungen und keine Röntgenbilder sind. Auch die können übrigens täuschen. In den meisten Vorlagen, bei denen es um Geschlechterrollen und Identität ging, erschien hintergründig ein Mann, der entweder idealisiert wurde oder bedrohlich schien.«

»Das stimmt«, meinte Corinna. »Eine ambivalente, letztlich negativ besetzte Beziehung. Ihren eigenen Mann hatte sie dagegen durchgehend abgewertet. Es ist aber irgendwie offen geblieben, ob es diese Figur wirklich gab oder ob sie eine Projektion ihrer Ängste und Hoffnungen war.«

»Vielleicht ist sie sehr real.«

Fels griff zum Handy. Mit wenigen Worten gab er Sven Fischer zur Fahndung frei. Mit einem zweiten Anruf in der Münchner Zentrale fragte er nach den Autos, die auf Fischer zugelassen waren. Zwei Minuten später erfolgte der Rückruf. Mit grimmigem Blick wandte sich der Kommissar an Corinna Tarow und Blankenburg.

»Auf Sven Fischer ist nur ein Mazda zugelassen. Es gibt aber noch eine Firma, die ihm gehört, Fischer Consulting, auf die ein Mercedes-Jeep zugelassen ist.«

»Der schwarze Jeep«, sagte Corinna.

»Todsicher.«

»Sie ist bei ihm.«

»Aber wo ist er?«

»Das werden wir bald wissen«, sagte Fels.

»Ich habe ein schlechtes Gefühl«, meinte Blankenburg.

28. Kapitel

Fels hatte ein gewisses Faible für Autorennen. Zwei Mal im Laufe der Jahre hatte er sich eine sündteure Karte für ein Formel-1-Rennen gekauft und war zum Nürburgring gefahren. Beim ersten Mal war seine Tochter auf sein Drängen hin mitgekommen. Es war im Jahr nach dem Tod seiner Frau gewesen. Angesichts des mehrere Hundert Euro teuren Tickets und des ohrenbetäubenden Krachs, der an der Rennstrecke geherrscht hatte, war sie wenig begeistert gewesen und hatte ihn hinterher für verrückt erklärt. Sie war nie wieder mitgefahren. Fels hatte der Besuch damals gut getan. Er war auf andere Gedanken gekommen und von der Präzision, mit der die Boliden wie an Schnüren gezogen auch bei Hochgeschwindigkeit auf ein und derselben Ideallinie durch die Kurven geflogen waren, sehr beeindruckt gewesen. Ein eigener Sportwagen war natürlich nicht drin, das gab das Gehalt eines Hauptkommissars nicht her. Immerhin, sie hatten im Dienst einen BMW.

Fels steuerte den Wagen zunächst in die Fichtenstraße. Von einem Jeep war nichts zu sehen. Er stürzte hinaus, klingelte kurz bei Brunners. Eine erschreckend gealterte Frau öffnete ihm. Nein, von ihrer Schwiegertochter habe sie nichts gehört oder gesehen.

Dann erreichte Fels ein Anruf von der örtlichen Polizei.

Sie fuhren nach Starnberg. Fels hielt vor dem Zeitschriftenladen. Er fand den Inhaber stöhnend hinter der Kasse vor.

»Sie hat meine Pistole, dieses Miststück«, sagte Pabst und hielt ihm die stark geschwollene Hand entgegen.

Fels konnte sich auf keine Diskussion einlassen. »Jetzt hat sie auch noch eine Waffe«, sagte er mehr zu sich selbst.

»Das klingt nicht nach Selbstmord«, meinte Blankenburg.

»Sie will Fischer treffen! Fragt sich wann und wo«, sagte Fels.

»Irgendwo am See«, sagte Corinna Tarow überzeugt.

»Warum?«, fragten beide Männer unisono.

»Nur so ein Gefühl. Ich stelle mir vor, die beiden treffen sich, heimlich, irgendeine Art von Aussprache steht an. Warum auch immer. Öffentlichkeit wollen sie aus naheliegenden Gründen nicht.«

Orientierungslos fuhr Fels durch Starnberg. Von einem schwarzen Jeep war nichts zu sehen. Wieder arbeitete etwas in seinem Hinterkopf, eine verschüttete Erinnerung. Er musste sie freilegen. Ein Bild entstand vor seinem inneren Auge.

»Vielleicht am Jachthafen«, sagte er. »Brunner war dort beschäftigt und Roses Schwager hat ein Boot. Wenn mich nicht alles täuscht, ist Fischer auch Segler. Jedenfalls habe ich Bilder von den beiden an Bord eines Schiffes gesehen. Es wäre eine Möglichkeit.«

»Ist einen Versuch wert«, sagte Blankenburg.

Auf dem Parkplatz standen nur wenige Autos. Von einem Mercedes-Jeep war nichts zu sehen.

»Vielleicht habe ich mich mit dem Auto auch getäuscht«, meinte Corinna Tarow.

Fels fuhr um den Bootshafen herum. »Da steht er!«, rief sie plötzlich.

Hinter einem schon auf Land gezogenen und aufgebockten Boot lugte der Wagen hervor. Sie stiegen aus. Der Wind hatte noch einmal stark zugenommen.

Im Jachtclub war kaum jemand. Rose Brunner war nicht zu sehen. Hinter dem Tresen putzte eine gelangweilte Sylvie Cocktailgläser. Sie schenkte Fels ein nicht uninteressiertes Lächeln. Dafür ist jetzt keine Zeit, sagte sich Fels.

»Haben Sie Rose Brunner gesehen?«

Sylvie sah ihn erstaunt an. »Ich denke, die ist in einer Klinik.«

»Nicht mehr.« Für einen Moment war er ratlos. »Und Sven Fischer?«

»Ja, der hat sich mal wieder den Schlüssel der Bruckmeier-Jacht geliehen. Macht er öfter, der Chef hat nichts dagegen. Ist ja komisch …«, ihr Blick glitt durch die breite Fensterfront hinaus auf den dunkelgrünen See, »da läuft sie gerade aus.«

Sekunden später war Fels am Wagen. Die Zeit lief ihm davon, das spürte er. Über Funk verständigte er die Polizeidienststelle in Starnberg, die versprach, die Wasserschutzpolizei zu alarmieren. Aber das würde etwas dauern.

Wahrscheinlich zu lange, sagte sich Fels.

»Was ist los?«, fragte Corinna Tarow.

»Ich gehe davon aus, dass der Sohn des Nachbarn Fischer, der die Leichen der Kinder entdeckt hat, Frau Brunner bei der Flucht geholfen hat. Sie ist mit seinem Jeep geflohen. Irgendwie gibt es da eine Verbindung. Er scheint an der Tat beteiligt zu sein. Es ist schwer zu sagen, inwiefern. Ich glaube, dass Frau Brunner an Bord der gerade ausgelaufenen Jacht und in großer Gefahr ist.«

»Was können wir tun?«, fragte Blankenburg besorgt.

»Wir müssen das Boot aufhalten. Auf dem See kann alles passieren, ohne Zeugen.«

»Wir brauchen ein Boot«, sagte Corinna entschlossen.

»Allerdings. Im Club war aber kein Segler zu sehen, es ist Spätherbst und regnerisch und die meisten Schiffe sind schon im Winterlager.«

»Da sind doch noch genug im Wasser.«

Sie zeigte auf den Jachthafen. Ein Drittel der Bootsplätze war noch belegt.

»Können Sie ein Boot steuern?«, fragte Fels.

»Zur Not. Ich habe in Kiel studiert.«

»Dann los.«

Sie liefen die wenigen Meter zum Hafen. Am Bootssteg lagen mehrere Jachten sauber vertäut im Winterschlaf. Fels war ratlos. Einen Moment später fiel ihm Bernd Daschner ein. »Ich lasse mein Schiff so lange draußen, wie es geht«, hatte er gesagt. Wie hieß es doch gleich …? »Sea Cloud«! Aber wo hatte er Daschner getroffen?

»Irgendwo hier muss die ›Sea Cloud‹ liegen. Die müsste startbereit sein. Los! Suchen!«

Blankenburg und Corinna Tarow liefen den Bootssteg in entgegengesetzte Richtung ab. Fels nahm sich den zweiten Pier vor. Blankenburg entdeckte das Schiff als Erster.

»Hier ist es!«

Fels und Corinna Tarow liefen zu dem Boot, einer Achtmeterjacht, die sich für Fels Augen zwischen den anderen Schiffen schmal und fast schäbig ausnahm. Corinna Tarow übernahm das Kommando. »Macht die Leinen los!«

Während Fels und Blankenburg zu den Tauen hasteten und mit den ungewohnten Knoten kämpften, die sich nur mit Mühe lösen ließen, lief Corinna Tarow ans Heck und zog eine Plane vom Außenbordmotor. Er war aus dem Wasser gezogen. Sie war nervös. Mit dem Studium in Kiel hatte sie etwas übertrieben. Es waren zwei Semester gewesen und ihre Segelerfahrung beschränkte sich auf einen zweiwöchigen Segeltörn über die Ostsee nach Dänemark. Ein junger Mathematiker, mit dem sie damals befreundet gewesen war, hatte ein eigenes Boot gehabt. Sie hatte ein paar Mal an der Ruderpinne gesessen, aber das war lange her. Außerdem war ihr bei rauer See immer schlecht geworden. Die Beziehung hatte den Segeltörn jedenfalls nicht überlebt. Corinna Tarow öffnete den Benzinhahn und ließ den Motor an. Der Diesel sprang sofort an.

»Leinen sind los!«, rief Blankenburg. Er hatte sich an einem Tau die linke Handinnenfläche aufgerissen und blutete etwas. Das war, wie er sich eingestand, kein Job für einen Psychiater. Das Boot bewegte sich überraschend schnell. Mit der Heckspitze schlug es gegen das benachbart liegende Boot. Corinna hatte übersteuert. Splitterndes Holz und kreischende Schiffswände, die sich aneinanderrieben, gaben ein hässliches Geräusch. Ehe die Männer protestieren konnten, hatte Corinna das Steuer korrigiert und das Boot nahm Fahrt auf. Etwa zweihundert Meter vor ihnen war die andere Jacht, eher noch weiter weg. Fels konnte eben noch Fischer erkennen, der das Boot auf den See hinaussteuerte. Es schien deutlich schneller zu sein als ihres.

Das wird nicht reichen, sagte er sich. Wir schaffen es nicht.

Der Regen trieb Sven Fischer feine Tropfen ins Gesicht. Dazu kam das Wasser vom See, das die Jacht hochwirbelte. Trotzdem war die Sicht gut genug. Er war sogar dankbar für den Regen, der andere Boote vom Wasser fernhielt. Fischer steuerte das Boot Richtung Ostufer. Etwa in der Seemitte würden sich seine und Rose Brunners Wege für immer trennen. Sie lag noch immer bewusstlos auf der Luvseite des Schiffes, eine Selbstmörderin, die der See mit ausgestreckten Armen empfangen und nie wieder hergeben würde. Dazu war Rose zu schön, eine perfekte Ophelia. Natürlich würde der See sein Opfer annehmen. Fischer würde dafür das Geld behalten, ihren Anteil, den sie unvorsichtigerweise gefordert hatte, so wie ihr Mann, der ihm vor langer Zeit nicht nur Rose ausgespannt, sondern auch noch Geld für sein Schweigen gefordert hatte. Zwei gute Gründe zu sterben. Brunner hatte Verdacht geschöpft und seine Frau unter Druck gesetzt. Viel hatte er nicht gewusst, aber er, Fischer, hatte kein Risiko eingehen können. Der See bot Platz für beide. Vielleicht würde er sich jetzt ein Boot kaufen. Ophelia wäre ein guter Name. Fischer lächelte. Niemand würde diesen zynischen Spaß verstehen. So etwas gefiel ihm, ganz klar. Er war völlig ruhig. Fischer genoss seine Macht. Viel war nicht mehr zu tun. Ein kurzer Stoß, das war alles. Der See war hier tief und voller Strömungen. Selbst gute Schwimmer hätten bei diesen Temperaturen keine Chance, das Ufer zu erreichen. Es gab keinen Grund mehr zur Sorge.

Eher beiläufig blickte er zum Jachthafen zurück, der aus der Distanz schon recht klein wirkte. Zu seiner Überraschung hatte sich ein anderes Boot auf den See gewagt. Fischer konnte die Personen an Bord nicht genau erkennen. Es waren wohl mehrere. Fischer wunderte sich. Irgendwelche Spinner, vielleicht wollte jemand seine Angel noch einmal ins Wasser werfen. Oder sie hatten auch eine Leiche an Bord und wollten sie loswerden, haha. Kein Problem. Der See war groß genug für alle.

Das zu behäbige Tempo, mit dem Corinna Tarow das entliehene Boot über den Starnberger See steuerte, machte Blankenburg nervös. Sie schienen der anderen Jacht nicht näher zu kommen. Er hatte Corinna angehalten, schneller zu fahren, worauf sie ärgerlich geantwortet hatte, der Diesel gebe nicht mehr und wenn sie Ballast abwerfen wollten, könnten er oder Fels ja von

Bord gehen. Beide Männer hatten sich betreten angesehen, aber nichts weiter gesagt. Sie hatten Corinnas resolutem Auftreten nichts entgegenzusetzen.

Tatsächlich hatten sie trotz des Regens und zunehmenden Wellengangs etwas Boden gut gemacht. Sie waren Fischers Jacht ein wenig näher gekommen, da sie mehrfach anscheinend zufällig den Kurs geändert hatte und in Richtung auf das Ostufer südlich von Berg steuerte. Da Corinna Tarow ohne Umschweife immer direkt auf die Jacht zugehalten hatte, war die Distanz geschrumpft. Es konnte Fischer nicht lange verborgen geblieben sein, dass dies kein Zufall war. Das wusste Fels. Er hatte sich etwas in die Treppe gekauert, die zur Kabinentür herabführte, um nicht ganz so leicht erkennbar zu sein, falls Fischer herübersehen würde. Der Wind hatte außerdem erheblich aufgefrischt. Blankenburg saß bei Corinna und blickte mit versteinertem Gesicht über den See. Von Rose war von hier aus nichts zu sehen. Vielleicht war sie in der Kabine. Mit einiger Mühe konnte er einen Mann auf der anderen Jacht erkennen.

Fels sah nach Starnberg zurück. Sie waren dem Ostufer jetzt schon deutlich näher als der Westseite. Der Wind blies zunehmend stürmisch und unangenehm kalt. Kein anderes Boot war mehr zu sehen. Wo immer das Motorboot der Wasserpolizei steckte, es war nicht in Sicht. In diesem Moment begann im Bootshafen ein rotes Licht zu blinken. Es sandte seine optischen Schockwellen unbarmherzig über das unruhige Wasser. Corinna sprach aus, was alle dachten: »Sturmwarnung.«

Fischer hatte die Nase voll. Das Wetter wurde zunehmend ungemütlich. Die Hand schmerzte. Er hatte keine Lust, wegen Rose Brunner sein Leben zu riskieren. Er war vor Jahren einmal auf dem Starnberger See unverhofft in ein Unwetter gekommen. Damals waren noch drei erfahrene Segler an Bord gewesen, einer hatte sogar für die Olympischen Spiele trainiert. Sie hatten sich mit Müh und Not in den Hafen gerettet und Fischer war sterbensschlecht gewesen. Dieses Mal war er ganz allein, sah man von einer Bewusstlosen ab, die nur noch wenige Minuten zu leben hatte. Ein nasses Grab wartete auf sie. Auf Wiedersehen, Ophelia. Er musste jetzt handeln.

Die andere Jacht irritierte ihn. Völlig verrückt, bei diesem Wetter überhaupt auf den See hinauszufahren. Fast fühlte er sich verfolgt. Irgendwie hatte die Jacht Kurs auf ihn genommen. Das Boot kam ihm bekannt vor. War das nicht die Jacht von Roses Schwager? Konnte Daschner ihm gefolgt sein? Das machte doch keinen Sinn. Trotzdem – ein Grund mehr, jetzt zu handeln. Zeugen brauchte er auch hier draußen nicht.

Rose lag noch immer unter der Plane. Er stand auf. Ein kurzer Stoß sollte reichen.

Höchstens fünfzig Meter. Fels konnte Fischer jetzt klar erkennen. Er saß an der Ruderpinne. Jetzt war er aufgestanden. Fels konnte nicht genau erkennen, was er vorhatte. Er ging um das Schiff herum. Das Boot schaukelte stark. Der Wellengang war beträchtlich. Was hatte Fischer vor?

Für einen Moment hatte sie geglaubt, sie sei tot. Alles um sie herum war schwarz. Aber der Schmerz an ihrem Hinterkopf war zu stark. Tote spüren keinen Schmerz, sagte sie sich. Dann spürte sie das Blut auf ihren Lippen, über ihrem Gesicht. Wie in meinem Traum, sagte sie sich, wieder Blut, überall. Habe ich überhaupt so viel Blut in mir? Hat der Krebs mir nicht schon alles genommen?

Sie konnte sich nicht rühren. Ihr tat alles weh. Ihr Atem schlug gegen eine Wand, die nach Plastik schmeckte. Ihre Gedanken wurden klarer. Sie spürte die Wellen und das Schaukeln des Bootes. Ich bin noch auf dem Wasser, er hat mich noch nicht getötet, sagte sie sich. Aber er wird es tun. Und ich kann nichts dagegen machen. Hass stieg in ihr auf. Und ein doppelter Schmerz, ein körperlicher und ein seelischer, der ihre Sinne schärfte. Sie hörte ein Geräusch.

Fischer riss die Plane zur Seite. Er griff nach Rose. Mit weiten Augen sah sie ihn an. Damit hatte er nicht gerechnet. Sie war schneller. In derselben Sekunde richtete sie sich etwas auf, soweit ihr Körper es überhaupt zuließ. Es war mehr eine Drehung. Sie sah seine verletzte Hand. Rose schlug ihre Zähne in die Wunde und biss zu. Fischer schrie vor Schmerz. Er riss an ihren Haaren, aber mit aller Kraft presste sie ihre Kiefer gegeneinander. Jetzt schmeckte sie sein Satansblut. Mehr konnte sie nicht tun. Er schlug ihr mit der rechten Hand auf den Kopf. Sie fiel fast in die Bewusstlosigkeit zurück. Dennoch lockerte sie ihren Biss kaum. Wie ein tollwütiger Hund, fuhr es ihr in den Sinn. Das ist mir vom Leben geblieben. Er trat nach ihr. Sein Fuß traf sie im Magen. Das war zu viel. Sie schnappte nach Luft. Fischer zog seine blutende Hand zurück. Er griff nach ihren Beinen.

Fels konnte nicht erkennen, was Fischer vorhatte. Er griff nervös in seine Jackentasche und tastete nach einem Stein. Shiva Lingam. Der diamantene Weg. Sie kamen langsam näher. Offensichtlich lag Rose Brunner auf der ihnen abgewandten Seite der Jacht. Er konnte erkennen, wie Fischer etwas zur Seite schob, eine Decke vielleicht. Wahrscheinlich war sie tot und er wollte die Leiche verschwinden lassen, sagte sich Fels. Er war zunehmend pessimistisch. Einen anderen Zweck konnte die Fahrt nicht haben. Er konnte nicht genau sehen, was vor sich ging, aber offensichtlich hatte Fischer Probleme, den Körper über Bord zu werfen. Sie waren jetzt nicht mehr weit. Auch Blankenburg war aus seiner Starrheit erwacht und aufgesprungen.

»Sie müssen ihn aufhalten. Er will sie ertränken.«

»Wahrscheinlich ist sie längst tot.«
»Vielleicht aber nicht. Wir müssen es versuchen.«
»Sie bewegt sich noch!« Corinna Tarow hatte die besten Augen.
»Dann schnell!«, rief Fels.

Fischers Jacht fuhr orientierungslos im Kreis. Fels griff in seine Jacke. Die Pistole lag schwer in seiner Hand. Das Boot schwankte stark. Es war unmöglich, auf Fischer zu schießen. An einen gezielten Schuss war nicht zu denken. Nicht einmal ein trainierter Scharfschütze hätte dies gewagt. Sie konnten nur Zeit gewinnen.

»Ich hätte öfter ins Schießtraining gehen sollen«, ärgerte sich Fels. Er hatte sogar mehrere schriftliche Aufforderungen bekommen und ignoriert, wie er sich mit einiger Bitterkeit erinnerte. Trotzdem musste er es versuchen. Er streckte den Arm, versuchte das Schwanken des Schiffes zu ignorieren. Der Wind trieb ihm Regentropfen in die Augen. Ich bin ruhig, sagte er sich. Er zielte auf die rechte Schulter. Es war unmöglich, die Waffe ruhig zu halten. Nur ein Glücksschuss konnte helfen. Langsam krümmte er den Abzug. Die Kugel flog weit über Fischer hinweg in die Luft.

Fischer schreckte hoch. Es war unmöglich. Hatte jemand auf ihn geschossen? Durch den Kampf mit Rose hatte er das andere Boot für einen Moment aus dem Blick verloren. Es war jetzt ganz nahe, dreißig Meter vielleicht. Er konnte den Polizisten erkennen, der ihn vor dem Haus seines Vaters angesprochen hatte. Ein blöder Zufall damals, mit dem er nicht gerechnet hatte. Verdammte Scheiße, dachte er sich.

Er ließ Rose los. Für einen kurzen Moment spürte er Panik in sich aufsteigen. Irgendetwas lief hier schief. Er hatte keine Erklärung dafür, warum der Polizist ihn auf dem See verfolgte. Er konnte nichts wissen. Niemand ahnte etwas. War er vielleicht Rose gefolgt? So musste es sein. Die Situation wurde dadurch nicht einfacher. Er konnte keine Zeugen gebrauchen, schon gar nicht übereifrige Polizisten. Wo war Roses Pistole?

Fischer hastete in die Kajüte zurück. Rose versuchte sich aufzurichten, aber ihr fehlte die Kraft. Das Boot schlingerte auf den Wellen, die erste Schaumkronen trugen. Irgendwo aus der Richtung Alpen war ein Donner zu hören. Die Berge warfen den Knall über den dunklen See zurück.

Fischer griff die Pistole. Er hatte nicht vorgehabt, Rose zu erschießen. Sollte wider Erwarten ihre Leiche doch noch einmal auftauchen, durfte nichts auf ein Gewaltverbrechen hinweisen. Tod durch Ertrinken. Selbstmord. Es hätte alles gepasst, fluchte er in sich hinein.

Wieder an Deck, sah er das andere Boot näher kommen. Der Polizist war jetzt gut zu erkennen. Er stand an der Kajüte. Es war nicht klar, ob noch andere Personen an Bord waren. Fischer vermutete es. Er war kein geübter

Schütze, aber er musste es versuchen. Immerhin hatte ihn sein Vater in der Jugend mit in den örtlichen Schützenverein geschleppt, damals immer noch in der Hoffnung, der Junge könnte so werden wie er. Danke Papa, dachte Fischer. Das Boot schwankte entsetzlich. Der Polizist schrie etwas herüber. Fischer verstand nichts. Er nahm die Waffe. »Ich muss es versuchen«, sagte er sich. Fischer riss den rechten Arm hoch und feuerte drei Mal.

Fels reagierte zu spät. Er hatte nicht damit gerechnet, von Fischer angegriffen zu werden. Erst als der erste Schuss fiel, erkannte er die Waffe in Fischers Hand. Das Deckholz der Kajüte splitterte, als die erste Kugel einschlug. Fels versuchte, sich in die Kajüte zu retten. Zwei weitere Schüsse fielen. Beim letzten Knall spürte er einen rasenden Schmerz am linken Arm, der ihn zu Boden sinken ließ.

Fischer war sich nicht sicher, aber er glaubte, den Polizisten getroffen zu haben. Jetzt musste er die Sache mit Rose endlich zu Ende bringen. Wütend zerrte er an ihr. Sie versuchte sich an der Reling festzuhalten. Es waren nur Sekunden, dann versagte ihr die Kraft. Fischer schubste sie über Bord. Das Letzte, was sie spürte, war eine unerklärliche Leichtigkeit, als ob sie fliegen könnte. Dann griff der See nach ihr.

Corinna Tarow schrie. Blankenburg war entsetzt. Fischer hatte auf Fels geschossen. Das Ganze war verrückt. Vor zwei Stunden hatte er noch eine normale Samstagsvisite gemacht und jetzt war er bei aufziehendem Sturm an Bord einer gekaperten Jacht und wurde beschossen. Er stürzte zu Fels, der auf dem Kajütenboden lag.

»Der linke Oberarm«, sagte der Kommissar mit schmerzverzerrtem Gesicht.

Mit wenigen Handgriffen riss Blankenburg Fels die Kleidung vom Körper. Das Hemd war blutrot gefärbt. Als er den Ärmel auszog, sah er eine Wunde knapp unterhalb der Schulter. Ein Streifschuss. Die Kugel hatte den Oberarm seitlich aufgerissen, mehr nicht, soweit er sehen konnte.

»Nur ein Streifschuss. Da ist keine eilige Operation notwendig«, sagte er mit dünnem Lächeln.

»Wollen wir es hoffen«, meinte Fels. Schmerzen durchzogen seinen Arm.

Blankenburg zerriss den Hemdärmel und band die ohnehin nicht mehr so stark blutende Wunde ab.

»Das geht«, meinte Fels. »Wir müssen nach oben, Rose Brunner ist in tödlicher Gefahr.«

Blankenburg nickte und kletterte wieder an Bord. Das Schiff schwankte erheblich. Er sah hinüber zum anderen Boot.

»Keine schlimme Verletzung«, sagte er zu Corinna. Hoffentlich stimmt das auch, dachte er.

»Oh Gott, er hat sie in den See geworfen«, stöhnte sie.

Blankenburg hatte geahnt, was passieren würde. Er war bislang der Passive an Bord gewesen, nicht am Steuer, ohne Waffe. Er hatte Zeit gehabt zu überlegen. Er hatte sich umgesehen. Ein Motorboot der Wasserpolizei, endlich aus seinem verfrühten Winterschlaf erwacht, war zu erkennen, von wem auch immer alarmiert, aber viel zu weit weg. Das Schiff war gut sichtbar, aber es würde sicher noch Minuten dauern, bis es da war. Wahrscheinlich hatte Fels recht gehabt, sie war wahrscheinlich längst tot. Ziemlich sicher sogar. Aber was, wenn nicht? Blankenburg riss sich seine Jacke vom Leib, zerrte seine Schuhe von den Füßen. Keine zehn Meter von ihnen entfernt trieb Rose auf dem Wasser. Corinna hielt gerade auf das Boot zu. Ich kann das nicht, sagte er sich – und sprang. Das dunkle Wasser war eiskalt. Oh Gott, dachte er, ich tauche nach einer Leiche.

»Markus!«, schrie Corinna entsetzt.

Auch Fels war fassungslos. Dennoch konzentrierte er sich auf Fischer. Er hatte wieder nach seiner Pistole gegriffen.

Es war natürlich völlig sinnlos, trotzdem brüllte er: »Keine Bewegung – Polizei!«

Jetzt waren es nur noch Meter. Corinna rammte die Jacht frontal. Sie hatte Blankenburg einen Rettungsring hinterhergeworfen, das Boot hatte seinen eigenen Weg gesucht. Die Erschütterung war heftig und traf die andere Jacht in einem Moment, in dem sie auf einer Welle ohnehin in Schieflage geraten war. Fischer rutschte nach hinten weg, seine verletzte Hand fand keinen Halt. Rückwärts fiel er über Bord, keine zwanzig Sekunden nach Rose Brunner.

Für ein paar Sekunden war ihr Körper noch auf dem Wasser getrieben. Blankenburg hatte sich ihr langsam genähert. Der See war unglaublich kalt. Seine nasse Kleidung zog ihn wie ein Bleimantel nach unten. Dazu kamen die Wellen. Ich begehe Selbstmord, dachte er sich. Er war kein besonders guter Schwimmer. Kaum drei Meter vor ihm verschwand Rose Brunner. Er holte Luft und tauchte. Es gab nur einen Versuch, vielleicht nicht einmal den. Im Wasser war nichts zu sehen. Er hatte Wasser in der Nase. Er griff ins grüne Nichts. Mit der rechten Hand erwischte er etwas Festes und zog es an sich. Gleichzeitig fühlte er, wie sie sanken. Die linke Hand kam nach. Er hatte sie irgendwo am Oberkörper erwischt. Er zog sie an sich, tastete nach ihrem Kopf. Es gab nur eine Möglichkeit. Blankenburg machte ein paar hektische Züge und drehte sich hinter sie. Den linken Arm schlang er über ihren Brustkorb. Mit dem rechten versuchte er, nach oben zu rudern. Seine Beine machten kräftige Stöße. Ich muss an die Oberfläche. Jetzt hatte er seine Augen offen. Es war dunkel. Nur Wasser. Alles schwarz. Von oben ein leichter Schimmer Licht. Für eine Sekunde kamen ihre Köpfe aus dem Wasser. Gierig sog er die Luft ein. Dann schlug eine Welle über ihnen zusammen. Rose, eben noch regungslos, krallte sich an ihm fest, der letzte Reflex einer Sterbenden, ein Bleigewicht, das er nicht abschütteln konnte. Sie ist nicht tot. Er dachte an seinen Jungen. Vera. Corinna auf dem Boot. Alles gleichzeitig. Jetzt war er sich sicher.

Ich ertrinke.

Fels war in Panik. Die Situation war außer Kontrolle. Corinna hatte beigedreht. Sie lag mit ihrem Boot neben der anderen Jacht, deren Außenbordmotor weiter lief und die sinnlos auf dem aufgepeitschten See kreiste. Blankenburg war nicht zu sehen. Das Boot der Wasserpolizei machte ein Lautsignal, das keiner verstand. Fels zog sich die Schuhe aus. Corinna schrie. Beide starrten in den See.

Ein letzter Versuch. Blankenburg fühlte seine Kraft schwinden. Alles war schwer. Gleichzeitig fühlte er sich unendlich leicht. Er konnte Rose nicht loslassen. Ein kräftiger Stoß mit den Beinen, der Versuch, nach oben zu kommen.

Gleich bin ich im Licht.

»Da ist er.«

Corinna sah nur einen Schatten im dunklen Wasser. Schon war er wieder weg. Fels stürzte sofort auf die andere Seite des Bootes. Nichts. Oder doch. Er beugte sich hinaus und streckte beide Hände ins Wasser. Mit der linken Hand griff er etwas Festes. Gleich war der Körper wieder verschwunden. Es war schwierig, das Gleichgewicht zu halten. Um ein Haar wäre er selbst ins Wasser gefallen. Er langte nach Blankenburg. Oder war es Fischer? Das Polizeiboot hatte sie erreicht und drehte bei. Corinna rief um Hilfe.

Blankenburg hielt Rose fest. Sein linker Arm hatte sich von hinten unter ihrer linken Schulter durchgeschoben und hielt sie irgendwo an der Brust. Für eine Tausendstelsekunde dachte er an ihren Brusttumor. Vielleicht bohre ich meine Faust gerade in ihre Wunde. Dann brannten seine Lungen. Roses Griff an seinem rechten Bein, den er eben noch gespürt hatte, lockerte sich. Er spürte ihn nicht mehr. Er empfand gar nichts mehr. Die fürchterliche Schwere der nassen Kleider, die ihn eben noch nach unten gezogen hatte, war verschwunden. Alles war jetzt leicht. Noch einmal strampelte er mit den Beinen, ein letzter Reflex, der ihn nach oben bringen sollte. Ein Stoß wie der des Froschmuskels, der im Biologiepraktikum seines Studiums noch gezuckt hatte, obwohl sie dem Tier schon den Kopf abgeschnitten hatten. Er spürte Fische, die ihn an der Kopfhaut bissen. Ich halluziniere, dachte er. Ein Schmerz durchzuckte ihn.

Fels blickte ins schäumende Wasser. Hohe Wellen schlugen über die Reling. Eben noch hatte er Blankenburg gesehen. Er war wenige Meter vor ihm kurz aufgetaucht. Dann war wieder eine Welle über ihn hinweggegangen. Jetzt war nichts zu erkennen. Der Sturm trieb über das vom Wind aufgepeitschte Wasser. Fels sprang ins Wasser und schwamm in die Richtung, in der er Blankenburg eben noch gesehen hatte. Nichts. Sein linker Fuß stieß gegen etwas Festes. Jetzt spürte er etwas am Knie. Blind griff er ins Wasser. Er tastete etwas Weiches und griff zu. Beim Zusammenballen der Faust merkte er, was es war. Haare.

»Hier!«, wollte er schreien, doch ein Welle spülte ihm Wasser in den Mund. Er musste husten. Corinna hatte trotzdem verstanden. Das Boot der Wasserschutzpolizei hatte mittlerweile beigedreht. Zwei Männer sprangen zu ihr an Bord, sportliche Gestalten in schwarzem Gummizeug. Sie deutete nur in Richtung Fels.

Er musste sich entscheiden. Sein Arm schmerzte. Corinnas Boot war jetzt zehn Meter entfernt. Die Haare drohten ihm zu entgleiten. Er holte Luft. Er tauchte kopfüber. Seine rechte Hand griff nach unten. Sie bekam irgendeinen nassen Fetzen zu fassen, an dem ein Betonklotz zu hängen schien, der ihn sofort nach unten zog.

Obwohl Corinna Tarow nur wenige Meter entfernt war, sollte es ihr später unmöglich sein, zu schildern, was in diesem Moment im aufgewühlten Wasser des Sees vor sich gegangen war. Die beiden Polizisten, routinierte Taucher, wie sie später erfahren sollte, sprangen links und rechts von ihr ins Wasser. Von Fels war plötzlich nur noch ein Bein zu sehen. Für einen kurzen Moment war niemand mehr zu erkennen. Es war unmöglich zu sagen, wer wann mit wem wieder auftauchte. Für ihr Gefühl war Blankenburg der Erste, den sie sah. Aber war er es wirklich? Sie sah nur Fetzen eines Gesichtes, das wieder unterging, aber dann waren die Taucher erneut da, sichtlich angestrengt. Einer hatte Blankenburg erfasst. Er krallte sich immer noch an die leblose Rose, selber kaum mehr bei Bewusstsein, ein Stück Treibholz, dem ein Büschel Haare fehlte. Dann tauchte Fels auf und griff nach einem der Rettungsringe, die ihnen von Bord des Küstenwachbootes zugeworfen worden waren. Corinna musste an ein Netz voller Delfine denken, hochgezogen aus den Tiefen des Ozeans, die zappelten und um ihr Leben kämpften. Fünf Menschen, einer an den anderen gekrallt.

Zuerst wurde Rose an Bord gezogen. Sie rührte sich nicht. Dann Blankenburg. Er war so entkräftet, dass er sich nicht mehr bewegen konnte. Selbst das Atmen fiel ihm schwer. Gleichzeitig spürte er den frischen Wind, der seine Lunge füllte. Blankenburg spuckte Wasser. Von Weitem hörte er Corinna rufen. Ihm fehlte die Kraft, um zu antworten. Einer seiner Retter rief »Er lebt!« hinüber. Er war sich nicht sicher, ob das stimmte. Ein anderer Schwimmer kam mit Fels an Bord.

Dann hörte Blankenburg nichts mehr.

Keine zehn Meter entfernt war Fischer. Auch er kämpfte. Beim ersten Versuch, nach seinem Sturz ins Wasser aufzutauchen, war er mit dem Kopf gegen das orientierungslos treibende Boot gestoßen. In Panik war er wieder untergetaucht. Jetzt war er oben. Das Boot war hinter ihm. Nein, neben ihm. Er hörte die Schiffsschraube im selben Moment, als sie sich in seine Brust bohrte. In einer einzigen tödlichen Umdrehung riss sie Brust und Bauch auf und zerteilte zwei seiner Lendenwirbel, ehe sie ihm die Geschlechtsteile zerfetzte. Das Wasser erstickte seinen Schrei. Der See trank sein Blut. Er starb schnell. Als sich Fels suchend nach ihm umsah, trieb er bereits tot unter Wasser.

Der See hatte Rose als Opfer abgelehnt, aber ihn genommen.

Erst Stunden später war klar, dass Rose durchkommen würde. Sie war stark unterkühlt, und ihr Herz schlug schwach und unrhythmisch, aber es schlug, so wie es in der Albtraumnacht, in der ihre Kinder getötet wurden, nicht aufgehört hatte zu schlagen und, während Rose schon wieder bei ihren Kindern gewesen war, sie im Diesseits gehalten hatte, alle anderen Befehle ihres Körpers und ihrer Seele ignorierend. So war es auch jetzt.

Fels' Wunde an seinem linken Oberarm wurde mit wenigen Stichen genäht, eine Tetanusspritze von einer jungen Ärztin in seine rechte Pobacke gerammt. Blankenburgs Diagnose war zutreffend gewesen, keine schweren Schäden. Fels hatte den Schmerz nicht gespürt, als er Blankenburg hinterhergesprungen war, aber er hatte sich rasch gemeldet, als der Schock nachließ. Fels ließ sich noch eine Schmerzspritze geben, diesmal wählte die Ärztin, die etwas aufgeregt von ihrem zweiten Wochenenddienst, ihrer ersten Schusswunde und dem nicht erreichbaren Chefarzt erzählte, den rechten Oberarm. Als ein alarmierter Krebs einige Stunden später Fels in der Ambulanz aufspürte, gab Fels ihm den dienstlichen Befehl, ihn sofort aus der Klinik zu entführen. Den heftigen Protest des mittlerweile eingetroffenen Chefarztes ignorierte er.

»Raus aus Starnberg«, murmelte er, nicht ohne sich vorher nach Blankenburg erkundigt zu haben.

Blankenburg war unendlich müde, hatte sich aber überraschend schnell erholt. Schon auf dem Weg ins Krankenhaus hatte er dumme Witze über seine aus dem Ruder gelaufene Visite gemacht.

»Beim nächsten Feueralarm springe ich nicht gleich in den See.«

In diesem Stil ging es weiter. Corinna lachte erleichtert. Mit Tränen in den Augen über seine Albernheiten. Sie küsste ihn auf die Stirn. Dann auf den Mund. Seine Lippen waren immer noch eiskalt. Es war knapp gewesen. Am Hinterkopf fehlte ihm ein großes Büschel Haare, das ihm Fels im Wasser ausgerissen hatte.

»Das wächst nach«, tröstete ihn Corinna. »Der Rest ist noch dran.«

Ihre warme Hand lag auf seinem Bauch.

Rose war bewusstlos. Wieder flog sie über schwarze Wasser. Der Aufnahmearzt im Starnberger Krankenhaus war tief besorgt, dass sie eine Hirnschädigung aufgrund eines Sauerstoffmangels davongetragen haben könnte. Er rief einen Neurologen hinzu, der sich auch nicht sicher war. Das Elektoenzephalogramm immerhin war normal. Sie behielten sie auf der Intensivstation. Blankenburg war nur unter Protest dazu zu bewegen, im Krankenhaus zu bleiben. Nach einer Valiumspritze verstummte er. Corinna blieb bei ihm, bis ihr selbst die Augen zufielen. Das Piepsen des Monitors, das seine Herzschläge anzeigte, begleitete sie in einen nervösen Schlaf.

Die Suche nach Fischer wurde erst nach Stunden eingestellt. Der Sturm peitschte bis in die Nacht hinein giftige Wellen über den See. Das Wasser war schwarz. Mit Einbruch der Dunkelheit kehrte das Boot der Wasserschutzpolizei, im Schlepptau zwei entwendete und reichlich ramponierte Boote, in den Hafen zurück. Am Bord der Bruckmeier-Jacht hatte die Polizei eine Tasche mit sehr viel Geld gefunden, außerdem Blutspuren. Die Beamten informierten später Fels. Dieser ahnte, dass die Verbindung von Rose Brunner zu Fischer mehr Facetten aufwies, als er bislang gedacht hatte. Alles Weitere würden die notwendigen Nachermittlungen zeigen, so hoffte er jedenfalls. Er war sich nicht sicher, ob Rose Brunner überleben würde, und wenn ja, ob sie Aussagen machen würde. Dieser Fall, dachte Fels, dieser verdammte Fall.

Erst zwei Tage später spuckte der See Fischers verstümmelte Leiche wieder aus. Er hatte sie wohl doch nicht behalten wollen. Die Schiffsschraube hatte ganze Arbeit verrichtet. Die Leiche wurde bei herrlichem Spätherbstwetter von einem älteren Ehepaar gefunden, das mit seinem Hund am Ostufer des Starnberger Sees spazieren ging. Dem Rentnerpaar stockte der Atem, als ihr Hund Schwanz wedelnd sein Fundstück apportierte, Fischers rechten Unterarm. Außerdem fehlte bei der Leiche der linke Unterschenkel. Sie wurde nur einen Steinwurf von der Stelle entfernt angespült, an der über hundert Jahre zuvor Ludwig II., der bayerische Märchenkönig, in den See gegangen war, ertrunken zusammen mit dem Direktor der Königlich Bayerischen Universitätsnervenklinik, der ihn untersucht hatte.

Ein großes Kreuz steht an der besagten Stelle am Seeufer. Es ist ein beliebtes Ausflugsziel.

29. Kapitel

Blankenburg erholte sich rasch, nahm aber das Angebot eines befreundeten Hausarztes an, ihn etwas länger krank zu schreiben, was zu einem sofortigen Anruf Kellers führte, der vom Direktor mit Blankenburgs Vertretung beauftragt worden war. Seine Genesungswünsche verband er umgehend mit dem Hinweis, dass er deswegen mehrere Vortragsverpflichtungen, darunter einige lukrative Angebote einer Schweizer Weltfirma, über ein neues Antidepressivum zu sprechen, das bei seinen Ratten zu einer nicht für möglich gehaltenen Stimmungsaufhellung geführt hatte, leider hatte ablehnen müssen.

»Die Wirkung auf die Futteraufnahme und das Sexualverhalten war ganz eindeutig. Die Tiere zeigten vermehrt explorative Neugier, waren im experimentellen Schwimmversuch auch weniger ängstlich. Du weißt, was das bedeutet.«

Bald tauchte auch der harte Kern der Fußballgruppe auf und wies auf einen Mangel an Spielkultur hin, seit Blankenburg fehlte. Der fand es immer noch anstrengend, weiter als bis zur Haustür zu gehen, sagte aber baldiges Erscheinen zu. Auch der Direktor schrieb einen überraschend liebenswürdig gehaltenen Brief.

»Nachdem Sie bereits Besuch von einer Ihnen offenbar besonders vertrauten Gruppe von Kollegen bekommen haben, möchte auch ich Ihnen alles Gute und baldige Erholung wünschen. Einer der Punkte, über die ich mit Ihnen nach Ihrer Rückkehr sprechen möchte, sind die offensichtlich unbefriedigenden Brandschutzregelungen in unserer Klinik, die dringend einer Revision bedürfen. Wegen Ihrer besonderen Expertise in diesem Bereich wollte ich Sie bitten …«

Nachts träumte Blankenburg viel von Wasser. Einmal sah er sich vor einem unterirdischen See, der still und unberührt in einer tempelartigen Höhle unter einem erloschenen Vulkan lag. Auf der gegenüberliegenden Seite tauchte seine Mutter, dann eine andere Frau auf. Er traute sich nicht ins Wasser, das kalt, dunkel und gefährlich wirkte.

»Wasser ist das Unbewusste, auch das Weibliche«, sagte er zu Corinna. »Mir ist nicht ganz klar, was mir dieser Traum sagen will.«

»Ich denke, er sagt dir, der nächste Urlaub geht in die Wüste und ich fahre mit.«

Corinna Tarow konnte sehr unpsychologisch und pragmatisch sein. Blankenburg schätzte diesen ihm fremden Charakterzug sehr. Er hatte einmal gelesen, dass, anders als im Kino oft gezeigt, gemeinsame Extremerfahrungen selten zu dauerhaften Beziehungen zusammenschweißen. Sein Verhältnis zu Corinna hatte sich aber weiter verdichtet. Die immer noch lockere Verbindung, durch die sich Zuneigung, lustvolle Neugierde und gemeinsame Interessen als spinnendünne Fäden zogen, war unter dem Eindruck der Erlebnisse zu einer zunehmend tragfähiger erscheinenden Verbindung verhärtet, die ihm Sicherheit vermittelte. Seine Beziehung zu ihr war mehr als Erotik und Leidenschaft. Corinna ging es ebenso.

Blankenburg beschloss, sich auszukurieren. Er hatte seine Arbeit über die psychische Erkrankung Ludwigs II. wieder aufgenommen, inspiriert von der räumlichen Nähe zu der Stelle, an der er selbst fast ertrunken wäre, zu dem Ort, an dem der König sich und seinen Psychiater umgebracht hatte – oder auch nicht. Die Symbolik war Blankenburg natürlich nicht entgangen. Er war sich sicher, mit den Erlebnissen fertig zu werden. Mehrere Psychologen und zwei Kollegen hatten ihm ihre Hilfe bei der Bewältigung der Erlebnisse angeboten, aber für den Moment hatte er dankend abgelehnt. In ihm schlummerte keine posttraumatische Belastungsstörung, das spürte er.

Mit Rose Brunner war er innerlich allerdings noch nicht im Reinen. Eine Mischung aus Mitleid und Ärger hatte sich seiner bemächtigt. Natürlich hatte er als Gutachter eine besondere Position gehabt und damit gerechnet, dass sie ihm nicht alles ehrlich und genau schildern würde. In Strafverfahren war der Gutachter letztlich Teil der Justizmaschine und zur Unparteilichkeit verpflichtet. Aber das war kein Allerweltsverfahren gewesen und er hatte sich nach besten Kräften um die innerlich wie äußerlich geschundene Rose Brunner gekümmert. Sie hatte ihn angelogen und ihn doch auch gebraucht. Jedenfalls hatte sie ihm nicht genug vertraut, um sich mehr zu öffnen. Allerdings war ihr selbst wohl vieles nicht klar gewesen. Fels hatte ihn nach einigen Tagen besucht und durchblicken lassen, dass es neue Erkenntnisse gebe. Er wusste nichts von Blankenburgs Krankschreibung und war zunächst in dessen Büro gegangen und dort von einer aufgekratzten Olympia empfangen worden, die gerade einen Kurs in Handlesen und Tarot gemacht hatte und spaßeshalber einen Blick in Fels Hand warf.

»Sie haben eine positive Veränderung vor sich, außerdem eine lange Lebenslinie.«

Schließlich wurde er mit Restbeständen vietnamesischen Kaffees beglückt, der bei Fels weitere Fragen aufwarf, aber von Olympia als besonders gesund eingestuft wurde. Ihrem Charme war kaum zu widerstehen! Man kam ins Plaudern …

Dann hatte sie ihm Blankenburgs Adresse gegeben. Fels rief ihn an und legte ihm bei einem Besuch die wichtigsten Ermittlungsergebnisse dar. Vieles spreche dafür, dass Fischer für die Tötung der Kinder verantwortlich war. Die Ermittlungen seien aber noch in vollem Gang. Blankenburg fand Fels mit seiner knorrigen, direkten Art sympathisch. Sie verabredeten sich für ein Abendessen in nächster Zeit.

Es fand vierzehn Tage später im »Gattopardo« statt. Fels kannte das Lokal nicht. Blankenburg brachte Corinna mit, die den Treffpunkt vorgeschlagen hatte. Der Blick auf den See schien Blankenburg trotz heiterem Wetter weniger reizvoll als früher. Auch das Bootshaus hatte er seit seinem Besuch mit Corinna nicht mehr besucht. Wasser war im Moment nicht sein Element.

»Damit ist die Mannschaft an Bord wieder vollständig«, sagte Fels.

Sie saßen in derselben Ecke, in der Blankenburg mit Corinna seinerzeit die widersprüchlichen Ergebnisse ihrer Untersuchungen besprochen hatte. Das alles lag erst wenige Wochen und doch Lichtjahre zurück. Der Geschmack der Welt hatte sich seither verändert, wie Blankenburg in etwas lyrischem Überschwang Corinna in einem schwachen Moment hatte wissen lassen, und wenn schon nicht der Geschmack der ganzen Welt, dann doch der des Berufes, zu dem Blankenburg einen Abstand gewonnen hatte, der ihm gut tat, wie Corinna fand. Er hatte wieder begonnen, sich mit einigen zurückgestellten Manuskripten zu beschäftigen. Er war sich unsicher, wie lange dieser Zustand anhalten würde, genoss ihn aber sehr.

Fels sah blendend aus, obwohl er Tage und Nächte durchgearbeitet hatte, um den Fall voranzutreiben. Rose Brunner hatte überlebt und lag immer noch im Krankenhaus. Er hatte sie zwei Mal befragen können. Manches war noch unklar.

»Rose Brunner hat ihren Mann durch Fischer kennengelernt, mit dem sie lange eine mehr oder weniger enge Beziehung gehabt hatte. Ihr späterer Mann hat davon nichts gewusst. Sie schildert Fischer als einen schon in Jugendjahren willensstarken, ehrgeizigen Mann. Seine Mutter hatte sich umgebracht, als er zwölf Jahre alt war. Sie litt an Depressionen und hat sich im See ertränkt.«

»Wieder der See«, stöhnte Corinna.

»Ja, irgendwie läuft vieles immer wieder darauf hinaus. Fischer war Einzelkind und wohl schon vor dem Tod der Mutter schwierig, danach ist er innerlich völlig aus der Bahn geworfen worden. Er hat seinem Vater die Schuld am Tod der Mutter gegeben. Tatsächlich hat sein Vater an Schuldgefühlen gelitten und ihm mehr als einmal geholfen, aus schwierigen Situationen herauszukommen, vor allem finanziell. Ihr Verhältnis blieb trotzdem schlecht. Sven Fischer hatte Schwierigkeiten, beruflich Fuß zu fassen; den Betrieb des Vaters wollte er nicht übernehmen. Er hat dann irgendeine kaufmännische Ausbildung gemacht, die ihm sein Vater vermittelt hat, und hat einige Jahre mehr oder weniger erfolgreich als Makler gearbeitet. Zum Teil war er bei Bruckmeier angestellt, dem Immobilienhändler, dem die Jacht gehörte, auf der er Rose traf. Aus dieser Zeit rühren jedenfalls seine Kontakte zu Bruckmeier und dem Jachtclub.«

»Waren sie befreundet?«

»Weniger, eher lockere Bekannte. Fischer konnte in dem Konzert der Wohlhabenden nicht mitspielen, was er so gerne getan hätte, und ist dann einige Jahre von der Bildfläche verschwunden.«

»War er im Gefängnis?«, fragte Blankenburg.

»Nicht dass wir wüssten, obwohl es dafür wahrscheinlich damals schon Gründe gegeben hätte. Er war in eine Reihe von halbseidenen Geschäften verwickelt und dann einige Jahre im Ausland.«

»Wo denn?«

»Erstaunlicherweise haben wir das bislang nicht ganz genau aufklären können. Er war kurz in Frankreich, dann in Südamerika und schließlich überwiegend in der Karibik. Er hat bei verschiedenen Firmen gearbeitet, die Charterjachten an internationale Kunden vermieten und Kreuzfahrten organisiert.«

»Toller Beruf«, sagte Corinna.

»Könnte man meinen. Offensichtlich sind aber mehrere der Jachten, die er vermittelt hatte, auf unerklärliche Weise verschwunden.«

»Verloren im Bermudadreieck.«

»So ungefähr. Oder von Komplizen entwendet. Das Ganze riecht nach Versicherungsbetrug. Angeblich war er auch an einem bewaffneten Überfall auf Jamaika beteiligt, aber das ist nicht beweisbar. Jedenfalls kam er vor drei Jahren nach Starnberg zurück.«

»Und erneuerte seine Bekanntschaft mit Rose Brunner …«

»… deren Ehe mittlerweile gescheitert war und deren Mann sich als der angeberische Schwätzer herausgestellt hatte, für den ihn alle, außer Rose, immer gehalten hatten. Er war mehr oder weniger pleite und kümmerte sich einen Dreck um seine Familie.«

»In der Phase war Rose wohl wieder anfällig für ihn.«

»In gewisser Weise. So wie sie es darstellt, waren es wohl weniger romantische Gefühle als eine Mischung aus Verzweiflung und Wunschdenken. Die große Liebe war das jedenfalls nicht mehr und sehr schnell wurde es geschäftlich. Fischer entwickelte einen Plan, um reiche Starnberger abzukassieren, reiner Betrug. Rose mit ihrer Ausstrahlung und ihren Kontakten trat als Vermittlerin einer Immobilienfirma auf, die angeblich überschuldete Wohnungen zu einem Spottpreis aufkaufte und mit einem Riesengewinn weiterveräußerte. Sie versprach den Einzahlern horrende Gewinne.«

»Ich habe die Akten gelesen«, sagte Blankenburg. »Sie wurde als Einzeltäterin verurteilt.«

»Tatsächlich steckte Fischer das Geld ein. Das ganze Lügengebäude brach natürlich nach einiger Zeit zusammen.«

»Warum hat sie Fischer nicht belastet?«

»Schwer zu sagen. Sie meint, aus Angst. Tatsächlich hatte er ihr immer wieder versprochen, ihr die Hälfte des Geldes zu geben und sie vertröstet.«

»Bis zuletzt.«

»Rose hat immer wieder gedroht, ihn anzuzeigen. Zuletzt war es ihr wohl ernst, sie hatte nichts mehr zu verlieren, erst recht nicht, nachdem bei ihr ein Krebsverdacht gestellt worden war. Sie hat eine letzte Aussprache erzwungen, etwa drei Wochen vor dem Tod ihrer Kinder.«

»Und?«

»Sie stellt es so dar, dass Fischer sie erst vertröstet und dann sogar noch vergewaltigt hat.«

»Ist das glaubhaft?«, fragte Blankenburg.

Fels zuckte mit den Achseln. »Durchaus. Fischer war der Typ dafür. Gleichzeitig drohte er ihr ernsthaft, wahrscheinlich hat er sie deswegen auch vergewaltigt.«

»Dann ist sie von Fischer schwanger?«, meinte Blankenburg. »Einen Vaterschaftstest haben wir ja nicht – und unter den gegebenen Umständen dürfte der auch schwierig durchzuführen sein.«

»Offensichtlich«, entgegnete Fels trocken. »Meist gelingt es den Rechtsmedizinern doch, genug DNA dafür aufzutreiben. In jedem Fall wusste sie aber nichts von der Schwangerschaft. Jedenfalls scheint sie nach der Vergewaltigung in ein sehr tiefes Loch gefallen zu sein.«

»Eine posttraumatische Depression«, meinte Blankenburg. »Schulden, die Vergewaltigung, dann noch der Krebsverdacht und die Drohungen Fischers im Hinterkopf.«

»Sie wusste um seine Gefährlichkeit. Trotzdem sah sie wohl keine Alternative, als sich wieder mit ihm einzulassen, nachdem sich ihr Mann von ihr getrennt hatte. Vielleicht hat sie ihn auch in seiner Bösartigkeit unterschätzt, trotz allem.«

Eine kurze Pause entstand.

»Wie ist es zu der Ermordung der Kinder gekommen?«, fragte Corinna schließlich.

Fels blickt düster. »Nach allem, was wir wissen, war das wohl, so seltsam das klingen mag, nicht geplant. Fischer hatte Rose Brunners Drohungen, zur Polizei zu gehen und ihn anzuzeigen, ernst genommen. Sie hatte wohl keine Hoffnung mehr, das Geld von ihm zu bekommen, oder es war ihr egal geworden. Fischer hatte vielleicht von Anfang an den Plan, es wie einen Selbstmord aussehen zu lassen, oder die Gelegenheit war günstig. Er hatte sich wahrscheinlich schon vor längerer Zeit einen Schlüssel für ihre Wohnung machen lassen oder von ihr bekommen. Wir haben jedenfalls in seiner Wohnung einen Nachschlüssel gefunden. Er konnte ja davon ausgehen, dass die Kinder in der Wohnung darunter bei ihren Schwiegereltern waren. Rose arbeitete in dieser Zeit und die Kinder waren nachts in der Wohnung darunter.«

»Es war ein Zufall, dass sie an diesem Tag oben waren.«

»Ja, das konnte er nicht wissen. Offensichtlich stand der Junge dann am besagten Abend plötzlich vor ihm. Die Zwillinge hat er dann in ihren Betten getötet.«

»Fürchterlich!«, meinte Corinna.

»Fischer dürfte beim Anblick des Jungen sofort gehandelt haben. Er ging kein Risiko ein. Es dürfte ihm entgegengekommen sein, dass Rose betrunken war. Irgendwie ist es ihm gelungen, ihr noch eine Menge der Beruhigungsmittel einzufloßen, die er mitgebracht hatte. Vielleicht hatte sie auch selber schon einige genommen.«

»Diazepam, alias Valium, hat einen starken amnestischen Effekt«, sagte Blankenburg, »es fällt einem schwer, sich an etwas zu erinnern, wenn man nur eine ausreichende Menge nimmt. Vielleicht erklärt das im Zusammenspiel mit Alkohol, warum sich Rose an nichts erinnern konnte.«

»Durchaus möglich. Um auf Nummer sicher zu gehen, zog er sie dann aus und legte sie in die Badewanne, schnitt ihr die Pulsadern auf und warf zu guter Letzt noch den Föhn hinterher. Alles sollte so aussehen, als ob eine rasende Selbstmörderin erst ihre Kinder und dann sich selbst tötete. Und davon sind dann ja auch alle ausgegangen.«

»Wann hat er die Zwillinge getötet? Vor oder nachdem er versuchte Rose zu töten?«, wollte Corinna wissen.

»Schwer zu sagen. Ich nehme an, dass er erst die Kinder getötet hat, um mehr Zeit zu haben. Wahrscheinlich war Rose ohnehin halb bewusstlos, als er kam. Aber sicher ist das nicht.«

»Wieso hat man keine Fingerabdrücke von ihm gefunden?«, fragte Blankenburg.

»Er hat Handschuhe getragen. Wenn man ehrlich ist, sprach alles für eine Verzweiflungstat und Fremdverschulden schien ausgeschlossen. Außerdem, das Glas, aus dem Rose getrunken hat, war zerbrochen, vielleicht hat Fischer es absichtlich heruntergeworfen. Das Messer lag in der Badewanne, da waren keine Fingerabdrücke mehr feststellbar. Alles in allem, ein brutales, kalt geplantes Verbrechen.«

»Der Schlüssel steckte doch«, erinnerte sich Blankenburg. »Wie ist er aus der Wohnung gekommen?«

»Ja, das hat uns Kopfzerbrechen bereitet. Offensichtlich hat er mit Roses Schlüssel abgeschlossen und ist dann auf den Balkon gegangen und hat die Tür hinter sich zugezogen. Sie ist alt und hat so einen Schließmechanismus, dass sich der Griff zum Öffnen innen hochstellt, wenn man sie von außen zuzieht. Dann ist er vom Balkon heruntergesprungen, es ist ja nicht sehr hoch und Fischer war durchtrainiert und sportlich.«

»Aber Roses Schwiegereltern hätten ihn doch hören können. Sie sind alt und alte Leute schlafen oft schlecht«, meinte Corinna.

»Das stimmt«, gab Fels zu. »Das Risiko musste er eingehen. Allerdings dürfte es zwischen drei und vier Uhr nachts gewesen sein und ihr Schlafzimmer liegt vorne, der Balkon ist hinten. Nachbarn gegenüber hatten um die Zeit ein Geräusch gehört, es aber nicht zuordnen können. Wir übrigens auch nicht. Aber es hat ihn jemand gesehen.«

Blankenburg und Corinna Tarow waren sprachlos.

»Der junge Mann zwei Häuser weiter, der fast Opfer unseres polizeilichen Übereifers geworden wäre.« Eine gewisse Bitterkeit war unüberhörbar. »Er leidet offensichtlich seit Jahren an einer schizophrenen Psychose, außerdem hat er früher eine Zeit lang Drogen genommen. Das fällt eindeutig in Ihr Fachgebiet.«

Blankenburg nickte. »Manche Drogen, vor allem Haschisch, Halluzinogene wie LSD und Designerdrogen, können Psychosen hervorrufen und manchmal werden sie chronisch. Es ist dann schwer zu sagen, ob eine Schizophrenie oder eine drogeninduzierte Psychose vorliegt.«

»So oder so, der Junge war schwer krank und schon oft in Kliniken. Seine Mutter ist schon vor Jahren an den Folgen ihrer Drogensucht gestorben, über den Vater weiß man nichts. Seine einzige Bezugsperson war seine Großmutter, die ihn von Zeit zu Zeit bei sich aufnahm. Die letzten Monate hat er in einer kleinen Kammer in ihrem Dachgeschoss zugebracht. Die alte Frau ist selber schon ziemlich verwirrt und hatte das Gefühl, ihn vor der Außenwelt schützen zu müssen, zumal er Horrorgeschichten von seinen Klinikaufenthalten erzählt hatte.«

Blankenburg seufzte, unterließ es aber, Erklärungen über die Probleme der psychiatrischen Behandlung gerade von krankheitsuneinsichtigen Patienten, die unter einer Psychose litten, anzubringen. Er kannte den jungen Mann nicht und er war nicht sein Patient gewesen.

»Jedenfalls hat der Junge in dieser Zeit kaum geschlafen«, fuhr Fels fort. »Er hat Fischer vom Balkon springen sehen und später von der Ermordung der Kinder gehört. In seinem Wahn ist er wohl davon ausgegangen, dass er selbst schuld am Tod der Kinder ist und der Mann ihn auch töten will, weil er nichts dagegen unternommen hat. So oder so ähnlich habe ich ihn jedenfalls verstanden. Seine senile Großmutter hat ihn vor der Außenwelt verborgen gehalten. Deswegen hat mein Kollege Krebs bei den Vernehmungen auch nichts von seiner Existenz erfahren. Tragisch, dass ein örtlicher Polizist so überreagiert und ihn angeschossen hat.«

»Was passiert mit ihm?«

»Mit dem Kollegen Daisenhammer? Wenn es nach mir geht, kann er sonst wo hingehen, aber das liegt nicht in meiner Hand. Meine Erfahrung ist, dass solche Leute immer noch bei irgendeinem Werkschutz oder Sicherheitsdienst landen. Vielleicht geht das Ganze auch glimpflich für ihn aus.«

»Wenn man ehrlich ist, muss man sagen, dass auch andere Fehler gemacht haben. Unsere Untersuchungsergebnisse lagen zumindest ein Stück weit neben der Wahrheit und die Entweichung Rose Brunners aus der Klinik war auch kein Meisterstück«, meinte Blankenburg selbstkritisch.

»Kliniken sind eben keine Gefängnisse«, versuchte Corinna zu beschwichtigen.

»Für solche Fälle sind aber vergleichbare Sicherheitsstandards zu fordern. Sie hat sehr geschickt eine Schwäche im Sicherheitssystem, die uns die Baubehörde vorgeschrieben hat, ausgenutzt und sie hatte eine ziemlich raffinierte Helferin.«

»Apropos, wie geht es der jungen Frau eigentlich?«, fragte Fels. »Rose Brunner hat auch nach ihr gefragt, gleich nachdem sie wieder aufgewacht ist.«

»Anna? Sie hat eine ernste Krise hinter sich. Ihre Magersucht war so ausgeprägt, dass wir trotz Zwangsernährung um ihr Leben fürchten mussten. Es ist seltsam, seit Roses Flucht geht es ihr besser, sie hat drei oder vier Kilo zugenommen und wenn es weiter so gut aufwärtsgeht, können wir sie bald auf eine Psychotherapiestation verlegen.«

»Vielleicht hat der Brand bei ihr wie eine Katharsis gewirkt«, sagte Corinna.

»Wie bitte?«, fragte Fels irritiert.

»Eine Art emotionales Schlüsselerlebnis, das sie wachgerüttelt hat.«

»Ich für meinen Teil kann auf weitere kathartische Erlebnisse gerne verzichten.« Blankenburg griff zum Rotwein, einem teuren Brunello, den er sich seit seiner ersten Verabredung mit Corinna nicht mehr gegonnt hatte.

»Jedenfalls freut es mich zu hören, dass es ihr besser geht.« Fels nahm auch einen Schluck. »Wunderbarer Wein.«

»Ich verstehe nicht ganz, warum Rose sich nach der Flucht aus der Klinik noch einmal mit Fischer treffen wollte«, sagte Blankenburg. »Ihr musste doch klar sein, wie gefährlich Fischer ist.«

»Vielleicht doch nicht so ganz. Von den Morden wusste sie ja nichts. Ich weiß nicht, ob sie etwas ahnte. Oder sie hatte doch versteckte Erinnerungen, die sie niemandem sagte. Ganz sicher wollte sie Rache, sie machte Fischer für ihr Unglück verantwortlich. Deswegen wollte sie ihn auch mit der Forderung nach Geld treffen. Vielleicht hatte sie ursprünglich gedacht, er sollte ihr bei der Flucht helfen. Das Ganze war nicht sehr durchdacht. Wahrscheinlich hatte sie selbst ein schlechtes Gefühl bei der Sache.«

»Weiß man eigentlich, was aus ihrem Mann geworden ist?«

»Es steht zu befürchten, dass Fischer auch ihn umgebracht hat. Wir haben bei der Telefongesellschaft recherchiert, Brunner hat ihn kurz vor seinem Verschwinden von seinem Handy angerufen. Es ist möglich, dass Fischer ihn auf dieselbe Art beseitigt hat, wie er es mit Rose Brunner vorhatte. Der See gibt viele Leichen nicht mehr frei.«

»Nur die von Fischer«, meinte Blankenburg.

»Die wollte er wohl nicht haben. Auch Seen können wählerisch sein.«

»Was wird mit Rose Brunner?«, fragte Corinna.

»Juristisch ist sie wegen der Tötungsdelikte aus dem Schneider. Es dürfte feststehen, dass sie am Tod ihrer Kinder keine Schuld trägt. Sie ist ein Opfer.«

»War sie vermutlich immer«, sagte Corinna. »Eben keine Medea. Wie geht es ihr?«

»Den Umständen entsprechend. Ich hatte den Eindruck, dass sie jetzt erst recht Hilfe braucht. Sie trauert stark um ihre Kinder. Ihr Entsetzen, dass sie sich ein zweites Mal auf Fischer ›eingelassen‹ hat, und ihr Hass auf ihn sind grenzenlos.« Fels blickte Blankenburg an. »Sie hat nach Ihnen gefragt.«

Blankenburg nickte stumm. Für alle, auch für ihn war dieser Fall noch nicht zu Ende.

»Ihre Schwangerschaft ist übrigens intakt.«

»Wirklich kaum zu glauben!«

»Trotz Operation, Chemotherapie und einem Fast-Ertrinken. Man wird sehen, ob die Schwangerschaft Bestand hat und Rose Brunner das Kind überhaupt will. Dieser Embryo krallt sich mit einer Kraft ans Leben, wie seine Mutter, als es drauf ankam.«

In diesem Augenblick kam, mit strahlendem Lächeln und federndem Gang, Olympia in das Lokal. Sie sah sich kurz um und trat dann an den Tisch. Fels stand auf. Blankenburg war irritiert.

»Hallo, Chef«, lachte sie ihn an.

Corinna gab ihm einen kurzen Stoß. Sie hatte schneller als er verstanden, dass sie mit Fels verabredet war.

»Ich hatte die Gelegenheit, Olympia in Ihrem Sekretariat kennenzulernen. Wir möchten noch ein bisschen die Stadt unsicher machen. Einen schönen Abend noch.«

Blankenburg sah Olympia und Fels noch einen Moment nach. Dann spürte er, dass Corinna etwas näher gerückt war. Er spürte ihre Wärme an seinem Hals.

»Ich bin«, sagte er, »überrascht.«

Nachwort

Psychiatrie ist ein spannendes Fach, wie man spätestens nach der Lektüre dieses Romans ahnen kann. Fälschlicherweise werden psychische Erkrankungen von der Öffentlichkeit häufig mit Gefahr und Gewalttätigkeit assoziiert, was in Wirklichkeit nur bei einem Bruchteil der Fälle zutrifft. Dennoch spielen Fragen wie »Warum wird jemand gewalttätig?« oder »Ist ein Gewaltverbrecher psychisch krank?« in der Psychiatrie eine große Rolle und dem psychiatrischen Gutachter kommt deswegen in Gerichtsverfahren oft eine große Bedeutung zu.

Die Handlung dieses Buches, wie auch alle darin vorkommenden Personen sind frei erfunden. Weder das Sigmund-Freud-Institut für Psychiatrie noch das Klinikum Süd gibt es in München. Der Starnberger Jachtclub ist ebenfalls meiner Fantasie geschuldet. Hier und da mögen Inspirationen aus der realen Arbeitswelt wirksam geworden sein, so wie immer im Leben. Gerade in der Psychiatrie reicht die Fantasie oft nicht an die Merkwürdigkeiten der Realität heran.

Einigen Menschen bin ich zu besonderem Dank verpflichtet. Dazu gehört in erster Linie meine großartige Lebensgefährtin Claudia Helten, die mich in vielen Stunden, die man auch anders hätte füllen können, entbehren musste, wenn ein Handlungsstrang entworren werden musste oder eine Schreibhemmung plötzlich überwunden war. Sie hat mich und dieses Projekt über viele Jahre liebevoll begleitet und ich hoffe, sie wird es ein Leben lang tun.

Kyra Dimopoulos hat zahllose Manuskripte korrigiert, redigiert und oft auch inhaltlich zum Vorteil verbessert.

Professor Gerhard Köpf, ein Romancier und Erzähler von hohen Gnaden, hat mit unendlicher Geduld viele sprachliche Untiefen geglättet und mich im Übrigen zum Weitermachen ermuntert.

Professor Thomas Gilg, Institut für Rechtsmedizin der Universität München, hat mich bei einigen forensischen Fragestellungen kompetent beraten. Ansonsten bleibt er ein geschätzter und schwer zu umspielender Trainingspartner auf dem Fußballplatz; das gilt für alle meine Fußballfreunde.

Dank gebührt auch der Privatklinik Meiringen für ihre Unterstützung. Sie liegt am kriminologisch bedeutsamen Reichenbachfall. Hier ließ Sir Arthur Conan Doyle Sherlock Holmes sterben.

Herrn Dr. Wolfram Göbel vom Allitera Verlag bin ich zu Dank verpflichtet, weil er das verlegerische Risiko einer Veröffentlichung eingegangen ist.

Meiner Lektorin Heidi Keller und der Korrektorin Dietlind Pedarnig danke ich für die gründliche und einfühlsame Überarbeitung des Manuskripts.

Es gibt viele Kollegen, Patienten und Freunde, die mich an der einen oder anderen Stelle inspiriert oder mir geholfen haben.

Für alle brennt in der Kathedrale meines Herzens ein Licht.